TON
DERNIER
SOUPIR

OUVRAGES ÉCRITS PAR LISA REGAN

En français

Jeunes disparues

La Fille sans nom

La Tombe de sa mère

Ses Ultimes Aveux

Les Ossements qu'elle a enterrés

Son cri silencieux

Reste calme

Retrouvez-la vivante

Sauvez son âme

Ton Dernier Soupir

Chut, ma puce

Son Contact mortel

Les Jeunes Noyées

En anglais

Detective Josie Quinn

Vanishing Girls

The Girl With No Name

Her Mother's Grave

Her Final Confession

The Bones She Buried

Her Silent Cry

Cold Heart Creek

Find Her Alive

Save Her Soul

Breathe Your Last

Hush Little Girl

Her Deadly Touch

The Drowning Girls

Watch Her Disappear

Local Girl Missing

The Innocent Wife

Close Her Eyes

My Child is Missing

Face Her Fear

Her Dying Secret

Remember Her Name

Husband Missing

LISA REGAN

TON DERNIER SOUPIR

Traduit par Karine Forestier

bookouture

Pour Maureen Downey, qui a rendu ma vie infiniment meilleure.

PROLOGUE

Je n'ai pas toujours l'occasion de voir leur visage lorsqu'ils rendent leur dernier souffle. Je me demande s'ils savent, le moment venu, qu'ils sont sur le point de mourir. S'ils comprennent ce qui s'est passé. S'ils ont peur. S'ils pensent à moi. Est-ce que certains d'entre eux me soupçonnent ? C'est un peu frustrant, de ne pas pouvoir être là dans ces derniers instants, mais ce qui vient après compense largement. Ce n'est pas le meurtre, la partie la plus satisfaisante. C'est l'après. Ce qui est vraiment excitant, c'est de voir les familles et les amis déambuler dans un brouillard de chagrin et de sidération, comme s'ils s'étaient vraiment attendus à ce qu'il ne leur arrive jamais rien de mal dans la vie. J'ai tout vu, depuis les yeux remplis de larmes jusqu'aux crises de nerfs. Les personnes en deuil que je préfère sont celles qui sont tellement accablées par la perte subie qu'elles ne peuvent en supporter le poids. Et leur corps flanche. Elles s'effondrent et tremblent, sanglotent et beuglent. Il y a cependant un point commun à tous les endeuillés. Aucun n'échappe à cette question universelle : que s'est-il passé ?

Parfois, j'ai envie de les regarder droit dans les yeux et de leur dire : « Ils ont eu ce qu'ils méritaient, voilà ce qui s'est passé. »

Mais je ne peux pas. S'ils savaient ce que j'ai fait, j'irais probablement en prison. Et si j'allais en prison, je ne pourrais plus jouer à mon petit jeu.

Où serait le plaisir alors ?

1

La ville de Denton défilait derrière les vitres de la voiture tandis que Josie conduisait son amie Misty et Harris, le fils de quatre ans de cette dernière, à travers les montagnes au nord de la ville. La lumière du soleil qui filtrait à travers le feuillage des arbres bordant la route sinueuse faisait paraître le polo de la police de Denton qu'elle portait plus rose vif que saumon. Celui-ci – comme tous ses polos de travail – avait jadis été blanc. Elle maudit tout bas son jeune frère, Patrick, étudiant en deuxième année à l'université de Denton. Le campus était suffisamment proche de chez Josie pour qu'il passe souvent manger ou faire sa lessive chez elle.

— Tu disais ? demanda Misty.

— Rien, marmonna Josie.

— Tu es toujours fâchée pour le polo ? devina son amie.

Josie baissa de nouveau les yeux et résista à l'envie de jurer à voix haute.

— Pas seulement celui-là, expliqua-t-elle. Tous mes polos de travail. Je vais devoir m'en racheter !

Misty tendit la main vers le tableau de bord et monta la climatisation. Il faisait encore chaud pour un mois de septembre, même si tôt le matin, et la Ford Escape de Josie ne se rafraîchissait pas aussi vite que Misty l'aurait souhaité, de toute évidence.

— Qu'est-ce qu'il lavait ? voulut-elle savoir.

— Tous les vêtements qu'il possède, répondit Josie, y compris un t-shirt rouge vif que son patron vient de lui donner pour qu'il le porte au travail. Il l'avait lavé séparément, avant de l'oublier dans le tambour.

— Il travaille sur le campus ?

— Oui, il a trouvé un boulot au service des serviettes de l'université...

— Le service des serviettes ?

— Oui, dit Josie. En gros, il est affecté à l'un des bâtiments d'athlétisme pour gérer le stock de serviettes. Il distribue des serviettes propres, ramasse les sales et s'assure que personne ne reparte avec. Bref, ils viennent d'opter pour des t-shirts rouges en guise d'uniforme. Comme il était pressé de partir voir sa petite amie, hier soir, il l'a oublié dans la machine. Du coup, quand j'ai lavé mes polos de travail pour la semaine... eh ben voilà.

Elle désigna sa poitrine.

Misty regarda le polo.

— Tu n'as pas vérifié le tambour avant d'y mettre tes propres affaires pour t'assurer qu'il était vide ?

Sa remarque lui valut un coup d'œil assez féroce pour mettre fin à la conversation. Misty se détourna et regarda par la fenêtre du côté passager, mais pas avant que Josie n'ait aperçu le petit sourire sur ses lèvres. Elle repensa au t-shirt incriminé, enfermé dans un sac en plastique à l'arrière de la voiture. Patrick l'avait appelée juste avant qu'elle ne parte chercher Misty et Harris, en lui demandant si elle pouvait le lui apporter en se rendant au poste de police. Il devait être au travail à 8 h 30. Ce serait juste, au niveau du temps, mais elle avait bien l'intention de le sermonner sur l'importance de ne plus laisser de vêtements susceptibles de déteindre dans sa machine à laver. Se présenter avec son polo de police fichu ne manquerait pas d'enfoncer le clou. Entretemps, elle avait envoyé un texto à sa collègue du commissariat, l'inspectrice Gretchen Palmer, pour lui demander de lui apporter un des siens afin de pouvoir le lui emprunter. Il serait un peu grand pour elle, mais au moins il ne serait pas rose délavé.

Elle appuya plus fort sur l'accélérateur. Plus ils approchaient du sommet de la montagne, plus elle sentait quelque chose la tenailler au creux du ventre, au point de se sentir mal à l'aise.

— Je n'aime pas ça, dit-elle à Misty pour changer de sujet. Cet endroit est trop éloigné de la ville. Et s'il y a une urgence ? Les secours mettraient au moins dix minutes pour monter jusqu'ici, probablement plus.

Misty leva les yeux au ciel.

— Josie, cette école a le meilleur programme de maternelle de toute la ville. J'ai fait des recherches.

— Quoi comme urgence ? demanda Harris depuis son siège enfant à l'arrière.

Josie jeta un coup d'œil dans le rétroviseur et lui sourit. Il répondit aussitôt par un large sourire de son cru et elle fut frappée par la ressemblance du petit avec son défunt mari, Ray Quinn, fossettes et cheveux blonds hérissés compris. Après la séparation de Josie et Ray, ce dernier avait commencé à fréquenter Misty. Harris était né après la mort de Ray et, malgré les tensions initiales entre les deux femmes, leur amour pour le fils unique de Ray les avait unies dans une amitié que Josie chérissait maintenant.

— Le genre d'urgences dont on a parlé, tu te souviens ? dit-elle à Harris.

Misty lâcha un soupir et sa frange blonde se souleva avant de retomber joliment sur son front.

— S'il te plaît, ne recommence pas avec ça.

— Comme ce qu'il faut faire s'il y a le feu ? demanda Harris.

— Oui, répondit Josie. Exactement. Que fait-on dans ce cas-là ?

— Si je prends feu, je m'arrête, je me laisse tomber par terre et je roule, comme un cloporte tout fou, parce que je veux éteindre le feu, récita Harris.

— Exactement ! Et quoi d'autre ? Si tu es en classe et qu'il y a un incendie ?

Misty intervint :

— Josie, sérieusement. Je veux qu'il ait une expérience normale de la maternelle.

Josie fronça les sourcils.

— Et moi, je veux qu'il soit paré à toute éventualité.

— Tu es allée à la maternelle ?

— Non. Et toi ?

— Eh bien, non, mais combien d'incendies se déclarent chaque année dans les écoles maternelles de cette ville ?

Josie resta silencieuse et se mordilla l'intérieur de la joue. Zéro, c'était ça, la réponse. Elle le savait, parce qu'elle s'était renseignée sur internet. Elle avait aussi parlé au chef des pompiers de la ville. En tant qu'inspectrice de police, elle avait accès à plus d'informations que le citoyen moyen.

— D'abord, je dois repérer toutes les sorties quand on arrivera, reprit Harris.

— C'est bien, l'encouragea Josie. Maintenant, imaginons que tu es dans la salle de classe, qu'un inconnu entre et que tu penses qu'il pourrait faire du mal à quelqu'un. Qu'est-ce que tu fais ?

— Josie !

— Je vais à la porte la plus proche, je sors et j'appuie sur mon alarme, et puis tu viens avec oncle Noah et tu envoies le méchant en prison.

Noah Fraley était le petit ami de Josie, lieutenant de la

police de Denton. Même s'ils vivaient ensemble, ses polos à lui avaient échappé au carnage rose.

Harris leva un de ses pieds et le secoua, agitant les lacets de sa basket. Un petit appareil gris de la taille d'une pièce de 25 cents mais de la forme d'un médiator avait été accroché à l'un des œillets. Josie ne le voyait pas dans le rétroviseur, mais elle savait que le minuscule bouton orange était caché sur un des côtés de l'appareil. Il s'agissait d'un Jiobit, un traceur GPS pour enfants. Josie en avait étudié une demi-douzaine de modèles, lorsque Misty lui avait annoncé qu'elle inscrivait Harris à l'école, mais le Jiobit était le seul à posséder une alarme qui sonnait directement sur le téléphone de Josie au cas où Harris aurait besoin de l'utiliser.

— Tous les inconnus ne sont pas méchants, tu sais, nuança Misty.

— Il est au courant, se moqua Josie. Je lui ai parlé des inconnus.

— Oh, je sais. Et je sais que tu lui as aussi parlé des délinquants sexuels, des vilains secrets, des endroits où on peut ou pas le toucher. Je sais que tu lui as parlé des enlèvements, et que tu lui as montré comment débrancher et faire tomber un feu arrière depuis le coffre d'une voiture pour pouvoir glisser sa main dans le trou et alerter quelqu'un.

— Ça, c'était cool ! s'exclama Harris. On pourra le refaire ?

— Non, répondit Misty.

— C'est toujours bon de s'entraîner, répliqua Josie en même temps.

— Josie, la gronda encore son amie.

Elle ouvrit la bouche pour s'excuser, puis la referma. Elle ne s'excuserait pas de réagir de façon excessive, parce qu'elle ne regrettait rien. Quand Harris était bébé, il avait été kidnappé. Ils avaient eu de la chance de le retrouver vivant, car il avait failli mourir. Entre ça et toutes les choses terribles que Josie voyait passer dans son travail de policière, il était difficile de ne pas devenir paranoïaque.

2

Je croule de fatigue, même pour un lundi matin. J'ai passé la nuit à l'attendre, à mettre mon plan en place et à m'assurer de ne laisser aucune trace derrière moi. J'ai envisagé de rester à la maison et de dormir toute la journée, mais ça n'aurait pas été pas malin. Je ne dois en aucun cas attirer l'attention sur moi. Comme les autres fois, tout doit paraître parfaitement normal. Cette fois-ci, ça signifie ne pratiquement pas dormir, être là où je suis attendue en temps et en heure, le sourire en prime. D'autant que je ne saurai pas maintenant si mon plan a vraiment fonctionné. Je ne serai pas là lorsqu'elle rendra son dernier souffle. Je suis rarement sur place. Je dois faire preuve de patience.

Ça en vaut la peine. J'imagine l'appel téléphonique, je visualise précisément comment je réagirai, comment je modulerai ma voix pour que les gens me croient en proie au choc et à l'horreur. Cette affaire fera certainement la une des journaux locaux. Peut-être même celle des journaux nationaux, pensé-je avec joie. Bien sûr, il s'ensuivra un grand élan de sympathie pour elle. Tout le monde la trouve tellement parfaite. C'est justement pour ça qu'elle devait mourir. Je sais que ça va m'agacer, au cours des semaines à venir, d'entendre parler de l'horreur de sa mort encore et encore, dans les journaux et à peu près partout où j'irai, parce que les gens diront qu'elle était « spéciale », « extraordinaire », et que sa mort sera présentée comme une « perte tragique ». Mais bientôt, l'intérêt retombera et je n'aurai plus à entendre combien elle était « formidable ». Personne ne devrait être aussi universellement adulé.

Elle n'est pas la seule à être spéciale ou extraordinaire. Avec elle, c'est comme si personne d'autre n'existait. Je n'en peux plus. D'autant que je sais qu'elle ment. Elle cache des choses à tout le monde. Des choses ignobles. Des secrets qui la rendent aussi méprisable que n'importe qui. Alors j'ai fait ce que j'ai fait, et maintenant j'attends que la nouvelle tombe. Je jette un coup d'œil à mon téléphone. Pas encore de notification, mais mon plan est en marche. La magnifique vague de chagrin est sur le point de déferler sur Denton.

Ce n'est qu'une question de temps.

3

Josie se gara sur le parking de l'école maternelle Tiny Tykes.
Elle se composait d'une vieille bâtisse en briques de deux
étages, entourée d'environ quatre hectares de terrain magnifiquement entretenus. Depuis le parking devant le bâtiment,
Josie apercevait à droite une aire de jeux clôturée, à gauche un
grand jardin avec des tables, des chaises et une petite serre au
centre. Tout comme Misty, elle avait effectué des recherches sur
cet endroit dès qu'elle avait appris que son amie envisageait d'y
envoyer Harris. Elle aussi avait été impressionnée par toutes les
options proposées, du jardinage à l'élevage de poussins, en
passant par l'entretien d'un petit étang à carpes koï et l'apprentissage plus général du fonctionnement de l'écosystème. Josie
n'avait pas appris autant de choses sur le sujet en seize ans de
scolarité. Elle savait sans avoir à regarder que derrière le grand
bâtiment s'étendaient d'autres espaces verts, avec notamment
un petit théâtre en plein air où les enfants pouvaient jouer des
pièces entre eux et pour leurs parents, ainsi qu'une miniferme
pédagogique gérée en collaboration avec la Denton City Wild-
life Rescue Association, pour que les enfants puissent aussi
apprendre à connaître les animaux.

Josie savait également que la maternelle Tiny Tykes s'acquittait scrupuleusement de son obligation légale de vérifier les antécédents de ses employés : aucun d'eux n'avait de casier judiciaire, c'était certain. De plus, aucun délinquant sexuel connu ne vivait dans un rayon de quinze kilomètres autour de l'établissement. Malgré toutes ces informations rassurantes, rien ne parvenait à apaiser son inquiétude.

Harris sortit de l'Escape en sautillant et hissa son sac à dos dinosaure vert sur ses épaules. Josie lui prit une main et Misty l'autre. Le petit avait un tic, comme son père avant lui : il crispait sa main sur un certain rythme quand il était anxieux. Si elle ne lui avait pas tenu la main, elle savait qu'il aurait serré et desserré son petit poing. Ray avait toujours fait ce geste quand elle le connaissait et Harris, qui pourtant n'avait jamais connu son père, avait la même habitude.

Josie sentit la cadence de ses douces pressions s'accélérer à mesure que leur trio montait la rampe menant à la porte d'entrée de l'école. Elle parvint à afficher un sourire radieux quand elle lui assura :

— Tu vas bien t'amuser.

Il ne répondit pas. Derrière la double porte, le hall d'entrée arborait les couleurs vives de décorations qui semblaient principalement axées sur l'apprentissage de l'alphabet et des nombres. Quelques animaux découpés dans du carton couraient le long des murs. Des parents et leurs jeunes enfants se pressaient au centre de l'espace. Josie regarda autour d'elle et nota qu'en face des portes d'entrée se trouvaient deux autres portes, chacune ouvrant sur un couloir bien éclairé. À leur gauche, un large escalier montait à l'étage. À leur droite, elle voyait un long bureau en bois et, derrière, encore deux autres portes.

Une, deux, trois pressions.

— Chéri, tu m'écrases la main, dit Misty.

Josie serra puis relâcha la main de Harris au même rythme que lui, geste qui lui valut un sourire de la part de l'enfant. Elle s'agenouilla et remonta les bretelles du sac à dos sur ses petites épaules.

— C'est une aventure, tu te rappelles ? Tu vas rencontrer plein de nouvelles personnes et apprendre plein de nouvelles choses.

Misty s'agenouilla à son tour, la petite main toujours dans la sienne.

— Et tu vas pouvoir rencontrer tous les animaux de la ferme. Tu attendais ça avec impatience, tu t'en souviens ?

Un autre sourire illumina le visage du garçonnet.

— Oui, surtout la chèvre.

La foule s'agita quelque peu lorsqu'une femme arriva par l'une des portes situées derrière le bureau. Corpulente, elle avait une quarantaine d'années, une poitrine généreuse et des cheveux bruns relevés en chignon à l'arrière de la tête. Elle portait un t-shirt vert orné de l'inscription : « On est bien à Tiny Tykes. » Elle traversa habilement la foule des parents et des enfants jusqu'aux portes menant aux couloirs. Là, elle agita les bras comme un signaleur d'aéroport qui dirigerait un avion.

— Bonjour à tous, commença-t-elle. Veuillez former deux files. Oui, deux files.

Josie, Misty et Harris se joignirent à l'une des files. La femme se présenta sous le nom de « Mme D. ».

— Je m'appelle Eileen D'Angelo, mais c'est plus facile pour les enfants si tout le monde m'appelle Mme D. Je suis la directrice de l'établissement.

Une autre femme sortit par la même porte que Mme D. et s'assit derrière le bureau. La directrice la désigna.

— Voici Mlle K., la secrétaire de l'école. Si vous avez besoin de quoi que ce soit, Mlle K. ou moi-même serons heureuses de vous aider.

Mlle K. semblait un peu plus jeune que sa supérieure, mais pas de beaucoup. Josie la situait entre le début et le milieu de la quarantaine. Ses cheveux blonds, légèrement grisonnants aux racines, lui tombaient sur les épaules. Elle aussi avait un peu d'embonpoint. Son t-shirt arborait le même slogan que celui de Mme D., mais il était bleu pâle. Elle adressa un signe de la main à la foule, un large sourire aux lèvres.

Mme D. continua à parler pendant plusieurs minutes, au cours desquelles les enfants impatients ne tardèrent pas à taper du pied sur le parquet, à tirer sur les mains de leurs parents, voire pour certains à pleurnicher – la litanie habituelle des enfants de l'âge de Harris : ils avaient soif, ils voulaient aller sur le pot, ils avaient faim, ils voulaient rentrer à la maison. Pour sa part, Harris restait immobile et silencieux, attentif.

Une, deux, trois pressions.

Enfin, Mme D. annonça :

— Il est temps de découvrir vos salles de classe et de rencontrer vos maîtres et maîtresses. Si vous voulez bien me suivre...

Quand Harris arriva au niveau des portes, il se figea. Misty et Josie tentèrent de le tirer doucement, mais rien n'y fit. Trois autres familles attendaient derrière elles.

— Je suis vraiment désolée, leur dit Misty.

Elle réussit à entraîner Harris sur le côté. Josie et elle s'agenouillèrent de nouveau pour se mettre à son niveau.

— Chéri, qu'est-ce qui ne va pas ?

— Je veux pas y aller, marmonna-t-il.

Josie tâcha de garder une expression neutre. Elle ne voulait pas non plus le laisser. Depuis sa naissance, il n'avait été confié qu'à quatre personnes : sa mère, la meilleure amie de sa mère, Brittney, Josie et sa grand-mère, la mère de Ray. Elle se figurait sans mal ce que cela pouvait avoir d'effrayant pour lui de se retrouver soudain jeté dans une salle remplie d'enfants inconnus et abandonné là sans aucun adulte de confiance à proximité. Le cœur de Josie se mit à battre à coups redoublés quand Harris recommença à lui serrer la main en rythme.

Misty dut remarquer l'expression de Josie, car elle lui donna un coup de coude dans les côtes et sourit à Harris.

— Qui est le garçon le plus courageux que je connaisse ?

— Moi ?

— Oui, tout à fait, c'est toi ! répondit Misty. Et tu es aussi le garçon le plus intelligent que je connaisse, avec le plus grand cœur. Tu vas te faire tout plein d'amis. Ce sera bien plus amusant que de traîner toute la journée avec nous, les vieux adultes ennuyeux.

Il regarda Josie, qui parvint à hocher la tête.

Une main se referma délicatement sur l'une des épaules de Harris. Tous les trois levèrent la tête : Mlle K. sourit à l'enfant.

— Quel est ton nom, jeune homme ?

— Harris, répondit-il, d'une voix à peine audible.

— Je suis Mlle K. Enchantée de te rencontrer, Harris. Tu veux marcher avec moi jusqu'aux salles de classe ?

Il secoua la tête. *Une pression, deux pressions.*

Mlle K. sourit et enleva sa main de l'épaule de Harris. Elle passa derrière Josie et Misty et se pencha entre elles pour qu'elles puissent toutes deux l'entendre parler à voix basse.

— Si j'arrive à le convaincre de m'accompagner, vous pourrez vous éclipser discrètement. Il ne se rendra pas compte que vous êtes parties.

Josie se redressa rapidement et se tourna vers la femme, déséquilibrant légèrement Harris dans le mouvement. Il resserra sa petite main autour de la sienne pour recouvrer son équilibre.

— Je suis désolée, mademoiselle K., c'est ça ? Nous n'allons pas faire ça.

— Josie, intervint Misty, qui se redressa et lança à son amie un regard disant : « Arrête. »

Josie s'efforça de paraître moins brusque.

— Ce que je veux dire, c'est que nous ne croyons pas qu'il soit utile de faire ce genre de choses. Tout ce que ça lui apprend, c'est qu'on peut lui tirer le tapis de sous les pieds à tout moment. Nous lui avons promis d'être à ses côtés, donc si nous disparaissons brusquement, ce qu'il comprendra, c'est qu'il ne peut pas nous faire confiance. Et puis, comment peut-il ne pas s'en rendre compte ? Il a quatre ans !

— Josie ! s'exclama Misty.

Bon, apparemment, Josie n'avait pas réussi à maîtriser la virulence de son ton.

— Je suis désolée, mademoiselle K., enchaîna Misty avec douceur. Nous apprécions que vous essayiez de nous aider, et je sais que cette technique fonctionne bien pour certains enfants, mais nous préférons ne pas déposer Harris à l'école pour la première fois de cette façon.

Mlle K. coula à Josie un regard de travers, avant de sourire à Misty.

— Bien sûr, il suffisait de le dire.

Reportant son attention sur Josie, elle fronça les sourcils.

— Vous êtes l'inspectrice dont tout le monde parle, n'est-ce pas ? Celle qui fait toujours la une des journaux. Ou vous êtes l'autre ? Vous avez une sœur jumelle, non ? Une célèbre journaliste ?

— Oui, répondit Josie. Ma sœur, Trinity Payne, est présentatrice sur une chaîne de télévision. Elle vit à New York. Je suis l'inspectrice Josie Quinn, de la police de Denton.

Visiblement peu impressionnée, Mlle K. se retourna sans dire un mot de plus à Josie et s'agenouilla pour s'adresser à Harris.

— Harris, sais-tu qu'aujourd'hui, c'est le premier jour de maternelle pour tous les élèves de l'école ?

— Non, souffla-t-il.

Une pression, deux pressions...

— Eh bien, si, dit-elle. Et devine quoi ? Ils ont tous un peu peur, parce qu'ils vont rester ici avec nous et pas avec leur famille. Et tu sais quoi d'autre ?

Il secoua de nouveau la tête.

— C'est normal d'avoir peur.

Josie sentit la vibration de son téléphone portable dans sa poche arrière mais ne réagit pas.

Harris n'avait pas l'air convaincu. *Une pression, deux pressions...* Il se pencha vers Josie, leva les yeux vers elle et murmura :

— Et si j'ai mal au ventre pendant que je suis ici ?

— Je pense que si tu as mal au ventre, tu peux le dire à ta maîtresse, répondit-elle.

Mlle K. acquiesça.

— Absolument. Si tu as un problème, même un tout petit, tu le dis à ta maîtresse et elle t'amènera ici me voir et ensuite tu sais ce que je ferai ? Je téléphonerai à ta maman.

— Et je viendrai tout de suite, termina Misty.

Le portable de Josie vibra une deuxième fois. De sa main libre, elle le sortit et regarda l'écran. Patrick.

— C'est la police ? demanda Harris. Tu ne réponds pas ?

— Si, si, je vais répondre, dit Josie. Dès que je serai sûre que tout va bien pour toi et que tu veux bien rester ici.

Il lui serra une dernière fois la main et s'approcha de Misty pour lui passer les bras autour du cou.

— Ma maman peut venir dans la salle de classe pour rencontrer ma maîtresse ? Pas longtemps ?

— Bien sûr, accepta Mlle K.

— Et toi aussi ?

Mlle K. tapa dans ses mains.

— J'en serais ravie !

Les yeux rivés sur les deux femmes qui escortaient Harris dans le couloir jusqu'à l'une des salles de classe, Josie décrocha.

— Patrick, j'arrive dès que possible.

— Merci. Je vais bientôt partir à la piscine, c'est là que je travaille cette semaine. Tu sais où c'est ?

— Attends, répondit Josie.

De retour dans la voiture, elle trouva un stylo et une serviette en papier sur laquelle noter les indications que Patrick lui donnait pour se rendre au *natatorium* du campus. Elle n'était pas retournée à l'université depuis quelques mois, et c'était un véritable labyrinthe, l'ajout régulier de nouveaux bâtiments n'aidant pas à s'y retrouver.

— Je dois d'abord déposer Misty à la maison, avertit-elle Patrick.

Alors qu'elle raccrochait, cette dernière sortit du bâtiment de Tiny Tykes pour se diriger à grands pas vers le véhicule, la tête basse. Sa longue chevelure blonde lui retombait devant le visage. Ce fut seulement lorsqu'elle s'installa sur le siège passager que Josie remarqua qu'elle pleurait.

— Ça va ?

Misty avait le visage strié de larmes. Elle prit une profonde inspiration.

— C'est juste que je n'arrive pas à croire qu'il soit déjà si grand. Il va à l'école maintenant. Il pousse à vue d'œil. Je ne l'ai jamais laissé aussi longtemps à des inconnus. C'est vraiment difficile. Je n'avais pas imaginé que ce serait aussi dur.

Elle prit la serviette des mains de Josie. Avant que celle-ci ne puisse l'en empêcher, Misty se moucha dedans. Voyant que Josie la dévisageait, elle dit :

— Oh, merde. Je suis désolée. Tu utilisais cette serviette ?

Josie réussit à sourire.

— Non.

— Elle était propre ?

— Oui.

Josie fit démarrer la voiture et sortit du parking pour prendre la direction du centre de Denton.

— Écoute, Harris est un petit garçon intelligent, dit-elle à Misty. Tu as fait tout ce qui était en ton pouvoir pour le préparer à cette étape.

Misty renifla et se tamponna les yeux avec la serviette froissée.

— *Tu* as tout fait pour le préparer à ça. Moi, j'ai juste passé les trois derniers mois à lui dire que tout irait bien alors que je n'en suis même pas complètement sûre.

Josie tendit la main et la posa sur l'épaule de Misty.

— Bien sûr que ça va aller. Tu verras. Tu te rappelles ton premier jour à la maternelle ?

Misty secoua la tête.

— Bien sûr que non, confirma Josie. Parce que ce n'était pas une expérience traumatisante. Il en ira de même pour Harris.

Du coin de l'œil, elle vit Misty hausser un sourcil.

— Tu dis ça parce que tu lui as donné ce truc, là, cette alarme. C'est pour ça que tu es si calme.

Josie haussa les épaules.

— C'est vrai que ça aide.

4

Quelques minutes plus tard, Josie laissait Misty chez elle, bien requinquée. Reprenant la route vers le campus, elle utilisa les commandes vocales de sa voiture pour appeler Patrick et lui redemander les indications. L'université de Denton était située sur les hauteurs de la ville, dans l'une de ses zones les plus vallonnées. La ville elle-même s'étendait sur une soixantaine de kilomètres carrés. Niché entre plusieurs montagnes, le centre de Denton avait été bâti selon un quadrillage, avec un grand parc bordant le campus à l'une des extrémités de la ville et un bras du fleuve Susquehanna qui serpentait en son cœur. Des quartiers plus calmes et plus privés s'étendaient sur le pourtour du centre historique, menant aux routes de montagne sinueuses qui s'étiraient comme des pattes d'araignée vers les villes voisines.

Le campus lui-même était un dédale de grands bâtiments de briques, d'espaces verts et de chemins magnifiquement aménagés, et de parkings de bitume bien trop petits pour contenir tous les véhicules qui essayaient de s'y garer à tout moment de la journée. Josie trouva le bâtiment en briques rouges et à toit plat qui abritait la piscine et, après avoir suivi un moment une file de trois autres voitures qui tournaient autour du parking à la recherche de places inexistantes, elle se résolut à se garer sur le trottoir devant le bâtiment. C'était illégal, mais elle ne resterait qu'une minute.

Elle prit le sac contenant le t-shirt rouge de Patrick sur la banquette arrière et courut jusqu'à la double porte vitrée. Dans le hall d'entrée spacieux, elle fut assaillie par une odeur de chlore. Un agent de sécurité vêtu d'un uniforme marron était assis derrière un bureau en forme de demi-cercle. C'était un homme d'un certain âge, assez maigre et aux cheveux grisonnants clairsemés. Il tendit le cou pour regarder par-delà les portes derrière elle.

— Vous ne pouvez pas vous garer là, mademoiselle.

Josie sortit sa carte de police et la montra au gardien, bien qu'elle ne soit pas là dans le cadre de son travail.

— Je cherche Patrick Payne, annonça-t-elle. Il travaille ici.

Apaisé, le gardien lança le pouce vers sa droite.

— Distributeurs automatiques.

Tournant la tête, Josie vit Patrick introduire une pièce de 1 dollar dans un distributeur de snacks et boissons situé dans un box juste à côté du hall d'entrée. Il appuya sur quelques boutons, puis introduisit la main par la fente et en sortit une barre de céréales.

— Coucou, lança-t-il en se tournant vers elle. Merci d'être venue. Tu as mon t-shirt ? Je suis déjà en retard, heureusement que personne n'est arrivé avant moi.

Ensemble, ils se dirigèrent vers une série de portes bleues, de l'autre côté du bureau d'accueil. Josie lui tendit le sac. Patrick poussa l'une des portes avec son dos en lui adressant un regard interrogateur.

— La police de Denton a changé ses couleurs ?

Josie lui lança un regard noir.

— Tu as laissé ton t-shirt de travail rouge dans ma machine à laver, rétorqua-t-elle en tirant sur son col. Tous mes polos ressemblent à ça maintenant, Pat.

Il ouvrit la porte en grand, hilare. Josie n'eut d'autre choix que de le suivre.

— Ce n'est pas drôle, s'insurgea-t-elle. Ils ne sont pas donnés !

— Je suis vraiment désolé.

La piscine couverte de la faculté, avec ses huit couloirs de nage, occupait la majeure partie de l'immense espace. De grandes baies vitrées couraient le long des murs supérieurs tout autour, permettant à la lumière du soleil d'y pénétrer à flots. En se reflétant sur l'eau bleue, les rayons faisaient scintiller l'air ambiant. Le bassin était entouré de sols carrelés et bordé de bancs. Il y régnait une chaleur humide, et Josie sentit presque immédiatement un voile de sueur s'accrocher à son visage. Patrick se tourna vers un couloir dont la signalisation indiquait : « Vestiaires hommes. » Josie s'arrêta net, les yeux rivés sur l'eau. Elle fit deux pas vers le bord de la piscine, puis la panique lui contracta la poitrine.

— Pat ! s'écria-t-elle.

Le corps d'une femme flottait dans le bassin, face dans l'eau. Ses cheveux bruns formaient un éventail, comme une auréole autour de sa tête. Josie captura mentalement chaque détail de la scène. La femme flottait à quatre ou cinq mètres du bord de la piscine. Deuxième ligne en partant de la droite. Débardeur blanc, short bleu, tennis blanches. Josie ordonna à ses jambes de courir, mais on aurait dit que quelqu'un avait appuyé sur un interrupteur et mis son corps au ralenti. Tout parut s'arrêter. Déstabilisée par l'immobilité de l'eau devant elle, Josie entendit une partie frénétique de son cerveau hurler. Ses pieds atteignirent le bord de la piscine. Enfin, l'air pénétra de nouveau dans ses poumons et elle cria :

— Va chercher de l'aide !

Puis elle plongea.

5

L'eau était plus chaude que Josie ne l'aurait cru. Sitôt dedans, elle nagea vers la femme aussi vite qu'elle le pouvait. Dans un coin reculé de son esprit, elle ne put s'empêcher de se remémorer les inondations qui avaient ravagé Denton cinq mois plus tôt. Au moins, là, elle n'avait pas à lutter contre le courant. En quelques secondes, elle était à côté de la victime. Plaçant les mains sous ses aisselles, Josie la retourna sur le dos et, se positionnant de manière à avoir sa joue contre celle de la jeune femme, elle se remit à nager vers le bord de la piscine. Au moment où elle atteignait le mur, des mains se tendirent pour la libérer de sa charge. Elle reconnut l'agent de sécurité du hall d'entrée qui, avec l'aide de Patrick, allongea la noyée sur le dos tandis que Josie se hissait hors de l'eau. Le gardien appuyait les doigts contre la gorge de la jeune femme, pendant que Patrick lui tâtait un poignet.

— Pas de pouls, annonça-t-il, avant de regarder le gardien. Vous en avez un ?

L'homme secoua la tête.

— Poussez-vous, commanda Josie. Appelez une ambulance, la police du campus et celle de Denton. Tout de suite.

Le gardien se releva et regagna le hall d'entrée au petit trot. Josie appuya le talon d'une main au centre de la poitrine de la femme, puis mit son autre main par-dessus. Les bras tendus, elle se mit à exercer des pressions régulières en les comptant tout bas. Lorsqu'elle atteignit trente, elle tourna son attention vers la tête de la jeune femme, lui souleva le menton et vérifia que rien n'obstruait sa trachée. Cela fait, elle plaqua sa bouche sur les lèvres froides de la victime et lui insuffla une respiration, puis une autre.

— Je ne pense pas que tu vas réussir à la ramener, constata Patrick.

Josie lui jeta un coup d'œil suffisamment prolongé pour lire la tension sur son visage. Des gouttes de sueur perlaient à son front.

— Faut essayer, lâcha-t-elle en reprenant ses compressions.

Elle sentait les yeux de Patrick sur elle pendant qu'elle s'acharnait, les bras et les épaules brûlant sous l'effort. Compressions. Insufflations. Compressions. Insufflations. Ce fut d'une petite voix qu'il finit par insister :

— Josie, je crois que c'est fini.

— Tais-toi, asséna-t-elle, avant de reprendre le cycle.

Insufflations. Compressions. Insufflations. Compressions.

Elle pensait à la fois où, pendant une patrouille, elle avait sorti un garçonnet de quatre ans d'une piscine. Ses petits membres étaient violets. Avec l'officier qui l'avait formée, ils avaient essayé de le réanimer pendant près de dix minutes avant que l'ambulance n'arrive. Josie était persuadée que l'enfant était mort quand, soudain, il s'était remis à respirer. C'était tout ce qu'il fallait. Une respiration. Un battement de cœur.

Allez, ordonna-t-elle silencieusement à la jeune femme. *Respire. Respire, c'est tout.*

À ce stade, la sueur ruisselait sur son visage et gouttait sur la femme inerte. Polo rose et pantalon kaki collaient à la peau de Josie. Tous les muscles de son corps se contractaient et la faisaient souffrir. Elle n'avait aucune idée du nombre de minutes qui s'étaient écoulées quand un courant d'air frais lui balaya le visage. Des pas martelaient le carrelage. Le bleu foncé des uniformes des ambulanciers de la ville apparut à la périphérie de son champ de vision. Sans cesser de compter ses compressions, elle leva les yeux pour découvrir deux secouristes qu'elle connaissait bien : Owen Likins et Sawyer Hayes.

Owen s'agenouilla immédiatement à côté d'elle et l'écarta de la victime pour enchaîner les compressions. En face, Sawyer cherchait un pouls.

— Rien, dit-il à Owen.

Tout en parlant, il sortit un insufflateur manuel qu'il positionna sur la bouche de la jeune femme et se mit à appuyer sur le ballon pour lui envoyer de l'air dans les poumons. Il regarda Josie, puis Patrick.

— Depuis combien de temps est-ce que vous pratiquiez le massage cardiaque ?

— Au moins dix minutes, répondit Patrick.

Les bras en compote, Josie s'affaissa, les fesses sur le carrelage.

— Combien de temps est-elle restée dans l'eau ? s'enquit Sawyer.

Patrick se tourna vers Josie, puis de nouveau vers l'urgentiste.

— On ne sait pas. On est entrés, Josie l'a vue flotter et elle a plongé.

Son frère prit la main de Josie et la redressa en gardant un bras passé autour de ses épaules. Ensemble, ils observèrent le travail d'Owen et de Sawyer. D'un de leurs sacs, Sawyer sortit une paire de ciseaux de secours et entreprit de découper le t-shirt et le soutien-gorge de la femme.

— Si tu veux utiliser le défibrillateur, il faut qu'elle soit bien sèche, signala Owen.

Sawyer acquiesça.

— J'ai besoin de serviettes, dit-il à Patrick. Beaucoup de serviettes.

— Par ici, dit Patrick à Josie.

Elle le suivit en trottinant jusqu'au vestiaire des hommes. Ils prirent chacun une brassée de serviettes blanches roulées et les rapportèrent au bord de la piscine.

— Sortons-la de cette flaque, commanda Sawyer.

Josie, Patrick et lui soulevèrent rapidement la jeune femme jusqu'à une zone de carrelage sec, tandis qu'Owen continuait à appuyer sur la poche de l'insufflateur. Sawyer essuya la poitrine de la victime, puis il prépara le défibrillateur portatif.

La peur empoigna le cœur de Josie. L'air était poisseux autour d'eux. La transpiration coulait encore sur son visage. Était-il prudent d'utiliser cette machine dans un environnement aussi humide ? Sawyer et Owen parvinrent en tout cas à le faire fonctionner sans s'électrocuter. Bien sûr, c'étaient des professionnels.

Voyant que la manœuvre ne fonctionnait pas, Sawyer utilisa un foret pour injecter de l'épinéphrine directement dans l'os de l'épaule de la femme. Le bruit, qui n'était pas sans rappeler celui d'une perceuse électrique, secoua Josie d'un frisson.

Le ventre noué par un horrible pressentiment, elle les regardait essayer de réanimer la femme inerte. Chaque minute qui passait était comme un clou de plus dans son cercueil. *Respire !* cria Josie dans sa tête. Hélas, après vingt minutes de vaillants efforts, Owen s'assit sur ses talons et essuya la sueur à son front.

— Tu veux annoncer l'heure ? demanda-t-il à Sawyer.

Ce dernier leva les yeux et, pendant une fraction de seconde, croisa le regard de Josie. Il passa une main dans ses courts cheveux noirs, à présent trempés et hérissés, consulta sa montre et déclara :

— Heure de la mort : 9 h 12.

Owen se leva. S'adressant à Josie, il souffla :

— Je suis désolé.

— Moi aussi, dit-elle.

Patrick lui pressa l'épaule.

— On ne sait pas depuis combien de temps elle était dans l'eau. C'était peut-être fichu d'avance.

— C'est vrai, convint Sawyer.

Il regarda autour d'eux. Le gardien franchissait les portes, apportant avec lui un courant d'air, bref mais bienvenu. La cheffe de la police du campus, Hillary Hahlbeck, et deux de ses adjoints le suivaient. Puis venait le collègue de Josie, l'inspecteur Finn Mettner. Mett avait commencé sa carrière comme agent de patrouille à Denton, avant d'accéder au poste d'inspecteur. Des quatre policiers chargés des enquêtes, Mett était le plus jeune et le moins expérimenté, mais il avait déjà été chargé de certaines des affaires les plus difficiles de la ville, et Josie avait toute confiance en lui.

La cheffe Hahlbeck s'arrêta net lorsqu'elle les atteignit. Petite et trapue, avec des cheveux bruns bouclés qui lui arrivaient aux épaules et des yeux bleu pâle, Hillary avait été engagée par l'université à peu près un an plus tôt. Elle avait au moins quinze ans de plus que Josie, la quarantaine bien sonnée, et l'expérience d'un grand service de police ailleurs dans l'État.

— Oh, Seigneur ! s'exclama-t-elle d'un ton désolé dès qu'elle avisa la jeune femme sur le carrelage. Ce n'est pas bon. Pas bon du tout.

Pour la première fois, Josie regarda attentivement le visage lisse de la noyée. Sa peau olivâtre avait pris une teinte blafarde et ses yeux marron étaient vitreux, sans vie. Elle était manifestement jeune, sans doute étudiante de l'université, et elle lui semblait familière, sans que la policière parvienne à déterminer pourquoi.

Mettner avait sorti son téléphone et Josie savait que son application de prise de notes était ouverte, prête à l'emploi.

— Que s'est-il passé ? demanda-t-il en les rejoignant.

— Je venais retrouver Pat ici, parce que j'avais un de ses t-shirts de travail à lui rendre, commença Josie. On est entrés ici par le hall d'entrée. Je l'ai vue qui flottait à la surface.

Patrick enchaîna :

— Josie a plongé, l'a sortie de l'eau et a essayé de la réanimer jusqu'à l'arrivée des secours.

Un sourcil haussé, Mett désigna le polo de Josie.

— Le rose de ton t-shirt, c'est à cause du sang ?

Josie tira sur le col du polo trempé. Ses vêtements dégoulinants pesaient sur ses membres épuisés.

— Non. C'est un... accident de lavage.

Mettner parut perplexe, mais il commença à pianoter sur son téléphone.

— Pas de sang, marmonna-t-il pour lui-même.

Hillary se tourna vers l'agent de sécurité.

— Gerry ?

Suivant son regard, Josie constata que le visage blafard du gardien avait pris une teinte rosée et que ses yeux marron étaient brillants, rougis.

Il pleurait.

— Gerry, répéta Hillary d'un ton plus ferme.

L'interpellé s'essuya les yeux du revers de sa main droite.

— C'est Nysa, lâcha-t-il d'une voix étranglée.

— Je sais, Gerry. Je l'ai vue à la télé. À quelle heure est-elle arrivée ?

Josie comprit aussitôt où elle avait déjà vu la morte. Au cours du week-end, la chaîne d'information locale avait diffusé un reportage sur l'équipe de natation de l'université de Denton mettant notamment en avant deux étudiants de deuxième année, dont Nysa Somers, présentée comme la meilleure nageuse de l'équipe et récipiendaire d'une bourse importante attribuée par un ancien étudiant très fortuné. Josie revit mentalement des images d'elle en train de nager, ses membres puissants et agiles fendant l'eau sans effort. À la fin de la vidéo, on la montrait au bord de la piscine avec plusieurs coéquipières, un bonnet de bain rouge couvrant ses longues mèches brunes et la tête rejetée en arrière dans un éclat de rire. L'image revenait à Josie maintenant, contraste frappant avec le cadavre à ses pieds. Une vague de tristesse remonta du plus profond de ses entrailles, mais elle la repoussa pour se concentrer sur la situation présente. Ils ne savaient toujours pas s'il s'agissait d'un horrible accident ou d'un crime. Josie avait besoin de plus d'informations.

— Je l'ai vue à la télé, dit Patrick.

— Je... Je n'arrive pas à y croire, balbutia Gerry. Ça fait vingt-sept ans que je travaille ici et je n'ai jamais vu une chose pareille se produire.

— Gerry ? l'interrompit Mettner. Vous travaillez dans le hall d'entrée ?

Ce dernier acquiesça. D'une poche de poitrine, il tira un mouchoir en papier qu'il se colla sur un œil, puis sur l'autre.

— Tous les étudiants entrent par le hall ? poursuivit Mettner.

— Oui, répondit l'agent. C'est la seule entrée possible. Il y a deux portes à l'arrière du bâtiment, mais seul le personnel du campus peut les ouvrir, au moyen d'une carte d'accès.

Son regard se reporta sur Nysa et il marmonna :

— Bon sang. Je n'en savais rien. Elle était ici toute seule. Elle vient presque tous les jours pour nager. Je n'avais aucune raison de penser... J'aurais dû vérifier, je...

Hillary le coupa :

— Gerry, vous n'y êtes pour rien. Vous avez fait votre travail.

— Vous trouvez ? Cette gamine est morte, et je ne sais même pas ce qui s'est passé.

Josie se demanda s'il avait été proche de Nysa pour que sa mort l'affecte autant. Ou était-il simplement plus sensible que d'autres ? Josie avait vu d'innombrables réactions face à une mort soudaine et tragique de la part de personnes ayant ou non des liens personnels avec la victime. Elles allaient du stoïcisme le plus complet à l'hystérie. Elle regarda Mettner, lui communiquant sa question en silence. Il tapota sur son téléphone, prenant probablement note d'enquêter sur le lien entre le gardien et Nysa Somers.

— Avez-vous vu Nysa, ce matin, quand elle est entrée ? demanda-t-elle à Gerry.

— Bien sûr, c'est mon travail. Elle est arrivée plus tôt que d'habitude, mais oui, elle est passée par la porte principale. Elle m'a dit bonjour, m'a souri et elle s'est dirigée vers la piscine.

— Quelle heure était-il ?

— À peu près 6 heures. En général, j'arrive vers 5 h 45 et j'ouvre les portes à 6 heures, même si, le lundi, personne ne vient si tôt. Nysa s'est présentée juste après que j'ai ouvert les portes. D'habitude, elle arrive plutôt vers 8 heures.

— Il n'y avait personne avec elle ? demanda Josie.

— Non.

Josie regarda de nouveau le corps de Nysa, depuis ses tennis blanches jusqu'au débardeur blanc et au soutien-gorge rose en dentelle en dessous, qu'Owen et Sawyer avaient soigneusement ramenés sur sa poitrine pour la couvrir.

— Est-ce qu'elle transportait quelque chose ?

La main de Gerry se figea, le mouchoir à quelques centimètres de son visage.

— Quoi ?

— Avait-elle un sac avec elle ? Un sac de piscine ? Un sac à main ? Un sac à dos, peut-être ?

— Je ne... Je ne me rappelle pas. Je ne sais pas. Je ne pense pas.

Mettner intervint :

— Avez-vous vu quelqu'un dehors avec elle avant qu'elle n'entre ?

— Non. Je peux vérifier les images pour m'en assurer.

— Les images ? répéta Josie avec espoir.

Gerry balaya la zone des yeux.

— On a des caméras de vidéosurveillance dans le hall et à l'extérieur du bâtiment.

Josie fut cruellement déçue par cette réponse.

— Mais pas ici ? Dans l'enceinte de la piscine ?

— Je suis désolé, non, confirma Gerry. Ils ont essayé quelques fois, mais les caméras n'arrêtaient pas de tomber en panne à cause de l'humidité. Ils sont censés en installer de nouvelles le mois prochain.

Ce qui ne nous sert à rien dans le cas présent, pensa Josie.

— Ils voudront voir toutes les images en notre possession, Gerry, anticipa Hillary. Il leur en faudra probablement des copies, d'ailleurs.

Josie hocha la tête.

— Est-ce que Nysa se comportait comme d'habitude ? demanda-t-elle à Gerry. Ou vous a-t-elle paru différente ?

— Elle m'a eu l'air égale à elle-même. Peut-être un peu distraite. Parfois elle discute avec moi, et parfois elle va directement nager. Aujourd'hui, elle est entrée sans rien dire. J'ai pensé qu'elle était concentrée sur sa séance de nage avant ses cours.

— Est-ce que quelqu'un est entré à sa suite ?

— Non. Il n'y avait qu'elle jusqu'à ce que vous arriviez tous les deux. Comme je l'ai dit, les lundis matin, c'est très calme.

— Elle était donc seule dans cette zone ? voulut clarifier Mettner.

— Oui.

— Personne d'autre n'était là pour travailler ou faire autre chose ? insista Josie. Dans les vestiaires, à l'arrière du bâtiment ?

— Non. Il n'y avait que moi.

Il désigna Patrick, toujours debout à côté de Josie, et ajouta :

— Jusqu'à ce qu'il arrive, mais il est allé directement aux distributeurs. Et puis vous êtes arrivée.

Ce fut au tour de Mettner d'enchaîner :

— Vous n'avez rien entendu après que Nysa est entrée ? En provenance de la piscine ?

Gerry appuya une main au sommet de son crâne.

— Non. Rien. Je n'arrête pas de retourner tout ça dans mon esprit, je me demande si je n'ai pas raté quelque chose. Les portes étaient fermées mais, même comme ça, je peux parfois entendre les gamins quand ils braillent. Je n'arrête pas de me demander si elle a crié. Est-ce qu'elle a appelé ? Est-ce que je ne l'ai pas entendue ? Mais pourquoi est-ce qu'elle aurait crié ? C'est la meilleure nageuse de l'équipe universitaire. Quel besoin elle aurait eu d'être repêchée ? N'empêche, peut-être qu'il s'est passé quelque chose et qu'elle a crié. Ma femme dit toujours que la noyade est une mort silencieuse, cela dit. Je ne comprends pas ce qui a pu arriver. Je ne sais pas quoi penser. Je...

Des larmes coulaient de ses yeux. Hillary lui adressa un « tss-tss » réprobateur.

— Gerry, je sais que vous êtes bouleversé, mais essayez de vous ressaisir.

— Laissez-le, intervint aussitôt Josie.

Elle posa une main sur l'épaule du gardien.

— Merci, murmura-t-il.

— Je sais que c'est très perturbant, Gerry, lui assura-t-elle. Vous vous en sortez très bien. Vous pensez pouvoir nous montrer ces vidéos maintenant ?

— Oh oui, s'empressa-t-il de répondre. Je vais vous chercher ça, c'est dans une pièce à l'arrière du bâtiment.

Hillary fit un signe de tête à l'un de ses agents, qui accompagna Gerry vers le fond de la zone de baignade, jusqu'à une double porte marron. Gerry utilisa sa carte magnétique pour l'ouvrir. Au-delà, Josie aperçut un couloir aux murs en parpaings.

Sawyer se racla la gorge.

— Quel est le plan ?

Josie s'adressa d'abord à Mettner.

— Appelle l'équipe d'identification criminelle et la docteure Feist, dit-elle. Fais venir une patrouille pour boucler les lieux. Un agent à l'entrée et un autre aux portes de la piscine. Personne n'entre ni ne sort jusqu'à nouvel ordre.

Mettner hocha la tête et se détourna, son téléphone déjà collé à l'oreille. Patrick s'assit sur un banc à proximité. Tous les autres avaient les yeux braqués sur Josie, attendant ses instructions. Elle s'apprêtait à demander à la cheffe Hahlbeck de poster l'un de ses agents à l'entrée du bassin quand une porte s'ouvrit à la volée. Une voix féminine précéda l'apparition de sa propriétaire.

— ... personne ici. Qu'est-ce qui se passe, nom de Dieu ?

Josie supposa qu'il s'agissait d'une étudiante, vu sa tenue — un short et un immense sweat-shirt à capuche. Ses cheveux noirs étaient remontés en une queue-de-cheval qui se balançait d'un côté à l'autre au rythme de ses pas. À mesure qu'elle se rapprochait, Josie distingua une nuée de taches de rousseur sur son visage. Et ses grands yeux marron s'écarquillèrent de stupeur lorsqu'ils se posèrent sur le corps de Nysa.

— Mademoiselle, intervint la cheffe Hahlbeck en lui barrant la route.

Mais la jeune femme l'écarta et courut vers la forme inanimée en criant :

— Nysa !

Josie tendit les bras et l'intercepta avant qu'elle n'atteigne le corps. Avec l'élan, elles furent toutes les deux entraînées dans un demi-tour. Une main toujours sur le bras de la jeune femme, Josie s'efforça de la ramener vers la sortie.

— Je suis désolée, mademoiselle. Vous ne pouvez pas entrer ici pour le moment.

Mais la fille se contorsionnait, tordait le cou pour regarder en arrière, tandis que Josie la poussait vers la porte.

— Nysa ! C'est Nysa, non ? Oh, mon Dieu ! Qu'est-ce qui s'est passé ? Qu'est-ce qui s'est passé, putain ?

6

Josie précéda la jeune femme dans le hall d'entrée. L'air frais enveloppa son corps trempé d'eau chlorée et de sueur. Guidant la fille vers les bancs alignés le long d'un des murs, Josie lui dit :

— Je suis vraiment désolée, mademoiselle, vous allez devoir attendre ici.

Sous ses doigts, Josie sentit les muscles du bras de la jeune femme se crisper. Elle prit une profonde inspiration et, sur l'expiration, demanda :

— C'était Nysa, n'est-ce pas ? Oh, mon Dieu. Elle est morte ?

— Vous voulez vous asseoir ?

— Je ne peux pas. Je ne peux pas m'asseoir, là. Qu'est-ce qui s'est passé ?

Josie la lâcha et la jeune femme s'enveloppa aussitôt de ses bras. Des larmes brillaient dans ses yeux.

— Comment vous appelez-vous ? lui demanda Josie.

— Christine. Christine Trostle. Je suis la colocataire de Nysa. Elle n'est pas rentrée hier soir, alors j'ai pensé la trouver ici. Oh, mon Dieu, est-ce qu'elle est morte ?

L'hystérie de Christine allait croissant. Josie garda une voix calme et égale.

— Nous n'avons pas encore d'identification certaine, mais oui, nous pensons que la personne que vous avez vue à l'intérieur est Nysa Somers, et je suis navrée de vous annoncer qu'elle est décédée. Elle a été retrouvée dans la piscine. Nous avons tenté un massage cardiaque, mais nous n'avons pas réussi à la réanimer.

Un petit pli apparut au centre du front de Christine.

— Un massage cardiaque ? Pourquoi ? Est-ce qu'elle a eu, genre, une crise cardiaque ou quelque chose comme ça, pendant qu'elle nageait ?

Josie réfléchit aux informations dont ils disposaient. La nageuse vedette de l'université avait été retrouvée flottant sur le ventre dans la piscine. Sans sac, sans maillot de bain sous ses vêtements. Elle avait encore ses chaussures aux pieds quand Josie s'était jetée à l'eau pour la repêcher. Cette jeune femme était-elle venue nager ?

— Nous l'ignorons, finit-elle par répondre. Nous ne savons pas grand-chose pour l'instant, malheureusement. Je suis l'inspectrice Josie Quinn de la police de Denton. Mon équipe va enquêter sur sa mort. La légiste est en route, mais il faudra peut-être des jours, voire des semaines, avant d'obtenir une réponse définitive. Ce dont nous avons vraiment besoin, pour l'instant, c'est d'autant d'informations que possible sur Nysa. Vous avez dit que vous étiez colocataires. Depuis combien de temps connaissiez-vous Nysa ?

Christine serra les poings à l'intérieur de ses manches et en utilisa un pour essuyer ses larmes. Elle balaya le hall du regard, comme si elle la voyait pour la première fois. Josie savait que son cerveau s'efforçait péniblement d'assimiler ce qu'elle venait de voir et d'entendre.

— Christine ? insista-t-elle doucement.

— Depuis la première année, répondit-elle en déglutissant.

— Vous êtes toutes les deux en deuxième année, maintenant ?

Christine acquiesça et, avec sa manche, épongea d'autres larmes.

— Oh, mon Dieu ! souffla-t-elle. Ce n'est pas possible.

Josie devait tâcher de la garder concentrée sur les réponses à ses questions.

— Vous étiez colocataires pendant votre première année ?

— Oui, dans les dortoirs. On est devenues très proches, alors quand il a fallu trouver un logement pour cette année, on a décidé de louer un appartement étudiant ensemble.

— D'où est-ce que vous êtes originaire ?

— Du Vermont.

— Nysa aussi ?

Christine secoua la tête. Elle regarda vers le plafond.

— Non. Du New Jersey.

— J'ai cru comprendre que Nysa faisait partie de l'équipe de natation. Vous aussi ?

Nouveau « non » de la tête.

— Oh, certainement pas. Je suis une très mauvaise nageuse. Punaise. Je n'arrive pas à y croire.

Une main sortit de sa manche, monta et tira sur sa queue-de-cheval. Enfin, elle croisa le regard de Josie.

— Vous avez dit qu'elle était dans la piscine. Maintenant, elle est morte. Est-ce qu'elle s'est noyée ?

Avant que Josie ne puisse répondre, Christine ajouta :

— Comment la meilleure nageuse de l'université de Denton peut-elle se noyer toute seule dans une piscine ?

— Nous allons découvrir ce qui s'est passé, lui assura Josie. Christine, vous avez dit que Nysa n'était pas rentrée hier soir, c'est bien ça ?

— Oui. J'étais inquiète.

— Elle n'est pas rentrée d'où ? voulut savoir Josie.

— De la bibliothèque. On a dîné ensemble dans la salle

commune hier soir, puis je suis retournée à notre appartement et elle est allée à la bibliothèque.

— Quelle heure était-il ?

— Il devait être 18 heures, 18 h 30. Nysa avait un devoir à rendre pour un de ses cours d'anglais et ça peut être assez bruyant, dans notre quartier de logements étudiants, même un dimanche. Elle cherchait à être au calme.

— Elle y est allée à pied ? En voiture ?

— À pied, répondit Christine. Sa voiture est toujours devant chez nous.

— Elle s'est rendue à pied de la salle commune à la bibliothèque vers 18 heures, 18 h 30, et vous ne l'avez pas revue ensuite, récapitula Josie. Vous êtes sûre qu'elle n'est pas revenue à l'appartement ? Peut-être après que vous vous êtes endormie ?

Christine secoua la tête.

— Non, j'en suis sûre. Je lui ai envoyé un texto à 21 heures – la bibliothèque est ouverte jusqu'à 21 h 30 – et elle m'a répondu qu'elle terminait. Après, j'ai lu des textes pour mon cours d'histoire, et j'ai finalement remarqué qu'il était 23 heures et qu'elle n'était pas rentrée ni ne m'avait contactée. Alors je lui ai envoyé un nouveau texto.

Christine fouilla dans la poche de son sweat-shirt et en sortit son téléphone portable. Elle tapa son code et ouvrit l'application de messagerie. Puis elle tourna l'appareil vers Josie, qui put lire l'échange de textos entre les deux jeunes femmes.

À 23 h 03, Christine avait envoyé : *Tu es où ? Tout va bien ?*

À 23 h 04, Nysa avait écrit : *Tout va bien. Rencontré quelqu'un en revenant de la bibliothèque. M'attends pas.*

Ce à quoi, à 23 h 06, Christine avait répondu : *Quelqu'un ? Qui ça ?*

Il n'y avait plus eu d'autres messages après ça.

— J'ai attendu jusqu'à minuit et demi et je me suis endormie. Quand je me suis levée, à 7 h 15, parce que j'ai un cours à 8 heures, elle n'était pas là. J'ai regardé dans sa chambre, sans pouvoir déterminer si elle était rentrée ou non : son lit était en désordre, mais comme elle ne le fait jamais... En revanche, sa brosse à dents était toute sèche, donc j'en ai déduit qu'elle n'était pas rentrée. Quand je l'ai appelée, je suis tombée direct sur la messagerie.

Elle fit de nouveau glisser quelques fois son doigt sur l'écran de son téléphone, puis le montra à Josie. Cette fois, le journal des appels montrait que Christine avait effectivement cherché à joindre Nysa trois fois entre 7 h 16 et 8 h 30.

— J'ai réessayé plusieurs fois. Rien. Je ne savais pas quoi faire alors, après mon cours, je me suis dit que j'allais venir voir ici. Nysa est dans l'eau dès qu'elle a cinq minutes. Si elle n'est pas à la maison ou en cours, elle est ici. Et je me suis dit que, au pire, si elle n'était pas là, certaines de ses coéquipières seraient peut-être en train de s'entraîner. Ou que quelqu'un l'aurait vue. Bref, je suis venue ici. Bon sang. Elle est vraiment morte ? demanda-t-elle soudain, d'une voix qui avait monté de deux octaves. Je ne comprends pas. Comment est-ce qu'elle peut être morte ? Ça n'a aucun sens.

— Avez-vous une idée de qui pourrait être la personne qu'elle a rencontrée hier soir ? l'interrogea Josie. Ce « quelqu'un » à qui elle a fait référence ?

— Non, je ne sais pas. J'ai juste pensé que c'était un membre de l'équipe de natation. Ces gens sont très proches, vous voyez ? Ils traînent beaucoup ensemble.

Josie nota mentalement d'interroger les membres de l'équipe de natation.

— Christine, la dernière fois que vous avez vu Nysa, portait-elle un sac à main ou un sac quelconque ?

— Son sac à dos, répondit la jeune femme.

Les vidéos du hall d'entrée montreraient si Nysa avait encore ce sac lorsqu'elle était entrée dans le bâtiment. Ils devraient également vérifier les vestiaires. Ce sac à dos et son téléphone étaient forcément quelque part.

— Est-ce que Nysa sortait avec quelqu'un ? reprit Josie.

— Non. Elle disait qu'elle n'avait pas le temps.

— Est-ce qu'elle voyait quelqu'un... à l'occasion ? insista Josie.

— Vous voulez dire, est-ce qu'elle couchait avec quelqu'un ? Je pense que c'est possible, mais je n'en suis pas sûre.

— Qu'est-ce qui vous fait penser que c'est possible ?

— Ben, disons qu'elle rentrait parfois en retard de l'entraînement ou des cours, et elle était toute rouge, et... je ne sais pas. Vous voyez la tête que font les gens quand vous les surprenez en train de faire quelque chose qu'ils tiennent à garder secret ? Elle avait un peu cette tête-là.

— Vous l'avez questionnée à ce sujet ?

— Pas directement. Il m'est arrivé de lui demander où elle était ou ce qui se passait mais, chaque fois, elle me répondait qu'elle était sortie courir ou qu'elle était restée après le cours pour demander des explications à un prof, des trucs comme ça.

— Vous n'avez pas insisté ? demanda Josie.

— Non, je ne suis pas sa mère. C'est une adulte. Elle peut faire ce qu'elle veut. On vit ensemble et on est amies, mais elle n'est pas obligée de tout me raconter.

— Si elle voyait quelqu'un mais ne voulait pas en parler, avez-vous une idée de qui ça aurait pu être ?

— Aucune.

— Quelqu'un de l'équipe de natation, peut-être ?

— Ce n'est pas impossible, mais je ne vois pas pourquoi elle ne me l'aurait pas dit, dans ce cas-là. Ça n'a rien de répréhensible.

L'air frais, si agréable l'instant d'avant, faisait désormais frissonner Josie.

— Y avait-il quelqu'un qui semblait particulièrement l'intéresser ou qui s'intéressait à elle, à votre connaissance ?

Christine croisa de nouveau les bras et commença à se balancer d'un pied sur l'autre.

— Je ne sais pas. Elle disait toujours qu'elle n'avait de temps que pour les cours et la natation et que les rencards, c'était une perte de temps. Peut-être qu'elle était gênée d'admettre qu'elle voyait quelqu'un après avoir répété ça sans arrêt et que c'est pour ça qu'elle ne m'en a pas parlé.

Christine avait prononcé la dernière partie de sa tirade comme pour elle-même.

— Et qu'en est-il des gens qui s'intéressaient potentiellement à elle ? reprit Josie.

— Oh, Hudson, peut-être. Il fait partie de l'équipe de natation. Il avait un gros crush sur elle l'année dernière, mais Nysa l'a rembarré. Cette année, ils se tirent tout le temps la bourre niveau performances. Il apparaît dans le reportage spécial qu'ils ont diffusé aux infos ce week-end. Tous les deux, ils sont genre les meilleurs nageurs de l'université. À la télé, ils étaient censés parler uniquement de Nysa, parce qu'elle avait décroché la bourse, mais la mère de Hudson a fait tout un pataquès et a réclamé qu'il soit inclus dans le reportage, du coup ils l'ont filmé aussi. C'était un peu gênant. Bref, c'est un gentil garçon, Nysa l'aimait bien, mais elle disait que sa famille était un peu trop intense à son goût.

— J'ai vu le reportage, dit Josie. Intense dans quel sens ?

Christine haussa les épaules.

— Je ne sais pas, dans le genre envahissante, je crois. D'après Nysa, c'était le style de gars dont la mère s'incrusterait sans arrêt dans leur relation, et elle n'avait pas l'énergie pour ça.

— Y a-t-il une chance qu'ils se soient vus en secret ? Sans rien dire à personne, peut-être ?

— Je ne crois pas. Il la regarde toujours avec des yeux de chien battu. C'est assez triste, en fait.

La liste des notes mentales de Josie s'allongeait à mesure que Christine parlait. Elle sortit son téléphone de sa poche arrière pour envoyer quelques rapides textos à Mettner. Après les inondations de Denton, cinq mois plus tôt, au cours desquelles Josie avait été dans l'eau plus souvent qu'à son tour, elle avait acheté un Samsung Galaxy S9, présenté par le fabricant comme étanche. Son plongeon de ce matin avec l'appareil dans sa poche était le premier test de sa capacité à résister à l'eau. En appuyant sur le bouton de déverrouillage avant de taper son code, elle fut soulagée de constater qu'il avait survécu à la piscine.

Elle écrivit à Mettner, même s'il était encore au bord de la piscine, pour lui dire qu'ils devaient interroger tous les membres de l'équipe de natation et, en particulier, un certain Hudson. À Christine, elle demanda :

— Nysa avait-elle des problèmes avec quelqu'un ces derniers temps ?

— Non. Tout allait très bien.

Sa poitrine se souleva plusieurs fois de suite tandis qu'un sanglot se frayait un chemin jusqu'à sa gorge. De nouvelles larmes coulèrent sur son visage. Josie lui accorda un moment pour recouvrer un peu son calme, puis lui demanda :

— Est-ce que Nysa était stressée, en ce moment ?

— Non, pas vraiment. Ce n'est que le début de l'année, donc ce n'est pas encore trop dur pour l'instant.

— Et son humeur ? enchaîna Josie. Était-elle contrariée ou déprimée ? Perturbée ?

Christine se figea.

— Pourquoi vous me demandez ça ? Vous pensez qu'elle s'est suicidée ou quelque chose dans ce goût-là ? Impossible. Nysa ne ferait pas ça. C'est l'une des personnes les plus optimistes et les plus déterminées que je connaisse.

— Vous la connaissez depuis un an. A-t-elle jamais mentionné des antécédents de dépression ou d'anxiété ?

Christine secoua vigoureusement la tête.

— Non, non. C'est pas du tout le genre de Nysa.

— D'accord. Je comprends. Qu'en est-il de la drogue ou de l'alcool ? En consommait-elle ?

— Vous êtes au courant qu'on n'a pas encore vingt et un ans, non ?

Josie esquissa un vague sourire.

— Christine, d'après mon expérience, ça n'a jamais arrêté personne, encore moins sur un campus. Ce n'est pas grave, si elle en consommait. Nous avons juste besoin de le savoir.

— Pas de drogues, c'est sûr. Et elle buvait rarement. Elle était très concentrée sur sa préparation, pour la natation. Bon, il lui est arrivé de boire un verre ou deux lors de fêtes, l'an dernier, mais elle était vachement dans le trip alimentation saine et maintien en forme. Surtout avec cette bourse de natation. Ses parents ne sont pas riches ou quoi, alors c'était important pour elle de l'avoir décrochée. Si elle obtient de mauvais résultats avec l'équipe de natation ou en cours, elle pourrait la perdre.

— Christine, intervint Josie, je dois m'entretenir avec mes collègues mais, après cela, j'aimerais que vous m'emmeniez voir l'appartement que vous partagiez avec Nysa.

— Bien sûr.

Josie avait les bras couverts de chair de poule. Dans ses vêtements encore humides, elle avait de plus en plus froid.

— Vous voulez bien patienter ici ?

Christine acquiesça.

— En attendant, je peux appeler quelqu'un pour vous ?

— Les parents de Nysa, peut-être. Ils sont toujours en ville. Ils sont venus ce week-end, parce que WYEP faisait ce reportage sur l'équipe de natation. Ils sont descendus au *Marriott*.

Josie n'allait certainement pas appeler les parents de Nysa Somers pour les faire venir sur les lieux de sa mort, surtout quand le chaos régnait encore. En revanche, elle enverrait quelqu'un à l'hôtel pour leur parler et leur demander de venir à la morgue identifier le corps. Peut-être Noah ou l'inspectrice Gretchen Palmer, qui l'un comme l'autre sauraient leur annoncer le décès avec compassion et délicatesse.

À travers les portes vitrées, Josie voyait les gyrophares rouge et bleu de deux voitures de police en train de s'arrêter devant le bâtiment. Elle s'approcha un peu plus de l'entrée et repéra la petite camionnette de la légiste, Anya Feist, qui se garait derrière.

— Je dois parler à mes collègues, répéta-t-elle à Christine. Si vous voulez bien...

La jeune femme croisa les bras.

— Je ne bouge pas d'ici. Je veux savoir ce qui est arrivé à Nysa.

7

Josie rejoignit les autres policiers de Denton et la docteure Feist au niveau des portes. Elle avait posté un agent en uniforme juste devant l'entrée et un autre au niveau de l'accès au bassin, avec un bloc-notes pour qu'il puisse consigner les noms de toutes les personnes pénétrant les lieux. Elle précéda les agents Hummel et Chan, de l'équipe d'identification criminelle, et la docteure Feist dans l'enceinte de la piscine. Josie fut parcourue d'un frisson malgré la chaleur bienvenue qui régnait dans l'immense espace. Sawyer, Owen, la cheffe Hahlbeck, l'un des autres agents de surveillance du campus et Mettner étaient encore autour du corps de Nysa Somers. Un coup d'œil aux bancs contre le mur permit à Josie de constater que Patrick y était toujours assis et observait le personnel des urgences. Elle alla lui demander s'il allait bien, et il lui répondit par un hochement de tête las. Une main sur son épaule, elle lui proposa de rentrer, ajoutant que si son patron n'était pas d'accord pour qu'il prenne un jour de congé, Pat n'aurait qu'à venir la prévenir. Il l'attira dans une brève étreinte inattendue et partit en trottinant. Josie se tourna vers les nouveaux arrivants, qu'elle mit au courant des événements et du peu qu'ils savaient, notamment ce qu'elle avait appris de Christine Trostle.

— Nous traitons le cas comme une mort suspecte, conclut-elle.

Hummel et Chan s'attelèrent au déballage de leur matériel. La docteure Anya Feist s'agenouilla sur le carrelage pour scruter le visage de Nysa. Josie ressortit son téléphone et composa le numéro de Noah. Au bout de huit sonneries, elle tomba sur le répondeur.

— Mett, dit-elle. Tu as vu Noah au commissariat ce matin ?

Il secoua la tête.

— Non. Essaie Gretchen.

Tout en faisant défiler ses contacts à la recherche du numéro de sa collègue, Josie demanda :

— C'était chargé, ce matin ?

— Non, répondit Mettner. Pas particulièrement.

Noah travaillait dans la même équipe que Josie. Elle se demandait où il était quand la voix de Gretchen retentit dans le combiné.

— Patronne ?

Josie porta le téléphone à son oreille et expliqua la situation dans les grandes lignes, ainsi que sa requête : que Gretchen se rende au *Marriott* afin de prévenir les parents de Nysa Somers et de les emmener à la morgue. Quand elle eut raccroché, Hillary lui annonça :

— Gerry est à l'arrière, en train de récupérer les vidéos. J'ai regardé dans les vestiaires des femmes pour voir si elle y avait laissé quelque chose, un sac de piscine ou autre, mais je n'ai rien trouvé. Il n'y avait rien non plus dans ses poches, et je suis aussi passée dans les vestiaires des hommes, voir s'il y avait quelque chose d'inhabituel. Rien à signaler. Mais bon, je suppose que vous allez vouloir y jeter un coup d'œil par vous-même.

Josie acquiesça. Les agents de l'équipe d'identification

criminelle prenaient des photos pendant que la docteure Feist se tenait à l'écart.

— Je vais jeter un coup d'œil maintenant, si vous voulez bien.

Hillary la suivit, d'abord dans le vestiaire des femmes, puis dans celui des hommes, répondant aux questions de Josie à mesure qu'elle les posait. Les nageurs n'avaient pas de casiers attitrés. Les vestiaires étaient nettoyés deux fois par jour par le personnel d'entretien. Une fois en milieu de matinée et une fois en milieu de soirée. Aucun agent d'entretien ne s'était encore présenté dans le bâtiment.

Ne trouvant rien d'intéressant, Josie retourna auprès du corps. La docteure Feist s'était agenouillée de nouveau à côté de la victime, dont elle tâtait les membres de ses mains gantées.

— Enveloppez-lui les mains dans des sacs, s'il vous plaît, Hummel. Au cas où elle aurait de la peau sous les ongles.

Hummel et Chan se mirent au travail tandis qu'Anya se levait et retirait ses gants.

— Tu penses à un acte criminel ? s'enquit Josie.

La légiste secoua la tête.

— Je ne sais pas. Je ne vois rien qui indique une tentative de se défendre, mais comment une nageuse aussi expérimentée aurait-elle pu se noyer ? À moins qu'elle n'ait été sous l'influence de drogues ou d'alcool, ce qui me paraît le scénario le plus probable. Nous allons pratiquer une analyse toxicologique, mais tu sais que ça prend presque deux mois. Il pourrait également s'agir d'un problème médical soudain. Elle aurait pu venir nager, être victime d'un arrêt cardiaque ou quelque chose dans ce genre et se noyer.

Les sourcils froncés, Josie reporta les yeux sur les vêtements de Nysa Somers.

— Elle n'était pas habillée pour nager.

— Exact, convint la docteure. C'est ton domaine, pas le mien. De toute façon, je ne pense pas qu'un problème médical soudain soit très crédible. On ne voit pas ce genre de choses chez des personnes jeunes et en bonne santé, du moins en général. Ce n'est pas impossible mais, d'après mon expérience, le scénario le plus probable est qu'elle ait été dans un état second, qu'elle ait eu la bonne idée d'aller nager et qu'elle se soit noyée accidentellement.

Josie se tourna vers Hillary.

— Vous pensez que Gerry a récupéré les vidéos ?

— Suivez-moi.

La cheffe de la police du campus conduisit Josie et Mettner vers l'arrière du bâtiment, hors de la zone de baignade, jusqu'à la porte marron par laquelle Gerry avait disparu plus tôt. De près, Josie vit qu'elle était barrée d'un grand panneau rouge assez intimidant, qui annonçait en lettres blanches : « Sortie de secours uniquement. Ne pas bloquer. L'alarme de la porte se déclenchera. » Hillary sortit une carte plastifiée attachée à un cordon rétractable relié à sa ceinture et la fit lire par un boîtier argenté placé sous la poignée de la porte. Un tourbillon de lumières rouges dansa au-dessus de la carte, puis un signal sonore retentit. Hillary poussa la porte sans qu'aucune alarme se déclenche. Josie et Mettner la suivirent dans un couloir gris un peu glauque. Josie regarda à droite, puis à gauche. À l'extrémité du couloir, deux autres portes, une de chaque côté, indiquaient simplement : « Sortie. »

— Par ici, dit Hillary en montrant celle de gauche.

Josie et Mettner la suivirent en file indienne. Quelques mètres avant la sortie, sur la droite, se trouvait une autre porte marron, elle aussi avec un scanner au niveau de la poignée. Hillary y passa sa carte et ils entrèrent dans un petit bureau au sol carrelé et aux murs en béton, avec des tables de travail alignées le long des murs. Sur chacune, deux ordinateurs portables dont les écrans étaient allumés. L'un des groupes d'ordinateurs affichait trois vues du hall d'entrée, l'autre plusieurs vues de l'extérieur du bâtiment.

Assis au bureau le plus proche, Gerry était concentré sur l'écran. Il leur fit signe de s'approcher et cliqua jusqu'à ce que trois fenêtres s'affichent à l'écran. Chacune montrait une vue différente du hall d'entrée. Alors qu'il les observait attentivement, à l'affût de Nysa Somers sur les vidéos, Josie demanda :

— Serait-il difficile pour quelqu'un de pénétrer dans la zone de baignade par les portes de derrière ?

Ce fut Hillary qui répondit :

— Comme Gerry l'a dit plus tôt, pour franchir les portes extérieures ainsi que la porte au fond de la piscine, il faut un badge que seuls les membres du personnel possèdent. C'est une porte par laquelle on peut seulement sortir, par conséquent l'alarme se déclencherait si vous l'ouvriez.

— Si l'une de ces portes était franchie sans badge, où l'alarme retentirait-elle ? voulut savoir Mettner.

— À l'intérieur du bâtiment, et une alerte serait envoyée à notre standard principal ainsi que sur les téléphones de tout le personnel en service à ce moment-là, via une application.

— Même au milieu de la nuit ? insista Mettner. Avant l'arrivée de Gerry ?

Hillary hocha la tête.

— Oui. Dans ce cas, les alertes sont transmises au standard principal et à nos patrouilles de nuit. Je peux donc vous affirmer qu'aucune alarme n'a été déclenchée dans ce bâtiment, ni hier soir, ni ce matin. J'ai déjà vérifié.

— Vous avez une liste des badges qui ont été utilisés pour accéder au bâtiment ? demanda Josie. Si quelqu'un a accédé au bâtiment en utilisant une carte hier soir ou ce matin, vous auriez une trace de cet accès ?

— Oui, dit Hillary. J'y ai pensé. J'ai vérifié ça aussi, mais personne à part Gerry n'a utilisé sa carte pour entrer dans ce bâtiment ce matin, et il est arrivé à 5 h 45.

— Et le gardien de la nuit dernière ? insista Josie. À quelle heure a-t-il fermé le bâtiment ?

— À 22 heures.

— Nous aimerions voir ces deux registres, si vous voulez bien, dit Josie. Celui qui répertorie les alarmes des dernières vingt-quatre heures et celui de l'utilisation des badges.

— Pas de problème.

Hillary se dirigea vers une tablette tactile fixée au mur et entreprit de tapoter sur l'écran et d'y faire glisser ses doigts. Un instant plus tard, une imprimante située sous l'un des bureaux s'alluma dans un bourdonnement et se mit à cracher du papier.

— Voilà Nysa, lança Gerry en désignant l'ordinateur portable.

Josie et Mettner se penchèrent par-dessus ses épaules. Sur les trois vues, l'horodatage en bas à droite de l'écran indiquait 6 h 02. Une vidéo montrait les portes du hall en train de s'ouvrir et Nysa Somers entrer, vêtue d'un débardeur et d'un short, sans aucun sac sur elle. La nageuse s'arrêtait au milieu du hall, tournait la tête vers la gauche et souriait, faisait un signe de la main, lançait quelques mots. L'une des autres vues montrait Gerry derrière son bureau d'accueil arrondi, souriant et agitant lui aussi la main, en disant quelque chose en retour. Puis Nysa s'approchait des portes de la piscine et les franchissait.

— Gerry, dit Josie, vous avez dit qu'elle venait presque tous les jours pour nager. Est-ce qu'elle avait avec un sac avec elle en général ?

Il fronça les sourcils, arrêta la vidéo et rencontra le regard de la policière.

— Eh bien, oui. Toutes les filles trimballent un sac, même si elles viennent avec leur maillot sous leurs vêtements. En général, elle a un sac de sport. Parfois aussi son sac à dos en plus.

— Elle s'est donc présentée à 6 h 02 du matin, vêtue de vêtements normaux, sans maillot de bain en dessous, sans sac, récapitula Josie. Et elle est entrée. Qu'est-ce qu'elle vous a dit, Gerry ?

— Quelque chose comme : « Bonjour, monsieur Murphy. »
Je lui ai répondu « bonjour ».

— Elle vous a appelé par votre nom, remarqua Mettner.
Vous la connaissiez bien ?

Gerry secoua la tête.

— Non, pas très bien. Enfin, mieux que la plupart des
jeunes du campus, puisqu'elle vient ici presque tous les jours. Je
connais un peu les gamins de l'équipe de natation, je discute
parfois avec eux, mais c'est tout. Je ne les connais pas vraiment.
Leur nom et leur visage, quoi.

— Connaissez-vous un certain Hudson ? demanda Josie.

— Bien sûr. Il fait aussi partie de l'équipe. Je les vois souvent
ensemble, avec Nysa. Il a le béguin pour elle, je crois, mais ils
sont surtout en compétition, ces deux-là. Enfin, ils l'étaient...
Désolé, ajouta-t-il après une profonde inspiration. J'ai juste
beaucoup de mal à croire que quelque chose comme ça se soit
passé. C'est tellement horrible. Tragique. Pauvre Nysa.

— Savez-vous si Nysa et Hudson sortaient ensemble ?
demanda Josie.

— Oh, ça, je ne sais pas. Les gosses ne me confient pas ce
genre de choses.

Mettner changea de sujet.

— À quelle heure Patrick est-il arrivé ?

— Je vais vous montrer, proposa Gerry.

Il allait pour cliquer, mais Josie posa doucement sa main sur
son avant-bras.

— Pourriez-vous faire défiler la vidéo en accéléré jusqu'au
moment où Patrick apparaît, afin que nous soyons sûrs que
personne d'autre ne s'est présenté entre l'arrivée de Nysa et la
sienne ?

— Bien sûr.

Il cliqua encore plusieurs fois, et les images avancèrent rapidement jusqu'à ce que Patrick apparaisse dans le hall sur les
trois caméras. Josie nota que Gerry était resté à son bureau toute

la matinée : impossible donc qu'il se soit faufilé au bord de la piscine pour agresser Nysa. À l'arrivée de Patrick, l'horodatage indiquait 8 h 16. Il portait un sac à dos qu'il avait posé à côté de lui avant de s'asseoir sur l'un des bancs et de passer le temps sur son téléphone. Un instant plus tard, il se levait, s'étirait, les bras au-dessus de la tête, et se dirigeait vers les distributeurs automatiques. Deux minutes s'écoulaient encore, puis Josie se vit à l'écran.

Le hall d'entrée était désert. Gerry était assis à son bureau et lisait un journal. À 8 h 20, Patrick revenait en courant dans le hall, en gesticulant, la bouche grande ouverte. Gerry se levait d'un bond, sortait son téléphone de sa poche et accourait vers lui. Puis les doubles portes les avalaient tous les deux.

— Merci, dit Josie. Pouvez-vous nous montrer les images de l'extérieur du bâtiment ?

D'un geste solennel, Gerry quitta la séquence qu'ils venaient de regarder et afficha à la place la vue actuelle du hall d'entrée, où l'un des officiers en uniforme de la police de Denton montait la garde avec son bloc-notes. Un agent du campus allait et venait dans les parages et Christine Trostle attendait sur un banc.

Gerry fit rouler sa chaise jusqu'à l'autre table et cliqua sur l'un des autres ordinateurs portables, pour faire apparaître quatre vues de l'extérieur du *natatorium*, toutes rassemblées sur un seul écran. Les quatre côtés du bâtiment étaient couverts. À l'avant, où se trouvaient les véhicules d'urgence, Josie vit Sawyer Hayes sortir leur équipement, notamment un brancard, de l'arrière de l'ambulance. Au-delà, un parking avec plusieurs rangées de voitures s'étendait plus loin que la portée de la caméra. À l'arrière du bâtiment, un parking plus étroit, comptant seulement quelques places réservées à la sécurité et à d'autres employés du campus, ainsi qu'une benne à ordures. Plus loin, des bois. Josie savait qu'ils couvraient une petite colline jusqu'à l'une des routes principales de la ville menant au campus. De chaque côté du *natatorium*, de petits parcs proposaient des bancs et des tables sous les arbres où les étudiants pouvaient s'attarder par beau temps. Josie savait également qu'au-delà de ces espaces récréatifs, il y avait d'un côté le pôle Santé et de l'autre l'un des nombreux bâtiments abritant les équipements sportifs, mais les images de la caméra ne montraient que les espaces verts.

Gerry afficha à l'écran des enregistrements commençant à 5 heures ce matin-là. À 5 h 44, une petite Jeep se garait à l'arrière. Gerry en sortait une minute plus tard et utilisait sa carte magnétique pour entrer. Les parcs et l'avant du bâtiment étaient déserts. À 6 heures, ils virent Nysa arriver par le parking de devant et se diriger d'un pas assuré vers le *natatorium*. Elle était seule, comme Gerry l'avait indiqué. Ils visionnèrent le reste des images jusqu'à l'arrivée des divers véhicules de secours. Personne n'était entré ou sorti du bâtiment en dehors des personnes déjà recensées. Josie sentit un nœud se former au creux de son ventre.

— Il va nous falloir des copies de tous les enregistrements, indiqua-t-elle à Gerry. Si vous pouviez nous donner tout ce que vous avez sur les dernières vingt-quatre heures, nous vous en serions reconnaissants. Maintenant, si vous voulez bien m'excuser, j'aimerais retourner parler à la colocataire de Nysa.

8

Ce n'est pas moi qui ai commencé à tuer, même si une partie de moi a toujours aimé voir les gens souffrir. Certaines personnes, en particulier. Celles qui le méritaient, comme celles qui m'insultaient, me faisaient de l'ombre à l'école ou recevaient, elles, des éloges ou des récompenses en rapport avec des choses pour lesquelles j'avais travaillé tout aussi dur. Mais j'avais trouvé d'autres moyens de les faire payer sans que personne se rende compte que j'étais derrière tout ça. Il existe peu de choses plus satisfaisantes que de voir quelqu'un qui se croit mieux que vous se chier dessus à cause des laxatifs que vous avez mis dans son déjeuner, ou quelqu'un qui a critiqué votre apparence faire une grimace en buvant un smoothie que vous avez coupé à la pisse. Le meurtre, en revanche, je n'y aurais peut-être pas pensé moi-même. Je ne crois pas que j'aurais cru pouvoir m'en tirer à bon compte si je ne l'avais pas vue faire avant.

Nous savions, elle et moi, quel genre de personne il était, je ne m'attendais tout bêtement pas à ce qu'elle réagisse. Un matin, je l'ai entendue appeler le 911, en parlant d'une voix étouffée. Peut-être pour ne pas me réveiller. Pendant qu'elle attendait devant la porte d'entrée, j'ai remonté le couloir jusqu'à la chambre et je l'ai vu. Il était mort depuis un bon moment, visiblement. Je n'avais jamais vu une personne aussi immobile. Partout où sa peau touchait le lit ou l'oreiller, elle était devenue d'un violet profond, presque noir. Au début, je n'en ai vu que quelques endroits mais, lorsque les ambulanciers sont arrivés et qu'ils l'ont déplacé, j'en ai vu beaucoup plus. Ils n'ont pas pris la peine de tenter une réanimation. Deux d'entre eux sont restés dans la chambre avec elle, à lui poser d'innombrables questions. Et moi j'étais dans un coin de la pièce, j'observais tout, invisible. Mon attention était partagée entre lui – enfin parti pour toujours – et la conversation qu'elle avait avec les ambulanciers. L'un d'eux a posé des questions sur les médicaments.

« Il en prend de plusieurs sortes, l'ai-je entendue répondre. Pour son cœur et son hypertension. D'autres pour la douleur. Il s'est blessé au genou il y a quelque temps. Mais il ne prend pas toujours ses cachets correctement. Parfois, il les mélange. Une fois, il en a pris six du même flacon – du Vicodin. J'ai dû l'emmener aux urgences pour un lavage d'estomac. En plus, il boit. Je ne compte plus le nombre de fois où je lui ai demandé de ne pas consommer d'alcool avec ses traitements. Il ne m'écoute pas. Tenez, vous pouvez regarder les flacons. »

Elle montrait la table de chevet, où se trouvaient plusieurs flacons de médicaments orange, bien alignés, prêts à être passés en revue. Un ambulancier s'est approché et les a pris un par un pour les étudier.

À cet instant-là, elle a posé les yeux sur moi. Je savais très bien qu'il ne mélangeait pas ses pilules. C'est elle qui les lui donnait. Je n'ai rien dit.

L'ambulancier a secoué un flacon, mais aucun cliquetis n'a signalé la présence de cachets à l'intérieur.

« Digoxine, a-t-il lu. Une forte dose peut être mortelle. Le flacon est vide. »

J'ai attendu que quelqu'un comprenne ce qu'elle avait fait, mais ça n'est jamais arrivé.

9

Hillary tendit à Josie une liasse de feuilles contenant les registres qu'elle lui avait promis, puis elle la raccompagna, ainsi que Mettner, jusqu'à la piscine. Une fois de plus, la chaleur et l'humidité frappèrent Josie de plein fouet. Au moins ses vêtements étaient-ils presque secs, c'était déjà ça.

— Je retourne passer quelques coups de fil au quartier général, annonça Hillary, voir si je peux obtenir une liste des membres de l'équipe de natation pour que votre service puisse les interroger.

— Merci, répondit Josie.

Mettner empocha son téléphone et prit la pile de documents des mains de Josie, pour les coincer sous son bras.

— La bibliothèque est le dernier endroit où on sait avec certitude que Nysa est allée hier soir ; je vais y faire un saut et essayer de récupérer les vidéos de son arrivée et de son départ pour éventuellement établir une chronologie et déterminer si elle a parlé à quelqu'un ou si elle est partie seule.

— Parfait, approuva Josie. De mon côté, je vais passer l'appartement de Nysa au peigne fin.

Elle regarda Mettner s'éloigner, puis son attention se porta sur Sawyer et Owen, qui avaient mis le corps de la victime dans un sac mortuaire et l'avaient hissé sur le brancard. Josie sentit une immense tristesse lui tirailler le cœur. La docteure Feist était partie, probablement désireuse d'arriver à la morgue avant le corps afin de pouvoir parler d'abord aux parents de Nysa et demander à l'un d'eux d'identifier la jeune femme. L'idée que cette famille avait été brisée la bouleversait profondément. Elle refoula néanmoins ses sentiments. Il lui revenait de trouver des réponses pour ces gens. Elle ne saurait leur apporter la paix, mais elle pouvait au moins découvrir ce qui était arrivé à leur fille. Une bien maigre compensation au regard de leur perte, toutefois Josie ferait de son mieux.

Lorsqu'elle détacha le regard du sac mortuaire, elle croisa celui de Sawyer. Sa bouche fine était pincée et ses yeux bleus brillaient d'un mélange de chagrin et de colère. Comme Josie, il avait fait l'expérience du deuil dans sa vie personnelle. Parfois, le travail vous pesait, surtout en présence de victimes aussi jeunes.

Noah se planta soudain en travers de son chemin, lui bloquant la vue de Sawyer.

— Ce type est partout, grogna-t-il.

Elle ne l'avait même pas vu entrer.

— Tiens, dit-elle. Tu étais où ?

— Au commissariat, pourquoi ?

— Je t'ai appelé. Tu n'as pas répondu. Mett a dit que tu n'étais pas au poste.

Il jeta un regard par-dessus son épaule, vers Sawyer qui se tenait debout, le regard fixe, tandis qu'Owen finissait de fermer le sac mortuaire.

— J'étais... J'avais... Le chef m'avait donné quelque chose à faire. Pourquoi ce type te dévisage comme ça ?

— Quoi ?

Noah se retourna vers elle et baissa la voix, même si Sawyer et Owen se dirigeaient déjà vers les portes.

— Sawyer. Partout où on va, il est là. Je sais qu'il a quitté Dalrymple pour venir travailler à Denton, mais n'empêche. La ville n'a pas d'autres ambulanciers ?

Josie posa une main sur sa hanche.

— De quoi tu parles, enfin ?

Les portes se rabattirent derrière Sawyer et Owen qui disparurent dans le hall, laissant Josie et Noah seuls.

— Il vient dîner chez nous. On le voit à Rockview quand on va rendre visite à ta grand-mère. Et maintenant, on est au travail et il est encore là.

— Il fait partie de la famille maintenant, Noah, lui fit-elle remarquer.

— Ah oui ? Il n'a aucun lien de parenté avec toi, seulement avec ta grand-mère.

Lisette Matson avait élevé Josie comme sa petite-fille pendant deux décennies avant que toutes deux ne découvrent qu'elles n'étaient pas liées par le sang. Josie avait grandi en croyant que le fils de Lisette, Eli Matson, était son père. Ce dernier était mort alors que Josie n'avait que six ans, la laissant dans un foyer violent avec une femme qu'elle prenait pour sa mère. Lisette s'était donné pour mission de sortir Josie de là et de l'élever. Pendant des années, Josie et Lisette avaient vécu seules toutes les deux. Puis, il y avait de cela quelques mois, Sawyer était apparu, prétendant être le petit-fils de Lisette, issu d'une relation qu'Eli avait eue avec une femme fréquentée avant la naissance de Josie – ce qu'un test ADN avait confirmé. Lisette était ravie de se retrouver avec un nouveau petit-enfant. Ça avait été un peu plus difficile pour Josie, inquiète que cette arrivée ne change sa relation avec Lisette. Elle faisait toutefois de son mieux pour accepter la situation et accueillir Sawyer dans leur vie. Tout autre comportement aurait brisé le cœur de Lisette, ce que Josie n'avait aucunement l'intention de faire.

— C'est toi qui m'as encouragée à apprendre à le connaître, rappela Josie à Noah.

— Je pense que tu le connais assez bien maintenant.

— Qu'est-ce qui t'arrive ?

Noah poussa un soupir.

— Rien. Je suis juste agacé.

Elle haussa les sourcils.

— Agacé ? Eh bien, mets ça de côté. Pour l'instant, on doit se concentrer sur une affaire, Fraley.

Josie vit une légère rougeur lui colorer les joues. Il agita son carnet en l'air.

— Je suis concentré. J'ai parlé à Mett au téléphone et aussi à Gretchen. Qu'est-ce que tu en penses ? Accident ?

— Je ne sais pas, mais quelque chose cloche.

— Tu penses à un homicide ?

— Non. Je ne vois pas comment ce serait possible. Il n'y avait personne d'autre ici.

— Même pas d'agent de sécurité ?

— Il n'a pas quitté la réception pendant tout le temps où Nysa se trouvait dans la zone de baignade.

— Quelqu'un aurait pu se faufiler ici par l'arrière, non ?

— Je ne pense pas, répondit Josie. D'après les registres que Hillary nous a donnés, personne d'autre que le gardien n'a utilisé sa carte magnétique pour ouvrir les portes de derrière, que ce soit hier soir ou ce matin.

— Est-ce qu'il est possible que quelqu'un soit entré ici hier et soit resté toute la nuit ?

— Je ne vois pas comment la personne aurait pu sortir après coup sans déclencher une alarme ou être vue par une caméra.

— Exact, admit Noah. Mais si personne ne l'a tuée, alors quoi ? Elle s'est noyée accidentellement ?

— Peu probable. C'est la nageuse vedette de l'université.

— Elle était en état d'ébriété ? Sous l'empire de la drogue ?

— Compte tenu de son comportement sur la vidéo qu'on a visionnée, je ne pense pas qu'elle était soûle, déclara Josie. Certainement pas assez pour se noyer accidentellement. Une fille ivre à ce point aurait au moins trébuché ou eu des difficultés d'élocution. Il ne nous reste que l'hypothèse d'un problème médical soudain. Le hic, c'est que ça n'explique pas pourquoi elle est venue à la piscine deux heures avant son horaire d'entraînement habituel, et surtout sans maillot de bain. Il nous faut davantage d'informations. Une fois que la docteure Feist aura pratiqué l'autopsie et qu'on aura parlé aux personnes qui la connaissaient et qui ont été en contact avec elle au cours des derniers jours, il sera peut-être plus facile de déterminer s'il s'agit d'un accident ou d'un suicide.

— Un suicide, répéta Noah. On n'a pas encore abordé ce sujet.

— Sa colocataire ne croit pas à l'hypothèse. Gretchen est en route pour l'hôtel où elle va récupérer les parents. Ils pourront peut-être nous éclairer sur l'état d'esprit de Nysa.

Noah soupira.

— C'est affreux. Tu tiens le coup ?

— Ça va, dit Josie.

C'était sa réponse par défaut, qu'elle aille bien ou non. La découverte de Nysa dans la piscine, son échec à la réanimer, tout ça avait ébranlé Josie. Mais la mort et les tragédies étaient son pain quotidien au travail. Elle était professionnelle, et était passée maître dans l'art de mettre de côté sa propre tristesse pour s'acquitter de sa tâche. Plus tard, elle devrait rencontrer elle-même les parents de Nysa, or elle voulait pouvoir au minimum répondre à quelques-unes de leurs questions.

Noah n'insista pas. Il demanda :

— Comment est-ce que je peux t'aider ?

— Va au quartier général de la police du campus, répondit-elle. Avec la cheffe Hahlbeck, convoquez autant de membres de l'équipe de natation et d'entraîneurs que possible pour un interrogatoire aujourd'hui.

— Compris.

10

En sortant du *natatorium*, Noah tourna à droite pour se diriger vers la partie haute du campus, où se trouvait le quartier général de la police. Josie suivit Christine Trostle à travers le parking qui commençait à se remplir. En fait, tout le campus était beaucoup plus animé maintenant qu'à son arrivée. Certains étudiants s'arrêtaient pour regarder, étonnés, les quelques véhicules de police encore devant la piscine, mais d'autres passaient leur chemin en discutant entre eux ou concentrés sur leur téléphone, sans se douter de la tragédie qui venait de se produire.

Quand elles arrivèrent devant le bâtiment Ervene-Gulley, celui des Arts et des Humanités, de l'autre côté du parking et juste hors de portée des caméras du *natatorium*, Josie demanda :

— Christine, où est la salle commune ?

L'intéressée s'arrêta et désigna deux allées parallèles sur sa gauche, qui descendaient vers la partie basse du campus.

— Par là.

Puis elle se tourna dans la direction opposée et indiqua le bâtiment le plus haut du campus, que Josie savait être la bibliothèque.

— Pas bien loin de la bibliothèque. Je vais vous montrer le raccourci d'ici à notre résidence étudiante.

Elles contournèrent le bâtiment des Arts et des Humanités. À l'arrière se trouvait un petit parking et, de l'autre côté, une zone boisée avec un passage dans les broussailles. Le sentier était tout juste assez large pour laisser passer une personne et avait manifestement été tracé par les centaines d'étudiants qui l'avaient emprunté. Josie suivit Christine, estimant à une trentaine de mètres la distance entre le bord du campus et la petite rue déserte sur laquelle elles débouchèrent. Lorsqu'elles posèrent le pied sur l'asphalte, Josie vit l'arrière d'une rangée de maisonnettes. Chacune avait un minuscule jardin, pour la plupart encombrés de barbecue, d'équipements sportifs, de climatiseurs et autres conteneurs à ordures. Josie savait, pour avoir traité avec l'université au fil des ans, que ce quartier s'appelait Hollister Way. Il s'agissait d'un ensemble de six rangées de petites maisons mitoyennes et généralement louées à des étudiants de deuxième année qui désiraient un peu plus d'espace et d'intimité que ce que leur offraient les dortoirs. Les places à Hollister Way étaient très convoitées, du fait de cette proximité avec le campus. Josie suivit Christine vers la rangée de logements la plus proche. Chaque bâtisse disposait de deux places de parking et presque toutes étaient occupées. Christine tourna ensuite à droite dans la troisième rangée et Josie la suivit jusqu'à une porte portant le numéro 14. Tout en tournant une clé dans la serrure, Christine désigna une Honda Civic bleu clair devant la maison.

— C'est celle de Nysa.

À l'intérieur, la maisonnette se résumait à un salon-salle à manger, une minuscule cuisine et une volée de marches en haut desquelles se trouvait une salle de bains coincée entre deux chambres, assez petites pour pouvoir être confondues avec des dressings améliorés. Christine lui montra celle de Nysa. Un lit simple défait, avec un ordinateur portable à son pied, occupait la majeure partie de l'espace. Un bureau et une commode haute étaient collés l'un contre l'autre le long d'un mur, avec une pile de manuels scolaires sur le premier et deux photographies encadrées sur la deuxième. L'une montrait un petit chien blanc, l'autre, très certainement Nysa Somers avec sa famille lors d'un événement de natation. Elle y portait un bonnet de bain et un maillot rouge une-pièce, une médaille autour du cou, des fleurs nichées dans le creux de son bras. Un homme et une femme plus âgés, un large sourire aux lèvres, l'entouraient. À côté de l'homme se tenait une adolescente au sourire plus réservé, qui ressemblait beaucoup à Nysa. *Les parents et la sœur*, pensa Josie, avant de détourner le regard. Son cœur se brisait en pensant à la nouvelle qu'ils allaient recevoir et qui allait détruire définitivement le bonheur qu'ils avaient connu avant ce jour atroce.

Dans l'embrasure de la porte, Christine pleurait en silence pendant que Josie jetait un coup d'œil autour d'elle. Rien n'attira son attention, si ce n'est les trois maillots de bain soigneusement pliés dans le tiroir supérieur de la commode, et un petit sac en filet contenant ce qui semblait être du matériel de natation, rangé sous le bureau. Josie enfila une paire de gants et fouilla rapidement dans le sac : des lunettes de natation, un bonnet de bain, des pince-nez, une bouteille d'eau, une barre protéinée et une serviette. En revanche, ni sac à dos, ni téléphone portable nulle part.

Son propre téléphone sonna. En le sortant de sa poche, elle vit le visage de Mettner apparaître sur l'écran.

— Mett ?

— J'ai les vidéos de la bibliothèque, annonça-t-il. Nysa en est partie à la fermeture, seule. Elle avait un sac à dos.

— D'accord, soupira Josie. Tu as essayé de suivre son trajet en utilisant les autres caméras du campus ?

— Oui. Je suis avec Hahlbeck et Fraley dans le bâtiment de la police du campus. Il faut que tu voies ça.

11

Josie retraversa Hollister Way jusqu'au raccourci. À l'entrée du chemin, elle resta un long moment à observer de nouveau les environs. Quelques étudiants sortaient au compte-gouttes, sacs sur le dos et yeux rivés sur leur téléphone, tous surpris de la trouver au bout du sentier reliant le campus à Hollister Way. Un étudiant arriva derrière elle et prit le chemin du campus. C'était calme, personne ne s'attardait. Aucun résident ne passait la tête à l'arrière des maisons donnant sur le passage. Les gens allaient et venaient sans que personne fasse attention à personne. Une voiture s'arrêta du côté boisé de la petite route. Un étudiant en sortit, mit un sac en bandoulière, verrouilla son véhicule et passa devant Josie en trottinant jusqu'au campus. Le long de la route, elle remarqua un fossé boueux à l'endroit où l'asphalte se terminait et où la forêt commençait. Plusieurs traces de pneus s'étaient imprimées dans la boue. Puisque c'était une zone où les étudiants se garaient fréquemment avant d'emprunter le raccourci à pied, quelqu'un aurait pu être arrêté là la nuit précédente, lorsque Nysa avait débouché du sentier.

Car elle en était sortie, non ? Elle n'avait pas passé toute la nuit dans les bois, quand même ? Il y avait un trou de plus de huit heures dans la dernière nuit de Nysa Somers. Josie ne savait pas trop pourquoi, mais elle sentait que ces heures étaient d'une importance capitale pour comprendre ce qui avait conduit à sa mort. S'engageant sur le sentier, elle le parcourut lentement, en regardant d'un côté et de l'autre, en quête d'un espace dégagé parmi les branches ou les broussailles. Elle identifia quelques sycomores, deux bouleaux et un érable. Le sol était pour l'essentiel couvert d'ambroisie, de myrte, de solidage et de chardons, dont certains plants lui arrivaient à la taille.

En montant une petite pente, Josie arriva à la limite du campus et se retourna pour scruter derrière elle tout ce qui s'offrait à son champ de vision depuis l'angle le plus élevé. Il n'y avait aucune rupture dans les broussailles de part et d'autre du chemin, aucun endroit où quelqu'un avait visiblement piétiné la végétation pour pénétrer dans les bois. Cependant, d'où elle se trouvait, il semblait y avoir une brèche dans un grand carré de chardons à sa droite, à une dizaine de mètres du sentier. La plupart des tiges étaient hautes, coiffées de bulbes épineux aux fleurs violettes ou roses qui dépassaient du reste de la végéta-tion, comme autant de poils au garde-à-vous. Un observateur non averti aurait pensé à la première explication qui vint à l'es-prit de Josie : un animal, probablement un cerf, était passé par là et avait piétiné une partie des chardons. Toutefois, alors qu'elle redescendait vers le sentier qui menait à Hollister Way, le cou tendu pour mieux voir, elle aperçut quelque chose de sombre. Pas de la terre. Du tissu.

Sortant son téléphone, elle prit plusieurs photos avant de chercher comment parvenir jusqu'à l'objet repéré en touchant le moins possible aux broussailles. Alors qu'elle se frayait un chemin, deux étudiantes passèrent sur le sentier, en provenance du campus. L'une d'entre elles cria :

— Tout va bien ?

Josie les rassura d'un geste de la main et d'un sourire, puis se remit à écarter quelques tiges de solidage pour se rapprocher des chardons. Un instant plus tard, l'objet était assez proche pour qu'elle l'identifie. Un sac à dos noir. Qui semblait avoir été jeté là, plutôt que posé, vu sa position de travers sur des tiges de chardons à moitié cassées. Elle regarda vers le chemin. Oui, il était possible que quelqu'un l'ait jeté aussi loin. Une fois qu'elle eut pris plusieurs photos, elle regagna prudemment le sentier, d'où elle appela l'agent Hummel.

— Je pense avoir retrouvé le sac à dos de Nysa Somers. Est-ce que Chan et vous pourriez venir vous en occuper ?

Elle leur donna les indications et, quelques minutes plus tard, les deux agents arrivaient avec leur équipement.

— Je vais me frayer un chemin pour prendre des clichés, annonça Hummel en sortant un gros appareil photo de son sac. Chan bouclera la zone pendant ce temps. Une fois que j'aurai établi le périmètre et examiné le sac pour savoir s'il s'agit bien de celui de Nysa, vous pourrez venir.

Josie appela Mettner et Noah depuis le sentier pendant que Hummel et Chan se mettaient au travail. Plusieurs autres étudiants passèrent et ils s'arrêtèrent tous pour poser des questions auxquelles Josie ne pouvait pas répondre honnêtement. Une brise fraîche descendue du campus séchait les dernières coutures encore humides de ses vêtements.

— Putain ! marmonna Hummel.

— Qu'est-ce qu'il y a ? demanda Josie.

Il se redressa et pointa du doigt les chardons qui l'entouraient.

— Qu'est-ce que c'est que ce truc ? C'est couvert d'épines.

— Du cirse commun, répondit Josie. Ça ressemble à du pissenlit au début de la pousse, sauf que c'est épineux. Ça pousse en hauteur et ça fait des fleurs rose-violet.

Hummel brandit une main gantée et agita l'index. Une épine verte y était plantée et une goutte de sang perlait en dessous.

— Attendez, dit-il. Faut que je change de gants. Je ne veux rien contaminer par ici.

Chan lui tendit une nouvelle paire de gants, puis leurs deux têtes disparurent dans les chardons. Quelques instants plus tard, Hummel cria :

— Jackpot !

Le bras de Chan apparut au-dessus de la végétation, et de sa main gantée elle fit signe à Josie de les rejoindre. Sur place, la policière trouva Hummel accroupi à côté du sac à dos qu'il tenait ouvert. À l'intérieur, Josie vit un cordon auquel était attachée une carte d'étudiant. Le visage de Nysa Somers lui souriait sur la photo. L'image de l'innocence et de l'enthousiasme plein de vie. Josie soupira.

— Qu'est-ce qu'on a d'autre dedans ?

À mesure que Hummel fouillait dans le sac et annonçait ce qu'il y trouvait, Chan consignait son contenu sur un bloc-notes.

— Deux manuels scolaires, un cahier à spirale, une petite trousse à maquillage… Rouge à lèvres, reprit-il après un bruit de fermeture Éclair, fond de teint, mascara, pinceau, blush.

Il referma la trousse.

— Stylos, crayons, 22 dollars en liquide, termina-t-il.

— Téléphone portable ? demanda Josie avec espoir.

— Une seconde, lui répondit Hummel, qui passa aux poches extérieures du sac. Là. Téléphone portable.

Il appuya sur quelques boutons, mais rien ne se produisit.

— On dirait qu'il a besoin d'être rechargé. On s'en occupera quand on l'aura rapporté au poste.

— Génial, dit Josie.

Un petit frisson d'excitation lui fit palpiter le ventre. Pour les enquêteurs d'aujourd'hui, il n'y avait rien de plus précieux dans la résolution d'un crime que le téléphone portable d'une personne. Les gens mettaient toute leur vie dans ces appareils.

— Et ça ? intervint Chan.

De la pointe de son stylo, elle désignait la poche béante d'où

Hummel venait de sortir le téléphone. Josie se pencha et regarda à l'intérieur. Ce qui ressemblait à un morceau de plastique en dépassait. Hummel l'attrapa et le lissa.

— Un sac congélation, annonça-t-il. Elle a dû prendre une sorte d'encas. On dirait des brownies, précisa-t-il, ayant levé le sachet pour examiner les miettes au fond.

Il l'ouvrit et le porta à son nez.

— Oui, ça sent le chocolat.

Josie remarqua un petit autocollant blanc dans le coin inférieur gauche du sac.

— Qu'est-ce que c'est que ça ? demanda-t-elle en le pointant du doigt.

Hummel se leva et s'approcha pour qu'elle puisse y regarder de plus près. L'autocollant était circulaire, noir et blanc, de la taille d'une pièce de 25 cents, avec un visage grossièrement dessiné à la main. Les yeux de la figure étaient de petits X, sa bouche, un large sourire. Au-dessus des yeux, des lignes ondulées jaillissaient du front dans tous les sens.

— C'est bizarre, commenta Hummel.

Josie opina.

— Déplacez le sticker à la lumière. On voit les traces laissées par la mine du stylo, ou est-ce que c'est une photocopie ?

Hummel orienta l'autocollant à droite et à gauche pendant qu'ils l'étudiaient tous les trois. Finalement, il conclut :

— Ça a l'air lisse. Ce doit être une copie. On dirait un de ces autocollants bizarres de skateurs ou quelque chose comme ça. Comme ceux que les gosses mettent sur leurs skateboards, voyez ?

— Quelque chose comme ça sur un sachet ? fit Chan. Non, ce n'est pas un autocollant de skateur. Quelqu'un a marqué ces brownies pour que l'on sache qu'il s'agit de *space cakes*.

— Comment ça ? demanda Josie. L'autocollant indiquerait qu'il y a du cannabis dedans ?

— Dans la dernière ville où j'ai travaillé, on a eu quelques cas de ce type. Les dealers marquaient leur drogue avant de la vendre. Parfois avec des autocollants, parfois avec des tampons. Généralement dessinés à la main, pour qu'on ne puisse pas les confondre avec autre chose. C'était une façon simple et économique de rappeler au consommateur à qui il devait s'adresser pour en racheter. Ce n'est pas très intelligent, cela dit, car cela permet à la police de remonter facilement jusqu'aux dealers et de savoir à qui ils ont vendu, mais certains le font.

Josie sortit son téléphone et prit une photo de l'autocollant.

— Et celui-ci en particulier, vous l'avez déjà vu ?

— Non, répondit Chan. Je peux me tromper. Je dis juste ce qui me passe par la tête. Peut-être qu'elle a fait des brownies chez elle et que quelqu'un lui a donné un autocollant qui s'est retrouvé sur le sachet.

— J'en doute, fit Josie.

La marijuana aurait-elle pu mettre Nysa Somers dans un état tel qu'elle serait entrée dans la piscine et se serait noyée — soit en s'endormant, soit en étant simplement dans un état second ? Ou peut-être le brownie contenait-il une substance plus puissante ? Un ingrédient qui avait eu plus d'effet sur elle que prévu, puisque, a priori, elle ne prenait pas de drogue en temps normal. Mais alors, si elle en avait consommé la veille, pourquoi ? Pourquoi commencer maintenant ? Josie savait que l'université imposait des tests de dépistage à tous ses athlètes. Nysa n'aurait jamais pu se droguer régulièrement. Même une prise ponctuelle aurait été problématique pour elle, car les tests étaient effectués de manière aléatoire, à moins que l'on ait des soupçons. Pourquoi aurait-elle pris ce risque ? L'autre hypothèse était qu'elle ignorait que ces brownies contenaient de la drogue. Lui avaient-ils été donnés par la mystérieuse personne qu'elle avait rencontrée ? Peut-être quelqu'un en qui elle avait assez confiance pour ne rien soupçonner ? Ou bien cet ami l'avait-il convaincue de se lâcher un peu et d'essayer ? Impossible de savoir sans retrouver la personne en question.

— On peut produire ses propres stickers en série ? s'enquit-elle.

Chan haussa les épaules.

— En tout cas, on trouve des autocollants vierges dans n'importe quel magasin de fournitures de bureau. On peut les passer dans son imprimante, ou même directement commander des stickers personnalisés sur un site web.

Josie s'adressa ensuite à Hummel :

— Emballez ça et apportez-le au laboratoire de la police d'État, d'accord ? J'aimerais savoir ce qu'il y a dans ces miettes. Et puis, faites un relevé des empreintes sur le sac.

Sur ce, elle regagna le sentier, puis parcourut le reste du chemin jusqu'au campus. Une fois sur le parking, elle appela Christine Trostle.

— Vous m'avez dit que Nysa ne s'était jamais droguée, dit-elle à la jeune fille. C'était la vérité ?

— Ben oui, pourquoi ?

— Elle n'a jamais rien essayé ?

Christine émit un bruit de gorge.

— Eh bien, je ne l'ai jamais vue essayer quoi que ce soit ou entendue parler d'essayer un truc, mais je n'étais pas avec elle vingt-quatre heures sur vingt-quatre, sept jours sur sept. Peut-être qu'elle en prenait mais, vraiment, ça ne lui ressemble pas selon moi. Elle buvait parfois, mais les drogues lui faisaient peur.

— Lui faisaient peur de quelle manière ? demanda Josie.

— Elle disait qu'avec l'alcool, elle était en terrain connu. Les effets étaient prévisibles. Les drogues, par contre, elle ignorait l'effet qu'elles auraient sur son corps. Au lycée, une de ses amies a essayé la cocaïne en pensant que ce serait marrant, mais y avait de la PCP dedans et la fille, ben, elle en est morte. Crise cardiaque, si je me rappelle bien ce que Nysa m'a raconté. Si ça se trouve, le mec qui avait refilé la coke à l'amie de Nysa n'était même pas au courant. Nysa disait toujours que les drogues n'étaient pas réglementées et qu'on ne pouvait faire confiance à personne, alors que si elle prenait une bière, elle savait exactement d'où elle venait et ce qu'elle contenait. En plus, vous savez, comme elle fait partie de l'équipe de natation, elle est soumise à des tests de dépistage aléatoires.

— En effet, convint Josie. Et vous ? Est-ce que vous ou l'un de vos amis communs avec Nysa consommez des *space cakes* ?

— Genre... de l'herbe ?

— Ou tout aliment contenant de la drogue.

— Non, répondit Christine.

— Vous n'aurez pas d'ennuis si c'est le cas, lui assura Josie. J'essaie juste de comprendre ce qui est arrivé à votre colocataire.

Christine s'esclaffa.

— Vous savez, Nysa et moi, on n'était pas aussi cool, inspectrice. Et comme je viens de vous le dire, Nysa était une athlète : il était hors de question qu'elle prenne ce genre de risque avec son corps en consommant des trucs pas nets.

— Y avait-il quelqu'un pour qui elle aurait pris le risque de se droguer ?

— Comment ça ?

— Est-ce que vous pensez à quelqu'un qui aurait pu lui proposer de la drogue et à qui, pour une raison ou une autre – par conformisme, ou parce qu'elle aimait bien la personne –, elle n'aurait pas dit non ?

— Je ne crois pas.

— Et les brownies ? Elle aimait les brownies ?

— Qui n'aime pas les brownies ? Oui, elle aimait bien ça. Elle était bec sucré.

— Vous en aviez fait récemment ?

— Non.

— Vous en aviez acheté ?

— Non.

— Quelqu'un vous en avait apporté ?

— Non. Je vous promets, inspectrice, qu'on n'a pas eu de

brownies ici depuis la rentrée. Revenez et vous pourrez vérifier par vous-même.

L'autopsie révélerait ce que Nysa avait ingéré – si elle avait ingéré quoi que ce soit – pendant les huit heures précédant sa mort.

— C'est bon, dit Josie. Je vous crois. Je dois me rendre au quartier général de la police du campus. Pour l'instant, je vais vous envoyer par SMS la photo d'un autocollant. Je veux que vous me disiez si vous l'avez déjà vu quelque part.

— Pourquoi ?

— Jetez-y un coup d'œil, puis nous en parlerons.

Josie écarta le téléphone de son oreille et envoya aussitôt par texto à Christine la photo qu'elle avait prise de l'autocollant. Plusieurs secondes s'écoulèrent, puis Christine dit :

— C'est hyperflippant. Qu'est-ce que c'est ? Une sorte de poupée qui fait peur avec le crâne ouvert ?

— Nous ne savons pas encore, répondit Josie. Je voudrais juste savoir si vous avez vu ce dessin quelque part.

— Non. Je m'en souviendrais, mon Dieu. Où est-ce que vous l'avez trouvé ?

— Nous avons découvert le sac à dos de Nysa, l'informa Josie. Dans les bois derrière Hollister Way. Il y avait un sachet dedans, avec cet autocollant dessus. Et des miettes – de brownies, a priori – dans le sachet.

Silence. Puis :

— Vous êtes sûre que c'est bien son sac à dos ?

— Il y avait sa carte d'étudiante dedans.

— Je n'ai jamais vu cet autocollant. Je m'en souviendrais, c'est sûr. Je n'ai aucune idée de la façon dont il s'est retrouvé dans les affaires de Nysa.

— D'accord, lâcha Josie. Si vous le voyez quelque part ou si vous entendez quelqu'un en parler, ou même si vous pensez à quelque chose d'autre qui vous paraît digne d'intérêt, appelez-moi.

12

De retour sur le campus, Josie suivit les indications données par Christine pour gagner le quartier général de la police du campus. Il occupait le plus petit bâtiment, constata Josie. C'était juste une bâtisse carrée en briques avec quatre places de parking sur le côté et deux marches pour accéder à la porte d'entrée. À l'intérieur, un officier en uniforme derrière un bureau métallique fit signe à Josie d'emprunter un couloir assez court. Une seule porte était ouverte, par laquelle elle vit Mettner et la cheffe Hahlbeck assis côte à côte à un bureau, les yeux rivés sur l'écran d'un ordinateur portable. Noah se tenait derrière eux et regardait par-dessus leurs épaules. Josie frappa légèrement sur le cadre de la porte. La cheffe lui fit signe d'entrer.

L'inspectrice se posta à côté de Noah et leur raconta ce qu'elle avait découvert à l'appartement de Nysa – à savoir pas grand-chose, à part que ses maillots de bain et son sac de piscine s'y trouvaient toujours – et, plus important, ce qu'elle avait trouvé dans les bois. Elle montra à chacun la photo du sachet plastique avec l'autocollant.

— C'est pour indiquer que c'est de la drogue, déclara immédiatement Mettner.

— C'est aussi ce qu'a pensé Chan, l'informa Josie.

— Quand j'étais à l'université, il y avait un type qui vendait des trucs sur le campus. Il marquait tous ses produits, d'un dessin d'oiseau bleu en l'occurrence. Enfin, lui, c'était un tampon, pas un autocollant. C'était censé suggérer que sa drogue, c'était l'oiseau bleu du bonheur ou une crétinerie dans ce goût-là.

— Ben voyons, fit Noah en levant les yeux au ciel. On ne manque pas d'activités liées à la drogue dans cette ville. On doit se rendre sous East Bridge plusieurs fois par semaine, pourtant je n'ai jamais vu ça. Cheffe, vous avez déjà repéré ce dessin sur le campus ?

Hillary scruta de plus près l'écran du téléphone de Josie, la lèvre supérieure retroussée.

— Non, jamais, mais je ne suis pas là depuis longtemps. Envoyez-moi ça, je vais me renseigner, compulser les dossiers...

Josie lui transféra la photo par SMS, puis elle désigna l'ordinateur posé sur le bureau.

— Et vous, alors ? Vous avez trouvé quoi ?

Mettner avança la main vers le clavier et demanda à la cheffe Hahlbeck :

— Vous permettez ?

Elle déplaça un peu sa chaise pour lui laisser plus de place.

— Pas de problème.

Il cliqua jusqu'à ce qu'apparaisse un écran montrant l'extérieur de la bibliothèque.

— Ici, on voit Nysa partir à 21 h 32, seule.

Parmi une foule d'étudiants sortant de la bibliothèque, Josie identifia immédiatement Nysa à ses vêtements, ceux dans lesquels ils l'avaient trouvée à la piscine. Un sac à dos noir sur l'épaule gauche, elle se dirigeait vers la partie haute du campus. Mettner fit disparaître les images de la bibliothèque et afficha plusieurs autres fenêtres montrant l'extérieur de divers bâtiments du campus. Les vidéos étaient sombres, vu l'heure tardive et parce que l'éclairage des allées n'était pas très puissant. Néanmoins, ils pouvaient facilement identifier Nysa là aussi. L'affluence était moindre à cette heure-là. Nysa se déplaçait seule. Elle était l'une des rares à ne pas avoir les yeux rivés sur son téléphone, et ne saluait personne ni ne faisait aucun signe de la main. Un autre écran montrait l'extérieur du bâtiment Ervene-Gulley, celui des Arts et des Humanités.

— Le raccourci qui mène à sa résidence se trouve derrière ce bâtiment, indiqua Josie.

Mettner acquiesça.

— Oui, on l'a trouvé.

Quelques clics plus tard, l'écran montra cette fois ce qu'avait filmé une caméra placée en hauteur à l'arrière du bâtiment, à savoir le parking et la zone boisée. Ils virent Nysa traverser le parking et s'engager dans le passage, puis disparaître parmi les arbres. Seule.

— Mais nous savons qu'elle n'est pas rentrée chez elle, commenta Josie.

Mettner leva un doigt.

— C'est là que ça devient intéressant.

Josie et Noah le regardèrent faire défiler les images en accéléré, chaque heure réduite à quelques secondes. Personne n'avait utilisé le raccourci pendant la nuit. Puis, à 5 h 57, une silhouette en émergea.

Nysa Somers.

Vêtue exactement comme la veille au soir, mais sans son sac à dos, elle marchait d'un pas ferme et apparemment décidé. Lorsqu'elle sortit du cadre, Mettner ferma la fenêtre et en ouvrit une autre. Celle-là montrait la façade du bâtiment Ervene-Gulley, situé juste en face du *natatorium*. Le parking au-delà était vide et aucun autre étudiant ne traînait aux alentours, d'après ce que montrait la caméra. Nysa, qui se dirigeait tout droit vers le *natatorium*, finit par sortir de nouveau du champ de la caméra.

Il lui avait fallu environ cinq minutes pour parcourir la distance qui séparait le raccourci du hall d'entrée de la piscine. À 6 h 02, elle était à l'intérieur, disait bonjour à Gerry Murphy, puis se rendait près du bassin. Et puis quoi ? Elle sautait dans la piscine pour ne jamais en ressortir ?

Noah prit la parole :

— Elle a donc quitté la bibliothèque seule à 21 h 30, s'est engagée dans les bois mais n'est pas rentrée chez elle. Après quoi elle est sortie des bois à 6 heures ce matin, portant les mêmes vêtements mais sans son sac à dos. Sa colocataire a reçu un message disant qu'elle avait rencontré un ami. Où ?

— Forcément de l'autre côté du raccourci, déduisit Josie. Le sentier ressort à l'arrière de la dernière rangée de maisons de Hollister Way.

Mettner leva les yeux vers elle.

— Tu es sûre que la colocataire dit la vérité ?

— Aussi sûre qu'il est possible de l'être. J'ai vu son téléphone, j'ai passé l'appartement en revue et le sac à dos se trouvait dans les bois le long du chemin.

— Et si Nysa était rentrée chez elle ? suggéra Mettner. Elle et sa colocataire mangent des brownies à la marijuana. Les choses partent en vrille et Nysa s'en va ?

— Pourquoi Christine mentirait-elle à ce sujet ? rétorqua Josie.

— Parce que sa colocataire a été retrouvée morte.

— Ça n'explique pas le texto de Nysa disant qu'elle avait rencontré une connaissance, intervint Noah.

Mettner resta silencieux.

— Nous devons mettre la main sur cette personne, insista Noah.

— On va peut-être trouver quelque chose quand Hummel aura rechargé le téléphone de Nysa. C'est ça, le vrai jackpot. Il pourrait y avoir des SMS ou des appels avec ce mystérieux

« ami » et, s'il est équipé d'un GPS, on pourrait même voir où elle se trouvait entre 23 heures et 6 heures.

Mettner tapotait sur son application de prise de notes pendant qu'ils discutaient de toutes les pistes à suivre.

— On devrait également aller toquer à toutes les maisons de Hollister Way au cas où quelqu'un l'aurait vue la nuit dernière ou aurait remarqué quelque chose de suspect, ajouta Noah.

— Mes agents amènent ici tous les membres de l'équipe de natation qu'ils peuvent trouver, annonça la cheffe Hahlbeck. Les entraîneurs aussi.

— Ça vous dérange si on procède à des interrogatoires dans ce bâtiment ? demanda Mettner.

— Pas du tout, répondit Hillary. Nous avons deux salles que je peux mettre à votre disposition. Si vous voulez bien m'excuser.

Elle se leva de sa chaise et quitta la pièce.

— Noah, et si tu appelais quelques unités de patrouille pour quadriller Hollister Way ? Mett et moi, on va d'abord interroger les membres de l'équipe de natation et les coachs, puis je parlerai aux parents de Nysa.

— OK. Tu as eu des nouvelles de Gretchen ?

Josie secoua la tête et tapa sur l'épaule de Mettner.

— Et toi ?

— Pas encore. Je l'appelle.

Pendant que Mettner essayait de contacter Gretchen, Josie sortit avec Noah. Ils longèrent le bâtiment, dont la brique avait une teinte verte, l'humidité ayant fait pousser une fine couche de lichen par endroits. Entre deux érables japonais, un seau blanc d'environ vingt litres, gris de crasse, était posé à l'envers. À côté, un seau en fer-blanc, plus petit, était rempli de mégots. De toute évidence, un membre de la police du campus utilisait l'endroit pour ses pauses cigarette.

— Qu'en penses-tu ? demanda Noah.

— J'en pense que les vedettes de la natation universitaire,

équilibrées et relativement heureuses, tellement douées qu'elles viennent de décrocher une bourse considérable et de faire l'objet d'un reportage, ne passent normalement pas une nuit avec un « ami », ne mangent pas de brownies contenant une drogue quelle qu'elle soit et ne se noient pas ensuite.

— Tu penses qu'elle se serait noyée volontairement ? Ou qu'elle aurait perdu connaissance après avoir ingéré de la drogue et que ce serait donc un accident ?

Josie soupira.

— Je ne sais pas, Noah. Je ne sais pas.

— Combien d'overdoses ils déplorent sur le campus chaque année, à ton avis ?

— Deux ou trois ? Je suis sûre que la cheffe Hahlbeck a le chiffre exact. Tu crois vraiment que c'est aussi simple qu'une overdose ? La colocataire est catégorique : cette fille n'aurait jamais rien pris.

Noah rit.

— Aucun étudiant ne prend de drogue. C'est comme dire qu'il ne pleut jamais. Même les étudiants et les athlètes les plus sérieux essaient quelque chose de temps en temps. Si je devais parier, en me fiant à tout ce que j'ai vu dans ma carrière, je miserais sur le fait qu'elle a rencontré un ami, l'ami lui a fait goûter les brownies, ça a fait effet, elle s'est rendue à la piscine pour nager, puis elle s'est évanouie et noyée. Après tout, peut-être que l'ami en question ne lui a même pas précisé qu'il ne s'agissait pas de simples brownies, et qu'elle pensait juste prendre une bonne dose de chocolat.

Josie repensa à la vidéo du hall d'entrée que Gerry Murphy leur avait montrée. Nysa, bien campée sur ses pieds, qui tournait la tête. Le sourire sur son visage. Sa main levée pour le saluer. « Bonjour, monsieur Murphy. »

— Si elle était sous l'influence de quelque chose d'assez fort pour la tuer une fois dans la piscine, est-ce qu'elle n'aurait pas au minimum trébuché ou bredouillé en parlant ?

— Il me semble, si, convint Noah. Mais en l'absence de preuves indiquant quoi que ce soit d'autre, ça reste le scénario le plus évident.

— L'analyse toxicologique le confirmera si c'est le cas, conclut-elle.

Elle ferma les yeux un instant et pensa à la tragédie que ce serait si Nysa Somers – qui, de l'avis général, ne se droguait pas et buvait même rarement – avait décidé d'essayer, cette fois-là, et que ça l'avait conduite à la mort. Elle pensa à Patrick. Elle allait devoir lui faire la leçon sur les dangers de l'usage de drogues, qu'elle endosse son rôle d'agent des forces de l'ordre ou de grande sœur. Puis elle imagina Harris, en âge d'aller à l'université et de goûter à la drogue, et son cœur se serra dans sa poitrine. Interrompant brusquement le cours de ses pensées, elle rouvrit les yeux.

Noah la dévisageait.

— Tu devrais rentrer te changer.

Elle haussa les épaules en passant la main sur le col de son polo.

— Je n'ai pas le temps. En plus, je suis presque sèche et toutes mes tenues de boulot ressemblent à ça.

— Comment ça s'est passé avec Harris, ce matin, pour le premier jour d'école ?

— Il était nerveux. Mais je pense que ça s'est bien passé, répondit-elle en sortant son téléphone pour vérifier si elle avait reçu des messages de Misty.

Aucun. Pas de nouvelle, bonne nouvelle.

Noah s'approcha. Il écarta une mèche de ses cheveux noirs et elle se rendit compte à ce moment-là combien elle devait avoir l'air dépenaillée. Elle voulut passer les doigts dans ses cheveux, mais Noah lui prit la main.

— Tu es magnifique, dit-il doucement.

— Tu t'es cogné la tête ce matin ? plaisanta-t-elle. Pendant que tu manquais à l'appel ?

Noah s'esclaffa et, de son pouce, lui caressa l'intérieur de la paume.

— Je t'assure que cette couleur saumon fait vraiment ressortir tes yeux.

— Oh, la ferme, lança-t-elle, riant malgré elle.

Elle essaya de retirer sa main pour lui donner une tape sur le torse, mais il l'attira à lui et l'embrassa. Sachant que personne ne risquait de les voir, Josie fondit contre lui et sentit le stress de la matinée s'apaiser. Quand il la relâcha et commença à s'éloigner, Josie le rappela :

— Ne disparais pas comme ce matin.

Par-dessus son épaule, il lança :

— Promis. On dîne avec Misty et Harris ce soir. Je veux savoir comment s'est passé son premier jour de maternelle.

— À ce soir, alors.

Il se retourna brièvement et agita son téléphone en l'air.

— Envoie-moi la photo de cet autocollant par SMS, que je puisse le montrer aux gens à Hollister Way.

Elle sortit son téléphone et lui fit aussitôt parvenir le message. Puis elle le suivit du regard jusqu'à ce qu'il disparaisse à l'avant du bâtiment, vers l'un des chemins qui menaient à la partie basse du campus. Le sentiment de paix qu'elle avait ressenti près de lui s'évanouit, remplacé par une profonde douleur à la pensée que la famille de Nysa Somers n'aurait plus jamais l'occasion d'entendre le récit de ses journées.

13

Les étudiants commençaient à défiler dans le bâtiment de la police du campus, la plupart en sweat-shirt et short, certains même en pyjama. Ils avaient tous l'air effaré et vaguement confus. Hahlbeck les avait rassemblés devant l'accueil, et il n'y avait là que deux chaises, toutes deux occupées. Les autres étaient appuyés contre les murs ou assis à même le carrelage. Un faible brouhaha envahissait dans la pièce, et Josie discerna plusieurs fois les mots « Nysa » et « mort ». Une femme qui semblait plus âgée que la plupart des étudiants circulait en distribuant accolades et paroles rassurantes. *L'une des coachs,* devina Josie.

— Patronne.

La voix de Mettner attira son attention. D'un coup d'œil par-dessus son épaule, elle le vit debout dans le couloir. Il lui fit signe de le rejoindre.

— Tu veux qu'on interroge les témoins ensemble, ou on en prend un chacun dans des pièces séparées ? demanda-t-il une fois qu'ils furent hors de portée de voix.

— Faisons des entretiens séparés, décida Josie. Ça ira plus vite.

Hahlbeck leur attribua une salle à chacun. Celle où s'installa Mettner était manifestement destinée aux interrogatoires, avec seulement une table et quelques chaises. Josie était de l'autre côté du couloir, dans une pièce où se trouvaient deux bureaux, placés l'un en face de l'autre, chacun encadré par un meuble de classement et une chaise réservée aux visiteurs. Elle supposa que c'était l'endroit où les policiers effectuaient leurs tâches administratives. Elle choisit le bureau le plus proche de la porte et s'assit. Hahlbeck lui avait fourni un stylo et un bloc-notes. Quand un agent de la police du campus fit entrer le premier étudiant, Josie désigna la chaise destinée aux visiteurs.

— Asseyez-vous, dit-elle. Je n'ai que quelques questions à vous poser.

Pour la plupart, les entretiens ne durèrent pas très longtemps. D'abord parce que personne n'avait rien à dire. Nul n'avait vu ou entendu parler de Nysa la nuit précédente – à moins que l'un d'eux ne mente, mais Josie n'en eut pas l'impression. L'exercice, au bout du compte, ressemblait plus à une demi-douzaine d'annonces de décès qu'à autre chose. Presque tous les élèves vécurent très mal la nouvelle de la mort de Nysa. Elle était très appréciée et connue pour sa gentillesse et son sens de l'humour. Entendre ses camarades parler d'elle en des termes aussi élogieux ne fit qu'attrister Josie davantage. Par ailleurs, tous répétèrent la même chose que Christine Trostle : Nysa ne prenait pas de drogue et buvait rarement de l'alcool ; elle ne semblait pas déprimée ; aucun ne lui connaissait d'antécédents d'anxiété ou de dépression, et ils n'avaient jamais vu l'autocollant. Personne ne savait – ou n'avoua savoir – si Nysa voyait quelqu'un.

À un moment donné, Josie et Mettner se rejoignirent dans le couloir pour se concerter et comparer leurs notes. Les résultats de leurs entretiens étaient les mêmes. Ils n'allaient nulle part. La seule nouvelle information était venue de Gretchen, qui avait confirmé à Mettner que les parents de Nysa avaient identifié leur fille et qu'on les avait raccompagnés à leur hôtel.

— Ils vont rester en ville jusqu'à ce que son corps leur soit rendu, précisa Mettner. Gretchen dit qu'elle ne leur a pas posé beaucoup de questions. Ils étaient trop bouleversés.

— J'imagine, dit Josie. On pourra leur parler plus tard. Tu as interrogé un étudiant du nom de Hudson ?

Mettner fit défiler la liste qu'il avait notée sur son téléphone.

— Non.

— Combien en reste-t-il ?

Mettner alla jeter un coup d'œil au bout du couloir et revint.

— Cinq.

L'heure du déjeuner était passée. Josie, épuisée, se rendit compte qu'elle était affamée.

— Vois si on peut trouver une pizza ou quelque chose, lui dit-elle. On a encore une longue journée devant nous.

Sur un hochement de tête, il retourna à l'accueil.

— Je t'envoie la personne suivante.

Josie comprit immédiatement, au vu de son âge, que son nouveau candidat était un entraîneur. Il était grand et solidement bâti, avec des traits épais et des cheveux noirs coupés en brosse courte. Il portait un pantalon kaki ainsi qu'un coupe-vent avec l'inscription « Denton U », et il avait autour du cou un cordon au bout duquel était accrochée une photo surmontée de la mention « Brett Pace, entraîneur principal ». Oui, c'était lui qu'elle avait vu dans le reportage de WYEP. La chaîne ne lui avait accordé qu'une courte séquence, quelques secondes tout au plus, dans laquelle il avait fait l'éloge de Nysa Somers.

— Monsieur Pace, l'accueillit-elle en désignant le siège des visiteurs. Veuillez vous asseoir.

La chaise grinça sous son poids. Il posa les coudes sur ses genoux et frotta ses grosses paumes l'une contre l'autre.

— Alors c'est bien vrai ? À propos de Nysa ? Elle est morte ? demanda-t-il d'une voix rauque.

— J'en ai bien peur. Je suis vraiment désolée.

— Qu'est-ce qui s'est passé ?

— C'est ce que nous essayons de découvrir, répondit Josie. Dites-moi, depuis combien de temps êtes-vous entraîneur ?

Il lui sourit comme s'ils étaient de vieux amis, et elle devina qu'il avait l'habitude d'obtenir ce qu'il voulait grâce à son physique et son charme.

— Madame l'agente...

— Inspectrice, le coupa-t-elle.

— Inspectrice, écoutez. Je sais que vous ne pouvez rien dire à ces gamins, mais je suis l'entraîneur principal. Je travaillais directement avec Nysa presque tous les jours. Je vous promets que rien de ce que vous me direz ne sortira de cette pièce.

Josie haussa un sourcil.

— Je suis désolée, monsieur Pace.

— Coach, corrigea-t-il.

Josie sourit.

— Coach, je n'ai pas le droit de divulguer le moindre détail sur une enquête en cours.

— Il s'agit donc d'une enquête ? Nysa n'a pas été... assassinée, quand même ? fit-il, les sourcils froncés.

Josie se pencha vers lui.

— Avez-vous des raisons de croire qu'elle a été assassinée, coach Pace ?

Il se cala contre son dossier, aussi loin d'elle que possible.

— Non. Aucune. À moins qu'il ne s'agisse d'une agression aléatoire. Mais elle a été retrouvée dans la piscine, non ?

Sans relever sa question, Josie enchaîna :

— Depuis combien de temps êtes-vous entraîneur ici ?

— Environ six ans.

Il s'avança de nouveau sur son siège et lui adressa un sourire éclatant qui se mua rapidement en expression sérieuse, empreinte d'une inquiétude non feinte. Il baissa la voix presque jusqu'au murmure.

— Inspectrice, nous sommes deux adultes raisonnables, pas vrai ? Je vous affirme que je sais garder un secret. Je n'arrive pas à croire que Nysa ait été retrouvée morte dans la piscine. C'est la meilleure nageuse de l'équipe. Il lui est forcément arrivé quelque chose. Est-ce qu'elle a été... battue ? Est-ce que quelqu'un...

Il ne termina pas sa question, et Josie décela ce qu'elle pensait être la première lueur d'émotion réelle dans ses yeux.

— Quelqu'un lui a fait du mal ?

— Nous ne saurons rien avant l'autopsie, répondit-elle. Je sais que c'est très pénible et très choquant, mais vous devez laisser la procédure suivre son cours, ce qui signifie attendre les résultats de l'autopsie et de notre enquête. Il nous serait vraiment utile que vous répondiez à certaines de mes questions. J'ai cru comprendre que vous étiez l'entraîneur principal ?

Il se mordit l'intérieur de la joue et, après un moment, se décida à répondre.

— Oui.

— Connaissiez-vous bien Nysa ?

— Je la connaissais aussi bien que n'importe lequel de mes étudiants. Je les encourage toujours à venir me parler ou me voir s'ils rencontrent le moindre problème au cours de l'année, même si ce n'est pas lié à la natation. Parfois, ces gosses ont simplement besoin de parler à quelqu'un, vous voyez ?

— Nysa avait-elle manifesté ce besoin ?

— Bien sûr. Ils viennent tous me voir à un moment ou à un autre.

— C'était quand ? demanda Josie.

Il agita vaguement la main.

— Oh, l'année dernière. Elle avait peur de ne pas pouvoir revenir à la fac cette année pour des raisons financières. Son père avait été licencié. Je savais à ce moment-là que la bourse

Vandivere avait été ouverte, ils cherchaient des candidats pour cet automne, alors je lui ai suggéré de s'inscrire. C'était une valeur sûre, cette gamine. La meilleure nageuse que j'aie jamais entraînée.

— Elle devait être ravie, commenta Josie.

— On l'était tous les deux. Elle a pu continuer d'aller à l'université et, moi, j'ai pu garder ma vedette.

Il marqua une pause. Josie vit toute une gamme d'émotions passer sur son visage. Puis il enfouit la tête dans ses mains. De derrière ses paumes, il chuchota :

— Excusez-moi. J'ai du mal à ne pas être dans le déni – par moments, je suis dévasté et, l'instant d'après, je n'arrive tout simplement pas à y croire. Mais agir comme si rien ne s'était passé ne va pas la ramener, hein ?

— J'ai bien peur que non, lâcha Josie.

Il releva la tête et abattit les paumes sur ses cuisses.

— Je dois me montrer fort pour les jeunes. Ils sont complètement paniqués. Je suis désolé. Qu'est-ce que vous voulez savoir d'autre ?

— L'université soumet-elle régulièrement les étudiants de l'équipe de natation à des tests antidopage ?

— Oh oui. Des tests aléatoires. Deux fois par semestre. Plus souvent, si on soupçonne quelque chose. Un résultat positif entraîne une suspension immédiate suivie d'une enquête. Mais on n'a jamais eu de problèmes avec mon équipe de natation.

— Vous n'avez jamais eu de problèmes de nageurs qui se droguaient ? Même pas avec des produits comme des *space cakes*, par exemple ?

Pace secoua la tête.

— Non, je n'ai pas eu de test positif depuis environ quatre ans. Si les jeunes prennent ces trucs, soit ils le cachent très bien, soit ils ont eu de la chance lors des contrôles aléatoires. On a trouvé un joint dans le sac de natation de quelqu'un l'année dernière, mais aucun test positif.

— Et vous ? Consommez-vous des drogues à usage récréatif ?

Le sourire de l'entraîneur disparut pour laisser place à une expression pincée qui se voulait sûrement ressembler à de l'incrédulité, mais ce n'était pas convaincant.

— Madame l'agente...

— Inspectrice.

— Inspectrice, je suis l'entraîneur principal de l'équipe de natation. Toute consommation de drogue est interdite par l'université de Denton.

— D'accord.

Josie nota au passage qu'il n'avait pas nié prendre des drogues, il avait seulement dit que c'était interdit. Elle sortit son téléphone pour afficher la photo de l'autocollant. En tournant l'appareil dans sa direction, elle lui demanda :

— Avez-vous déjà vu ceci ?

Il éclata de rire mais, en voyant l'expression de Josie, se calma rapidement.

— Pardon. Vous êtes sérieuse. Non, je ne l'ai jamais vu. Qu'est-ce que c'est ? Un gribouillage ? Le dessin est pas mal, remarquez, mais qu'est-ce que c'est ?

— Nous ne savons pas, admit Josie. On l'a trouvé dans les affaires de Nysa.

Il tendit l'index vers son téléphone.

— Vous avez trouvé ça dans les affaires de Nysa ? On dirait que l'auteur du dessin était défoncé. C'est pour ça que vous posez tant de questions sur les drogues ? Vous pensez que Nysa en prenait ? Nysa ne se droguait pas, et je ne la vois pas non plus dessiner un truc aussi bizarre. Elle était plutôt du genre petits chiens et cœurs partout, complètement obsédée par son bichon havanais.

— Ah oui ? dit Josie, en repensant à la photo encadrée dans la chambre de Nysa. Quel est le nom de son chien ?

— Oh, je, euh... Je ne me rappelle pas. C'est juste que les

gamins la taquinaient toujours là-dessus. Elle avait sa photo comme fond d'écran de son téléphone.

— Quand avez-vous vu Nysa pour la dernière fois ?

— Vendredi, répondit-il. Lors de notre dernier entraînement.

— Vous étiez dans le reportage de WYEP ce week-end. Vous ne l'avez pas vue ?

— Oh, ils ont enregistré mon entretien séparément de ceux des étudiants, donc non, je ne l'ai pas vue samedi.

— Comment s'est comportée Nysa à l'entraînement vendredi ?

Un sourire sincère passa sur son visage.

— Elle était fidèle à elle-même. Géniale.

— Elle ne vous a pas semblé déprimée ou contrariée ?

Un sourcil se haussa.

— Contrariée ? Pourquoi est-ce qu'elle aurait été contrariée ? Écoutez, Nysa n'était pas comme les autres filles, d'accord ? Elle était motivée et ambitieuse, bien sûr, mais pas stressée. Souvent, quand l'un des nageurs se plaignait de quelque chose, elle lui disait : « Mais est-ce que ça t'a tué ? » C'était devenu une plaisanterie entre eux, toute l'équipe s'est mise à utiliser cette phrase. « Mon colocataire m'a empêché de dormir toute la nuit à cause de la musique. » « Mais est-ce que ça t'a tué ? » ou « J'ai raté mon examen d'histoire. » « Mais est-ce que ça t'a tué ? » Punaise, et maintenant elle est morte. Merde. Pourquoi est-ce que... Pourquoi vous me demandez ces choses ?

— C'est la procédure standard, éluda Josie. Nysa avait-elle des problèmes avec quelqu'un de l'équipe ? Des querelles ou une quelconque animosité ?

— Non, pas du tout. Les jeunes s'entendent plutôt bien. De toute façon, je ne tolère pas ce genre de choses. Si quelqu'un a un problème avec quelqu'un d'autre, on l'aborde de front afin que ça n'affecte pas la dynamique du groupe.

— Y a-t-il des membres de l'équipe dont elle était particulièrement proche ?

— Non, pas que je sache. Elle était aimable avec tout le monde, mais je ne crois pas qu'elle avait d'ami proche dans l'équipe.

— Et un garçon du nom de Hudson ?

— Hudson Tinning ?

Josie nota le nom de famille.

— J'ai cru comprendre qu'ils étaient en compétition et qu'il avait peut-être le béguin pour elle.

Pace rit.

— Il essaie toujours de l'impressionner. Il a un faible pour Nysa depuis qu'il l'a rencontrée, mais il est un peu immature. Un peu fils à maman. Il a besoin de grandir, c'est sûr. Une fille aussi indépendante que Nysa n'a pas de temps à perdre avec un gamin comme lui.

Josie prit quelques notes.

— Savez-vous si Nysa sortait avec quelqu'un ?

— J'en doute, déclara Pace. Comme je vous l'ai dit, Nysa était ultraconcentrée sur ses cours et sur la natation. Si elle n'était pas en classe, elle était à la piscine. Si elle n'était pas à la piscine, elle était au gymnase. Et si elle n'était pas au gymnase, elle était à la bibliothèque. Je serais vraiment surpris d'apprendre qu'elle avait réussi à glisser une relation dans un emploi du temps aussi chargé.

— Coach Pace, vous avez dit que vous n'avez pas vu Nysa depuis vendredi. Avez-vous eu de ses nouvelles quand même, par téléphone ou par SMS ? Sur les réseaux sociaux ? Quelque chose comme ça ?

— Oh non.

— Les étudiants ont-ils votre numéro de téléphone portable ?

— Tous les gamins de l'équipe l'ont, oui. Ils l'utilisent rare ment et, quand ils le font, c'est généralement pour m'avertir qu'ils vont être en retard ou manquer l'entraînement.

Cet entretien ne menait nulle part.

— Vous habitez à Denton ? demanda Josie, changeant de cap.

— Oui, à deux ou trois kilomètres du campus.

— Seul ?

— Est-ce que mon chien compte ? répliqua-t-il en s'esclaffant. Je suis divorcé. Sans enfants.

— Quel genre de chien ?

— Un labradoodle.

— Où étiez-vous la nuit dernière ?

— La nuit dernière ? répéta-t-il. J'étais... Attendez, pourquoi est-ce que vous avez besoin de savoir ça ?

Elle lui adressa un large sourire.

— Nous posons la question à tout le monde, coach Pace. C'est la procédure standard.

Il n'eut pas l'air convaincu mais répondit tout de même :

— Hier soir, j'étais chez moi.

— Avec votre chien.

— Oui.

— D'accord, dit Josie. Et après 21 h 30, toujours chez vous ?

— Je suis resté à la maison toute la nuit, répondit-il, reprenant son mode trop amical. Les lundis arrivent plus vite avec l'âge, vous voyez ce que je veux dire ?

Josie baissa les yeux vers son polo rose.

— Oui, convint-elle. Je vois.

14

C'est un peu plus tard que j'ai tué pour la première fois. Non que je l'aie prémédité d'emblée, mais vivre avec d'autres personnes peut s'avérer difficile. Les gens vous déçoivent toujours, dans les grandes ou les petites largeurs. Lui m'avait déçu dans les grandes largeurs, mais c'était sa respiration continuellement sifflante qui m'irritait le plus. Vous n'imaginez pas le bruit que font les poumons lorsqu'ils se remplissent de liquide. Au début, ça me faisait plaisir de le voir dans un tel état d'inconfort. Si quelqu'un avait mérité de mourir lentement, privé d'air un peu plus chaque jour pendant que la fièvre le consumait, c'était bien lui. C'était une punition divine qu'il soit tombé si malade, d'ailleurs. Car alors, tout ce que j'ai eu à faire, ça a été de remplacer ses antibiotiques par une autre substance. Il a failli s'en apercevoir, quelques fois, il grommelait des remarques comme quoi il n'était « pas sûr que ce soit les bonnes pilules », mais, au quatrième jour, il était si faible et il lui restait si peu de souffle pour parler qu'il l'a fermée. Bien sûr, il s'est réapprovisionné en antibiotiques, et j'ai dû les remplacer aussi. J'avais déjà décidé à ce stade que s'il n'était pas parti d'ici la semaine suivante, je devrais prendre des mesures drastiques. La respiration sifflante me rendait dingue, mais je ne voulais pas que son état s'améliore. Pas après ce qu'il avait fait. Il avait menti, et pas uniquement à moi. Il ressemblait beaucoup à Nysa sur ce point.

À la fin, je n'ai même pas eu la chance de le voir mourir. Je l'ai laissé haletant et, à mon retour, il n'y avait plus que le silence. J'étais ivre de joie – non seulement parce qu'il était mort, mais aussi parce qu'il avait eu ce qu'il méritait – jusqu'à ce que l'un des médecins de l'hôpital parle d'autopsie. Révélerait-elle qu'aucun des antibiotiques qu'il était censé avoir pris n'était présent dans son organisme ? À mon grand soulagement, ils ont finalement refusé d'en pratiquer une. Je m'attendais tout de même à ce que quelqu'un se doute de mon forfait.

Ça n'est jamais arrivé.

15

Josie raccompagna le coach Pace dans le couloir et le suivit des yeux jusqu'au hall d'entrée. Elle entendit l'agent du campus en poste à la réception lui lancer :

— À plus tard, coach.

Une odeur de pizza parvint à Josie depuis l'autre extrémité du couloir, et son estomac se mit à gargouiller bruyamment. Mettner sortit la tête de la salle de vidéosurveillance.

— Pour manger, c'est par ici, annonça-t-il.

Pendant que Josie dévorait deux parts en un rien de temps, ils échangèrent des notes sur leurs derniers entretiens, qui n'avaient mené nulle part.

— Il ne reste plus que Hudson Tinning, dit Mettner. Il est dans ma salle. Tu veux qu'on lui parle ensemble ?

Josie essuya la sauce de pizza aux coins de sa bouche avec une serviette en papier.

— Oui.

Lorsqu'ils entrèrent dans la salle d'interrogatoire, Hudson Tinning se leva de l'une des chaises placées devant la petite table. Un t-shirt noir, orné de lettres blanches proclamant : « L'école, ça tue l'ambiance », pendouillait sur son grand corps élancé. Les revers de son jean déchiré tombaient sur ses pieds chaussés de tongs. Il dépassait Josie d'une bonne tête et même Mettner, qui mesurait pourtant près d'un mètre quatre-vingt-cinq, de plusieurs centimètres.

— Vous êtes de la police ? demanda-t-il en les regardant tour à tour de ses yeux bleu pâle écarquillés.

Ses cheveux blond filasse, qui lui tombaient sur les tempes, lui donnaient un look de surfeur.

— Je veux dire la vraie police, précisa-t-il. Pas juste celle du campus.

— Oui, confirma Josie.

Elle se présenta ainsi que Mettner et ils lui montrèrent leurs cartes.

— Asseyez-vous, monsieur Tinning.

Il retourna sur sa chaise. Mettner prit place en face de lui et sortit son téléphone pour y consigner ses notes. Josie resta debout.

— C'est vrai, alors ? fit Hudson en se passant une main dans les cheveux. Nysa est morte ?

— Oui, je suis désolée, monsieur Tinning, répondit Josie. Nysa Somers est décédée ce matin.

— Oh, mon Dieu !

Il baissa la tête et prit plusieurs longues inspirations. Quand il releva les yeux, ils brillaient de larmes.

— Vous êtes sérieux ? Je veux dire, vraiment ? Elle est morte ?

— J'en ai bien peur, confirma Mettner.

— Oh, bon sang !

Il posa ses coudes sur la table et se prit le visage dans les paumes. Un sanglot emplit la pièce. Josie et Mettner lui accordèrent un moment, puis Mettner reprit :

— Monsieur Tinning, je sais que c'est une nouvelle bouleversante, mais nous devons vraiment vous poser quelques questions.

Relevant la tête, Hudson essuya les larmes sur ses joues et acquiesça.

— Pardon. Oui, oui. Allez-y. C'est juste... Qu'est-ce qui lui est arrivé ?

— Nous ne le savons pas encore vraiment, admit Josie. D'où notre présence ici.

— Quelqu'un a dit qu'elle était dans la piscine. Genre, morte. Ça n'a pas de sens. Vous savez que c'est la meilleure nageuse de l'équipe, non ?

— Nous sommes au courant, lui assura Josie.

— Alors comment elle a pu se noyer ?

— L'inspectrice Quinn vous l'a dit, intervint Mettner, nous ne savons pas vraiment ce qui s'est passé à ce stade. Nous en saurons plus lorsque notre enquête sera terminée.

— C'est-à-dire quand ? voulut savoir Hudson.

— Il nous faudra peut-être quelques mois, malheureusement, parce que la légiste procède à des analyses toxicologiques de routine, ce qui peut déjà prendre jusqu'à huit semaines.

— Huit semaines ! s'exclama-t-il. Pourquoi tant de temps ?

— Il n'y a pas assez de laboratoires, lui indiqua Josie. Et ceux qui sont disponibles ont beaucoup de dossiers en attente, déjà. De plus, certains tests nécessitent plusieurs étapes, ce qui ralentit encore le processus.

— Mais sa famille, dit Hudson. Ils veulent sûrement savoir ce qui s'est passé. Ses amis... Nous tous, on veut savoir ce qui s'est passé.

— Je suis désolée, Hudson.

— Ses parents étaient en ville, justement. Est-ce que quelqu'un leur a parlé ?

— Notre collègue les a vus ce matin, déclara Mettner. Ils ont identifié le corps. Nous leur reparlerons plus tard.

— Vous pouvez leur présenter mes condoléances ?

— Bien sûr, dit Josie.

— Parce que j'imagine qu'ils vont organiser ses funérailles chez eux, pas ici.

— Le New Jersey n'est pas très loin d'ici, lui fit remarquer Josie.

Hudson opina.

— J'en déduis que vous étiez proches, tous les deux ? enchaîna Mettner.

Hudson posa les paumes sur la table.

— Oui. On s'est beaucoup entraînés ensemble depuis le début des cours. On était déjà amis avant, mais on a passé beaucoup plus de temps l'un avec l'autre depuis la rentrée de cette année. On fait tous les deux partie de l'équipe de natation, on est tous les deux en deuxième année. On a aussi quelques cours en commun.

— Aviez-vous une relation romantique, voire amoureuse avec Mlle Somers ? lui demanda Josie.

— Non. Non, non. J'aurais bien voulu. Je l'aimais bien. Elle était cool, vous voyez ? Pas comme la plupart des filles d'ici. Mais elle était trop concentrée sur ses études et sur la natation pour sortir avec quelqu'un.

— Nysa savait-elle qu'elle vous intéressait ? ajouta Mettner.

Il haussa les épaules, les yeux fixés sur ses mains.

— Je ne sais pas. J'imagine. Peut-être.

— Peut-être ? insista Josie.

Les yeux toujours baissés, il marmonna :

— Bien sûr, elle devait forcément se douter qu'elle me plaisait. Tout le monde le savait.

— Vous lui aviez proposé de sortir avec vous ? Ou fait des avances ?

— On s'est embrassés une fois à une fête. L'année dernière. On avait bu tous les deux. Mais après, elle m'a dit qu'elle n'était pas intéressée, qu'elle ne voulait fréquenter personne.

— Personne ? répéta Josie. Ou juste pas vous ?

Plusieurs secondes s'écoulèrent. Les doigts de Hudson tambourinaient sur ses cuisses.

— Je ne sais pas. C'est ce qu'elle m'a dit. Qu'elle n'avait pas envie de sortir avec quelqu'un.

— Comment ça s'est passé, le week-end où WYEP a tourné son reportage sur vous deux ? demanda Josie.

— Ça... fit Hudson en secouant lentement la tête. Je ne voulais même pas y participer mais, au bout du compte, ça s'est bien passé. On est tous allés déjeuner ensemble après le tournage : moi, ma mère, Nysa et ses parents. C'était cool. WYEP a filmé les interviews et tout le reste le samedi matin, parce que c'était le moment où les parents de Nysa pouvaient venir. Les autres séquences provenaient des archives de l'équipe de l'année dernière. Je pense qu'ils ont tout monté ce jour-là, parce que c'est passé au journal télévisé de 23 heures.

— Il n'y a donc pas eu de problèmes entre Nysa et vous à propos de ce reportage ? demanda Mettner.

— Non. Bien sûr que non. Il n'y avait aucun souci.

— Même si vous êtes normalement très compétitif ? insista Mettner.

— Non, tout allait bien. Je veux dire, oui, ma mère voulait absolument que j'apparaisse dans le reportage, puisque je suis né et que j'ai grandi ici, à Denton, mais Nysa, ça ne la dérangeait pas de partager la vedette. On a passé un bon moment.

— Hudson, quand avez-vous vu Nysa pour la dernière fois ? reprit Josie.

Il tourna les yeux vers elle.

— Euh, samedi soir. À une... fête. Dans la résidence étudiante au nord du campus. Pas Hollister Way, une autre. Un gars de l'équipe de natation – un étudiant de dernière année – et son colocataire avaient organisé une soirée. J'y suis resté presque toute la nuit. Nysa est passée, mais elle ne s'est pas attardée.

— Est-ce qu'elle buvait ? demanda Mettner.

Hudson secoua la tête.

— Non, pas beaucoup. Presque pas, en fait. Elle venait toujours aux fêtes, genre, juste pour se montrer, en gros, mais comme elle n'aimait pas l'alcool, elle restait un peu et elle repartait. Bon, parfois, elle buvait assez pour être ivre, comme l'année dernière, mais c'était rare.

— Y avait-il de la drogue à la fête en question ? s'enquit Josie.

— Je ne sais pas. Peut-être. Je n'ai pas vraiment remarqué.

— Est-ce que vous avez déjà pris de la drogue ? ajouta Mettner.

Hudson le dévisagea, puis Josie, et vice versa, les yeux ronds.

— Ce n'est pas grave, si la réponse est « oui », lui précisa Josie. Vous n'aurez pas d'ennuis. Nous ne sommes pas là pour ça.

— Eh bien, j'ai peut-être fumé un peu d'herbe l'an dernier.

— Mais pas cette année ? demanda Mettner.

— Ben, non. Je... euh... J'ai perdu une bourse l'année dernière parce qu'un des entraîneurs a trouvé un joint dans mon sac de piscine. En plus, je redouble certaines matières. Je ne peux pas me permettre de faire n'importe quoi cette année, et vous savez qu'ils font passer des tests de dépistage aléatoires.

— Ça se tient, commenta Mettner en pianotant sur son téléphone.

Hudson se pencha en avant jusqu'à ce que son torse frôle le bord de la table.

— Euh, si vous pouviez ne pas mentionner ça devant les autres membres de l'équipe... C'est un peu la honte. Bien sûr, les entraîneurs sont au courant, mais...

— Il n'y a aucune raison que ça quitte cette pièce, Hudson, lui assura Josie. Où aviez-vous trouvé ce joint ?

Il haussa les épaules.

— Un gars de mon cours d'anglais.

— Vous souvenez-vous de son nom ? demanda Mettner.

Hudson haussa un sourcil, hésita à sourire, comme si Mettner était sur le point de lâcher une blague. Voyant qu'il s'en abstenait, Hudson répondit :

— Non, je ne m'en souviens pas.

— Dites-moi, avez-vous déjà vu cette image ? enchaîna Josie.

Elle sortit son téléphone et lui montra une photo de l'autocollant. Il l'observa un instant et secoua lentement la tête.

— Non. Qu'est-ce que c'est ?

— Nous ne savons pas vraiment, admit Mettner.

— Quel rapport avec Nysa ?

— Nous ne savons pas vraiment, répéta Mettner.

— Quand vous avez vu Nysa samedi, à la fête, y avait-il quelqu'un avec elle ? reprit Josie.

— Sa colocataire, Christine.

— Comment vous a paru Nysa, ce soir-là ?

— C'est-à-dire ?

— Était-elle bouleversée ? précisa Mettner. Perturbée ?

— Non, non. Elle était normale.

— Savez-vous s'il se passait quelque chose dans sa vie qui aurait pu générer du stress ? ajouta Josie.

— Non, répondit Hudson. Elle était assez détendue, comme fille. Et de toute façon, on est encore tôt dans le semestre, il n'y a pas vraiment de raisons de stresser pour l'instant.

— Nysa avait-elle des problèmes de dépression ou d'anxiété, à votre connaissance ? demanda Josie.

Les yeux de Hudson se mouillèrent de nouveau et ses épaules se mirent à trembler.

— Quoi ? Non. C'était une personne heureuse. Vous êtes en train de dire qu'elle s'est suicidée ou quelque chose comme ça ? Parce que c'est impossible qu'elle ait fait ça. Elle était vachement ambitieuse. Elle prévoyait de faire plein de choses, elle avait des tas de projets...

— D'accord, le coupa Josie en levant une main avant qu'il ne devienne hystérique. Je comprends.

Elle s'abstint de lui faire remarquer que, parfois, même les personnes les plus motivées et les plus déterminées avaient des démons intérieurs auxquels elles ne pouvaient échapper. Parfois, les personnes qui réussissaient dans la plupart des domaines de la vie ne parvenaient pourtant pas à vaincre ces démons. Parfois aussi, ces démons les poussaient à faire des choses qu'elles n'auraient pas faites autrement, comme manger des brownies contenant de la drogue.

— Hudson, reprit Mettner, y a-t-il quelqu'un que nous pouvons contacter pour vous ? Votre mère, peut-être ?

— Mon Dieu, non. S'il vous plaît. Pas maintenant, en tout cas. Je l'appellerai plus tard dans la journée.

— D'accord. Nous avons encore quelques questions, dit Josie. Où étiez-vous la nuit dernière ?

— À la maison.

— C'est-à-dire ? s'enquit Mettner.

— Oh, à Hollister Way. Comme Nysa et sa colocataire. J'habite à quelques pâtés de maisons de chez elles.

— Vous avez un colocataire ? demanda Josie.

— Oui. Il était là.

Josie nota le nom du colocataire en question et l'envoya par texto à Noah pour qu'il retrouve le jeune homme afin de confirmer l'alibi de Hudson.

Pendant ce temps, Mettner continuait :

— Alors, vous étiez chez vous hier soir ? Disons, après 21 heures, 21 h 30 ?

— Oui. J'avais un contrôle de chimie ce matin, donc je révisais.

Venant de quelqu'un qui portait un t-shirt « L'école, ça tue l'ambiance », Josie avait du mal à croire que Hudson étudiait un dimanche soir, mais elle ne commenta pas. Au lieu de quoi, elle demanda :

— Vous avez réussi ce contrôle ?

— Oh, je ne le saurai que dans le courant de la semaine.

— Une dernière question avant de vous laisser partir. Connaissez-vous quelqu'un qui aurait pu vouloir du mal à Nysa ?

Hudson replongea son visage dans ses mains.

— Non, punaise. Personne. Je ne vois pas pourquoi quelqu'un aurait voulu lui nuire. Elle était géniale.

16

Avant de quitter le campus, Josie s'entretint avec la cheffe Hahlbeck au sujet de l'autocollant. Cette dernière eut beau chercher dans leurs dossiers, elle ne trouva rien. Elle lui promit de continuer à fouiller et de se renseigner sur le campus. N'ayant plus rien à faire à l'université, Josie et Mettner regagnèrent le commissariat. Josie fut soulagée de retrouver son poste de police bien-aimé, après l'intense chaos et la tristesse de la matinée. C'était un bâtiment en pierres massif de trois étages avec un vieux clocher inutilisé dans l'un des angles. À l'époque de sa construction, il avait servi d'hôtel de ville. Soixante-cinq ans plus tôt, il avait été transformé en commissariat de police. Imposant, majestueux avec ses diverses nuances de gris, il avait du caractère. Josie adorait ce vieux bâtiment.

Mettner arriva en même temps qu'elle et se gara à côté de sa voiture, sur le parking municipal à l'arrière. Ensemble, ils franchirent la porte de derrière et montèrent jusqu'à la grande salle, au centre de laquelle on avait regroupé les bureaux attitrés des inspecteurs. D'autres bureaux se trouvaient autour, utilisés par les agents de patrouille quand ils devaient remplir de la paperasse. À droite de ces espaces collectifs, il y avait désormais un nouveau bureau permanent dédié à leur attachée de presse, Amber Watts. Celle-ci l'avait décoré en bleu canard et blanc, avec porte-plume, stylos, agrafeuse et même ciseaux assortis. Elle avait également installé un tableau de liège dans un cadre bleu canard et blanc au mur à côté de sa table de travail. Le tout donnait une impression très joyeuse, contraste saisissant avec des locaux de police habituels. Certes, l'endroit pouvait paraître un peu déplacé au sein du commissariat, mais l'exubérance omniprésente d'Amber et son besoin de tout coordonner plaisaient de plus en plus à Josie.

Amber leva les yeux de son ordinateur portable et repoussa une longue mèche de ses cheveux auburn derrière son épaule. Elle adressa un large sourire à Mettner, et Josie ne manqua pas de remarquer les deux taches roses qui apparurent sur les joues de son collègue lorsqu'il lança :

— Mademoiselle Watts, ravi de vous voir.

Amber lui répondit par un hochement de tête, sourire radieux toujours bien en place, avant de brandir son stylo à rayures bleu canard et blanches.

— Le sergent de l'accueil a demandé que vous l'appeliez dès votre arrivée. Il a quelque chose pour vous.

Josie se rendit à son bureau et composa le numéro de l'accueil, où le sergent Dan Lamay était en poste depuis près de cinq ans. Dan travaillait dans la police de Denton depuis plus longtemps que n'importe qui au commissariat. Il avait survécu à des scandales et à plusieurs chefs. Il avait dépassé l'âge de la retraite mais, à l'époque où Josie était cheffe intérimaire, elle l'avait placé à l'accueil pour qu'il puisse continuer de servir dans la police. Sa famille avait besoin de ces revenus et des avantages afférents. Il l'en avait remerciée par une amitié indéfectible, qui lui avait d'ailleurs sauvé la mise à plus d'une reprise.

— Ah, vous êtes là, dit-il en décrochant. J'arrive tout de suite.

Josie s'apprêtait à lui dire qu'elle allait descendre, mais il avait déjà raccroché. Dan souffrait d'arthrite sévère à un genou, qui semblait s'aggraver d'année en année. Une minute plus tard, il débarqua, tout essoufflé, un sachet de preuves à la main. Il se dirigea tout droit vers le bureau de Josie et lui tendit le sac en papier.

— Hummel a déposé ce téléphone et son chargeur. Il a dit que l'appareil était prêt à être examiné. Il a déjà effectué la recherche d'empreintes : on n'y trouve que celles d'une personne, la propriétaire du téléphone.

— A-t-il parlé d'un sac en plastique ? s'enquit Josie. Je lui ai demandé de relever des empreintes dessus aussi.

Dan se gratta le menton.

— Il a dit que les empreintes sur le sac étaient les mêmes que sur le téléphone. Il vous enverra son rapport d'ici à la fin de la journée, mais il voulait que vous ayez l'information tout de suite. Oh, et Gretchen a appelé : elle a obtenu la permission des parents pour que vous fouilliez le téléphone de Nysa Somers.

— Où est Gretchen ? demanda Mettner.

— Elle est allée aider le lieutenant Fraley pour le porte-à-porte à Hollister Way, répondit Dan. Elle m'a aussi parlé de vos polos, patronne. Je vous en ai commandé des neufs. Ils seront là dans deux jours.

— Dan, lui dit Josie, vous êtes un saint. Merci.

Il agita la main pour lui signifier que ce n'était rien, puis fit demi-tour pour redescendre, en lançant par-dessus son épaule :

— Comme ça, vous pouvez employer votre temps à des choses plus importantes.

Josie ouvrit le sachet et en sortit le téléphone. Elle appuya sur le bouton de déverrouillage. L'écran afficha le message : « Saisissez le code. »

— Merde.

Dan s'arrêta.

— Qu'est-ce qui ne va pas ?

— Il est verrouillé par un code.

Il fronça les sourcils.

— Ah oui. Gretchen a dit qu'elle avait demandé aux parents s'ils le connaissaient, mais non.

Sur ce, le sergent quitta la pièce de son pas traînant et s'engagea dans l'escalier.

— Merci, Dan, lui lança Mettner. Je vais appeler Christine Trostle pour voir si elle le connaît, ajouta-t-il à l'intention de Josie.

Christine ne connaissait pas non plus le fameux code, cependant, elle leur fit plusieurs suggestions, dont aucune ne leur permit de déverrouiller l'appareil. Josie s'enfonça dans son fauteuil avec un soupir, posa le téléphone sur son bureau et le regarda d'un œil mauvais. Du coin de la pièce, Amber intervint :

— Vous avez dit qu'elle était nageuse, c'est ça ? Vous devriez essayer quelque chose en rapport avec la natation. Quelle était sa spécialité ? L'épreuve dans laquelle elle excellait ?

Mettner adressa un sourire à Amber. Josie se redressa et tapota sur son clavier.

— Excellente idée.

Elle retrouva le reportage de WYEP sur l'équipe de natation de l'université et, avec Mettner et Amber, ils regardèrent la courte vidéo, presque entièrement dédiée à Nysa. Hudson avait effectivement été inclus, selon les desiderata de sa mère, mais sa contribution avait été réduite à de courts extraits faisant l'éloge de Nysa. La voir ainsi, bien portante et épanouie, était douloureux. Josie sentait encore le corps froid et sans vie de la jeune femme sous ses mains alors qu'elle essayait de la réanimer.

— On dirait que sa spécialité était le cent mètres papillon, commenta Mettner.

— Je parie que son code est son meilleur temps personnel, suggéra Amber.

Josie le rechercha sur Google. Il ne lui fallut que quelques minutes pour trouver.

— Oui ! Amber, vous êtes géniale, lança-t-elle quand l'écran se déverrouilla après qu'elle eut tapé « 5786 ».

Mettner et Amber s'esclaffèrent et vinrent se poster derrière elle pendant qu'elle naviguait dans le contenu de l'appareil. L'écran d'accueil affichait une photo du chien blanc que Josie avait vu dans un cadre sur la commode de Nysa. Il y avait plusieurs messages non lus, la plupart provenant de Christine, certains, d'autres étudiants qui avaient visiblement cours avec Nysa et qui se demandaient où elle était passée ce matin. Il y en avait aussi un de sa mère, reçu à 9 heures du matin, pour lui demander comment avançait sa dissertation. Josie ravala la boule qui s'était formée dans sa gorge. Manifestement, Nysa était très proche de sa famille.

Elle devait absolument découvrir ce qui était arrivé à cette jeune femme.

— Il n'y a pas de textos datant d'hier soir, à l'exception de ceux échangés avec Christine, déplora-t-elle. Qui que soit l'« ami » qu'elle a rencontré, il ne lui a pas envoyé de message. À moins qu'elle ne les ait effacés.

— Vérifie le journal des appels, proposa Mettner.

Josie s'exécuta, mais elle n'y découvrit rien à part les appels de Christine, tous manqués.

— Rien.

— Il y a forcément quelque chose, s'entêta Mettner. Laisse-moi regarder.

Il lui prit l'appareil des mains et fit défiler les pages et les écrans.

— Vérifie ses mails et ses réseaux sociaux, suggéra Josie. Il doit bien y avoir des preuves de l'existence de ce mystérieux ami. Tu as visionné toutes les images de la bibliothèque, hein ?

— Oui, marmonna Mettner. Elle y est entrée, est montée au quatrième étage, a parlé avec le bibliothécaire et travaillé à un poste informatique jusqu'à la fermeture. Sans discuter avec personne.

— Alors elle a dû rencontrer le mystérieux ami en sortant du raccourci, conclut Josie. J'y suis allée aujourd'hui. Elle a pu croiser quelqu'un sur le sentier ou même sur la route de chez elle. Par ailleurs, les gens se garent à cet endroit et finissent le trajet jusqu'au campus à pied. Quelqu'un aurait même pu l'attendre là.

Mettner leva les yeux du téléphone.

— Bref, ce truc ne nous sert à rien.

— Je peux jeter un coup d'œil ? intervint Amber.

Mettner lui passa le portable, tout en demandant à Josie :

— Tu n'as pas dit que, d'après la colocataire, Nysa voyait quelqu'un en secret ?

— C'est ce qu'elle a sous-entendu, oui, nuança Josie.

— Peut-être que c'est un endroit où ils se retrouvaient régulièrement, ce raccourci, et qu'ils se sont retrouvés là avant de passer la nuit ensemble. Si tel était le cas, ils n'avaient pas besoin de s'appeler ou de s'envoyer de message.

— Possible, cependant Christine l'attendait chez elles après la fermeture de la bibliothèque. Si le GPS est activé sur son téléphone, on pourra peut-être déterminer où elle était hier soir.

— Son téléphone était dans son sac à dos, qui a été jeté dans les bois, lui rappela Mettner. Il y est probablement resté toute la nuit.

— Exact, convint Josie. Ça vaut quand même la peine de vérifier.

— Il y a quelque chose dans son agenda, dit Amber.

Elle tourna l'écran vers Mettner et Josie. En effet, le petit carré représentant ce matin-là était rempli. Josie prit le téléphone des mains d'Amber. Les battements de son cœur s'accélérèrent.

— Vous avez raison. Il y avait un rappel programmé pour 5 h 55 aujourd'hui. Avec ces mots : « En piste, petite sirène. »

— Qu'est-ce que ça signifie ? demanda Mettner. C'est comme ça qu'elle se surnommait, parce qu'elle était nageuse ? Petite sirène ? C'est censé être une sorte de blague ? Au lieu de « en piste pour la natation », « en piste, petite sirène » ?

Josie fit défiler le calendrier en remontant des mois en arrière, mais l'alerte « En piste, petite sirène » était la seule qui y figurait.

— Je ne pense pas qu'elle utilisait ce calendrier.

— Elle s'en est servie ce matin, nota Amber.

— Certes. Mais il n'y a rien d'autre, sur au moins un an. Pourquoi aurait-elle soudain programmé un rappel dans son agenda, à une heure où elle n'allait même pas nager généralement ? Pourquoi est-elle sortie un dimanche soir et restée dehors toute la nuit avec un mystérieux ami, pour aller ensuite à la piscine sans maillot et sans sac ? Où est-elle passée entre le moment où elle a quitté la bibliothèque et celui où elle est ressortie par le raccourci ce matin ? Et avec qui ?

Mettner la dévisageait.

— Je dois écrire tout ça ?

Josie lâcha un rire sec.

— Non, je réfléchis à haute voix.

Mettner tendit la main et Josie lui repassa le téléphone, sur lequel il effectua encore diverses manipulations. Puis il fronça les sourcils.

— Le GPS n'est pas activé. Même si elle a gardé l'appareil sur elle toute la nuit, il n'y a aucun moyen de savoir où elle est allée.

— Fais une demande de mandat, décida Josie. Et envoie-le à son fournisseur d'accès afin qu'il nous indique où le téléphone a borné la nuit dernière.

— Ça ne nous donnera qu'une vague idée de l'endroit où elle se trouvait, avec une marge d'erreur de cinq kilomètres, et on pourrait attendre une semaine avant de recevoir les infos, en fonction de son fournisseur d'accès.

— Ça vaut quand même la peine d'essayer.

La porte de la cage d'escalier s'ouvrit et Noah entra, l'air fatigué. Derrière lui arrivait l'inspectrice Gretchen Palmer, le pas lourd, un polo roulé sous un bras. Elle le tendit à Josie avant de s'asseoir sur son siège de bureau.

— Merci, dit Josie. Dan m'en a commandé de nouveaux. Je te le rendrai dès qu'on les aura reçus. Vous avez trouvé quelque chose ?

Noah s'assit à son tour. Il sortit son carnet de notes et le jeta sur son bureau.

— Non, dit-il.

— Rien du tout, compléta Gretchen.

— Vous plaisantez, marmonna Mettner.

— J'aimerais bien, fit Gretchen, mais personne ne se rappelle avoir vu Nysa Somers hier soir ou ce matin. Enfin, si c'est le cas, aucun d'eux ne veut l'admettre.

Noah enchaîna :

— La nuit du dimanche est l'une des plus calmes de la semaine, apparemment. Les cours du lundi ne commencent qu'à 8 heures. Nysa est sortie du raccourci vers 6 heures. Il ne devait pas y avoir grand monde à cette heure-là, un lundi matin. On a interrogé le colocataire de Hudson Tinning. Il confirme que Hudson a passé toute la journée du dimanche chez eux. Sa mère lui a apporté son linge propre et à dîner. Ils ont tous dîné ensemble vers 18 h 30, puis la mère est repartie. Le colocataire dit qu'ils ne sont pas sortis de la nuit, ni l'un ni l'autre. Quand il s'est couché, vers 1 heure du matin, Hudson était dans leur salon en train de jouer à la Xbox.

— Tiens, tiens, fit Josie. Il va avoir une bonne note à son contrôle de chimie, alors.

Mettner rit.

— Qu'est-ce qu'on fait maintenant ? demanda Noah.

— J'aimerais parler à ses parents, dit Josie.

— Pas aujourd'hui, objecta Gretchen. Ils ont demandé si

nous pouvions leur accorder le reste de la journée. Leur autre fille vient en voiture ce soir pour être avec eux. Elle est étudiante à l'université de Temple, à Philadelphie. En première année.

Noah regarda son téléphone.

— Il est presque 17 heures. Il faut qu'on rentre à la maison. On a un dîner.

Josie sourit malgré la mauvaise humeur dans laquelle l'affaire Nysa Somers la plongeait.

— Oh oui, j'ai hâte. Rentrons à la maison. Je prendrais bien une douche. Je veux juste appeler la docteure Feist et voir si elle a eu le temps de pratiquer l'autopsie.

Elle composa le numéro de portable de la légiste. Son interlocutrice répondit au bout de sept sonneries, le souffle court.

— Quinn, qu'est-ce que je peux faire pour toi ?

— On se demandait si tu avais pu terminer l'autopsie de Nysa Somers.

Anya poussa un soupir.

— Les plans les mieux conçus ne sont pas toujours réalisables. J'ai demandé à mon assistant de commencer les préparatifs, et soudain les urgences ont été prises d'assaut. Trois crises d'épilepsie et deux insuffisances cardiaques aiguës, à la suite. Ils m'ont demandé de venir leur prêter main-forte. Tout le monde est sur le pont.

— Je suis désolée de l'apprendre, dit Josie. Je ne te retiens pas plus longtemps, dans ce cas.

— Demain, Josie, ajouta la docteure Feist. Promis.

À la maison, Josie sortit promener Trout[1], leur Boston Terrier, pendant que Noah mettait le dîner en route. Dans leur couple, il était le seul capable de cuisiner un repas entier sans

---

1. *Trout* signifie « truite » en anglais.

déclencher les détecteurs de fumée. Misty et Harris arrivèrent une demi-heure plus tard. Au grand soulagement de Josie, Harris avait passé une merveilleuse journée à la maternelle et disait avoir hâte d'y retourner le lendemain matin. Il passa tout le dîner à les régaler de ses histoires sur les animaux de la petite ferme pédagogique.

Malgré cet agréable dîner et même si elle était rassurée de savoir que Harris s'était bien amusé pour sa première journée d'école, Josie n'arrivait pas à s'endormir. Nysa Somers, les brownies auxquels on avait potentiellement ajouté de la drogue, l'effrayant sticker et toutes les interrogations sur les heures s'étant écoulées avant cette mort étrange tourbillonnaient dans sa tête. Quand elle consulta le réveil pour la troisième fois de la nuit, elle constata qu'il était 4 h 57. À la même heure, la nuit précédente, Nysa était... où ? Où était-elle passée pendant ces huit heures ? Avec qui ?

Trout geignit à ses pieds et sauta du lit pour se trouver une place sur le tapis de la chambre, comme il le faisait parfois lorsque Josie se tournait et se retournait trop à son goût. Elle tendit la main vers Noah, mais son côté du lit était vide et froid. Elle se leva et descendit au rez-de-chaussée, Trout sur les talons. Noah était introuvable. De retour à l'étage, elle constata que son téléphone et son portefeuille n'étaient pas sur la commode, là où il les laissait habituellement. Elle l'appela. Après six sonneries, il décrocha.

— Où es-tu ? demanda-t-elle.

— J'ai été appelé, répondit-il. Je te retrouve au poste plus tard.

— Pourquoi tu ne m'as pas réveillée ?

— Tu dormais à poings fermés. J'ai pensé que tu avais besoin de repos. Tu prendras le prochain appel. Écoute, je dois y retourner.

Josie ouvrit la bouche pour dire quelque chose comme : « Reviens à la maison. J'aimerais que tu sois là. » Elle n'était pas douée pour communiquer ce genre de choses. Les sentiments qui dévoilaient sa vulnérabilité. Elle savait qu'elle était censée s'efforcer de le faire, néanmoins. Depuis un an, tous ses proches la poussaient à aller voir un psychologue. Jusqu'à présent, elle avait résisté. Revivre ses traumatismes d'enfance lui apparaissait comme la chose la moins utile au monde. Elle préférait les refouler au plus profond de son esprit, ou dans un compartiment où elle pouvait les oublier. Parfois, certaines affaires réveillaient ses démons. C'était toujours mieux si Noah était là avec elle, surtout depuis qu'elle avait arrêté de boire. Mais il avait un travail, lui aussi. Elle savait qu'il ne pouvait pas rentrer à la maison, même s'il en avait envie.

— Tu es toujours là ? demanda Noah.

— Oui, répondit-elle. Je... À plus tard.

Il avait raccroché avant qu'elle ne puisse dire la seule chose qu'elle était capable d'admettre facilement : « Tu me manques. »

17

Trois heures plus tard, Josie traversait en voiture le centre-ville et remontait la longue route qui menait à l'hôpital Denton Memorial. Le grand bâtiment en briques, massif, était situé au sommet d'une des plus hautes collines de la ville. Josie se gara et entra pour prendre l'ascenseur jusqu'au sous-sol, où se trouvait la morgue. C'était l'endroit le plus calme de tout le bâtiment. Un long couloir, autrefois d'un blanc éclatant, mais aujourd'hui gris terne et agrémenté d'un carrelage jauni, conduisait au domaine de la docteure Feist. Plus Josie s'en approchait, plus l'odeur des produits chimiques combinée aux effluves rances de la putréfaction assaillait ses narines.

Elle traversa la grande salle d'examen et d'autopsie pour gagner directement le bureau de la légiste. La porte était ouverte, mais la docteure Feist n'était pas là. Josie s'assit dans le fauteuil réservé aux visiteurs devant son bureau et attendit. Anya avait fait de son mieux pour rendre la pièce chaleureuse et accueillante. Les murs en parpaings étaient peints d'un bleu pervenche apaisant. Aux murs, les tableaux abstraits étaient inondés de couleurs pastel et la légiste n'allumait pas les néons du plafond, leur préférant deux lampes de bureau qui donnaient à la pièce une lumière plus douce. Une deuxième plante en pot avait été ajoutée depuis la dernière visite de Josie, et un désodorisant cylindrique blanc trônait désormais sur l'un des classeurs, expulsant un jet d'aérosol parfumé à la pomme toutes les quelques secondes. Un ajout plaisant, mais qui ne parvenait pas à effacer complètement l'odeur de la morgue à côté.

— Josie, lança la docteure Feist en entrant dans la pièce.

Elle se laissa tomber dans son fauteuil de bureau avec un soupir qui fit trembler sa lèvre inférieure. Le filet d'air souleva sa frange blond argenté.

— Tu es seule ?

Josie jeta un discret coup d'œil à son téléphone. Elle n'avait pas eu de nouvelles de Noah de toute la matinée. Sa seule réponse à ses textos avait été laconique : *Occupé. À tout à l'heure.*

— On dirait bien, répondit Josie. Tu m'as l'air épuisée. Tiens.

Elle tendit à la légiste un gobelet provenant de leur café préféré de la ville, le *Komorrah's Koffee*.

— Je n'ai pas eu le temps de rentrer chez moi, répondit la docteure Feist, qui ferma les yeux pour boire une gorgée de café. Mmm, divin. Merci.

— Ils t'ont gardée aux urgences toute la nuit ?

Anya secoua la tête et posa son gobelet sur son bureau.

— Pas tout à fait. Ils ont encore eu trois crises cardiaques à traiter après les cas précédents. J'ai fait ce que j'ai pu. Je n'ai pas l'habitude de soigner les patients, mais je me suis rendue utile de toutes les manières possibles. Et puis, je me suis dit : comme je suis sur le pont, pourquoi ne pas venir ici pour l'autopsie de Nysa Somers ? Après avoir rencontré sa famille hier, je n'ai pas envie de les faire attendre trop longtemps avant de libérer le corps.

— Merci de t'y être mise aussi rapidement, dit Josie.

— C'est normal. Cela dit, je n'aurai pas rédigé le rapport avant demain et, même là, il ne sera que préliminaire, en attendant les résultats des analyses toxicologiques. Je ne peux pas le finaliser tant qu'ils ne sont pas disponibles et, comme tu le sais, ce genre de tests est susceptible de prendre jusqu'à huit semaines.

— Je suis au courant, acquiesça Josie. D'ici là, toutes tes premières conclusions me seront utiles.

Anya se cala au fond de son fauteuil, la tête en arrière contre le dossier.

— Avant d'entrer dans le vif du sujet, sache que s'il est clair que Nysa Somers s'est noyée, je n'ai pas encore déterminé s'il s'agissait ou non d'un accident. En résumé, la cause de sa mort est la noyade, mais pour ce qui est de la manière dont elle est morte – accident, homicide, suicide –, je ne peux pas te donner de réponse ferme pour l'instant. Parfois, dans les cas de noyade, et en particulier lorsqu'un corps est retrouvé dans l'eau et qu'on ne sait pas comment il est arrivé là, il n'est pas toujours évident de savoir comment cela s'est produit. C'est pourquoi les analyses toxicologiques sont si importantes. Je sais qu'il est frustrant d'attendre, mais nous n'avons malheureusement aucun contrôle sur la rapidité d'exécution du laboratoire.

— Je comprends, dit Josie. Qu'as-tu trouvé lors de ton examen ?

La légiste pencha la tête.

— Elle ne présentait aucune blessure traumatique, aucun signe d'agression sexuelle, aucune ecchymose, aucune lacération, pas de peau sous les ongles et aucun signe de maladie ou de problème médical soudain. En gros, l'examen suggère que Nysa Somers était en parfaite santé. Les seuls éléments que j'ai trouvés correspondent à une mort par noyade : ses poumons étaient très encombrés, hypergonflés. Les radiographies ont montré ce que nous appelons une « opacité en verre dépoli », autrement dit, comme le nom l'indique, ses poumons ont l'apparence du verre dépoli sur les images. Elle avait du liquide dans l'estomac et dans les sinus paranasaux. Cependant, comme je l'ai dit, le mode du décès est indéterminé. Au moins jusqu'à ce que nous recevions les résultats des analyses toxicologiques.

— Son estomac contenait-il autre chose ? s'enquit Josie. Un moyen de savoir ce qu'elle avait mangé en dernier et quand ?

Le visage de la docteure Feist s'illumina.

— Pour le coup, il y avait un certain type de nourriture dans son estomac au moment de sa mort. Difficile de préciser quoi. Pour avoir pratiqué pas mal d'autopsies au cours des vingt dernières années, je dirais que c'était du chocolat. Une sorte de barre chocolatée, de pâtisserie... Un brownie, peut-être ? Je ne peux pas l'affirmer avec certitude. J'ai également envoyé le contenu de l'estomac au laboratoire pour analyse mais, ça aussi, ça prendra du temps.

— L'estomac met environ six heures à se vider complètement, c'est ça ? s'enquit Josie.

— Tout dépend de la personne, nuança la docteure Feist.

— Nous perdons la trace de cette jeune femme pendant environ huit heures dans cette affaire. D'à peu près 21 h 30 à 6 heures du matin. Est-il possible que Nysa Somers ait mangé quelque chose au cours de cette période, d'après ce que tu as trouvé ?

— Ce n'est pas seulement possible, répondit la légiste. C'est probable. Il est juste difficile de déterminer l'heure exacte à laquelle elle l'a ingéré. Je dirais sans doute après minuit.

— Et l'heure du décès ? Tu as pu la préciser ? Je sais que nous avons une fenêtre de deux heures en l'état, entre 6 et 8 heures du matin, mais je suis curieuse.

— Compte tenu de la température de l'air et de l'eau dans la piscine, toutes deux constantes, ainsi que des mesures effectuées sur sa cavité thoracique lors de l'autopsie, je dirais qu'elle était morte depuis environ deux heures quand tu l'as trouvée.

— Tu penses donc qu'elle est probablement morte peu après

6 heures du matin, heure à laquelle elle est entrée dans la zone de baignade ? précisa Josie.

La docteure Feist acquiesça.

Josie demeura silencieuse.

— Qu'y a-t-il ? demanda la légiste.

— Rien. J'essaie juste de trouver comment je vais annoncer à sa famille que leur nageuse vedette s'est bel et bien noyée hier.

18

Le chef Bob Chitwood se tenait devant les bureaux de ses inspecteurs, les bras croisés sur son torse mince, ses yeux noirs tour à tour rivés sur Josie, Mettner et Gretchen par-dessus ses lunettes de lecture, les mèches éparses de ses cheveux blancs en bataille. Au moins, ses joues grêlées n'étaient pas rougies par la colère, constata Josie. Pas encore.

Il brandit un doigt en l'air, sans qu'elle sache déterminer s'il s'adressait à l'un d'eux en particulier ou à tous.

— Vous êtes en train de me dire que la meilleure nageuse de l'équipe universitaire s'est noyée hier ?

Les inspecteurs échangèrent un regard. Ce fut Gretchen, la mieux à même de calmer Chitwood, qui répondit :

— Oui, monsieur. Il semblerait. Quant à ce qui a provoqué la noyade, nous l'ignorons encore.

— La presse a déjà eu vent de l'affaire, ajouta Mettner. Amber a reçu des appels toute la matinée. Elle est sortie déjeuner, là, mais ça l'a beaucoup occupée. Pour l'instant, elle leur a donné à tous la réponse standard : « L'enquête est en cours. »

— Je m'assurerai qu'elle continue sur ce mode. Et vous, Quinn ? aboya Chitwood. Vous avez quelque chose ?

Josie lui parla des miettes de brownie trouvées dans un sachet au fond du sac à dos de la jeune nageuse, ainsi que de la confirmation par la docteure Feist que Nysa avait mangé de ces brownies avant sa mort. Puis elle tendit au chef une copie de l'autocollant.

Chitwood remonta ses lunettes de lecture sur son nez et contempla attentivement la photo, avant de commenter :

— C'est bizarre.

Puis il poussa un soupir, lui rendit l'image et baissa ses lunettes pour pouvoir regarder par-dessus.

— Donc elle a pris quelque chose, puis elle est allée nager alors qu'elle planait à cent mille et s'est noyée. Une histoire tout ce qu'il y a de plus triste, mais ça n'a rien d'unique chez les jeunes. Dossier ouvert et refermé.

— Monsieur, voulut intervenir Josie, je ne suis pas sûre...

— Laissez-moi deviner, la coupa-t-il, en se penchant pour appuyer ses mains sur le bureau et la scruter. Vous pensez qu'il ne s'agit pas juste d'une étudiante qui a fait une énorme bêtise et en a payé le prix ultime ?

Josie se prépara à l'une de ses tirades habituelles.

— En fait, il y a deux ou trois détails qui ne collent pas.

— C'est-à-dire ? demanda Chitwood.

— C'est-à-dire qu'elle a mangé les brownies, d'accord, et ils contenaient probablement quelque chose, cependant je ne pense pas qu'elle aurait pris de la drogue volontairement ou en toute connaissance de cause.

Tirant le fil de son raisonnement, Mettner enchaîna :

— Toutes les personnes avec lesquelles nous avons parlé ont affirmé que Nysa Somers ne prenait pas de drogue et buvait rarement. Je comprends le point de vue de l'inspectrice Quinn : il est étrange que Nysa ait choisi de manger ces brownies en sachant qu'ils contenaient une drogue quelconque.

— De plus, reprit Josie, il y a ce rappel sur son agenda, « En piste, petite sirène », qui n'a pas de sens.

— Il en a un, si elle était complètement défoncée, Quinn, contra le chef. Vous savez bien que les gens font des choses folles, des trucs insensés quand ils sont dans cet état.

— Je ne pense pas qu'elle ait mangé ces brownies en sachant qu'ils contenaient quelque chose, c'est tout.

Chitwood émit un grognement pour signifier sa frustration.

— Il ne vous est pas venu à l'esprit qu'elle était peut-être déprimée et qu'elle n'en avait plus rien à foutre de rien ? Qu'elle avait des pensées suicidaires et qu'elle se fichait que ces drogues la tuent ?

Gretchen ramassa une liasse de feuilles sur son bureau, puis la reposa.

— Quand je suis arrivée ici aujourd'hui, j'ai rédigé des demandes de mandats et, quand ils ont été approuvés, je les ai présentés moi-même au pôle Santé du campus, puis au médecin de sa ville natale du New Jersey, par mail. Mett et moi avons passé toute la matinée à éplucher son dossier médical. Il ne contient pas la moindre indication d'une possible dépression ou d'une propension à l'anxiété.

— Même les personnes très performantes peuvent être déprimées. Elles ne vont pas toujours chez le médecin pour en parler. Vous avez interrogé ses parents ?

— Je comptais aller les voir à leur hôtel en sortant d'ici, répondit Josie. Mais j'ai le sentiment qu'ils vont me répéter la même chose que tous ceux qui connaissaient Nysa Somers : qu'elle n'était pas déprimée, qu'elle n'aurait jamais pris de drogues volontairement ou sciemment.

Chitwood ne voulait pourtant rien entendre.

— Quinn, les étudiants font plein de conneries, tout le temps. Même les plus prometteurs. Parfois, les apparences ne sont pas trompeuses.

— Et l'autocollant ? insista Josie. Celui qui a fait ces brownies et cet autocollant a donné à Nysa quelque chose qui l'a tuée. Ou qui l'a poussée à se tuer.

— Vous pensez qu'elle serait entrée dans la piscine et qu'elle se serait noyée ? demanda Mettner. Ça ne serait pas difficile ?

— Pas si elle était sous l'influence de quelque chose de très puissant, nota Gretchen. On voit sans cesse de nouvelles drogues apparaître sur le marché. Ce n'était peut-être pas de l'herbe qu'il y avait dans les brownies. On pourrait être en présence d'une variante ou d'un mélange de drogues. J'ai vu la vidéo que vous avez rapportée, celle du hall d'entrée du *natatorium*. Elle ne semblait pas ni soûle ni droguée, et pourtant, la docteure Feist a dit à l'inspectrice Quinn qu'elle était probablement morte peu après son arrivée à la piscine. Comment on explique ça ?

Mettner la regarda.

— La substance qu'elle a ingérée n'a peut-être produit son effet qu'une fois qu'elle était dans l'eau.

— Alors pourquoi aurait-elle plongé tout habillée ? s'étonna Josie.

Les yeux toujours rivés sur Mett, Gretchen haussa un sourcil.

— On ne parle pas de fléchettes tranquillisantes, là, Mett. La docteure Feist a dit qu'elle avait mangé ces brownies un peu après minuit, pas juste avant d'aller à la piscine.

— On ne sait pas... commença Mettner.

Chitwood leva les mains et les interrompit :

— Ça suffit. On brasse de l'air. On peut dire avec quatre-vingt-dix pour cent de certitude que cette gamine avait quelque chose dans le corps. Attendons la toxicologie. C'est aussi simple que ça. Aujourd'hui, Quinn va aller expliquer aux parents que leur fille a mangé des brownies dont on pense qu'ils contenaient une substance illicite et qu'ensuite, elle s'est noyée. Une fois que les résultats toxicologiques seront disponibles, la docteure Feist pourra boucler son rapport. Affaire classée.

— Mais l'autocollant... insista Josie. Monsieur, et si d'autres étudiants se retrouvaient à prendre la substance contenue dans ces brownies ?

— Vous venez de dire que la cheffe de la police du campus n'avait pas connaissance d'autres incidents liés à une drogue et à ces autocollants. En réalité, on ne sait même pas s'il y avait quelque chose dans les brownies. Tout ça n'est que spéculation. Même cet autocollant, on ne fait que supposer qu'il a un lien avec un produit stupéfiant. Pas question de déclencher une vague de panique tant qu'on n'aura pas plus d'informations.

— Monsieur... Vous n'avez pas un contact à la brigade des stups ? Vous pourriez l'appeler et lui demander si cet autocollant lui dit quelque chose.

— Ou attendre les résultats de la toxicologie, s'entêta Chitwood. Comme je viens de vous l'indiquer.

Josie ouvrit la bouche pour répondre, mais Chitwood la devança en levant une main.

— Quinn, je sais que vous avez un pressentiment. Je sais que votre instinct vous fait rarement défaut, et je sais que vous vous y accrochez, mais vous ne pouvez pas. Simplement parce qu'il n'y a pas de branche à laquelle s'accrocher. Je ne peux pas dépenser à tort et à travers le temps et les ressources de ce service sur une affaire qui va se révéler être un tragique accident.

Josie garda un ton calme et égal pour lui répondre :

— Monsieur, laissez-moi juste essayer de retrouver la personne avec qui Nysa Somers était la nuit précédant sa mort.

Le chef croisa de nouveau les bras et la regarda fixement. Josie savait qu'elle le tenait. C'était une demande raisonnable. Une question qui devait être réglée, quelle que soit l'issue de l'enquête.

— D'accord, lâcha-t-il à contrecœur.

— Et je voudrais aussi continuer à surveiller avec la cheffe Hahlbeck d'éventuelles activités liées à la drogue sur le campus. Elle n'a rien trouvé concernant le fameux autocollant dans ses dossiers, mais elle a dit qu'elle allait chercher encore et se renseigner auprès des étudiants.

— Quinn...

Gretchen se leva soudain de sa chaise, attirant l'attention de Chitwood.

— On ne fait que discuter, chef. C'est tout.

Il agita le doigt devant Gretchen, Josie et Mettner.

— Le terrain est glissant, asséna-t-il. Tous les trois, vous êtes sur une pente savonneuse.

Sur ce, il repartit vers son bureau et en claqua la porte derrière lui. Après un moment de silence, Gretchen lâcha :

— Il n'a pas dit « non ».

Josie sourit.

— Comment tu comptes trouver la personne avec qui était Nysa ?

— Il faudrait que tu obtiennes ce mandat pour voir où son téléphone a borné l'autre nuit. Ce sera un point de départ. Par ailleurs, étant donné la présence probable de drogue, je pense qu'on devrait parler avec le gars qui a organisé la fête à laquelle Nysa et Christine ont assisté samedi soir. Hudson a dit ignorer si de la drogue y circulait ou non.

Mettner consulta son téléphone.

— J'ai déjà interrogé ce gars hier. Il fait aussi partie de l'équipe de natation. Il n'a pas vu l'autocollant et, à l'en croire, il n'était pas au courant de la présence de drogues à sa fête.

— Il n'allait pas dire le contraire, commenta Josie. Vois si tu peux retrouver d'autres étudiants qui y sont allés.

— Tu penses qu'elle a eu les brownies là-bas ? Et que sa colocataire ne s'en serait même pas rendu compte ?

— Je n'en ai aucune idée, Mett. C'est une autre piste, or on n'en a pas beaucoup pour le moment. Quelqu'un devrait aussi aller sous East Bridge et montrer la photo de l'autocollant par là-bas. Voir si quelqu'un le reconnaît.

C'était sous East Bridge, le pont de la partie est de Denton, que se concentrait une grande partie des activités liées à la drogue.

— On va faire ça, acquiesça Mettner.

— Pendant que tu te charges de ça, je vais aller trouver ses parents, ajouta Josie.

Gretchen se leva.

— Je viens avec toi. Mais allons d'abord prendre quelque chose à déjeuner.

19

Je l'ai fait. Ça a marché. Je n'ai même pas eu besoin d'être là. Une mort sans contact. Je n'en reviens toujours pas de ce que j'ai réussi à accomplir, du génie de la chose. Nysa Somers est morte. Mon euphorie est cependant tempérée par les conséquences de cette mort, bien plus importantes que je ne l'avais prévu. Non seulement la presse s'est emparée de l'affaire, mais la police aussi. Il est déjà arrivé que la police intervienne, par le passé, mais, dans ces cas-là, son rôle demeurait superficiel. Les flics se pointaient, ne trouvaient rien d'anormal et classaient l'affaire. Ces fois-là, j'avais toujours suffisamment bien assuré mes arrières pour échapper aux soupçons. Là, j'ai l'impression qu'il en va autrement. La police prend cette affaire beaucoup plus au sérieux que prévu. Je devrais avoir peur, je le sais. J'aurais peut-être dû faire preuve de plus de prudence mais, à la vérité, tout ça m'exalte. Rien n'a jamais été aussi bon. J'ai toujours été invisible, avant. La seule personne à connaître mon incidence sur chaque mort. Maintenant, on me voit. C'est la meilleure et la plus grande chose que j'ai jamais faite.

Je veux recommencer.

Je pourrais le refaire. Ce serait si facile. Mais qui reste-t-il ? Ma liste se raccourcit au fil du temps. Ma prochaine victime ne peut pas être n'importe qui. Il faut que ce soit quelqu'un dont la mort provoque autant de remous que celle de Nysa.

Sinon, quel intérêt ?

20

Josie et Gretchen déjeunèrent au *Sandman's Bar & Grill* en discutant de l'affaire, avant de s'arrêter de nouveau sur le campus pour parler à la cheffe Hahlbeck. La conversation fut brève, Hahlbeck n'ayant trouvé aucune copie ni aucune mention de l'autocollant dans les dossiers de la police ou en questionnant des gens sur le campus. Mettner appela pour rapporter que personne sous East Bridge n'avait vu – ou n'avouait avoir vu – l'autocollant auparavant. La piste du trafic de drogue au niveau local conduisait à une impasse.

Josie raccrocha, transmit l'information à Gretchen et toutes les deux se mirent en route pour l'hôtel où étaient descendus les Somers. Le *Marriott* se trouvait après le campus, à la périphérie de la ville. Étant l'hôtel de prédilection des parents en visite, il se remplissait notamment chaque année au moment de la remise des diplômes. Un petit bar situé en face du hall d'entrée offrait des sièges confortables, un éclairage tamisé et une douce odeur de café. Gretchen et Josie trouvèrent une table et Gretchen appela M. Somers pour lui proposer, ainsi qu'à sa famille, de les rejoindre en bas ou de les autoriser à monter dans leur chambre. Dix minutes plus tard, un homme et une femme d'une cinquantaine d'années, accompagnés d'une adolescente, sortirent d'un des ascenseurs et se dirigèrent vers le café. Josie les reconnut grâce à la photo qui se trouvait dans la chambre de Nysa et au reportage télévisé. Mais ils ne semblaient absolument plus heureux et enthousiastes, évidemment. La mort de Nysa avait comme aspiré toute leur vitalité. En les regardant marcher, Josie songea qu'ils avaient l'air brisé de gens dont la peau retenait à peine les os ensemble.

Le père de Nysa se glissa le premier sur le siège en face de Josie et Gretchen. Il était grand et costaud, avec une bonne bedaine, une mèche rabattue sur son crâne pour masquer sa calvitie et des callosités au bout des doigts. Gretchen avait dit à Josie qu'il était mécanicien, sur le trajet jusqu'au *Marriott*. La mère de Nysa était assistante dentaire. Elle était plus petite et plus mince que son mari et avait des cheveux bruns qui lui arrivaient au niveau des épaules. Josie vit tout de suite sa ressemblance avec Nysa. Assise à côté de son mari, elle tapota une chaise au bout de la table pour inviter son autre fille à y prendre place. Si Nysa était mince et longiligne, sa cadette était plus en courbes, hanches larges et poitrine généreuse. Les cheveux de Nysa étaient raides, ceux de sa sœur, bouclés. Une fois que Gretchen eut fait les présentations entre Josie et les parents, la sœur de Nysa tendit la main.

— Naomi, dit-elle. Merci d'être venues.

Naomi soutint leur regard tandis que ses parents avaient les yeux baissés vers la table. Il y avait en elle une férocité que Josie respecta immédiatement, et pourtant, sachant la tâche que Naomi assumait déjà – celle de soutenir sa famille pendant cette terrible épreuve –, Josie ressentit également de la compassion pour elle.

— Nous vous présentons nos plus sincères condoléances, Naomi, commença Josie. Nous avons parlé avec plusieurs des coéquipiers de Nysa, hier, et beaucoup d'entre eux, y compris Hudson Tinning, vous adressent aussi leurs condoléances.

Mme Somers opina.

— Hudson est un gentil garçon. Nous avons justement déjeuné avec Mary, sa mère, et lui, samedi. Un très agréable moment. Le week-end se passait si bien. Je ne comprends pas comment...

Elle laissa sa phrase en suspens et chassa ses larmes d'un clignement de paupières.

— Vous avez trouvé quelque chose ? demanda Naomi sans circonvolutions.

Décidément, Josie appréciait de plus en plus cette jeune femme.

Ce fut Gretchen qui lui répondit.

— L'autopsie a montré que la cause de sa mort était la noyade.

M. et Mme Somers levèrent brusquement la tête, les yeux ronds.

— Comment est-ce possible ? lança le père de famille. Comment diable ma fille aurait-elle pu se noyer ? Non, c'est impossible. Quelle incompétence ! Je veux une autre autopsie.

— Papa, le coupa Naomi, d'un ton calme mais autoritaire.

— Si tel est votre choix, nous pouvons absolument discuter de la possibilité de pratiquer une autre autopsie.

— Mais... ? fit Naomi.

Mme Somers glissa une main sur la table vers sa fille, et Naomi la prit sans quitter des yeux les deux inspectrices.

— Mais notre enquête est toujours en cours, et nous avons d'autres informations à vous communiquer.

Une larme coula sur la joue de Mme Somers.

— Allez-y, souffla-t-elle, puis elle baissa les paupières.

Prenant une profonde inspiration, Josie leur répéta tout ce qu'ils avaient appris. Elle réussit à garder un ton neutre, à ne pas tirer de conclusions à leur place, se contentant de présenter leurs découvertes jusqu'à présent et d'annoncer leurs pistes pour la suite de l'enquête.

— Puis-je voir l'autocollant ? demanda Naomi quand elle eut terminé.

— Bien sûr, répondit Gretchen.

Sur son téléphone, elle afficha la photo que Josie avait prise et envoyée par SMS à tous les membres de l'équipe, et la montra aux trois membres de la famille. Mme Somers rouvrit les yeux pour l'examiner. Son mari posa rapidement les siens dessus avant de secouer la tête et de les lever au ciel.

— Je n'ai jamais vu ce truc, déclara Naomi. Plus important, vous devez savoir que Nysa n'aurait jamais pris de drogue. OK, il pouvait lui arriver de boire...

Son père lui lança un regard stupéfié.

— Ben oui, papa, on est à l'université, on n'est pas des saintes.

S'adressant de nouveau à Josie et Gretchen, elle termina :

— Mais Nysa n'aurait jamais pris de drogue.

— Une de ses amies d'école est morte après avoir pris de la cocaïne une fois, précisa Mme Somers. Comment s'appelait-elle ?

— Regina, dit Naomi. Écoutez-moi : celui ou celle qui lui a donné ces brownies ou l'a convaincue de les manger ne lui a pas précisé ce qu'ils contenaient. Il n'y a pas d'autre possibilité. Je connais ma sœur, et elle...

Pour la première fois, l'émotion la submergea. Sa gorge trembla tandis qu'elle luttait pour se ressaisir. Mme Somers plaça sa main libre sur leurs deux mains jointes et y exerça une pression.

— Je vous crois, dit Josie.

Naomi hocha la tête. Josie et Gretchen attendirent qu'elle se reprenne.

— Vous allez trouver la personne avec qui elle était ? Celle qui a dessiné cet horrible autocollant et lui a donné les brownies ?

— Nous ferons tout ce qui est en notre pouvoir pour lui mettre la main dessus, assura Gretchen.

— La Pennsylvanie a récemment voté une loi selon laquelle si une personne donne de la drogue à une autre et que cette dernière meurt, celui qui a fourni la drogue peut être accusé d'homicide.

Josie connaissait la loi en question. Elle visait principalement les trafiquants de drogue, et elle n'était pas sûre que le cas de Nysa tombait sous le coup de cette loi, mais elle n'allait pas débattre de ce point avec une famille en deuil. D'ailleurs, ces questions-là étaient du ressort de la procureure, pas de Josie. Son travail à elle consistait à faire son maximum pour comprendre exactement ce qui était arrivé à Nysa.

— C'est exact, Naomi, acquiesça Gretchen. Raison de plus pour trouver la personne qui a fourni les brownies à Nysa.

— Si vous le voulez bien, reprit Josie, nous avons quelques questions à vous poser. Nous sommes bien conscientes que c'est le pire moment pour ça, mais il se peut que cela fasse vraiment avancer notre enquête.

M. Somers poussa un soupir et posa ses grandes mains sur la table.

— Très bien, dit-il.

— Si, à n'importe quel moment, vous souhaitez arrêter, dites-le-nous, ajouta Josie.

Mme Somers hocha la tête.

Elles reprirent la série de questions qu'ils avaient posées à tous ceux qui avaient connu Nysa. Était-elle déprimée ou anxieuse ? Stressée ? Non. Avait-elle des antécédents d'anxiété, de dépression ou d'idées suicidaires ? Non. Sortait-elle avec quelqu'un ou fréquentait-elle quelqu'un de façon occasionnelle à leur connaissance ? Non.

— Une dernière chose, fit Josie. Pour autant que vous sachiez, Nysa s'est-elle jamais qualifiée de « sirène » ? Ou est-ce que l'un d'entre vous l'a déjà appelée ainsi ?

M. et Mme Somers secouèrent la tête et Naomi répondit :

— Non. On l'appelait notre superstar.

Les épaules de M. Somers se mirent à trembler. Brusquement, il repoussa sa chaise et se leva. Sans un mot, il se dirigea vers les ascenseurs.

— Je suis désolée, chuchota sa femme. Il est très...

— Vous n'avez pas à vous excuser pour votre chagrin, madame Somers, ou pour celui de votre mari. C'est moi qui suis navrée.

— Merci.

Lâchant la main de Naomi, la pauvre femme se leva péniblement et partit rejoindre son mari.

Naomi, Josie et Gretchen la suivirent des yeux. Et Josie songea que c'était ça, le pire dans son travail.

— Il y a quelque chose que vous devez savoir et que je ne souhaitais pas dire devant eux, lâcha Naomi.

Josie et Gretchen la regardèrent.

La jeune femme croisa les mains sur la table et s'agita sur son siège.

— Nysa voyait quelqu'un. Ça a commencé au tout début du semestre. Ce n'était pas sérieux. En fait, elle l'a tout de suite regretté. C'est pour ça que je l'ai su, d'ailleurs. Elle m'a appelée en pleurant, le lendemain de la première fois où... c'est arrivé.

— Où c'est « arrivé » ? répéta Gretchen. Naomi, votre sœur a-t-elle été violée ?

Naomi enfonça les doigts dans la chair de ses mains.

— Non. Ça, elle me l'a dit très clairement. Car ça a été ma première question, à moi aussi.

— Pourquoi était-elle si bouleversée, alors ? demanda Josie.

— Vous devez comprendre que ma sœur était la personne la plus respectueuse des règles qui soit. Déterminée, disciplinée, ambitieuse. La première fois qu'elle a bu une gorgée de bière, elle a cru que le monde entier allait s'écrouler. Là, elle était contrariée parce que l'aventure qu'elle vivait – si on peut appeler ça comme ça –, c'était avec quelqu'un de beaucoup plus âgé qu'elle. Je suis à peu près sûre qu'il s'agissait d'un professeur.

Ce qui expliquerait les propos de Christine Trostle, comme quoi le comportement de Nysa avait été secret et inhabituel, pensa Josie.

— Ce n'était donc pas Hudson Tinning, déduisit-elle.

Naomi leva les yeux au ciel.

— Hudson, le chéri à sa maman ? Non. Elle l'aimait bien, beaucoup, en fait, mais ce n'était absolument pas lui. Comme je l'ai dit, la personne qu'elle voyait était plus âgée qu'elle.

— Elle ne vous a pas dit qui c'était ? insista Gretchen.

— Elle a dit qu'elle ne voulait pas que ça se sache. Qu'elle allait y mettre fin et que ce serait réglé, comme ça, il n'aurait pas d'ennuis et elle non plus.

— Mais elle n'y a pas mis fin, dit Josie.

— Si, elle l'a fait. Je lui ai parlé vendredi après-midi. Elle m'a dit qu'elle avait rompu. Qu'elle se sentait mieux, qu'elle avait même prévu de faire la fête pendant le week-end. Enfin, faire la fête, façon Nysa, c'est-à-dire probablement aller à une soirée et boire un demi-verre de bière.

— A-t-elle confirmé qu'il s'agissait d'un professeur ? voulut savoir Gretchen.

— Elle ne l'a jamais dit franchement. C'est moi qui l'ai supposé, parce qu'elle était assez paniquée.

— Qu'est-ce qu'elle vous a dit exactement ? demanda Josie.

Naomi dénoua ses doigts et se frotta les paumes l'une contre l'autre.

— Elle a dit qu'il était beaucoup plus âgé qu'elle et que c'était inapproprié.

Le téléphone portable de Josie sonna. Elle jeta un coup d'œil à l'écran, qui affichait le visage et le numéro de téléphone de Mme Quinn, la mère de son défunt mari et la grand-mère de Harris.

— Je dois répondre, dit-elle.

Gretchen lui adressa un signe de tête, indiquant ainsi qu'elle terminerait l'entretien avec Naomi pendant que Josie s'éloignait de la table.

Une fois dans le hall d'entrée, elle décrocha.

— Cindy, tout va bien ?

— Je suis à Tiny Tykes, répondit celle-ci. J'ai dû aller chercher Harris, parce que Misty a pris des heures en plus. Cette maternelle coûte cher, tu sais.

Oui, Josie le savait, puisqu'elle aidait Misty à payer les frais de scolarité.

— Harris va bien ?

— Oh oui, très bien, mais ils ne m'autorisent pas à l'emmener. Ils me parlent d'une liste de personnes autorisées. Je ne suis pas dessus. Je sais que Misty m'y a inscrite, pourtant cette femme jure haut et fort que non.

— Misty a dû oublier, dit Josie. Ils ont essayé de l'appeler ?

— Ils ne peuvent pas faire ça, apparemment, fulmina Cindy. Ne me demande pas pourquoi, ils s'y refusent. Ils ne laisseront partir le petit qu'avec Misty ou avec toi. Misty travaille et je n'arrive pas à la joindre. Même si je pouvais, elle leur dirait la même chose que moi, à savoir qu'elle m'a mise sur la liste lorsqu'elle a inscrit Harris. Ça fait quinze minutes que je discute avec cette femme, Josie, c'est une sorte de tyran ivre de pouvoir. Elle refuse de me laisser emmener mon propre petit-fils !

Josie soupira.

— Malheureusement, Cindy, c'est une politique courante dans ce genre d'établissement. Elle est destinée à protéger les enfants.

— De quoi ? De leur propre famille ? Josie, j'en ai plus qu'assez de cette femme. Je te dis que c'est une erreur de leur part.

— J'en suis sûre, se hâta d'acquiescer Josie. Mais quoi qu'il en soit, nous devons régler ce problème. Il suffit de vous remettre sur cette liste, c'est tout. Je peux vous aider.

La dernière chose dont Misty avait besoin, c'était que Cindy fasse une scène à Tiny Tykes.

— Je peux être là dans dix minutes. Je demanderai s'ils acceptent que je vous réinscrive sur la liste pour le récupérer à la sortie de l'école.

— Oui, eh bien, dépêche-toi. Je ne réponds plus de ce que je risque de dire à cette horrible mégère d'ici là.

Josie mit un terme à l'appel et poussa un soupir. Levant les yeux, elle vit Gretchen s'approcher.

— Je suis désolée. Je dois filer à l'école de Harris.

— Pas de problème, dit Gretchen. Naomi m'a indiqué que toute sa famille avait le même opérateur téléphonique. Je vais demander à Mett d'envoyer par mail des formulaires de consentement à l'accueil de l'hôtel. Ils les imprimeront ici à la réception et l'un des parents de Nysa pourra les signer. De cette façon, on n'aura pas à attendre un mandat pour savoir où son téléphone a borné dans la nuit de dimanche à lundi. Une fois les coordonnées relevées, je les recouperai avec les adresses de ses professeurs actuels et passés. Si l'une de leurs adresses est dans la zone où elle se trouvait pendant le trou dans son emploi du temps, on ira parler à ces messieurs.

— Excellente idée, approuva Josie.

Elle commença à franchir les portes coulissantes, puis s'arrêta et se retourna.

— Gretchen, mets l'entraîneur principal sur cette liste, veux-tu ?

— C'est comme si c'était fait, patronne.

21

À Tiny Tykes, il ne restait plus que deux voitures sur le parking, dont l'une à la vitre baissée côté conducteur, qui abritait Cindy Quinn. Ses traits anguleux étaient marqués par la colère. Josie se gara à côté et descendit pour s'approcher de sa portière.

— Tu ne me feras pas retourner là-dedans, asséna Cindy.

Josie réprima un soupir.

— Je vais entrer le chercher et m'assurer que vous êtes réinscrite sur la liste.

À l'intérieur, elle ne trouva plus que Mme D., assise au bureau normalement occupé par Mlle K., avec Harris sur une chaise à côté, son gros cartable sur le dos et balançant ses jambes d'avant en arrière, faute de toucher le plancher. Dès qu'il aperçut Josie, il se leva d'un bond et courut à sa rencontre. Elle l'attrapa et le serra contre elle, sac à dos encombrant compris.

— Mlle K. n'a pas voulu que j'aille avec grand-mère, l'informa-t-il sans tarder, les sourcils froncés.

Josie s'esclaffa.

— Je sais. Ce n'est pas grave. Tu te souviens qu'on t'a

expliqué que cet endroit avait des règles spéciales pour que tu sois en sécurité ? Tout comme maman et moi avons des règles spéciales pour te protéger ?

— Oui, oui, marmonna-t-il.

Josie le reposa et, petite menotte dans la sienne, se dirigea vers Mme D.

— Tu ne peux quitter l'école qu'avec l'un des adultes que ta maman et moi avons autorisés à venir te chercher. Or on a oublié de mettre grand-mère sur cette liste. C'était une erreur. Mais je vais dire à Mme D. de l'y inscrire et tout ira bien. D'accord ?

L'explication parut le requinquer. Il se haussa sur la pointe des pieds.

— D'accord !

Mme D. se leva en secouant la tête.

— Je suis vraiment désolée pour tout ce tracas. Je pensais que Mlle K. avait expliqué les règles à la mère de Harris lors de l'inscription. Nous ne pouvons pas laisser partir les petits avec des personnes qui ne sont pas expressément désignées par les parents ou tuteurs légaux de l'enfant et enregistrées dans notre système informatique. Vous comprenez, nous ne connaissons rien des éventuels litiges en cours dans les familles en matière de garde. Des choses terribles se produisent partout. Je ne peux pas mettre les enfants en danger de cette façon.

— Ne vous excusez pas, dit Josie. Je ne suis pas en colère et je suis sûre que Misty ne le sera pas non plus. En revanche, puis-je ajouter Mme Quinn à la liste des personnes de confiance ?

Mme D. sourit.

— Bien sûr. Laissez-moi sortir le dossier de Harris.

Elle disparut dans son bureau et revint avec un mince classeur.

— Vous avez encore des dossiers papier ? s'étonna Josie.

— Uniquement pour nos documents d'inscription originaux. La plupart des documents sont consignés de manière informatique, mais nous conservons les originaux de certains formulaires.

Souriante, Josie regarda la directrice ouvrir le dossier, tourner quelques pages et le faire glisser vers elle en désignant un formulaire comportant plusieurs cases où parents et tuteurs pouvaient inscrire les personnes autorisées à venir chercher l'enfant à l'école.

— Il vous suffit de noter la personne en bas de cette page, indiqua Mme D.

Josie, cependant, avait encore les yeux fixés en haut du formulaire où Misty avait consigné les informations parentales. Josie lui avait dit de l'inscrire comme personne à contacter en cas d'urgence, au lieu de quoi elle l'avait désignée comme tutrice. Ça n'avait aucune valeur légale, bien sûr, mais de toute évidence le personnel de Tiny Tykes considérait ce statut comme officiel, puisqu'on permettait à Josie d'inscrire Cindy Quinn sur la liste des personnes autorisées à emmener Harris.

Mme D. désigna de nouveau la ligne au bas de la page.

— Ici.

Josie s'apprêtait à ajouter le nom, l'adresse et le numéro de téléphone de Cindy lorsque la ligne du dessus attira son attention.

— Mme Quinn est déjà inscrite ici.

— Quoi ?

Josie tapota son stylo sur la case que Misty avait déjà remplie, comme le clamait Cindy, précisant que la grand-mère de Harris était autorisée à venir chercher Harris à l'école. Mme D. tourna le classeur vers elle et se pencha pour l'étudier.

— Oh là là, fit-elle. Oh non ! Je suis désolée. L'information n'est pas dans l'ordinateur. Elle est pourtant censée y être saisie. Mlle K. n'a pas dû vérifier le dossier physique. C'est tellement agité ici à la fin de la journée. Je lui ai dit de ne pas quitter son poste, c'est peut-être pour cela qu'elle n'est pas allée récupérer le dossier dans le bureau.

Josie reposa le stylo sur la table et lui adressa un sourire crispé.

— J'espère que cela signifie qu'il n'y aura plus de problème à l'avenir quand Mme Quinn viendra récupérer Harris ?

— Pas du tout, je vous le promets, lui assura la directrice. Je vais en parler à Mlle K. dès demain matin et je puis vous certifier que le problème ne se reproduira pas.

— Très bien, dit Josie.

Sur ce, elle se tourna vers Harris et lui tendit la main.

— Allons-y.

Sur le parking, Harris se lança immédiatement dans un long récit de ses histoires de maternelle à l'intention de sa grand-mère. Il remarqua à peine que Josie l'embrassait sur le sommet du crâne en lui disant à bientôt. Josie expliqua l'erreur à une Cindy bien contente que la preuve soit faite qu'elle était dans son bon droit. Josie la regarda partir, puis remonta dans son propre véhicule et jeta un coup d'œil à l'horloge du tableau de bord, songeant qu'elle n'avait pas du tout vu Noah aujourd'hui. C'était très étrange. Désireuse d'entendre sa voix, elle l'appela et fut soulagée qu'il réponde immédiatement.

— Où étais-tu toute la journée ? lâcha-t-elle aussitôt.

— Le chef m'a mis sur quelque chose, répondit-il vaguement. Elle ne put masquer l'agacement qui se glissa dans sa question suivante.

— Ah bon ? Et c'est quoi ? Parce qu'on a débriefé avec lui ce matin sur l'affaire Somers, et il n'a pas parlé de missions plus urgentes.

— Ce n'est pas très grave, Josie, éluda encore Noah. Je t'en parlerai plus tard.

— OK, souffla-t-elle. Je retourne au poste.

— D'accord, on ne se verra probablement pas avant ce soir. À la maison.

Puis, comme s'il sentait sa déception au bout du fil, il ajouta :

— Je rapporterai un plat de chez le traiteur. Ton préféré.

Josie décida d'accepter ce rameau d'olivier.

— D'accord, à tout à l'heure, fit-elle, avant de raccrocher et de mettre le contact.

Elle était à mi-chemin du centre-ville quand elle sentit une odeur de fumée. Ralentissant, elle scruta les arbres de part et d'autre de la route de montagne, puis le ciel, en quête de signes de feu. Dans la région, les gens brûlaient parfois leurs déchets dans des tonneaux en métal ou des feux allumés dans de vieilles jantes de pneus. Ça n'était pas autorisé dans les limites de la ville, mais ça arrivait. Josie ne repéra cependant rien d'anormal et, comme elle n'était pas là pour distribuer des contraventions, elle accéléra de nouveau. Quelques instants plus tard, au détour d'un virage, elle aperçut une grosse boîte aux lettres noire à côté d'une allée bordée d'arbres dont on ne voyait pas l'extrémité à cause de l'épais feuillage. À côté de la boîte aux lettres se tenait une fille aux longs cheveux noirs. Elle était grande et mince mais, en s'approchant, Josie se rendit compte qu'elle ne devait pas avoir plus de dix ou onze ans. Elle portait un jean et un t-shirt avec un personnage d'anime dessus. Et surtout, elle agitait les deux bras au-dessus de sa tête. Lorsque Josie s'arrêta, les mouvements de la fillette devinrent plus frénétiques encore. Elle sautilla sur place, puis courut vers la voiture.

— Au secours ! cria-t-elle. On a besoin d'aide ! La maison de mon grand-père est en feu. Ma sœur et lui sont à l'intérieur.

— Où ça ? demanda Josie.

La jeune fille pivota et lui montra l'allée.

— Par là. Vous pouvez m'aider ?

— Monte.

La fillette grimpa sur le siège passager et, dès que la portière fut claquée, Josie mit les gaz. Sa Ford Escape s'engagea en trombe sur la longue allée sinueuse.

— Comment tu t'appelles ? demanda-t-elle à la jeune fille.

— Dorothy.

Elle avait l'air sous le choc, mais pas sale, ni couverte de suie ou de terre.

— Dorothy, tu connais l'adresse de ton grand-père ? Pour que je puisse prévenir les pompiers ?

La fillette la lui récita et Josie utilisa les commandes vocales pour alerter le 911. L'odeur de fumée s'intensifiait. Quand elles franchirent la colline, le cœur de Josie se serra devant le spectacle qui apparut. Une maison de deux étages au centre d'une clairière, dont un côté était entièrement embrasé. Quelques marches de pierre menaient à ce que Josie supposait être un porche, mais qui ressemblait maintenant à une bougie fondue. Des flammes s'échappaient des fenêtres et montaient au-dessus de la maison. Une épaisse fumée noire s'élevait dans le ciel. De l'autre côté de la bâtisse aussi, des flammes jaillissaient des fenêtres du rez-de-chaussée, mais pas de l'étage.

Pas encore.

Josie connaissait plusieurs pompiers de la ville. Les paroles de l'un d'entre eux résonnèrent dans sa tête : *Un incendie double de taille toutes les trente secondes.*

S'il y avait encore des gens dans la maison, Josie ne pouvait pas attendre les secours. En quelques minutes, toute la structure aurait disparu. Elle gara son SUV aussi près de la maison que possible et se tourna vers Dorothy.

— Où sont-ils, à l'intérieur ? Tu le sais ? Au rez-de-chaussée ? Au premier étage ? Devant ? Derrière ?

Les larmes aux yeux, la jeune fille désigna le mur de flammes qui avait été le porche d'entrée.

— Mon grand-père était dans la pièce de devant.

— Quel est le nom de ta sœur ?

— Bronwyn. Elle a cinq ans.

Un bandeau de peur se serra autour de la poitrine de Josie.

— Je croyais qu'elle était derrière moi. Je lui ai dit de me suivre.

— D'accord, la coupa Josie. Qui d'autre était dans la maison à part ton grand-père et Bronwyn ?

— Personne.

— Bien. Reste ici.

La policière sauta du véhicule et courut vers la maison, la contourna pour voir si elle trouvait un moyen de pénétrer à l'intérieur. Les fenêtres de l'étage étaient beaucoup trop hautes pour qu'elle y grimpe sans échelle. En arrivant à l'arrière de la maison, elle entendit un cri. Elle s'attendait à voir Dorothy derrière elle, mais il n'y avait personne. Le cri retentit de nouveau. Josie leva les yeux. À l'une des fenêtres de l'étage apparut le visage d'une fillette, encadré de cheveux châtains. Une petite main s'agitait.

— Au secours ! cria-t-elle.

— Merde, marmonna Josie.

Elle ne pouvait pas atteindre les fenêtres du rez-de-chaussée, encore moins celles du premier. À ce stade, la maison était presque entièrement dévorée par les flammes. Même si elle parvenait à se frayer un chemin à l'intérieur, il était impossible de savoir si elle allait ou non pouvoir atteindre l'étage. Il était fort probable que l'escalier ait déjà brûlé. Elle prit une seconde pour évaluer la distance entre le sol et la fenêtre.

— Reste où tu es ! cria-t-elle à Bronwyn. Ne bouge pas, je reviens tout de suite.

Elle se précipita vers son véhicule et ouvrit d'un coup sec la portière du côté passager.

— Descends, dit-elle à Dorothy. Et va au bout de l'allée pour indiquer le chemin aux camions de pompiers comme tu l'as fait avec moi, d'accord ?

Dorothy sauta à terre. Des larmes coulaient sur son visage, mais elle acquiesça.

— Vous avez trouvé ma sœur ?

— Oui. On n'a pas beaucoup de temps. Il faut que tu y ailles maintenant.

Dorothy détala. De son côté, Josie s'installa sur le siège conducteur. Elle enfonça la pédale d'accélérateur et fonça dans l'herbe, vers l'arrière de la maison. Elle s'arrêta sur le côté, indifférente à la maisonnette en plastique, sorte de cabane pour enfants, qu'elle avait écrasée au passage. Elle immobilisa la voiture si près qu'elle entendit le crépi de la maison érafler la peinture du côté passager. La chaleur de l'incendie pulsait, consumant jusqu'à la dernière molécule d'air alentour. Josie grimpa d'abord sur le capot de sa Ford Escape puis, via le pare-brise, sur le toit de la cabine. Le métal s'affaissa un peu sous son poids mais, à cette hauteur, elle était beaucoup plus près de Bronwyn.

Les deux bras tendus, elle cria :

— Il faut que tu sautes, Bronwyn.

La fillette se pencha par la fenêtre et la considéra, l'air hésitant.

— Je te rattraperai, promit Josie. Mais tu dois sauter maintenant.

Comme pour ponctuer ses mots, une fenêtre à leur droite explosa, projetant du verre partout et laissant échapper des flammes avides. Josie et Bronwyn levèrent instinctivement les mains pour se protéger. Malgré les bris de verre scintillant sur les manches de sa veste, Josie tendit de nouveau les bras, implorant Bronwyn de grimper sur le rebord de la fenêtre et de sauter.

— On n'a pas beaucoup de temps, insista-t-elle. Saute, maintenant !

La chaleur l'assaillait de toutes parts, l'air épais lui obstruait les poumons. Il lui sembla qu'une éternité s'écoulait avant que la fillette ne grimpe sur le cadre de la fenêtre, ses genoux cagneux dépassant d'un short noirci par la suie.

— Vas-y ! l'encouragea Josie.

Enfin, la petite sauta et atterrit maladroitement dans les bras de Josie, une main autour de son cou, sa taille sur l'un des bras et une jambe par-dessus l'autre. Josie vacilla, perdit l'équilibre et s'écrasa sur le toit de la voiture. Mais elle ne lâcha pas le petit corps et essaya de faire en sorte qu'elles ne tombent pas à terre toutes les deux. Ensemble, elles glissèrent sur le capot. D'un mouvement rapide, Josie se redressa, s'assit et vérifia que la fillette n'était pas blessée.

— Ça va ? demanda-t-elle.

Bronwyn acquiesça, ses grands yeux marron pleins de chagrin.

— Est-ce que mon papy est sorti ?

Josie sauta du capot et guida Bronwyn vers l'arrière du véhicule, côté conducteur, où elle la poussa à l'intérieur.

— Je ne sais pas, Bronwyn. Ce serait trop dangereux pour nous d'entrer là-dedans. On doit attendre les pompiers, ils sont en route. Et nous, on doit s'éloigner de la maison.

Dans l'habitacle, la chaleur était si intense que Josie envisagea un instant de l'abandonner là. L'appuie-tête du côté passager avait commencé à fondre, propageant une horrible odeur de plastique brûlé. Cependant, la voiture restait le moyen le plus rapide de partir de là. De plus, laisser son véhicule si près de l'incendie risquait de provoquer une explosion. Le moteur redémarra en crachotant. Josie enclencha la vitesse et appuya sur l'accélérateur. L'Escape se cabra violemment et cahota vers l'avant. Elle enfonça plus fort la pédale et, telle une bête boiteuse, la voiture avança péniblement. Les pneus les plus proches de la maison avaient commencé à fondre aussi, comprit Josie.

— Allez, marmonna-t-elle tout bas, en poussant l'Escape au maximum.

Dès qu'elle jugea s'être assez éloignée de la maison, elle ressortit et attrapa Bronwyn à l'arrière. La fillette était petite, elle s'accrocha immédiatement à Josie, les bras autour de son cou et ses jambes grêles autour de ses hanches. Josie courut vers l'avant de la maison, passa devant les débris de la cabane d'enfant, longea la ligne des arbres et, enfin, atteignit l'allée. Elle la remonta jusqu'à la route, les poumons brûlants, les jambes douloureuses, agrippant la fillette. En arrivant sur la route, elle vit Dorothy en train de faire signe à un camion de pompiers qui roulait dans leur direction.

Soulagée, Josie posa Bronwyn à côté de sa sœur, qui tomba immédiatement à genoux et jeta les bras autour de sa cadette. Les deux enfants restèrent ainsi enlacées à sangloter. Josie les attrapa ensemble et les écarta de la trajectoire des véhicules de secours. Trois camions les dépassèrent, puis une ambulance, filant en trombe vers la maison. Une deuxième ambulance s'arrêta devant Josie et les filles. Deux hommes en sortirent : Owen et Sawyer. Sawyer se dirigea directement vers les fillettes pendant qu'Owen ouvrait les portières arrière.

Josie désigna Bronwyn.

— Elle était encore à l'intérieur quand je suis arrivée.

Il hocha la tête. Josie s'inquiétait de l'état de leurs poumons, surtout de ceux de Bronwyn, restée plus longtemps dans la maison en feu. Elle regarda Sawyer et Owen les installer à l'arrière du véhicule, les couvrir de couvertures, vérifier leurs constantes et les équiper délicatement de canules nasales pour leur donner de l'oxygène. Sawyer s'éloigna momentanément lorsque la radio à l'avant de l'ambulance se mit à vociférer, diffusant une voix métallique qu'ils entendirent tous.

— On a un homme, adulte. À l'arrière de la maison, près des bois. Gravement brûlé. On dirait qu'il est sorti pour tenter d'échapper au feu. Pas de réaction, mais on a des constantes. On l'emmène à Denton Memorial, et il pourrait avoir besoin d'être héliporté à Philadelphie. Un endroit où ils ont un service des grands brûlés.

Sawyer décrocha la radio.

— Bien reçu. Vous avez besoin d'aide ?

— Dégagez l'allée.

— Entendu.

Lorsqu'il se retourna, il s'immobilisa en voyant Josie.

— Tu as entendu ?

Elle acquiesça. Sawyer retourna auprès des filles.

— Mon grand-père est sorti ? demanda Dorothy. Il est vivant ?

— Oui et oui, répondit Sawyer.

— On est en train de l'emmener à l'hôpital, ajouta Owen.

Pendant que ce dernier refermait les portières arrière, Sawyer sauta dans la cabine et déplaça l'ambulance de quelques mètres avant de s'arrêter sur l'accotement, juste à temps pour que l'autre ambulance passe en trombe, gyrophares allumés, sirène hurlante. Dès qu'elle eut pris la direction de la ville, elle disparut.

Alors qu'Owen rouvrait l'arrière de l'ambulance, Josie entendit la petite voix de Bronwyn :

— Vous croyez que papy va mourir ?

Tous les adultes se figèrent. Josie remarqua sa petite lèvre qui tremblait, vit Dorothy qui les observait tous, alors elle répondit :

— Les docteurs vont faire tout ce qu'ils peuvent pour le sauver et, s'ils pensent qu'ils ont besoin d'aide, ils l'enverront dans un hôpital plus grand avec des médecins encore plus forts.

Son explication parut apaiser les deux fillettes. Sawyer et Owen commencèrent ensuite à leur poser des questions, leur nom, leur âge, non sans les féliciter pour leur courage. Josie resta en retrait, à écouter chaque détail au cas où elle aurait besoin de les rapporter plus tard au chef des pompiers. Sawyer demanda le nom et le numéro de téléphone de leur mère. Michelle Walsh. Bronwyn ne connaissait pas son numéro, mais Dorothy, si. Josie le composa sur son portable à mesure que la fillette le dictait et passa l'appel. Un petit bout de son cœur se brisa lorsqu'elle annonça à Michelle la nouvelle de l'incendie. Toutefois, elle ressentit quand même un certain soulagement de pouvoir rassurer la mère : ses deux filles étaient saines et sauves et son père, grièvement blessé, certes, mais en vie.

— Je ne suis qu'à quelques minutes de route. Vous pouvez m'attendre là-bas ? J'arrive, dit Michelle à Josie.

— OK, répondit l'inspectrice.

22

Sawyer surveillait la saturation en oxygène des deux fillettes tout en leur tenant compagnie à l'arrière de l'ambulance, pendant que Josie discutait juste devant avec Owen.

— Vous savez à qui appartient cette maison, j'imagine ?

— Non, répondit Josie. Vous savez, vous ?

Owen acquiesça.

— Clay Walsh.

Le nom lui était familier, mais elle n'arrivait pas à se rappeler pourquoi. Voyant son hésitation, Owen ajouta :

— Un pompier à la retraite.

Josie eut l'impression qu'elle venait de recevoir un coup de poing dans le ventre. Elle regarda à l'intérieur du véhicule. Les deux fillettes étaient allongées côte à côte sur le brancard, Bronwyn dans les bras de Dorothy. Ni l'une ni l'autre ne semblait avoir entendu, en revanche Sawyer posait sur Josie un regard pénétrant.

— Un pompier manque mourir dans un incendie, murmura Josie.

Elle monta dans l'ambulance. Sawyer ajusta la canule d'oxygène sur le nez de Dorothy et lui demanda :

— Tu sais comment le feu a commencé ?

Les deux gamines écarquillèrent les yeux. Bronwyn interrogea sa sœur du regard.

— Ne vous inquiétez pas. Quoi qui se soit passé, on ne va pas vous causer d'ennuis ou vous gronder. On a juste besoin de savoir.

Dorothy essuya une larme qui coulait sur sa joue.

— Mon grand-père... il...

Elle détourna le regard et ferma les paupières, son corps entier secoué d'un long sanglot.

Sawyer vérifia aussitôt ses constantes : son rythme cardiaque avait soudain grimpé.

— Ça va, ça va. On n'est pas obligés d'en parler. Reposez-vous maintenant.

Bronwyn se dégagea pourtant de l'étreinte de sa sœur et se redressa.

— Bron, la prévint Dorothy, rouvrant les yeux.

— Papy dit que ce n'est pas rapporter si tu penses que quelqu'un risque d'être blessé.

— C'est vrai, confirma Josie avec précaution.

À travers ses larmes, Dorothy jeta un regard noir à sa sœur.

— Papy est toujours en vie, Bron.

Bronwyn fit une petite moue.

— Papy dit qu'il faut toujours dire la vérité.

— Pas sur ça, croassa Dorothy.

Sawyer ouvrit la bouche, mais Josie secoua presque imperceptiblement la tête et dit aux filles :

— Je pense que M. Hayes a raison. Vous devez vous reposer maintenant, d'accord ?

Dorothy opina, visiblement soulagée. Bronwyn gonfla les joues, comme si elle brûlait de dire ce qu'elle savait. Sawyer suivit Josie hors de l'ambulance, et ce fut Owen qui y entra pour garder un œil sur les deux fillettes. Josie entraîna Sawyer quelques mètres à l'écart avant de prendre la parole.

— On doit attendre leur mère. Elles sont mineures.

— La petite est à deux doigts de parler, lui fit remarquer Sawyer avec un regard vers le véhicule. Et puis, il s'agit d'un incendie, pas d'un homicide ou ce genre de choses. Est-ce que les règles sur la présence d'un parent s'appliquent dans ce cas ?

Josie haussa un sourcil.

— On va attendre leur mère.

Il soutint son regard un long moment. Un bruit de roues sur l'asphalte et un claquement de portière finirent par détourner l'attention de la policière. Mettner trottinait vers eux depuis la route.

— Salut, lança-t-il lorsqu'il les rejoignit. Ça va ?

— Oui, je vais bien, répondit-elle. Qu'est-ce que tu fais ici ?

— Quand tu as signalé l'incendie, tout le monde était inquiet, alors j'ai proposé de venir. Tu as du verre dans les cheveux. Qu'est-ce qui s'est passé ?

Josie ne put s'empêcher de se demander si Noah faisait partie de ce « tout le monde ». Elle n'avait pas vérifié son téléphone : avait-il lui aussi entendu son appel et essayé de la joindre ? Sawyer les abandonna pour remonter dans l'ambulance avec les fillettes. Josie secoua ses cheveux pour tenter de les débarrasser des bris de verre et entreprit de faire le récit des événements à Mettner, tout en jetant un coup d'œil à son téléphone. Aucun appel ni texto de Noah.

— Oh, et je crois que ma voiture est bousillée, conclut-elle, donc je vais avoir besoin qu'on me ramène au poste, ou chez moi. Tu as vu Noah ?

— Euh, non, répondit Mettner. Ta voiture est bousillée ? Celle que tu as achetée il y a cinq mois ?

Josie pinça les lèvres et opina. Ce n'était pas son année, en matière de voitures.

— Les filles ? cria une voix féminine. Les filles ? Où sont mes filles ?

Depuis la route, une femme d'une trentaine d'années, vêtue

d'un jean, d'une chemise noire cintrée et d'un long pull crème, accourait vers Josie et Mettner. Ses longs cheveux blond sable flottaient derrière elle. Lorsqu'elle les rejoignit, ses mains tiraient sur les revers de son pull, qu'elles étiraient au point de déformer durablement le tissu.

— Michelle ? s'enquit Josie.

La femme faillit la percuter et dut se rattraper à elle pour se stabiliser.

— C'est moi, confirma-t-elle. Où sont mes filles ?

— Dans l'ambulance. Venez.

Michelle la dépassa aussitôt et sauta dans le véhicule de secours sans crier gare, écartant brutalement Owen et Sawyer de son chemin pour s'approcher de ses enfants. Elle les enlaça férocement par-dessus le côté de la civière, si fort que l'une des petites finit par geindre :

— Mamaaaaan.

Josie, Mettner, Sawyer et Owen attendirent que la mère inquiète ait observé et questionné ses filles, pris quelques minutes pour les tenir de nouveau dans ses bras, avant que Josie ne monte dans l'ambulance à son tour et n'aille s'asseoir sur l'un des bancs latéraux. Mettner, Owen et Sawyer attendirent dehors, sans perdre une miette cependant de la scène.

— Où est mon père ? demanda la jeune mère. Ils l'ont emmené à l'hôpital ?

— Oui, répondit Josie. À Denton Memorial. Il se peut toutefois qu'il faille le transporter par hélicoptère vers un hôpital de Philadelphie si ses brûlures s'avèrent trop sévères.

Michelle pressa un poing contre sa bouche en hochant la tête.

— Nous avons commencé à parler aux filles au sujet de ce qui s'est passé, enchaîna Josie. Mais j'ai pensé qu'il valait mieux que vous soyez présente.

— Merci, dit Michelle, qui baissa les yeux vers les fillettes.

Vous pouvez leur parler. Moi aussi, je veux savoir ce qui s'est passé.

Dorothy tira sur le pull de sa mère.

— Maman, je pense pas qu'il ne faut pas en parler. Je pense que ça doit rester privé.

Michelle tourna vivement la tête vers elle.

— Quoi ? Dorothy, la maison de papy a brûlé, répliqua-t-elle, la lèvre inférieure tremblante même si elle s'efforçait de garder son calme. Papy...

Elle s'interrompit et prit plusieurs inspirations avant de poursuivre :

— Les filles, ce n'est pas quelque chose qu'on peut garder pour nous. Vous comprenez ? C'est une tragédie. Une terrible tragédie. Je dois savoir ce qui s'est passé. Les pompiers qui sont venus aujourd'hui... Ils connaissent probablement papy. Certains d'entre eux ont peut-être même travaillé avec lui. Ils doivent savoir ce qui s'est passé.

La tristesse dans la voix de Dorothy lorsqu'elle reprit la parole fit l'effet d'un véritable coup de poignard dans le cœur de Josie.

— Mais tu as toujours dit que papy était un héros.

Michelle coinça une mèche de cheveux de son aînée derrière son oreille, tout en ajustant le tube de sa canule.

— C'est un héros, chérie. Il le sera toujours.

— Plus maintenant, maman, intervint Bronwyn.

Tous les regards se tournèrent vers la petite de cinq ans. La voix tremblante, Michelle lui demanda :

— Qu'est-ce que tu veux dire, Bron ?

Dorothy attrapa la main de sa sœur et la serra, fermant les yeux en même temps, comme si elle attendait qu'on lui inflige quelque douloureux traitement. Son attitude rappelait à Josie celle de Harris lorsqu'il avait dû se faire vacciner.

D'une voix si basse que tous les adultes se penchèrent pour l'entendre, Bronwyn lâcha :

— C'est papy qui a mis le feu.

Un ange passa. Puis Michelle dit :

— Qu'est-ce que tu as dit, chérie ?

— On était en train de jouer dans le jardin. Papy est rentré. Il n'est pas revenu et nous, on avait faim, alors on est rentrées aussi. Comme il n'était pas dans la cuisine, on est allées dans le salon et il était là. Il avait une serviette roulée et il était en train de mettre le feu avec un briquet.

Michelle saisit l'épaule de son aînée.

— Dorothy, regarde-moi.

L'enfant ne bougea pas.

Michelle la secoua.

— Dorothy. Ouvre les yeux et regarde-moi. Est-ce que c'est vrai ?

Sa fille rouvrit les yeux. Les paupières baissées, elle regarda sa mère, la mâchoire serrée par la peur.

— Ou-oui. C'est papy qui a mis le feu.

Michelle retira sa main et croisa les bras.

— Ce n'est pas drôle, les filles. Papy ne mettrait jamais le feu intentionnellement. Vous le savez bien. Si vous avez fait quelque chose, toutes les deux, et que ça a dégénéré, il faut me le dire tout de suite. Ne mentez pas. Vous aurez encore plus d'ennuis si vous mentez, surtout quand papy va se réveiller et me raconter ce qui s'est vraiment passé.

Bronwyn se tortilla sur le brancard.

— On dit la vérité, maman. Papy a allumé la serviette et puis il a commencé à mettre le feu partout. Sur les rideaux et les meubles.

— Bron ! s'écria Michelle. Arrête ! Je suis sérieuse.

— C'est vrai, maman, intervint Dorothy en même temps que sa mère. On ne ment pas. J'ai cru que papy était... je ne sais pas, malade ou quelque chose comme ça. Je lui ai demandé ce qu'il faisait et il a dit : « En piste, petite allumette. »

Ces mots firent tressaillir Josie, mais elle garda le silence.

— « En piste » ? répéta Michelle. Qu'est-ce que ça veut dire ?

— Je ne sais pas, admit Dorothy. Il n'arrêtait pas de le répéter. « En piste, petite allumette, en piste, petite allumette », fit-elle, imitant une voix basse et monocorde. Je lui ai demandé d'arrêter et il l'a fait mais, à ce moment-là, tout le bas de la maison était en feu. Il m'a regardée et il m'a dit de prendre Bron et de filer. C'est ce que j'ai fait. Mais Bron n'était pas derrière moi. Je pensais qu'elle me suivait, mais non. Et quand j'ai voulu retourner à l'intérieur, le porche s'est effondré.

— Je suis retournée chercher papy, intervint Bronwyn. Il était dans la cuisine. Je lui ai dit de venir avec nous et il a dit oui mais, quand on est arrivés à l'avant de la maison, il n'y avait plus de sol. J'ai demandé à papy quoi faire, et il m'a regardée bizarrement, j'avais l'impression qu'il ne comprenait pas ce que je disais. Le feu était de pire en pire. Je ne savais pas quoi faire. Puis il y a eu un bruit, un bruit qui fait peur, alors papy m'a soulevée et m'a jetée. J'ai atterri en bas de l'escalier. Quand j'ai tourné la tête, j'ai vu que presque tout le plancher avait disparu, dans le salon, dans la cuisine, partout. Et je ne voyais plus du tout papy. Je ne savais pas quoi faire, alors je suis montée à l'étage.

Des larmes coulaient sur le visage de Michelle.

— Ça n'a pas de sens. Rien de tout ça n'a de sens. Mon père ne ferait jamais une chose pareille, ajouta-t-elle à l'intention de Josie et de Mettner. Il a été pompier pendant trente ans. Il a sauvé des vies. C'est l'homme le plus généreux que je connaisse.

— Peut-être qu'il était malade, suggéra Dorothy. Un truc dans le cerveau, quoi. Comment ça s'appelle ?

— Un ABC, dit Bronwyn. Comme mon animatrice de colonie de vacances l'été dernier.

— Un AVC, corrigea Michelle, une main sur le front. Je ne sais pas. Je ne sais pas. Je ne... Ce n'est pas... Papa ne ferait jamais... Oui, il a forcément eu un problème.

Josie se pencha pour plonger ses yeux dans ceux de Dorothy.

— Ton grand-père s'est-il comporté bizarrement aujourd'hui ?

— Non. Enfin, sauf quand on est rentrées de dehors et qu'il allumait le feu.

— Combien de temps êtes-vous restées dehors avec lui ?

Dorothy haussa les épaules.

— Depuis qu'on est rentrées de l'école. Je ne sais pas.

Josie tâcha de calculer. La plupart des établissements locaux terminaient leur journée entre 14 h 30 et 15 heures. Elle était restée à Tiny Tykes avec Harris et Cindy jusqu'à 16 h 30. La maternelle se terminait beaucoup plus tôt, mais Misty avait inscrit Harris à leur programme de garderie. Bref, il devait être environ 16 h 40 lorsqu'elle avait vu Dorothy sur le bord de la route.

— À quelle école allez-vous ? demanda-t-elle.

— Moi, je vais à Tiny Tykes, parce que je n'ai pas encore six ans et il faut avoir six ans pour aller en primaire.

— Très juste, confirma Josie.

Elle ne se rappelait pas avoir vu Bronwyn ou Michelle la veille, mais il y avait des dizaines d'enfants et de parents, et Josie était concentrée sur Harris.

— Tu sais à quelle heure ton grand-père est venu te chercher là-bas ?

— À la même heure que tous les jours, dit simplement Bronwyn. Après, on est allés à sa maison et on a regardé la télévision jusqu'à ce qu'il soit temps d'aller chercher Dorothy.

— Il va chercher Bron à 13 heures, expliqua Michelle. On a choisi cette petite école parce qu'elle est proche de chez papa, comme ça, c'est plus facile pour lui d'aller la chercher. Ça ne le dérange pas de participer aux frais, du moment qu'il n'a pas besoin de faire trop de route pour la récupérer. Elle est aussi allée en colonie de vacances là-bas.

— Et toi, Dorothy ? demanda Josie.

— Je vais à l'école primaire Wolfson.

L'établissement se trouvait à une vingtaine de minutes de la maison de Clay.

— Les filles, vous vous êtes arrêtées quelque part avec votre grand-père après l'école ?

Les deux fillettes secouèrent la tête.

D'après les calculs de Josie, ils avaient donc dû arriver chez Clay vers 15 h 30. Compte tenu de la progression de l'incendie à l'arrivée de Josie et du temps qu'il avait probablement fallu à Dorothy pour descendre sur la route et lui faire signe, Clay avait dû y mettre le feu entre 16 heures et 16 h 20.

— Votre grand-père est-il resté longtemps dehors avec vous ? demanda-t-elle.

Dorothy haussa les épaules.

— Non, pas trop.

Bronwyn ajouta :

— Il n'a fait des bulles que deux fois avant de retourner à l'intérieur.

— Pourquoi est-il rentré ? s'enquit Josie.

— Il a cru entendre une voiture dans l'allée, répondit Dorothy.

— Et il y en avait une ?

— Je ne sais pas, répondit Bronwyn. C'est juste ce qu'il a dit. On jouait derrière.

— L'une d'entre vous a-t-elle entendu une voiture ?

— Moi, j'ai cru, oui, fit Dorothy, mais je n'en étais pas sûre non plus. Papy a dit qu'il allait vérifier et il est rentré.

— Tu ne l'as pas suivi ? demanda Josie. Pour voir par toi-même ?

— Non.

— Il nous a dit de rester là, précisa Bronwyn. Et il a dit à Dorothy de faire des bulles, mais elle n'est pas aussi douée que papy. Elle ne fait pas des grosses bulles comme lui.

Michelle laissa échapper un petit hoquet et se plaqua la main sur la bouche, luttant contre un sanglot.

— Bron, s'étrangla Dorothy.

— Quoi ? fit la petite. C'est vrai.

— Combien de temps votre grand-père est-il resté dans la maison ? demanda Josie.

— Je ne sais pas trop, admit Dorothy. Mais j'ai eu le temps de vider presque tout le produit des bulles pendant qu'il était parti.

— Longtemps, ajouta Bronwyn.

— Avez-vous entendu quelqu'un d'autre ? Vu quelqu'un ? L'avez-vous entendu parler à une autre personne ?

Les deux fillettes secouèrent la tête.

Michelle quitta Josie des yeux pour regarder ses filles.

— Mais vous êtes retournées à l'intérieur parce que vous aviez faim. Papa met toujours la table pour le dîner à 16 h 15.

— Il n'avait pas préparé le dîner, dit Dorothy.

— Oui, acquiesça Bronwyn. Pas de dîner, mais il avait fait des brownies. J'avais envie de les manger mais, après, on l'a vu qui mettait le feu.

— Des brownies, répéta Josie. Il avait préparé des brownies ? Vous en êtes sûres ?

— Ils étaient sur la table quand on est rentrées, affirma Bronwyn.

Josie regarda Dorothy.

— C'est vrai ?

— Je ne me rappelle pas.

Bronwyn leva les yeux au ciel.

— Ils étaient dans une assiette en carton sur la table de la cuisine.

— Je ne les ai pas vus, Bron, s'énerva sa sœur. Papy était en train de mettre le feu à sa maison !

— C'est bon, les filles, merci, intervint Josie, avant de se

tourner vers Michelle. Est-ce que votre père préparait régulièrement des brownies pour les filles ?

Michelle secoua la tête.

— Je ne l'ai jamais vu faire de gâteaux.

Josie était, sans aucun doute, la pire pâtissière de la planète.
Elle se tourna vers Mettner.

— Combien de temps faut-il pour préparer des brownies ?

Il haussa les épaules.

— Je ne sais pas.

— S'il avait acheté une préparation toute faite – et, connais-
sant mon père, je ne vois pas comment il aurait pu s'y prendre
autrement –, vingt à vingt-cinq minutes, répondit Michelle.

Josie reporta son attention sur Dorothy.

— Tu penses qu'il est resté à l'intérieur aussi longtemps ?

Elle haussa une épaule menue.

— Je ne sais pas.

Josie savait que les enfants n'avaient pas la notion du temps,
ce n'était pas quelque chose qu'ils savaient déterminer.

— Avez-vous vu quelque chose d'autre, les filles ? enchaîna
Mettner. Par rapport aux brownies ? Est-ce qu'ils étaient dans
un emballage ? Avec un autocollant dessus, peut-être ?

— Non, fit la petite. Ils étaient juste dans une assiette en
carton sur la table.

— Y avait-il quelqu'un dans la maison avec lui ? voulut
savoir Michelle.

Les deux fillettes considérèrent tour à tour chacun des
adultes présents, puis Dorothy haussa les épaules.

— Je ne sais pas, je n'ai vu personne d'autre. Et toi, Bron ?

— Non, seulement toi et papy, répondit l'interpellée.

— Dorothy, tu es sortie la première et tu as couru jusqu'à la
route, reprit Josie. Tu as vu quelqu'un ?

— Non. Autrement je lui aurais demandé de l'aide.

— As-tu vu des voitures ? Dans l'allée ou sur la route ?
Même trop loin pour que tu aies réussi à attirer leur attention ?

Elle secoua la tête.

Josie repensa au moment où elle était sortie du parking de Tiny Tykes. Elle ne se rappelait pas avoir vu de véhicules venir en sens inverse, comme s'ils venaient de la propriété de Clay Walsh, et personne n'avait roulé devant elle non plus. Quelqu'un qui l'aurait précédée aurait vu Dorothy en premier. Elle était en train de repasser dans sa tête tout ce que les filles leur avaient appris quand elle remarqua que Michelle l'observait fixement. Elle releva les yeux pour croiser donc le regard de la mère des filles, qui lui demanda :

— D'où venaient ces brownies ?

— Je ne sais pas, avoua Josie. Allons à l'hôpital voir comment se porte votre père. Il pourra peut-être nous le dire.

23

L'obscurité tombait comme une couverture sur la montagne
tandis que Sawyer et Owen installaient soigneusement les filles
à l'arrière de l'ambulance. Tout autour, des grillons, des oiseaux,
des cigales et une demi-douzaine de variétés de grenouilles
différentes appelaient, sifflaient, pépiaient ou stridulaient dans
une véritable cacophonie. Le bruit de la vie qui continuait, en
somme, indifférente à la tragédie qui venait de se produire cinq
cents mètres plus loin. On voyait et sentait encore la fumée qui
s'échappait de la maison, ainsi que les lumières des camions de
pompiers. Les voix des hommes qui s'étaient battus contre le
feu leur parvenaient de temps à autre. Michelle accepta de
suivre l'ambulance jusqu'à Denton Memorial. Josie et Mettner
regagnèrent la voiture de l'inspecteur et se joignirent au convoi.

De l'extérieur, les urgences paraissaient calmes. À l'intérieur, cependant, c'était une tout autre histoire : la salle d'attente était remplie de pompiers de Denton, venus s'enquérir de
la santé de Clay Walsh. Josie et Mettner se frayèrent un passage
entre les hommes et les femmes en donnant ici une tape sur
l'épaule, hochant là la tête en signe de sympathie. Enfin, ils
parvinrent au bureau de la sécurité, juste avant les doubles

portes en verre verrouillées qui séparaient la salle d'attente de la zone de soins. Ils montrèrent leurs cartes de police et le garde les autorisa à entrer.

Il ne leur fallut pas plus de quelques secondes pour trouver Clay Walsh. Tous les bruits de l'unité étaient concentrés dans une enceinte de verre. Les infirmières et les médecins allaient et venaient, criant les constantes et les ordres. Des déchets médicaux jonchaient le sol à leurs pieds. Les moniteurs émettaient différents bips et autres sons stridents. Josie regarda autour d'elle, mais ne repéra ni Michelle ni les filles. Quelqu'un avait dû les installer à l'autre bout des urgences, songea-t-elle, pour leur épargner l'agitation désespérée du personnel médical qui tentait de maintenir Clay en vie. À la vue du vieil homme, son cœur palpita, se bloqua et palpita de nouveau. La tête et quasiment tout le haut du corps avaient échappé aux flammes, mais la peau des membres inférieurs et de l'un de ses bras était un mélange de noir et d'un rouge qui, par sa teinte et sa consistance, n'était pas sans rappeler un morceau de viande crue. Josie avait vu beaucoup de choses dans le cadre de son travail mais, là, c'était vraiment difficile à regarder. Elle se détourna, prit une profonde inspiration, puis retourna se planter à côté de Mettner. Ce dernier ne semblait pas affecté. L'une des choses qui faisaient de lui un excellent enquêteur, et cela se vérifiait encore aujourd'hui, c'était que rien ne le perturbait jamais – ou, si c'était le cas, il ne le montrait pas. Au bout de plusieurs minutes, l'activité dans la salle vitrée devint moins frénétique et un médecin se glissa dans le couloir. Retirant son calot bleu, il dévoila d'épais cheveux bruns. Josie lut son badge, sur lequel il était inscrit : « Dr Ahmed Nashat. »

— Docteur, l'interpella-t-elle en produisant de nouveau sa carte, à l'instar de Mettner. Est-il en mesure de parler ?

Le médecin secoua la tête. Il empocha son calot de bloc et regarda derrière lui dans la salle, où des infirmières injectaient des médicaments dans une perfusion.

— Il ne parlera pas de sitôt. Nous l'avons stabilisé pour l'instant, en attendant son transfert en hélicoptère pour l'hôpital universitaire de Pennsylvanie, à Philadelphie, mais il a des brûlures de pleine épaisseur sur soixante pour cent du corps. Ses voies respiratoires et ses poumons sont en mauvais état. L'inhalation de fumée, vous le savez probablement déjà, est plus meurtrière que les brûlures en cas d'incendie. Je suis désolé de vous le dire, inspecteurs, mais M. Walsh ne survivra peut-être pas au voyage jusqu'à Philadelphie. Et même s'il y survit, je ne suis pas sûr qu'ils puissent l'aider là-bas non plus.

— Il n'a rien pu dire du tout ? demanda Mettner. Il n'a pas communiqué, de quelque manière que ce soit ?

Le docteur Nashat fronça les sourcils.

— J'ai bien peur que non.

Il regarda longuement Clay Walsh, puis parut comprendre quelque chose. Il reporta son attention sur eux.

— Vous êtes de la police. Vous ne seriez pas là si un crime n'avait pas été commis. S'agit-il d'un incendie criminel ?

Ce fut Josie qui prit la parole :

— Il faudra un certain temps pour que ce soit officiellement déterminé. Nous ne pouvons pas l'affirmer actuellement. Nous étudions toutes les possibilités.

D'un index replié, le docteur Nashat leur fit signe d'entrer dans la salle. L'odeur de chair brûlée retourna l'estomac de Josie. Elle jeta un coup d'œil à Mettner et vit que la puanteur l'affectait aussi – physiquement, si ce n'est mentalement. Son visage avait pris une teinte verdâtre.

Le docteur Nashat désigna une table sur roulettes située d'un côté de la pièce. Dessus, plusieurs bassins contenaient des morceaux de vêtements qu'ils avaient manifestement décollés de la chair brûlée de Walsh. Dans l'un des bassins se trouvait ce qui ressemblait à un morceau de plastique fondu.

— Là, dit le docteur Nashat, en leur montrant la bassine à examiner. Il serrait ça dans sa main valide, si fort qu'il a fallu forcer pour lui déplier les doigts. Regardez de plus près, si vous voulez bien.

Il prit une pince pour pointer une partie du plastique. Quelque chose de blanc contrastait avec le plastique rose du bassin. Josie et Mettner se penchèrent simultanément. Là, sur ce qui semblait avoir été un morceau de film étirable, était fixée la moitié d'un autocollant. La moitié d'un visage sinistre, avec des yeux en forme de X, une tête ouverte d'où s'échappaient des zigzags.

— Putain, souffla Josie. Docteur Nashat, pouvez-vous pratiquer une analyse toxicologique sur M. Walsh avant de le transférer ?

Le médecin haussa un sourcil, mais ne discuta pas.

— Bien sûr, si vous voulez. Vous aurez un mandat ?

— Oui, lui assura-t-elle.

Déjà, Mettner avait son téléphone à l'oreille.

— Gretchen ? dit-il en sortant de la pièce. Tu peux faire quelque chose pour nous ?

Josie se retourna vers le docteur Nashat.

— Merci. Nous reviendrons.

Devant la salle, elle attendit que Mettner ait donné à Gretchen toutes les informations dont elle avait besoin. Quand il raccrocha, Josie lui dit :

— Il faut qu'on retourne parler à Michelle.

Ils finirent par trouver Michelle Walsh après avoir tourné un moment dans le service des urgences. Elle se tenait devant une zone délimitée par un rideau, en train de parler à voix basse au téléphone. Ses yeux étaient rouges à force de pleurer. Elle raccrocha lorsque Josie et Mettner s'approchèrent.

— Vous avez pu parler à mon père ? Ils m'ont dit qu'il était très mal en point. Ils l'envoient à l'hôpital de Philadelphie, mais vous avez peut-être réussi à échanger quelques mots avec lui ?

Josie secoua la tête.

— Je suis désolée, Michelle, non. Il n'était pas en mesure de parler.

— Madame Walsh, nous avons encore quelques questions à vous poser, intervint Mettner.

— Bien sûr. Qu'est-ce qui se passe ?

Josie sortit son téléphone et afficha la photo de l'autocollant trouvé dans le sac à dos de Nysa Somers, puisqu'il était intact et non à moitié fondu comme celui que Clay Walsh avait agrippé en tentant de s'enfuir de chez lui.

— Ça vous dit quelque chose ?

Michelle grimaça.

— Beurk, non. Qu'est-ce que c'est ?

— Votre père prenait-il de la drogue ? demanda Mettner.

— Bien sûr que non. Même s'il l'avait voulu, il n'aurait pas pu.

— Il n'est pas à la retraite ? s'étonna Josie.

— Oh, eh bien, si. Il a pris sa retraite il y a environ cinq mois. Après les inondations. Ça a beaucoup usé tout le monde. En plus, je venais de commencer un nouveau travail et j'avais besoin d'aide avec les filles. Papa a pris sa retraite pour pouvoir les garder et aller les chercher à l'école. Ma mère est morte quand Dorothy était bébé. Je suis maman célibataire. Je n'ai que mon père.

Josie adressa au ciel une prière silencieuse pour qu'un miracle se produise et que Clay Walsh se rétablisse.

— Et les *space cakes* ? insista Mettner. Est-ce qu'il en a déjà consommé ?

Michelle haussa un sourcil.

— Vous pensez aux brownies, c'est ça ? Qu'est-ce que vous vous imaginez ? Un dealer se serait pointé pendant que mes filles étaient là et lui aurait vendu des brownies à la marijuana ? Vous êtes dingues ?

Sa voix s'était muée en un cri aigu. Calmement, Josie répondit :

— On est obligés de vous poser la question.

— Pourquoi ? Pourquoi devez-vous demander ça ? Vous pensez que mon père a mangé un brownie et qu'il a brûlé sa maison avec mes enfants dedans ? Non mais vous vous entendez ? Déjà, quel genre de cannabis peut bien pousser une personne à faire ça ? Ensuite, mon père est l'un des pompiers les plus décorés de cette ville. Il a servi pendant des décennies. Il a sauvé des centaines de vies et fait plus pour cette communauté que n'importe qui d'autre chez les pompiers. Je sais, tout comme vous, ce que Dorothy et Bronwyn ont dit, mais je vous assure que ce qui s'est passé aujourd'hui ne correspond en rien à l'homme qu'est mon père.

— Vous ne croyez pas les filles ? voulut savoir Mettner.

Michelle baissa le menton sur sa poitrine. Un hoquet la secoua. Elle releva la tête, croisa les bras.

— Bien sûr que je crois mes filles. Mais vous les avez entendues : papa a cru qu'il y avait une voiture dans l'allée. Il n'a pas fait ces brownies. Quelqu'un les lui a apportés. Ce qu'il a fait aujourd'hui n'est pas sa faute. Il devait être sous l'influence de quelque chose, sinon il n'aurait jamais allumé ce feu intentionnellement, et jamais, absolument jamais, il n'aurait mis mes enfants en danger.

Elle baissa la voix et se rapprocha d'un pas de Josie et Mettner pour continuer :

— Il s'agit d'un incendie criminel. Criminel. Je me demande déjà comment expliquer ça aux gars avec qui il travaillait. Pensez-vous qu'ils vont croire deux enfants, même ses propres petites-filles, et gober que Clay Walsh – le légendaire Clay Walsh – a mis le feu à sa propre maison ? Ils n'accepteront jamais cette explication.

— Croyez-vous votre père susceptible de manger un brownie en sachant qu'il y avait quelque chose dedans ? s'enquit Josie.

— Bien sûr que non.

— Michelle, je vous crois. À mon avis, il nous manque des informations. Nous allons faire tout ce qui est en notre pouvoir pour aller au fond des choses, ça, je vous le promets. Pouvez-vous nous dire si votre père était en conflit avec quelqu'un ? S'il avait des problèmes avec qui que ce soit ?

— Non, non.

— Est-ce qu'il fréquentait une personne ? enchaîna Mettner. Est-ce qu'il venait de rompre avec quelqu'un ?

Michelle éclata d'un rire sec.

— Papa ? Fréquenter quelqu'un ? Non, il n'a pas fréquenté de femme depuis des années.

— Le nom de Nysa Somers vous dit-il quelque chose ?

— Non. Qui est-ce ?

— Elle était étudiante à l'université de Denton, l'informa Mettner.

Michelle ne releva pas son utilisation du passé. Elle secoua rapidement la tête et se passa les mains dans les cheveux.

— Non. Mon père ne connaît personne à l'université. À moins qu'il y ait eu un incendie là-bas, il n'aurait pas eu de raison de s'y rendre.

— Pensez-vous que quelqu'un aurait pu lui vouloir du mal ? demanda Josie.

Les mains de Michelle retombèrent contre ses flancs. Elle renifla.

— Non. Mon Dieu, non. Tout le monde adore mon père. C'est un homme génial.

J'ai du mal à dormir, mais surtout parce que mon euphorie m'empêche de trouver le repos. Cela fait des heures que j'actualise le site web de WYEP, à la recherche d'informations sur le héros déchu de Denton. Non content d'être tombé, il va maintenant être déshonoré. Encore une fois, je me prends à regretter de ne pouvoir partager mon génie avec quelqu'un. Mais ce n'est pas vraiment possible. La griserie que j'ai ressentie à l'idée d'être visible s'estompe. Peut-être que je ne suis pas vraiment visible – je ne peux pas l'être –, en revanche mes actes sont remarqués. Pour la première fois, ils ne sont pas considérés comme de malheureux accidents. Maintenant, tout le monde connaît mon pouvoir. C'est une sensation très différente de la satisfaction tranquille de savoir que j'ai infligé à quelqu'un le châtiment mérité, celle-là est bien plus enivrante.

Je continue à actualiser la page internet. Enfin, peu après minuit, l'article apparaît. « Un pompier local gravement brûlé dans un incendie domestique. »

Mon cœur me bondit dans la gorge.

— Gravement brûlé ? marmonné-je.

Ça ne va pas. Mais ça n'a pas d'importance, finalement.

Telle est la beauté de ma nouvelle méthode améliorée. Même s'il survit, il ne se rappellera pas ce qui s'est passé. Il ne se souviendra pas d'avoir allumé le feu ni même de notre interaction.

Gravement brûlé, à quel point ? Suffisamment pour payer la façon dont il m'a traitée lors de notre rencontre des mois plus tôt ? Je me sens rougir au souvenir de la grossièreté avec laquelle il m'a parlé. « Dégage de mon chemin », avait-il grogné avant de me donner un coup d'épaule, comme si je n'étais rien. Sans même s'excuser. Sans même un regard.

Le cerveau en ébullition, je poursuis ma lecture. Ai-je au moins réussi à tuer l'une de ces petites morveuses qu'il emmène partout avec lui ?

— Merde.

Tout le monde a survécu. Bon, ça n'a pas d'importance. Personne ne saura me reconnaître. N'empêche, c'est agaçant. Ils ont tous survécu à l'incendie et pourtant, aux dires de WYEP, « la ville est sous le choc » de la « tragédie survenue dans la maison de Clay Walsh ».

Une ville sous le choc.

S'ils savaient. Avant même d'avoir jeté mon dévolu sur Clay, j'avais déjà mis d'autres choses en branle.

Les résultats des tests toxicologiques en main, Josie et Mettner retournèrent au commissariat. Noah avait enfin répondu aux SMS de Josie, promettant d'être là et de la raccompagner à la maison. Si agacée qu'elle soit par son silence durant une bonne partie de la journée, elle avait quand même hâte de le voir. Une partie d'elle voulait continuer à travailler sur l'affaire – ou les affaires – quoi qu'il lui en coûte, jusqu'à avoir toutes les réponses à ses questions. L'autre ne voulait rien de plus que rentrer chez elle avec Noah, pour qu'avec ses mains et sa bouche il lui fasse oublier les événements des deux derniers jours.

Il était tard et tous, à l'exception de Gretchen – qui s'était portée volontaire pour travailler sur les horaires en soirée –, auraient dû être rentrés chez eux. Pourtant, ils se réunirent dans la grande salle du commissariat : Josie, Mettner, Gretchen, Noah et le chef. Même Amber Watts était là, maintenant en jean et pull léger, ses cheveux auburn noués en un chignon lâche. Quand Mettner s'assit à son bureau, elle s'approcha et se posta derrière lui.

Le visage du chef Chitwood était déjà rouge comme une tomate, et personne n'avait encore prononcé un mot.

— Je viens d'avoir le chef des pompiers au téléphone. Son équipe d'enquêteurs ne pourra pas déterminer les causes de l'incendie de la maison de Walsh avant demain. Je ne lui ai pas répété ce que deux gamines avaient raconté à mes inspecteurs, à savoir qu'un des pompiers les plus décorés de la ville avait mis le feu à sa propre maison. Je ne veux pas avoir à lui annoncer ça. Est-ce que je vais devoir le lui dire ?

Personne n'osa répondre. Manifestement, il n'en avait pas terminé, il poursuivit donc sur sa lancée :

— Palmer m'a mis au courant après avoir préparé le mandat pour pratiquer des tests de toxicologie sur Clay Walsh – qui a été une plaie à faire signer par un juge, soit dit en passant, parce qu'on parle d'un héros local, là. Mais j'ai cru comprendre que vous aviez l'analyse toxicologique, alors je vous en prie, déballez-moi le topo, car je ne voudrais pas être obligé d'apprendre au capitaine des pompiers et à tous ceux qui travaillent pour lui que Clay Walsh a juste perdu la boule et réduit sa maison en cendres.

Mettner et Josie échangèrent un regard, tâchant sans un mot de décider lequel des deux allait annoncer la nouvelle. Finalement, Mettner soupira et se lança :

— L'analyse toxicologique n'a rien révélé.

Un hoquet collectif retentit dans la pièce.

— Quoi ? beugla le chef.

Josie remarqua la main qu'Amber glissa sur l'épaule de Mettner pour y exercer une pression.

— Comment c'est possible ? lança Noah.

— Tu as dit qu'il y avait des brownies et le même autocollant que dans les affaires de Nysa Somers, s'étonna Gretchen. C'est d'ailleurs comme ça que j'ai obtenu le mandat, en convainquant le juge qu'il n'était pas possible qu'une championne de natation se noie le lundi et qu'un pompier décoré manque se tuer en allumant un feu le mardi sans qu'il se trame quelque chose. Comme quelqu'un qui ferait manger aux victimes des brownies contenant une sorte de drogue les poussant à commettre des actes insensés. Si j'ai pu persuader le juge, c'est uniquement parce qu'on a trouvé l'autocollant dans les deux cas.

Josie leva les mains pour faire taire Gretchen.

— Je sais, je sais.

— Vous êtes en train de nous dire qu'il n'y avait rien dans les brownies ? tonitrua le chef. Que ces deux personnes ont perdu la tête à une journée d'écart ?

— Non, répondit Josie. Ce n'est pas ce que je dis. Pas du tout. Nous savons tous que les tests effectués lors des analyses toxicologiques ne révèlent pas tout, seulement la présence des drogues les plus courantes.

— C'est vrai, renchérit Mettner. Ça signifie juste qu'on peut éliminer les amphétamines, le cannabis, la cocaïne, les opioïdes, les barbituriques, les benzos, la PCP, la méthaqualone, la méthadone et le dextropropoxyphène.

— Ce qui nous laisse quoi ? demanda Noah. Les drogues du viol ? Le GHB ? Le Rohypnol ?

— Ce serait possible, convint Gretchen. Ces drogues-là ne restent pas si longtemps dans l'organisme. S'il s'agit de l'une d'elles, les analyses toxicologiques de Nysa Somers vont également nous revenir négatives.

— Mais si c'était l'une de ces drogues-là, reprit Josie, ça aurait quand même pu apparaître dans le bilan toxicologique de Walsh. Il ne s'est pas écoulé beaucoup de temps entre le moment où nous pensons qu'il a mangé le brownie et celui où on lui a fait la prise de sang. Par ailleurs, j'ai eu le malheur de voir des gens à qui on avait administré du GHB ou du Rohypnol. Je ne suis pas sûre qu'elles auraient été aussi stables que Nysa Somers sur la vidéo. C'est possible, certaines personnes prennent du GHB à des fins récréatives, mais la plupart des drogues du viol sont destinées à faire en sorte que les victimes soient affaiblies, incapables de se défendre. Nysa Somers ne semble pas avoir subi ce genre d'effets. Clay Walsh non plus.

— Reprenons tout depuis le début, commanda le chef en regardant Josie.

Elle rassembla tous les faits dans son esprit, prit une inspiration et récapitula.

— Nysa Somers est allée à la bibliothèque dimanche soir. Elle en est repartie, mais n'a pas regagné son appartement. Environ huit heures se sont écoulées, au début desquelles elle a indiqué à sa colocataire par texto qu'elle avait rencontré un ami. Puis elle est réapparue sur le chemin entre sa résidence et le campus. À un moment donné, elle a reçu une notification de l'agenda sur son téléphone qui disait : « En piste, petite sirène. » Elle ou quelqu'un d'autre a jeté son sac à dos avec son téléphone dans les bois. Lorsque nous avons récupéré ledit sac, il contenait un sachet en plastique avec ce qui ressemblait à des miettes de brownie à l'intérieur, et sur ce sachet figurait l'autocollant avec le crâne brisé. L'autopsie a confirmé que Nysa avait bien mangé des brownies avant son décès et qu'elle s'est noyée.

Mettner l'interrompit pour préciser :

— Elle est entrée dans le *natatorium* par ses propres moyens, a salué l'agent de sécurité et l'a appelé par son nom avant d'entrer dans la zone de baignade et de se noyer.

Josie reprit la parole.

— Clay Walsh jouait dans le jardin avec ses petites-filles. L'aînée des fillettes, Dorothy, et lui ont cru entendre une voiture dans l'allée. Clay est rentré dans la maison. Il n'en est pas ressorti. Un temps indéterminé s'est écoulé. Les fillettes sont allées le trouver et l'ont découvert en train de mettre le feu en disant : « En piste, petite allumette. » Ce qui rappelle étrangement la notification de Nysa : « En piste, petite sirène. » La plus jeune des deux petites-filles a déclaré qu'il y avait des brownies sur la table de la cuisine. À l'hôpital, on a découvert dans la main de Clay Walsh ce que nous pensons être du film alimentaire avec un autocollant représentant un crâne partiellement brisé.

— Donc quelqu'un s'est présenté chez lui, conclut Mettner.

— Voilà, confirma Josie. C'est notre théorie. Une mystérieuse personne se pointe et lui donne des brownies. Nous pensons qu'il en a mangé un. Puis il a commencé à agir de façon étrange et a mis le feu à la maison. Les filles ont cru qu'il était malade. Bronwyn a dit que vers la fin, avant qu'elle ne le perde de vue – après qu'il l'a écartée du plancher qui s'effondrait –, il l'a regardée « bizarrement ». Il était peut-être désorienté. Il y avait forcément quelque chose dans ces brownies. Mais nous ne savons pas quoi.

— La mystérieuse personne, répéta le chef. C'est elle que nous devons retrouver.

Il se frotta les tempes avec l'index et le majeur et poussa un soupir.

— Où en sommes-nous dans la recherche de l'ami qui était avec Nysa Somers la nuit précédant sa mort ?

Ce fut Noah qui répondit :

— Personne à Hollister Way ne se rappelle l'avoir vue au cours de cette nuit-là, ni avoir vu quelqu'un qui n'avait rien à faire dans les parages.

— Mais nous avons officiellement demandé ce matin à l'opérateur téléphonique de Nysa Somers qu'il vérifie où son téléphone a borné pendant les heures où elle a disparu, précisa Mettner. On regardera si le lieu que ça nous indique est à proximité de chez l'un de ses professeurs ou de ses entraîneurs de l'équipe de natation.

— Oui, enchaîna Josie, parce que sa sœur a dit que Nysa fréquentait quelqu'un de plus âgé qu'elle et avait qualifié cette relation d'« inappropriée ». De plus, elle avait rompu avec cet homme le vendredi.

— Très bien, conclut Chitwood, voici ce que vous allez

faire : vous allez tous rentrer chez vous et vous reposer, sauf Palmer. Je veux être mis au courant dès que ces relevés téléphoniques arrivent et que vous avez votre liste d'hommes plus âgés potentiellement impliqués dans cette relation « inappropriée ». Demain, vous irez parler aux gens proches de Clay Walsh. Vous tous. Je veux savoir qui est venu chez lui avant qu'il ne mette le feu. Je sais, sa fille a dit qu'il n'était fâché avec personne et qu'il n'avait pas de petite amie avec qui il venait peut-être de rompre, mais je veux entendre ça de la bouche de tous ceux qui le connaissent avant de laisser tomber cette piste. Je veux aussi que vous essayiez de trouver s'il y a le moindre lien entre Nysa Somers et Clay Walsh. Et je me fiche que ce soit ténu. Trouvez-le. Trouvez quelque chose ! Vous avez compris ?

Ils acquiescèrent tous. Mettner prenait des notes sur son téléphone.

— Je vais contacter mon interlocuteur aux stups, voir s'il sait quelque chose sur cet autocollant ou peut-être sur d'autres drogues que nous devrions faire rechercher, ajouta Chitwood.

Amber se racla la gorge, attirant pour la première fois l'attention sur elle.

— Qu'est-ce que vous faites là, Watts ? lui demanda Chitwood.

Sans ciller, elle lui adressa un sourire enjoué. Josie admirait de plus en plus son imperturbabilité face à Chitwood.

— Je reçois encore beaucoup de questions sur l'affaire Nysa Somers et, ce soir, les journalistes deviennent fous : ils veulent savoir ce qui s'est passé avec Clay Walsh. Que dois-je leur dire ?

Chitwood grogna.

— Rien. Rien du tout. Vous, les journaleux, vous êtes doués pour ne rien dire avec beaucoup de mots. Faites donc ça.

Mettner ouvrit la bouche pour ajouter quelque chose, mais Josie le précéda.

— Les deux affaires sont des enquêtes ouvertes sur lesquelles nous ne pouvons pas faire de commentaire. Elles sont en cours. Nous ne disposons pas encore d'assez d'informations pour les commenter.

Chitwood tendit l'index et le braqua sur chacun d'entre eux.

— Pas un seul détail ne sort sur cette affaire de brownie ou d'autocollant, compris ? Pas tant qu'on n'aura pas tiré au clair ce qui se passe dans cette ville, nom de Dieu.

Sans attendre de réponse, il retourna dans son bureau en claquant la porte derrière lui.

26

Une fois rentrés chez eux, Josie et Noah sortirent leur chien, Trout, pour une longue promenade. Il faisait sombre, mais les rues de leur quartier étaient calmes et bien éclairées. Et Trout était si heureux d'être dehors qu'il se moquait bien qu'il fasse nuit ou jour. Josie ressentit une pointe de culpabilité en songeant aux longues heures qu'il avait passées seul à la maison ce jour-là. Normalement, l'un d'eux revenait une ou deux fois dans la journée pour le sortir et le faire jouer.

Noah marchait à côté d'elle en silence. Elle aurait voulu trouver l'énergie de l'interroger sur sa journée, mais se rendit compte qu'elle était vidée. Dans son esprit, elle se rejouait en boucle la scène qui s'était déroulée chez Clay Walsh. Les visages bouleversés et baignés de larmes de Michelle, Dorothy et Bronwyn Walsh ne cessaient de revenir la hanter.

— Je t'emmènerai chercher une voiture de location dans la matinée, lui dit Noah. Tu as déjà appelé pour faire remorquer la tienne ?

Josie secoua la tête, les yeux rivés sur Trout qui renifla un poteau téléphonique, leva la patte, le renifla de nouveau, puis répéta le processus quatre fois de suite.

— Josie ?

Elle leva les yeux vers Noah, dont le visage était éclairé par un lampadaire.

— Quoi ?

— Qu'est-ce qui se passe ?

Une voix dans son cerveau répliqua : *Je ne sais pas. Pourquoi est-ce que tu ne me dis pas ce qui se passe, toi ? Où étais-tu ces derniers temps ?* Au lieu de quoi, sa bouche répondit :

— Tout va bien.

— Josie.

— C'est l'enquête, éluda-t-elle, plutôt que de dire quelque chose qui pourrait mener à une dispute.

Pas ce soir. Pas après deux jours aussi horribles.

— C'est toujours l'enquête, chuchota-t-il en riant doucement.

— Ce n'est pas drôle.

Elle avait parlé sèchement et Trout s'arrêta dans sa promenade pour les regarder fixement.

— Tout va bien, mon grand, le rassura Noah, et Trout reprit ses déambulations. Je suis désolé, ajouta-t-il pour Josie. Je ne voulais pas formuler ça comme ça. Parfois, je me dis qu'il y a peut-être d'autres choses qui te préoccupent, mais que tu incrimines le travail parce que c'est plus facile.

Josie se réjouit que l'obscurité l'empêche de voir le rouge lui monter aux joues.

— Si c'est encore une de tes campagnes pour me persuader d'aller voir un psy, tu peux oublier.

— Paige Rosetti est psychologue, et tu as déjà échangé avec elle.

Il faisait référence à une femme avec laquelle Josie s'était entretenue lors d'une précédente affaire.

— Noah, s'il te plaît. Laisse tomber.

— J'aimerais bien mais, parfois, j'ai l'impression que tu ne me parles pas non plus à moi. Que je ne sais pas vraiment ce que tu penses ou ce que tu ressens.

Josie s'immobilisa et tira sur la laisse de Trout d'un petit coup sec. Le chien s'arrêta, puis revint en trottinant jusqu'aux pieds de sa maîtresse et leva vers elle ses grands yeux, la langue pendant sur le côté.

— Je pense qu'hier, j'ai sorti une jeune femme de vingt ans d'une piscine et que j'ai essayé de la réanimer, en vain. Elle est morte seule, et j'ai dû m'asseoir à une table avec sa famille pour leur annoncer que j'allais essayer de donner un sens à sa mort, même si je ne suis pas sûre d'y parvenir. Je pense que, juste après avoir quitté cette table, j'ai dû sauver une fillette d'un bâtiment en flammes parce que son grand-père, un homme en qui elle avait confiance, avait mis le feu à la maison avec les gamines à l'intérieur. J'ai ensuite dû voir le corps brûlé et couvert de cloques dudit grand-père et, après ça, j'ai dû dire à sa fille éplorée que je ferais de mon mieux pour donner un sens à ce qui s'était passé, alors même que je ne crois pas être en mesure de le faire. Ce que je ressens, c'est la peur de ne pas pouvoir résoudre cette affaire, parce qu'elle m'échappe et qu'on n'a pas de pistes. Ce que je ressens, c'est aussi la peur que, même si on découvre ce qui est arrivé, on ne puisse rien prouver, car quel genre de drogue pousse les gens à commettre des actes comme ceux de Nysa Somers et de Clay Walsh ? Ce que je ressens, c'est de la terreur à l'idée qu'il n'y ait plus rien de bon dans le monde.

Noah toucha la joue de Josie, et elle se rendit compte alors qu'elle avait enroulé la laisse de Trout si étroitement autour de ses doigts qu'elle lui coupait la circulation. Une patte lui griffa le tibia. Trout essayait d'attirer son attention. Il détectait toujours quand elle était contrariée. Noah aussi, sans doute, et pourtant il n'avait pas été là pour elle ces deux derniers jours, quand elle avait le plus besoin de lui.

— Josie, dit-il, c'est toi, ce qu'il y a de bon dans ce monde.

Elle déroula la laisse et secoua la tête en s'efforçant de ne pas sourire. Cette phrase aurait dû sonner bébête ou mièvre mais, venant de Noah, elle était simplement sincère. C'était ça, le truc, avec lui. Il l'avait toujours vue sous un jour complètement différent des autres, et surtout d'elle-même. Au début, ça l'avait mise mal à l'aise, puis elle s'y était de plus en plus habituée. Elle avait l'impression de progresser sur le plan émotionnel, même si une partie d'elle se détestait d'avoir autant besoin de lui.

Noah n'attendit pas qu'elle réponde, il ajouta :

— Je sais que tu ne vas pas dormir cette nuit, alors faisons quelque chose.

— Quoi ?

— À propos de l'affaire.

— Qu'est-ce qu'on peut faire ? Il est presque 23 heures.

— Viens, dit-il. On va rentrer à la maison et appeler Shannon. Elle sera encore debout. On lui demandera quel type de drogue pourrait rendre quelqu'un influençable sans le neutraliser complètement. Une drogue capable de lui faire faire des choses qu'il ne ferait pas normalement.

Shannon Payne était la mère biologique de Josie. Elle était chimiste pour une très grosse entreprise pharmaceutique, Quarmark, et vivait à deux heures de chez eux.

— Shannon est spécialisée dans les médicaments, pas dans les drogues, lui fit remarquer Josie.

— C'est vrai, convint Noah. Mais je n'ai pas de contacts aux stups, et Chitwood n'a pas encore eu de nouvelles du sien, alors déjà, lui parler à elle, ce serait un bon début.

Ils finirent le trajet en pressant Trout. Une fois chez eux, ils s'installèrent à la table de la cuisine. Josie trouva le numéro de Shannon et appuya sur l'icône d'appel avant de mettre le haut-parleur. Sa mère décrocha au bout de trois sonneries. Après avoir bavardé un instant avec elle, Josie lui demanda s'il était possible de lui demander son avis sur un point en tant que chimiste chez Quarmark.

Shannon rit.

— Je ne suis pas sûre de vous être utile, vu que je travaille sur le même médicament contre le cancer depuis quatre ans, mais vas-y.

— Existe-t-il une substance qui pourrait rendre une personne extrêmement influençable ? Quelque chose qui lui ferait adopter un comportement aux antipodes de celui qui est le sien en temps normal ? Au point de se mettre en danger ?

Un bref silence s'ensuivit, puis Shannon répondit :

— Tu parles de drogue ? Josie, je n'ai pas beaucoup de connaissances sur le sujet.

— Je sais bien, mais ton métier, c'est de créer des médicaments. Si tu voulais développer une molécule qui rendrait les gens influençables mais pas inertes, tu ferais quoi ?

— Influençables, mais pas inertes ? répéta Shannon.

Josie pensa à Nysa et à Clay. Au fait qu'ils avaient agi de façon parfaitement normale en apparence et pourtant obéi à des consignes aussi absurdes que « en piste, petite sirène », « en piste, petite allumette ». Bronwyn avait raconté que Clay avait continué à mettre le feu à des objets jusqu'à ce qu'elles lui crient d'arrêter.

— Quelque chose qui, en l'administrant à une personne – une dose adéquate, bien sûr, je sais que c'est un paramètre à prendre en compte –, te permettrait d'obtenir qu'elle fasse ce que tu lui dis. N'importe quoi. Sans qu'elle soit ni malade, ni désorientée, ni n'ait l'air droguée.

— Hmm, réfléchit Shannon. C'est une question plutôt destinée à quelqu'un qui fait partie d'un groupe de travail sur les drogues illégales, mais d'accord, je vais essayer. Laisse-moi réfléchir un instant, OK ?

Ils patientèrent plusieurs minutes, à écouter Shannon qui

tapait sur un clavier tout en marmonnant de façon inaudible pour elle-même. Puis sa voix se fit plus aiguë et plus distincte.

— Josie, Noah ? Vous êtes toujours là ?

— On est là, répondit Noah.

— Je commencerais par la scopolamine, lança Shannon, bien qu'il ne s'agisse pas d'une substance réglementée. Elle est surtout utilisée pour traiter le mal de mer.

— C'est ce truc qui se présente sous forme de patch ? Qu'on se met derrière l'oreille ? fit Noah.

— Exactement, confirma Shannon.

— Comment tu sais ça ? s'étonna Josie.

Noah lui adressa un petit sourire.

— J'en ai utilisé pour aller pêcher en haute mer.

— Un patch représente une dose extrêmement faible, expliqua Shannon. Son contenu est libéré sur une période de trois jours, de sorte que l'absorption est lente. La scopolamine est également connue sous le nom d'hyoscine. À petites doses, elle est utilisée pour prévenir les nausées et les vomissements. Le corps produit naturellement un composé chimique appelé acétylcholine, qui transmet les impulsions nerveuses dans les systèmes nerveux central et périphérique, pour faire simple. C'est le principal neurotransmetteur responsable de la contraction des muscles et de la dilatation des vaisseaux sanguins, entre autres. En gros, la molécule peut avoir un effet inhibiteur sur le système nerveux ou un effet excitateur. Accélérer ou ralentir les signaux nerveux. La scopolamine bloque l'acétylcholine du système nerveux central. Personne ne sait vraiment pourquoi, mais elle agit sur les vomissements, généralement ceux dus au mal de mer ou à des nausées post-opératoires. Elle est parfois utilisée pour traiter les troubles gastro-intestinaux, comme les spasmes, et nous l'avons utilisée dans certains médicaments pour prévenir les nausées causées par la chimiothérapie. D'ailleurs, mon équipe a mis au point un médicament très efficace dans cette veine-là, il y a plusieurs années, qui est maintenant prescrit dans de multiples cas.

Avant que Shannon ne puisse se lancer dans une description complète du médicament lancé par Quarmark, Josie lui demanda :

— Que se passerait-il si l'on utilisait la scopolamine à plus forte dose ? Ou si on l'ingérait ?

— Eh bien, tu peux l'ingérer, ce n'est pas un problème. Elle se présente sous forme de cachets. À fortes doses, cependant, on commence à observer des effets secondaires comme la somnolence, les démangeaisons, les maux de tête, l'accélération du rythme cardiaque, la confusion, la dilatation des pupilles. Il est très probable qu'elle provoque une amnésie. À des doses extrêmement élevées, on constate des psychoses, des crises d'épilepsie, des hallucinations et, finalement, la mort. Les effets secondaires varient naturellement d'une personne à l'autre. La chimie du corps est différente selon les individus. Il y a beaucoup de facteurs qui font qu'un médicament est efficace pour une personne et pas pour une autre.

— Vous avez dit que vous alliez commencer par nous parler de la scopolamine, intervint Noah. Pourquoi ?

Shannon soupira.

— Je travaille dans l'industrie pharmaceutique et c'est la première chose qui m'est venue à l'esprit, parce que j'ai déjà travaillé dessus. Et puis, comme je l'ai dit, cette molécule empêche l'acétylcholine de faire ce qu'elle est censée faire dans le système nerveux, ce qui entraîne des problèmes cognitifs et des pertes de mémoire. Selon certaines études, des doses plus élevées ont provoqué une forme de docilité, de suggestibilité extrême, presque un état hypnotique.

— Un état hypnotique, répéta Josie. Est-il possible qu'une personne ayant ingéré une forte dose puisse sembler dans un état normal mais s'avérer en fait hautement influençable ? Sans subir les effets indésirables comme la somnolence, la confusion, la psychose, les convulsions et autres ?

— Je dirais que oui, convint Shannon. Il faudrait des conditions et des dosages parfaits, mais c'est possible. Vous savez, le gouvernement a utilisé la scopolamine comme sérum de vérité au début des années 1920. Je crois qu'un pays d'Europe l'a utilisé dans le même but plus récemment.

Josie s'esclaffa.

— Je l'ignorais. Oh, une dernière chose : combien de temps reste-t-elle dans le système sanguin ? Je parle des analyses toxicologiques.

— Ça, je ne peux pas vraiment te le dire. Pas très longtemps, à mon avis, mais tu ferais mieux de questionner un toxicologue.

Elles discutèrent encore quelques minutes, et Shannon demanda des nouvelles de Patrick. Josie passa sous silence l'incident de la machine à laver, mais promit de dire à son frère d'appeler Shannon, puis elles raccrochèrent.

— Patrick, dit Josie. C'est à lui qu'on doit parler. Demain.

Noah haussa un sourcil.

— Pourquoi, ton petit frère est une sorte de baron de la scopolamine ? Il y a quelque chose que tu ne nous dis pas à son propos ?

Josie éclata de rire.

— Non, mais il est étudiant. Il vit sur le campus. Hahlbeck nous a donné les informations « officielles », seulement elle ne sait pas les mêmes choses que les étudiants.

— Tu veux dire les choses que les étudiants ne veulent pas qu'elle sache.

— Exactement.

27

Le lendemain matin, Josie envoya un SMS à Patrick pour l'inviter à dîner dans la soirée. Noah l'emmena ensuite dans une agence de location de voiture. Il la laissa là-bas, annonçant qu'il la retrouverait au commissariat, mais il n'y était pas lorsqu'elle y arriva. Depuis le téléphone fixe de son bureau, elle appela l'hôpital et demanda à parler au docteur Nashat, espérant qu'il pourrait lui donner des nouvelles de Clay Walsh. Elle apprit avec soulagement qu'il avait survécu au transfert vers Philadelphie et que, d'après les informations dont disposait le docteur Nashat, il était toujours en vie. Après avoir raccroché, Josie resta à son bureau, les yeux fixés sur son téléphone, à tâcher de décider si elle devait ou non appeler Noah pour savoir où il était. Réagissait-elle de manière excessive ? Elle ne pouvait s'empêcher de le trouver étrangement distant ces derniers temps. Ou peut-être pas distant, mais inaccessible. Il était probablement juste occupé sur l'une des nombreuses affaires mineures dont les inspecteurs étaient responsables et qui n'étaient pas des homicides. Qu'est-ce qu'il pourrait bien faire d'autre ? La porte de la cage d'escalier claqua et Mettner entra dans la vaste pièce avec une liasse de documents, dont ce qui ressemblait à une affiche roulée.

— Ah, super, dit-il. Tu es là. J'ai les coordonnées pour le téléphone de Nysa Somers.

Il lui tendit le papier roulé, qui s'avéra être une carte. Josie prit du ruban adhésif pour l'accrocher à l'un des murs de la grande salle, et un feutre pour marquer la zone dans laquelle le portable de Nysa avait émis des signaux pendant la nuit. Mettner regardait Josie travailler avec, à la main, la liste qu'il avait dressée des adresses des hommes plus âgés que Nysa avait côtoyés et parmi lesquels pourrait figurer son mystérieux petit ami.

— À 22 heures, résuma l'inspectrice, son téléphone a borné sur ces trois tours, ce qui la place ici... dans un périmètre qui englobe le campus et Hollister Way.

— Et une partie de la zone située au nord du campus, ajouta Mettner.

— Exact, mais ce genre de bornage n'est jamais très précis. Cependant, à 23 h 03, sa colocataire lui envoie un texto pour lui demander où elle est, et elle répond qu'elle a rencontré un ami. À ce moment-là, son téléphone envoie un signal à ces tours : ici.

Josie désignait un endroit situé à environ neuf kilomètres du campus, qui comprenait une partie d'une zone commerciale, une portion de l'autoroute et deux quartiers résidentiels différents.

— Ah, c'est intéressant, commenta Mettner.

— Et à 2 heures du matin, son portable borne de nouveau ici.

Josie fit un mouvement circulaire avec le marqueur, indiquant la première zone qu'elle avait entourée et qui comprenait le campus et Hollister Way.

— Elle est donc allée quelque part et est revenue.

— C'est ça, acquiesça Josie. Son téléphone borne dans la zone campus-Hollister Way jusqu'à lundi après-midi, après quoi Hummel l'a récupéré et mis à charger. Ensuite, il émet un signal ici, au centre de Denton, là où nous nous trouvons, et c'est après que Hummel nous a rapporté le téléphone.

— Mais la colocataire dit qu'elle n'est pas rentrée.

— La colocataire a également dit qu'elle voyait quelqu'un. Sa sœur aussi. Ce quelqu'un l'a probablement retrouvée dans la rue, à l'endroit où le raccourci rejoint Hollister Way. Personne n'aurait été là juste par hasard, à cette heure de la nuit. Et même si c'était le cas, j'ai regardé les étudiants faire des allers-retours le long de ce chemin. Ils ne quittent pas leur fichu téléphone des yeux assez longtemps pour regarder autour d'eux. Nysa Somers aurait pu se tenir juste là avec son amant que personne ne l'aurait remarquée.

— D'accord, convint Mettner. Alors admettons que l'homme d'un certain âge, la relation inappropriée, vient la chercher à l'intersection, l'emmène quelque part et la ramène vers 2 heures du matin. Et après ? La colocataire a dit qu'elle n'était jamais rentrée chez elles. Puis, vers 6 heures du matin, Nysa reçoit une notification de son agenda lui indiquant de mettre en piste la petite sirène, son sac est jeté dans les bois et elle émerge du raccourci, se rend sur le campus jusqu'au *natatorium*. Il nous manque toujours quatre heures.

Josie porta le capuchon du feutre à son menton pendant qu'elle étudiait la carte.

— La colocataire ne sait pas si Nysa est repassée ou non. Elle ne s'est pas réveillée avant 7 h 15.

— Il est donc possible que Nysa soit rentrée pendant quatre heures, qu'elle ait reçu la notification sur son téléphone et qu'elle soit ressortie ?

— Je suppose.

— Mais quand est-ce qu'elle mange le brownie ? La personne avec qui elle était aurait-elle pu le lui proposer avant 2 heures du matin et les effets se seraient encore fait sentir à 6 heures ?

— Je ne sais pas, admit Josie. On ne sait toujours pas quelle drogue il y avait dans le brownie. Merde. Tout ça n'est que spéculation.

— Non, pas entièrement, nuança Mettner. On sait qu'elle n'était ni sur le campus ni chez elle entre 23 h 04 et 2 heures. Voyons voir ces adresses.

Ensemble, ils entreprirent de marquer sur la carte, avec des punaises, les adresses figurant sur sa liste. Lorsqu'ils eurent terminé, ils s'écartèrent pour étudier le résultat.

— Putain. Ça n'a aucun sens, marmonna Mettner.

Aucun des sept hommes ne vivait dans la zone où Nysa Somers s'était rendue entre 23 h 04 et 2 heures du matin.

— Si, corrigea Josie. C'est tout à fait logique, au contraire. Il ne l'a pas emmenée chez lui. Du moins, pas d'emblée. Ils sont allés faire un tour en voiture, et ensuite il l'a ramenée. Il habite dans ce quartier, près du campus.

Ils avaient enfoncé deux punaises dans la première zone de triangulation. L'une marquait l'adresse d'un professeur et l'autre, celle du coach Brett Pace.

Mettner retira de la carte la punaise représentant le professeur.

— Ce type est marié. Sa femme était à la maison toute la nuit. Il a peut-être pu s'éclipser pendant qu'elle dormait, mais il n'a pas pu ramener Nysa chez lui.

— Ce qui ne nous laisse plus que l'entraîneur, Brett Pace, conclut Josie. Allons discuter avec lui.

Brett Pace n'était pas au centre sportif du campus. Ils le cherchèrent dans plusieurs bâtiments, en vain. L'un des coachs adjoints leur indiqua qu'il avait quitté l'entraînement tôt la veille et n'était pas revenu. Josie et Mettner se rendirent chez lui, une maison blanche de plain-pied sur un terrain d'un hectare le long d'une route de campagne juste au-dessus du campus. Une Jeep était garée dans l'allée de gravier. Des parterres de fleurs vides bordaient l'avant de la maison. Une chaise de camping estampillée « Université de Denton » trônait sur le perron, sous un carillon. La maison dégageait un air de tristesse, qui donna à Josie l'impression que le divorce de Brett Pace avait été houleux. En approchant de la porte, ils entendirent de la musique à l'intérieur. Mettner sonna, déclenchant une série d'aboiements frénétiques. La musique s'arrêta brusquement. Ils entendirent la voix de Pace, puis les aboiements se réduisirent à de faibles grognements. La porte s'ouvrit et la grande silhouette de Brett emplit l'encadrement. En deux jours, il était devenu un autre homme. Sa mâchoire était piquée d'un début de barbe. Des cernes sombres s'étiraient sous ses yeux. Au lieu de son uniforme impeccable d'entraîneur, il portait un jean déchiré et un t-shirt noir avec des trous au col. Même si, de toute évidence, il n'avait pas beaucoup dormi ces deux derniers jours, il avait bizarrement l'air plus jeune dans cet état débraillé que dans sa version plus soignée. Josie se demanda si Nysa avait vu ce côté de lui et qu'il l'avait séduite. Ou était-ce l'image de l'entraîneur souriant et beau parleur causant dynamique d'équipe qui l'avait attirée ?

Sans mot dire, Pace s'écarta et les invita à entrer. Un labradoodle enthousiaste les accueillit, queue frétillante, truffe curieuse reniflant leurs mains. Josie lui tapota la tête. Pace lui commanda d'aller se coucher et, à contrecœur, le chien se dirigea dans un coin et se pelotonna dans un panier blanc miteux. Josie balaya la pièce du regard : elle ne contenait qu'une télévision fixée au mur et un canapé en cuir. Son ex-femme avait-elle récupéré le gros des meubles lors du divorce ou était-il en plein déménagement ? Un coup d'œil derrière lui dans la cuisine révéla la présence de deux cartons sur le plan de travail, ainsi qu'un rouleau de papier bulle.

— Asseyez-vous si vous voulez, dit Pace.

— Nous vous avons cherché sur le campus, lui signala Mettner. L'un de vos adjoints nous a informés que vous étiez parti hier et que vous n'étiez pas revenu.

Pace se tenait au centre de la pièce, les épaules voûtées.

— J'ai donné ma démission hier soir.

Josie indiqua la cuisine du menton.

— Vous déménagez ?

Pace poussa un soupir.

— Je ne peux pas rester ici. Mon... euh... père a un logement près de l'université d'État de Pennsylvanie. Une petite cabane, à l'écart. Je me suis dit que j'allais faire profil bas pendant un moment.

— Faire profil bas ? répéta Josie. Pourquoi ça ?

— Écoutez, allons droit au but, d'accord ? Vous êtes ici à propos de Nysa. Si ça se sait, je perdrai mon travail et je serai un paria. Je ne fais que prendre les devants, OK ?

— Une fois que quoi se saura ? demanda Josie.

Il leva les yeux au ciel.

— Vous voulez m'obliger à le dire ?

— Oui, répondit Mettner. C'est notre travail.

— Notre liaison illicite. Enfin, elle n'était pas vraiment illicite, puisqu'on était tous les deux des adultes consentants. Mais comme j'étais son entraîneur, c'est un scandale. Pour ne rien arranger, je suis un peu plus âgé qu'elle, et puis elle s'est suicidée parce qu'on a rompu.

Mettner jeta un rapide coup d'œil à Josie. Puis il dit :

— Parlez-nous de cette rupture, monsieur Pace.

Le coach tourna les talons et entra dans la cuisine, où Josie et Mettner le suivirent. Il sortit une Guinness du frigo, la brandit en l'air pour leur en proposer une sans un mot.

— Nous sommes en service, dit Josie.

Pace ouvrit la bière et en but une longue gorgée, puis s'essuya la bouche d'un revers du poignet. Il se dirigea vers une petite table au centre de la cuisine et s'y assit.

— D'accord, d'accord. Écoutez, il y a une chose que vous

devez savoir. Une chose que tout le monde doit savoir, OK ? Quand ça sortira et que ses parents l'apprendront. Ils doivent savoir que c'est elle qui m'a largué. J'étais à fond sur elle, vous voyez ? Je fréquentais d'autres femmes, des femmes de mon âge, que j'ai laissées tomber une fois que les choses ont commencé avec Nysa. C'était chaud, entre nous.

Josie masqua son dégoût derrière un visage neutre. Assurément, ce n'était pas une coïncidence si Pace pensait que les choses étaient « chaudes » avec Nysa et qu'elle se trouvait être plus jeune que lui.

— Si c'est elle qui vous a largué, comme vous dites, pourquoi pensez-vous qu'elle s'est suicidée ?

Il prit une nouvelle gorgée de bière.

— À cause de ce que je lui ai dit dimanche. Mais comprenez bien que je ne le pensais pas vraiment.

— Quand on s'est parlé lundi, vous m'avez dit que la dernière fois que vous aviez vu Nysa remontait à l'entraînement de vendredi, lui rappela Josie.

— Oui, ben, je n'allais pas vous avouer direct que je me tapais une étudiante dont vous m'annonciez la mort. Bon sang.

— Si vous ne mentez plus maintenant, enchaîna Mettner, pourquoi avoir menti lundi ?

Pace se mit à décoller l'étiquette de sa bière.

— Parce que je venais d'apprendre la mort de Nysa. Je ne savais pas ce qui se passait, nom de Dieu. J'essayais de couvrir mes arrières. Mais votre amie ici présente...

— L'inspectrice Quinn, le corrigea Mettner.

— Oui, oui. Elle savait déjà que Nysa était avec quelqu'un dimanche soir. Ce n'était qu'une question de temps avant que vous découvriez que c'était moi. Écoutez, je regarde des séries policières, d'accord ? Vous avez toutes sortes de technologies qui vous permettent de savoir où se trouvent les gens en permanence, et la preuve que j'ai raison, c'est que vous êtes là. En plus, je ne sais pas à qui Nysa a parlé de nous. À personne, selon elle, mais ces gamines, elles mentent tout le temps. À croire que c'est dans leur ADN.

Un instant, Josie fut écœurée à l'idée que Nysa ait laissé ce sale type la toucher. Puis elle se remémora la gentillesse et la cordialité dont il avait fait montre lundi lorsqu'elle l'avait interrogé. Quand il jouait le rôle de l'entraîneur de natation universitaire. Il en jouait probablement beaucoup, des rôles, en choisissant celui qui l'avantageait le plus sur le moment. En cet instant, cependant, Josie était persuadée de voir l'homme, le vrai, sous le vernis, et il ne lui plaisait pas du tout.

Mettner tira une chaise et s'assit en face de Pace.

— Que s'est-il passé dimanche soir, Brett ? Commencez par le début.

— En fait, remontez jusqu'à vendredi, intervint Josie. Vous avez dit qu'elle vous avait largué.

Il vida le reste de sa bière.

— Ouais. On se voyait après les entraînements et parfois après ses cours s'il n'y avait personne dans mon bureau. Vendredi, après l'entraînement, je lui ai demandé de rester plus tard, comme d'habitude. On est allés dans mon bureau. Les choses ont commencé à s'emballer et, tout à coup, la voilà qui s'arrête, voyez ? Et qui se met à me dire que ce qu'on fait est mal, inapproprié, et qu'elle s'inquiète pour son avenir. Moi, j'ai voulu lui répondre que ça n'avait pas d'importance. Que personne ne le découvrirait.

— Mais elle vous a quand même largué, comprit Josie.

Il se remit à essayer de décoller l'étiquette de la bouteille vide.

— Ouais. Elle a dit que ça la rendait triste, mais qu'elle ne pouvait pas continuer comme ça. Et elle est partie.

— Vous n'avez pas essayé de l'appeler ou de lui envoyer un message ? demanda Mettner.

— Jamais de la vie. La première règle quand on sort avec une étudiante, c'est de ne pas laisser de traces de...

Il ne finit pas sa phrase, venant apparemment de se rappeler à qui il s'adressait.

Josie laissa planer l'inconfortable silence jusqu'à ce que le bonhomme commence à se tortiller sur sa chaise. Puis elle lança enfin :

— Comment saviez-vous où elle se trouverait dimanche soir ?

— Elle passait toujours par le chemin derrière le bâtiment Ervene-Gulley. Celui qui va du campus à l'arrière de Hollister Way, voyez ? On s'y était retrouvés quelques fois. Elle n'aimait pas ça, elle ne voulait pas qu'on nous voie, mais personne n'a jamais rien remarqué. Je savais qu'elle avait l'habitude de manger sur le campus, donc j'y suis allé et j'ai attendu. Elle n'est sortie qu'à presque 22 heures.

— Vous l'avez attendue pendant trois heures ? s'étonna Mettner.

Pace soutint son regard.

— Écoutez, quand je vous dis que c'était chaud avec Nysa, je veux dire que c'était vraiment chaud. Alors ouais, j'ai attendu trois heures. En plus, c'était ma nageuse vedette. Je ne voulais pas qu'elle soit fâchée contre moi. On avait toute l'année devant nous.

— Que s'est-il passé quand elle est sortie du chemin ?

— Je lui ai dit de monter dans la voiture, ce qu'elle a fait. Je lui ai proposé de venir chez moi, qu'on parle, mais elle n'a pas voulu. Alors je lui ai dit : « Viens juste faire un tour de voiture avec moi et tu m'écoutes. » Ça, elle a accepté. On a roulé au hasard pendant quelques heures, mais impossible de la convaincre. Les choses sont devenues un peu... moches.

— Moches comment ? demanda Mettner.

— Il se peut que je lui aie balancé des vacheries que je ne pensais pas vraiment, mais vous devez comprendre qu'elle aussi disait des choses horribles, par exemple que je n'étais pas le gentil coach que je prétendais être et qu'elle se sentait dupée, que je me servais d'elle.

— Ce n'était pas le cas ? insista Josie.

— Comment est-ce que j'aurais pu me servir d'elle ? Pour quoi faire ? railla-t-il.

Ignorant sa question, Josie enchaîna :

— Que lui avez-vous dit ?

Il se passa une main sur le visage.

— Je lui ai peut-être dit que si elle me larguait, je parlerais d'elle aux gens, je raconterais comment elle était au lit et tout ça.

— Quoi d'autre ? insista Josie.

— J'ai aussi pu la menacer de faire courir la rumeur qu'elle avait couché avec moi pour que je la recommande à la bourse Vandivere.

Josie dut se concentrer pour ne pas reculer physiquement ou frapper Pace en pleine face.

Ce fut Mettner qui prit la parole :

— Ça constitue une forme de harcèlement sexuel. Vous le savez certainement.

— Ben, si je le savais pas, Nysa s'est assurée de me faire passer le message. Elle m'a dit que ma carrière serait détruite si les gens découvraient ce qui s'était passé entre nous. Je lui ai sorti que je devrais peut-être aller entraîner ailleurs, mais qu'elle serait humiliée à jamais et que sa réputation serait ternie pour le restant de ses jours. Là, j'ai dû exagérer pas mal, parce qu'elle s'est mise à pleurer et m'a demandé de la ramener chez elle. Enfin, elle n'a même pas voulu que je la dépose chez elle. Je l'ai laissée à l'entrée de la résidence.

— Elle vous a demandé de la ramener chez elle et vous avez obéi, résuma Josie.

— Eh bien, oui. Elle était hystérique. En plus, je commençais à me sentir un peu mal, voyez ? Parce que, bon, elle avait raison. Parler de nous aux gens, ç'aurait été pire pour moi que pour elle. Mais je voulais continuer de la voir. J'ai pensé que si je lui faisais peur...

— Oui, le coupa Josie, les femmes adorent qu'on les effraie, ça leur donne toujours envie de poursuivre une relation.

Pace lui adressa un regard assassin.

— C'est bon, j'ai pigé. C'était une réaction débile. Je n'en suis pas fier. C'était merdique aussi, mais je ne pensais pas qu'elle se tuerait pour ça. Je ne pensais pas qu'elle était ce genre de fille.

Mettner et Josie échangèrent un autre regard furtif. Puis l'inspecteur demanda :

— À quelle heure l'avez-vous déposée ?

— Je ne sais pas. Vers 2 heures, peut-être ?

— Vous l'avez déposée à l'entrée de Hollister Way à 2 heures du matin et vous êtes rentré chez vous ? compléta Josie.

— Oui. Et le lendemain, j'arrive au travail et j'apprends qu'elle s'est noyée dans la piscine. Merde. J'ai jamais voulu qu'une telle chose se produise.

— Lui avez-vous donné quelque chose avant de la déposer ? s'enquit Mettner.

— Comme quoi ?

— Quelque chose à manger, précisa Josie.

— Mais encore ?

— Nous pensons que Nysa était sous l'influence de quelque chose lorsqu'elle est entrée dans la piscine, expliqua Mettner.

— Oui, ça, je m'en doutais, puisque vous avez questionné tous les membres de l'équipe sur la drogue. Je me suis dit qu'elle était tellement bouleversée qu'elle était rentrée chez elle, qu'elle avait pris je sais pas quoi et puis qu'elle s'était noyée dans la piscine.

— Mais vous ne lui avez pas donné de drogue, reprit Josie. Pour la calmer ? Pour qu'elle vienne ici avec vous ? Peut-être sans l'en informer ?

— Où est-ce que j'irais trouver de la drogue ?

— Je ne sais pas. À vous de me le dire.

— Je n'ai pas drogué Nysa. Je ne l'ai pas ramenée ici.

— Vos voisins les plus proches ne peuvent pas vraiment voir votre maison d'où ils sont, n'est-ce pas ? reprit Mettner.

— Quel rapport ?

Mettner se déplaça sur sa chaise pour s'accouder à la table.

— Eh bien, vous dites avoir déposé Nysa vers 2 heures à Hollister Way, mais personne ne peut confirmer que vous êtes resté seul ici toute la nuit, je me trompe ?

Pace secoua la tête.

— Non, en effet, mais je dis la vérité. Nysa n'est pas venue chez moi dimanche soir.

Dans la mesure où l'entraîneur mentait comme il respirait, Josie était sceptique. Elle tenta une autre approche.

— Nysa et vous vous fréquentiez en secret depuis quelques semaines. Vous aviez des surnoms l'un pour l'autre ?

Il fronça les sourcils.

— Quoi ? C'est quoi, cette question ?

— Répondez, c'est tout, intervint Mettner.

Avec un soupir, Pace lâcha :

— J'en avais un pour elle, mais elle n'en avait pas pour moi. Elle aimait m'appeler par mon prénom. Brett. Ça lui donnait l'impression qu'on était deux adultes sur un pied d'égalité, elle disait.

— Comment l'appeliez-vous ? voulut savoir Josie.

Le regard de Pace se porta sur la table.

— Je l'appelais ma sirène sexy.

Ni Josie ni Mettner ne manifestèrent aucune réaction. Mettner reprit l'interrogatoire.

— Comment connaissez-vous Clay Walsh ?

— Qui ça ?

— Clay Walsh, répéta l'inspecteur. Comment le connaissez-vous ?

— Je ne connais personne du nom de Clay Walsh. Qui c'est ?

Josie répondit à sa question en lui en posant une autre :

— Où étiez-vous hier après-midi vers 15 h 30, 16 heures ?

Brett agita la main pour désigner sa cuisine.

— J'étais là.

— Vous aimez les brownies, monsieur Pace ?

Son visage se plissa momentanément, comme s'il avait mangé quelque chose d'aigre.

— Qu'est-ce que c'est que cet interrogatoire ? Vous êtes bizarres, comme flics, vous savez ?

— Alors ? Vous aimez les brownies ? persista Mettner sans relever son commentaire.

Pace leva les yeux au ciel.

— Bien sûr. Qui n'aime pas ça ?

Mettner se leva.

— Ça vous dérange si nous jetons un coup d'œil par ici ?

— Pour trouver quoi ? La drogue que je cache, selon vous ? Allez-y. Il n'y a pas beaucoup d'endroits où chercher. Mon ex-femme a à peu près tout embarqué.

Il avait raison. En dehors de la table et des chaises de la cuisine ainsi que du canapé, la maison ne contenait presque aucun meuble. Seulement un lit et une commode. Une chaise pliante servait de table de chevet à Pace. Rien n'indiquait que Nysa soit venue ici, que Pace cachait ou fabriquait de la drogue, ni même qu'il ait récemment cuisiné quoi que ce soit. Des emballages de plats à emporter débordaient de sa poubelle. Ce qui ne prouvait rien, cela dit, puisqu'il devait avoir une assez bonne idée de ce que la police chercherait depuis leur premier interrogatoire.

— Je pense que nous en avons terminé, dit Josie à Mettner une fois qu'ils eurent fait le tour des lieux.

Pace les raccompagna jusqu'à la porte. Mettner lui tendit une carte de visite.

— Je n'irais pas loin, à votre place, monsieur Pace. Nous vous recontacterons.

Ils étaient presque arrivés à leur véhicule quand le coach sortit sur le perron. Le carillon se balança, lui frôlant la tête, et il fit un pas de côté.

— Hé ! cria-t-il. Je n'ai rien fait de mal.

Josie et Mettner le considérèrent un instant avant de se retourner vers leur voiture.

Pace les rappela :

— Cette affaire va bousiller ma vie, hein ?

Josie se retourna, un léger sourire aux lèvres.

— Ce n'est pas vraiment la question que vous devriez vous poser, si ?

Un pli perplexe barra le front de Pace.

— Quoi ?

— Ça va bousiller votre vie, oui, mais est-ce que ça va vous tuer ?

28

Josie et Mettner étaient de retour au commissariat à l'heure du déjeuner. Elle fut soulagée de voir que Noah était là avec Gretchen, et qu'ils avaient également apporté leur déjeuner. Ils s'installèrent chacun à son espace de travail et se mirent à manger, jusqu'à ce que Chitwood sorte de son bureau pour un briefing. Noah et Gretchen n'avaient encore rien à signaler. Ils avaient interrogé des amis, des collègues et des connaissances de Clay Walsh, mais n'avaient encore soulevé aucun lièvre, ni trouvé de liens avec Nysa Somers. Josie et Noah relatèrent à l'équipe la conversation qu'ils avaient eue avec Shannon la veille au soir, et notamment sa supposition que la scopolamine, ou un produit similaire, à forte dose, pouvait induire un état de docilité et d'influençabilité. Chitwood promit de demander à son contact à la brigade des stupéfiants ce qu'il en était de cette drogue. Josie et Mettner enchaînèrent ensuite sur leur entretien avec Brett Pace.

— Quel salopard de première, lâcha Gretchen.

— Totalement, acquiesça Mettner.

— Quinn, lança Chitwood, vous croyez que Pace est dans le coup ?

— Je ne sais vraiment pas, répondit-elle. C'est un menteur patenté. Il n'a pas d'alibi. Il a admis avoir été avec Nysa dimanche soir et qu'il la surnommait sa « sirène ».

— Nous ne pouvons pas l'exclure, conclut Chitwood. J'ai un mauvais pressentiment au sujet de ce type, d'autant qu'il a tenté de se tirer, quelques jours seulement après la mort de cette jeune femme. Je veux que vous cherchiez tous les liens entre Pace et Clay Walsh, compris ? Peut-être que l'un d'entre vous peut retourner à East Bridge et montrer la photo de Pace. Voir s'il n'aurait pas acheté de la drogue là-bas.

— Chef, voulut intervenir Josie.

Il leva la main.

— Je sais, je sais, Quinn. J'ai déjà passé trois appels à mon ami des stups. Dès que j'aurai des infos, vous le saurez.

Josie ouvrit la bouche pour le remercier, mais la porte ouvrant sur l'escalier s'ouvrit avec fracas. Toutes les têtes pivotèrent : Sawyer Hayes se tenait là, essoufflé, un porte-gobelets en carton contenant quatre cafés du *Komorrah's* dans une main. Il le tendit vers eux et demanda :

— Vous avez envoyé l'agent de l'accueil dans le clocher ?

— Quoi ? s'exclamèrent en même temps Chitwood et Josie.

Sawyer fit quelques pas dans la pièce et remit les cafés à la personne la plus proche, en l'occurrence Mettner.

— Il est en haut du clocher. Comment s'appelle-t-il ? Lamay ?

— Dan, précisa Josie en se levant d'un bond de son siège. Quelqu'un sait-il pourquoi Dan est dans le clocher ? ajouta-t-elle à l'intention de ses collègues.

— Je ne savais même pas qu'il était possible d'accéder au clocher, fit Mettner.

— Je sortais du *Komorrah's* – je voulais vous apporter du café, vu la semaine pénible que vous passez, comme j'étais dans le coin... Bref, je l'ai remarqué là-haut, penché par la fenêtre. Ça m'a fichu la frousse, parce que j'ai cru qu'il allait tomber. Il se penchait de plus en plus. Je ne comprends pas ce qu'il fabrique.

Josie le poussa pour s'élancer, ses collègues sur les talons.

— Ne le laissons pas là-haut. Allons-y.

Elle se précipita dans la cage d'escalier et monta les marches quatre à quatre jusqu'au deuxième étage. Le clocher se trouvait du côté est du bâtiment. Josie parcourut deux couloirs jusqu'à en trouver la porte. Elle la poussa et grimpa encore des marches, étroites et tortueuses, jusqu'au sommet du beffroi qui s'étendait sur presque toute la largeur d'un étage, en haut du commissariat de police de Denton. Elle arriva à une autre porte, en bois massif, qui grinça quand Josie l'ouvrit pour s'avancer sur la plateforme de bois formant un pentagone autour de l'énorme cloche. Elle hésita. Elle n'avait mis les pieds dans le clocher qu'une seule fois, et c'était pendant son mandat de cheffe intérimaire, quand elle avait demandé à un ingénieur d'évaluer l'intégrité de la structure, afin de s'assurer que la cloche de deux tonnes ne risquait pas de se fracasser dans la rue en contrebas et de provoquer une catastrophe. Elle ne s'était pas sentie à l'aise si haut dans cet espace confiné, malgré les fenêtres ouvertes, sans volets. Il faisait au moins dix degrés de moins là-haut, et les bruits de la rue montaient jusque-là : crissement des pneus sur l'asphalte, Klaxon, aboiements de chiens, cris des gens qui s'interpellaient.

Josie commit l'erreur de regarder en bas : une vague de vertige l'assaillit instantanément. D'épaisses poutres avaient été assemblées à la manière d'un casse-tête, formant un échafaudage conçu pour supporter le poids à la fois de la cloche et de la plateforme bâtie autour d'elle. Josie était à peu près certaine qu'il y avait une échelle quelque part, cependant, de là où elle se trouvait, elle ne pouvait pas la voir.

La plateforme entourant la cloche n'avait pour garde-corps qu'un mince rail en bois grossièrement taillé, installé du côté de la cloche. L'espace d'un instant terrifiant, Josie parvint à se concentrer uniquement sur les ouvertures, par lesquelles elle pourrait facilement glisser. Il y avait un espace au moins de la taille d'une personne entre les murs de pierre et la plateforme. Du côté de la cloche, il était légèrement plus large. Une chute la tuerait à coup sûr. Prenant une profonde inspiration, elle posa un pied sur la plateforme, non sans remarquer qu'il ne s'agissait ni plus ni moins que de quelques planches mises côte à côte. Elle posa son autre pied et pesa de tout son poids sur le bois, tout en s'agrippant au rail de sa main gauche, au point que des échardes s'enfonçaient dans sa paume. Certes, la structure ne ployait pas sous ses pieds, mais elle lui semblait tout de même bien trop fragile à son goût.

Elle contourna avec d'immenses précautions la grande cloche usée par les intempéries, passant à côté d'une énorme roue qui faisait facilement deux fois sa taille. Tous ces mécanismes étaient impressionnants. L'ingénieur s'était montré très enthousiaste et lui avait expliqué que le gros bloc de bois auquel étaient accrochés la cloche, la roue et l'étai s'appelait une poupée. Des boucles métalliques, appelées canons, maintenaient la cloche à la poupée en question. D'un côté de la cloche se trouvait l'étai, une pièce de bois qui maintenait la cloche en place de façon qu'elle repose sur une glissière située en dessous. De l'autre côté se trouvait la roue où passait la corde qu'il fallait tirer pour sonner la cloche. La corde pendait, et Josie ne pouvait même pas en voir le bout. Cette cloche n'avait pas été utilisée depuis des lustres. Elle n'était plus que décorative désormais.

Josie ne voyait absolument aucune raison à la présence de Dan ici, même si, étant dans la police depuis près de cinquante ans, il était probablement l'un des seuls agents, en dehors de Josie et du chef, à savoir comment entrer dans le clocher. La policière se rappelait qu'il lui avait raconté comment, lorsqu'il était débutant, on sonnait la cloche chaque fois qu'un policier mourait, que ce soit dans le cadre de son travail ou non.

Ses pas se firent plus hésitants, elle tourna de nouveau le

regard vers le centre du beffroi. Toute sa connaissance des mécanismes de la cloche géante, c'était bien joli, toutefois Josie ne pensait qu'à une chose : la catastrophe que causerait la rupture de la poupée ou d'une pièce attachée à celle-ci. Tout ce qui se trouvait dans le beffroi, y compris Dan et elle-même, dégringolerait jusqu'au sol.

Chassant ces images de son esprit, elle se concentra sur la tâche à accomplir et avança à pas prudents sur la plateforme en bois qui faisait le tour de la cloche. Lorsqu'elle arriva au niveau du côté de la tour donnant sur Main Street, elle aperçut Dan. Le vent frais qui soufflait à travers les fenêtres cintrées lui caressait le visage. Penché par l'une des fenêtres, Dan lui tournait le dos et avait un pied décollé du sol.

Josie s'immobilisa à quelques pas de lui.

— Dan ?

S'il l'entendit, il n'en montra rien, il se pencha même plus avant par la fenêtre, sa bedaine sur le rebord en pierre. Josie s'approcha. Derrière elle, la plateforme grinça. Elle se tourna pour découvrir Noah, à qui elle fit signe d'une main de contourner la cloche dans l'autre sens. Il lui répondit d'un hochement de tête affirmatif et disparut derrière la cloche.

— Dan, répéta Josie.

Aucune réponse.

Dan lança une main par la fenêtre, comme s'il essayait d'attraper quelque chose.

— Dan ! répéta-t-elle, le ton plus pressant.

Mais il souleva son autre pied du sol. Son corps était désormais en équilibre sur le rebord de la fenêtre. Josie plongea pour l'attraper par les pieds, mais n'en saisit qu'un avant qu'il bascule. Elle s'efforça de reculer sur l'étroite plateforme mais, emportée par le poids du sergent, sentit sa jambe droite glisser dans l'espace entre la plateforme et le mur de pierre. Audessous, il n'y avait que le vide et une longue chute vers le béton.

— Noah ! cria-t-elle.

Elle tenta de caler son genou gauche sur le sol en bois pour se stabiliser et remonter sa jambe droite mais, au-dessus d'elle, Dan s'agitait et l'empêchait de se remettre dans une position plus sûre.

— Dan ! cria-t-elle. Arrêtez.

Il se figea, ses jambes retombèrent sur le sol à l'intérieur de la tour… mais le mouvement provoqua la chute de Josie, dont la jambe gauche glissait maintenant dans l'interstice. Seules une jambe de pantalon et ses mains cramponnées à celle-ci la séparaient d'une chute mortelle. Soudain, des mains se glissèrent sous ses aisselles. Josie leva les yeux : Noah avait passé ses bras sous les siens pour essayer de la ramener sur la plateforme. Elle retira une main de la jambe de Dan pour s'accrocher à Noah. Il tira et elle parvint à remonter sur le plancher. Accrochée à Noah, qui avait agrippé fermement la ceinture de Dan dès que Josie avait été hors de danger, elle n'osait plus regarder en bas. Son cœur tambourinait si fort dans sa poitrine qu'elle avait l'impression de sentir ses os vibrer à chaque battement.

Elle remercia silencieusement Noah du regard. Puis elle le lâcha et reporta son attention sur le sergent.

— Dan, vous allez bien ? demanda-t-elle en lui posant délicatement une main sur l'épaule.

Le haut de son corps penchait toujours légèrement à l'extérieur de la fenêtre. Il se ressaisit et se tourna vers elle. Les yeux vides, il fixait son visage, la sueur perlant le long de la racine de ses cheveux et de sa lèvre supérieure.

— Il faut que je l'attrape, marmonna-t-il.

Noah n'avait pas lâché la ceinture de l'agent. Josie croisa son regard et secoua imperceptiblement la tête pour lui indiquer que Dan n'allait pas bien.

— Dan, reprit-elle. Qu'est-ce que vous devez attraper ?

— Ça, dit-il en se retournant vers la fenêtre. Il faut que j'attrape ça, là.

Josie perçut l'expression inquiète qui traversa le visage de Noah et exerça une légère pression sur l'épaule de Dan.

— Il n'y a rien là-haut.

— Je dois le remettre à sa place, lança-t-il dans la brise qui soufflait à l'extérieur.

Josie le fit pivoter et il se laissa faire, bientôt de nouveau face à elle.

— Dan, vous savez qui je suis ?

Nouveau regard vide. Josie se rapprocha et constata que ses pupilles étaient dilatées. Elle réussit tout de même à lui sourire, en tâchant de rester calme.

— C'est moi, Dan. Josie Quinn.

Noah se déplaça derrière l'agent, de manière à lui bloquer l'accès à la fenêtre.

— Josie Quinn, répéta Dan, l'air perplexe.

— Le lieutenant Fraley est juste derrière vous, ajouta Josie, en l'attirant doucement vers elle. Vous voulez bien qu'on aille en bas pour parler, Dan ? Ce n'est pas un endroit idéal pour discuter, ici, d'accord ? C'est un peu dangereux.

— Dangereux, répéta-t-il.

Josie se tourna pour qu'il puisse se glisser à côté d'elle, puis elle lui passa un bras autour des épaules.

— Venez avec moi.

Obéissant, il marcha à ses côtés. La plateforme ployait légèrement sous leur poids combiné. Il se laissa guider jusqu'à la porte, puis dans les marches tortueuses jusqu'au palier du deuxième étage où les attendaient nombre de leurs collègues. Noah les suivait de près.

— Sergent Lamay, vous allez bien ? demanda le chef Chitwood.

— Il faut l'emmener à l'hôpital, répondit Josie, un bras toujours passé autour des épaules de Dan.

Sawyer se fraya de force un chemin entre Mettner et Gretchen.

— Qu'est-ce qui se passe ?

— Il est désorienté, dit Josie. Il parle, mais ça n'a pas de sens. Il ne semble pas savoir où il est ni qui je suis.

Dan regardait tous les visages autour de lui. De nouveau, Josie le sentit se crisper sous son bras.

— Je dois l'attraper, répéta-t-il.

Sa voix, maintenant beaucoup plus aiguë, se brisa sur une note de panique. Noah vint se poster à côté de lui pour passer un bras sous le sien.

— Tout va bien, Dan. On va appeler votre femme et vous emmener à l'hôpital, d'accord ?

Josie lui serra l'épaule.

— On va descendre les marches, d'accord, Dan ?

Il hésita un instant, puis fit un petit pas.

— Descendre.

— Oui, dit Josie. On va descendre les marches jusqu'au parking.

Alors que Chitwood, Mettner, Gretchen et Amber s'écartaient pour les laisser passer, le chef annonça :

— J'appelle l'hôpital pour les prévenir que vous êtes en route.

Mettner ajouta :

— Et moi, j'appelle la femme de Dan.

— Va plutôt la chercher, lui dit Josie. Ils n'ont qu'une voiture et c'est Dan qui la prend pour venir au travail. Leur fille est partie à la fac.

— OK, patronne.

— Je prends le volant, proposa Sawyer.

— Non, dit Josie. C'est moi qui conduis.

Sawyer les précédait dans la cage d'escalier.

— C'est mon travail, tu sais.

— Si Josie dit qu'elle va conduire, elle conduira, intervint Noah d'une voix glaciale.

— J'y serai plus vite, Sawyer, expliqua Josie alors qu'ils

descendaient les marches jusqu'au rez-de-chaussée. Je suppose que tu n'es pas venu ici en ambulance.

Dan, pris en sandwich entre elle et Noah, avançait sans opposer de résistance. Sawyer leur tenait la porte du parking ouverte.

— Non, en effet. Laisse-moi au moins venir avec vous. Je pourrai l'examiner.

Ils arrivèrent au véhicule de Josie.

— D'accord, oui, dit-elle. Allons-y.

29

Cela fait deux jours que je consulte le site internet de WYEP pour voir si d'autres articles paraissent sur moi – ou plutôt sur ce que j'ai déclenché. Le résultat s'avère chaque fois décevant : rien du tout. Pour le moment, en tout cas. Ai-je mal calculé l'efficacité de mon nouvel outil ? Certainement pas. C'est la méthode la plus simple et la plus efficace que j'aie utilisée jusqu'à présent. Par comparaison, mes efforts précédents paraissent bien peu sophistiqués, y compris mon deuxième meurtre, que je considérais pourtant comme suprêmement intelligent à l'époque.

Il n'était pas aussi spectaculaire que ce que j'ai fait à Nysa Somers et à Clay Walsh, pourtant je me remémore encore ce jour avec tendresse. Celui où j'attendais devant chez elle, avec stress mais aussi avec impatience, en me repassant tous les péchés de cette femme à mon encontre. Et je me tenais là, ruminant toutes mes vexations, mais celles-ci étaient largement contrebalancées par la certitude que j'étais sur le point de me venger.

— Tu t'es rincé les mains ? m'a-t-elle demandé.

J'ai répondu par l'affirmative.

— Pourquoi étais-tu au refuge aujourd'hui ?

Au lieu de répondre, j'ai fouillé dans le sac de courses en papier kraft que j'avais à un bras et sorti la brique de jus d'orange qu'elle m'avait demandé d'apporter. Avec pulpe.

Elle s'en est saisi sans un merci. Jamais le moindre merci. Elle s'est dirigée vers la cuisine et je l'ai suivie. Je l'ai regardée se servir un verre.

— Tu sais, si tu étais au refuge aujourd'hui, tu aurais dû prendre une douche avant de venir ici, m'a-t-elle lancé par-dessus son épaule. Je suis allergique aux chats, je te rappelle.

— Je sais.

Elle a porté le verre à ses lèvres. Hésité. Ses yeux rivés sur moi.

— Extrêmement allergique, a-t-elle insisté.

— Oui, ai-je dit. Je sais bien.

Elle n'a même pas eu le temps de vider le verre avant le choc anaphylactique. D'abord, ses lèvres et sa langue ont enflé. Puis elle a porté les deux mains à sa gorge, la respiration sifflante, et puis il y a eu la chute, les gigotements au sol et enfin l'immobilité. La dernière étincelle de vie s'est éteinte dans ses yeux alors que je la toisais – c'est l'une des seules fois où j'ai pu voir quelqu'un rendre son dernier souffle. Je l'aimais, autrefois.

— Je méritais mieux, ai-je dit.

En souriant, j'ai récupéré son verre, jeté ce qui restait dedans et je l'ai rincé. Puis j'ai sorti l'autre brique de jus d'orange. Sans pulpe. J'en ai rempli le verre à moitié et je l'ai laissé sur le comptoir. J'ai ensuite sorti le dernier article de mon sac de courses : une soupe de brocoli préparée avec de la crème de noix de cajou. Elle était également très allergique aux noix de cajou.

J'ai emporté le jus d'orange avec pulpe en partant. Je ne m'attendais pas à ce que quelqu'un se pose des questions, mais c'était un bon entraînement que de ne rien laisser derrière soi, surtout une brique de jus d'orange contenant des poils de chat finement coupés.

ne heure plus tard, Josie faisait les cent pas dans la salle d'attente des urgences. La femme de Dan Lamay venait d'être autorisée à le voir. Selon les médecins, son état était stable et, s'ils n'avaient trouvé aucune preuve d'AVC ou de problème cardiaque, ils effectuaient des tests supplémentaires pour tenter de mettre le doigt sur la raison de son comportement. Ils avaient aussi effectué un prélèvement sanguin. Comme il était désorienté à son arrivée, mais ne présentait pas de signes d'AVC ou de crise cardiaque récents, ils avaient ajouté des analyses toxicologiques, qui n'avaient rien donné. Josie ne pouvait toutefois se débarrasser du sentiment que le comportement de Dan était lié d'une manière ou d'une autre aux affaires Somers et Walsh. Le chef Chitwood devait d'ailleurs être d'accord, car il avait immédiatement ordonné à Mettner de recenser tous les endroits où Dan s'était rendu ce matin-là, toutes les personnes avec lesquelles il était entré en contact et tout ce qu'il avait ingéré. Il avait également envoyé Noah et Gretchen poursuivre l'enquête concernant ce qui était arrivé à Clay Walsh, comme ils en avaient discuté avant que Sawyer ne fasse irruption dans la grande salle du commissariat pour les avertir que Dan était en haut du clocher. Personne ne voulait quitter l'hôpital, mais le chef avait insisté.

— On a du travail, messieurs-dames, avait-il beuglé devant la chambre de Dan Lamay, faisant sursauter les infirmières qui se trouvaient à proximité.

Tout le monde s'était dispersé, sauf Josie, qui se tenait résolument devant le chef, les mains sur les hanches, le menton haut. Chitwood soutenait son regard, les joues rosies.

— Vous êtes aussi concernée, Quinn.

— Je ne bouge pas d'ici, rétorqua Josie.

— J'aimerais bien voir ça.

Le cœur battant la chamade, elle resta pourtant campée là. Dan Lamay était plus qu'un collègue pour elle. C'était un ami. Trois ans plus tôt, quand elle avait touché le fond, personnellement et professionnellement, Dan lui était venu en aide. Il avait risqué son propre emploi pour elle, alors même que sa femme luttait contre un cancer et que leur fille était à l'université. Il l'avait aidée quand personne d'autre ne voulait ou ne pouvait lever le petit doigt. Alors pas question que Josie le lâche maintenant qu'il était en difficulté.

Chitwood soupira.

— Quinn, ils appelleront s'il y a des nouvelles ou des changements.

— Monsieur, répondit Josie, vous avez vu comment Dan se comportait. Ses pupilles étaient dilatées. Il était confus, mais il se pliait à n'importe quel ordre. Je lui ai commandé de descendre du clocher, il l'a fait. Je lui ai dit de marcher, de monter dans la voiture, d'entrer dans l'hôpital avec nous et, pendant le trajet, Noah a fait plusieurs suggestions – une sorte de test in situ – et Dan s'est à chaque fois exécuté sans poser de questions. Il était influençable, docile, mais c'est tout. Sur le plan médical, il va bien. Pas d'accident vasculaire cérébral, pas de problème cardiaque. Son bilan toxicologique était normal.

— Vous croyez que je ne l'ai pas relevé, Quinn ? Après les deux derniers jours ? Où voulez-vous en venir ?

— J'aimerais obtenir la permission de Mme Lamay pour faire rechercher la présence de scopolamine dans les échantillons de sang de Dan, dit-elle. Je sais que c'est tiré par les cheveux, basé sur de pures spéculations, et qu'on n'a même pas encore parlé à votre contact des stups, mais si ce qui est arrivé à Dan aujourd'hui est lié d'une manière ou d'une autre aux accidents de Nysa Somers et de Clay Walsh, on n'a qu'un temps limité devant nous, d'un point de vue toxicologique, pour tester le sang de Dan. Si je peux obtenir l'autorisation de son épouse, on n'aura pas besoin d'un mandat, et, dans ce cas-là, je ne suis même pas sûre qu'on puisse en obtenir un. C'est une opportunité qu'il faut saisir. S'il s'avère qu'il n'y a rien, on aura juste pratiqué un test de laboratoire inutile.

— Très bien, consentit Chitwood.

Il commença à s'éloigner, puis s'arrêta et se retourna, pour ajouter :

— Quinn, si l'incident avec Dan aujourd'hui est lié d'une manière ou d'une autre à Somers et à Walsh, et qu'on a quelqu'un qui court la ville en distribuant une drogue inconnue qui reste si peu de temps dans l'organisme que les professionnels de santé ne parviennent pas à la détecter, il sera très difficile de prouver ce qui s'est passé.

— Oui, monsieur.

— Vous aimez les batailles difficiles, hein ?

— Ce sont mes préférées, monsieur, répondit-elle.

Il lui jeta un regard étrange, puis un lent sourire se dessina sur son visage. Josie en eut le souffle coupé. C'était seulement la deuxième fois qu'elle voyait sourire cet homme, et personne n'était là pour en être témoin.

— Tenez-moi au courant de l'état de Lamay, d'accord ? ajouta-t-il.

Elle acquiesça et le regarda s'éloigner.

Josie passa le reste de l'après-midi à l'hôpital, à surveiller l'état de Dan. Son épouse avait accepté l'idée d'un test de dépistage de la scopolamine. Le seul problème était que l'hôpital Denton Memorial n'était pas en mesure d'effectuer cette analyse. Il faudrait envoyer l'échantillon dans un laboratoire extérieur, et cela prendrait deux ou trois jours au maximum. Noah, Gretchen et Mettner travaillèrent le reste de la journée séparément, pour couvrir le plus de terrain possible. Ils établirent un groupe de discussion par SMS pour se tenir mutuellement informés des personnes interrogées et de l'apparition d'éventuelles nouvelles pistes.

Mettner découvrit que Dan s'était arrêté ce matin-là dans une supérette locale pour prendre de l'essence, un café et une pâtisserie. Josie lui demanda d'ensacher tout ce qui restait sur le bureau de l'agent d'accueil et de l'envoyer au laboratoire de la police d'État pour analyse. Mettner obtint également des images vidéo de la supérette pendant les quelques heures qui avaient précédé l'arrivée de Dan et jusqu'à son départ, mais tant de personnes avaient acheté du café et des pâtisseries ce matin-là qu'il était impossible de savoir si qui que ce soit y avait ajouté un produit suspect. Les interrogatoires des employés de la supérette n'avaient rien donné. Mettner avait même visionné des images du hall du commissariat, où Dan était habituellement posté, pour voir qui était entré ou sorti et si l'une de ces personnes avait eu un comportement suspect. Rien n'en était ressorti. Gretchen et Noah travaillèrent chacun de leur côté sur la liste des personnes qui évoluaient autour de Clay Walsh, essayant de trouver des liens entre Nysa Somers et lui, ainsi qu'entre Brett Pace et lui. Là non plus, rien n'émergea. Ils avaient également montré la photo de Brett Pace sous East Bridge, où personne ne l'avait jamais vu. En tout cas, personne ne l'admit.

Juste avant l'heure du dîner, après avoir reçu l'assurance du personnel médical que Dan allait bien et qu'ils le gardaient pour la nuit en observation, Josie retourna au commissariat, épuisée et pas plus avancée pour comprendre ce qui se passait dans sa ville. Elle se laissa tomber sur son siège et posa les pieds sur son bureau. Gretchen entra d'un pas lourd, suivie quelques minutes plus tard par Mettner. Tous deux avaient l'air aussi épuisés que Josie.

— Où est Noah ? demanda-t-elle.

— Quelques interrogatoires de dernière minute, répondit Gretchen. Je ne m'attends pas à ce qu'ils aboutissent à quoi que ce soit, mais bon.

La porte du bureau du chef s'ouvrit avec fracas.

— Quinn ! aboya-t-il. Dans mon bureau ! Tout de suite !

Josie se leva, lissa son polo de la police de Denton – toujours celui qu'elle avait emprunté à Gretchen – et son pantalon, avant d'entrer dans le bureau du chef.

— Monsieur ?

Il désigna la porte derrière elle.

— Qui d'autre est là ? Faites-les venir aussi.

Josie appela Mett et Gretchen, qui la rejoignirent. Ils se rassemblèrent autour du bureau de leur chef, qui appuya sur une touche de son téléphone fixe.

— Josh ? Tu es toujours là ?

— Oui, Bob. Je suis là, répondit une voix.

— J'ai mon équipe avec moi. Tu peux leur répéter ce que tu viens de me dire ?

— Bien sûr.

Chitwood leva les yeux vers ses inspecteurs.

— Vous parlez à l'agent Josh Stumpf, des stups. Il travaille pour ce service depuis plus de vingt ans. Il a vu de tout. On a travaillé ensemble dans trois groupes d'intervention. Il connaît son boulot. Je l'ai appelé et lui ai parlé de ce qui se passe ici. Plutôt que de vous répéter ce qu'il m'a expliqué, je préfère que vous lui parliez directement, histoire que vous puissiez lui poser toutes vos questions. Josh ?

— Bonjour à tous, dit l'interpellé. Qui est-ce que j'ai au bout du fil ?

Josie, Gretchen et Mettner se présentèrent.

— Très bien, reprit Josh. Bob m'a envoyé une photo de l'autocollant que vous avez trouvé. J'ai passé au crible notre base de données, j'ai parlé à quelques personnes, et ce n'est pas quelque chose qu'on a déjà vu. Bob m'a dit aussi que vous étudiiez la possibilité qu'une drogue rende une personne influençable, docile et malléable sans pour autant la neutraliser complètement. Il a également mentionné la scopolamine, évoquée par l'un de vous. Il s'avère qu'il existe une drogue très similaire à la scopolamine. On l'appelle le « souffle du diable ».

Josie regarda Mettner et Gretchen. Tous deux prenaient des notes, Gretchen sur son fidèle bloc-notes et Mett sur son téléphone.

— Nous avons pas mal d'affaires liées à la drogue ici, intervint Josie. Et l'inspectrice Palmer a travaillé dans une grande ville pendant quinze ans. Mais nous n'avons jamais entendu parler du souffle du diable.

— Parce que cette drogue a acquis une sorte de statut mythique, expliqua Josh. Ici, aux États-Unis, elle est considérée comme une légende urbaine. On la trouve principalement en Amérique du Sud. En Colombie, pour être exact, bien que nous ayons reçu des rapports faisant état de son utilisation en Europe et en Thaïlande. Elle provient des fleurs d'un arbuste, le *borrachero*, qui pousse, devinez où ?

— En Colombie, compléta Josie.

— Voilà. Ses graines sont transformées en poudre par un procédé chimique qui donne le *burundanga*, extrêmement similaire à la scopolamine. Il existe un mythe – vous pouvez regarder sur Google – selon lequel les délinquants sont capables de mettre cette poudre dans les fibres d'une carte de visite qu'ils vous remettent. Une fois que vous la touchez, le *burundanga* est absorbé par votre peau et vous perdez mémoire et libre arbitre.

Vous vous réveillez un jour ou deux plus tard, nu, dans un endroit inconnu, sans avoir la moindre idée de ce qui vous est arrivé. Selon une autre légende, un délinquant peut vous souffler la poudre au visage avec le même résultat. D'où son nom de souffle du diable. C'est la partie légende urbaine. Il est beaucoup plus probable qu'un délinquant verse la poudre dans votre boisson. Le produit est inodore et insipide, donc facile à faire ingérer sans que les victimes s'en rendent compte. Le problème est réel en Colombie, et quand je dis « problème », je parle de cas de personnes qui arrivent aux urgences pour des overdoses de *burundanga*. Les symptômes sont les suivants : accélération du rythme cardiaque, dilatation des pupilles, confusion, hallucinations, arrêt cardiaque, crise d'épilepsie, psychose, ce genre de choses. Si le souffle du diable est, comme je l'ai dit, auréolé d'une légende urbaine, il existe bel et bien et il est utilisé régulièrement en Amérique du Sud, parfois dans le cadre d'agressions sexuelles, mais surtout pour commettre des vols.

— Pour voler les gens ? s'étonna Mettner.

— Oui. Un type va dans un club, se fait aborder par une belle femme. À son insu, elle en verse dans son verre. Il se réveille sans aucun souvenir de quoi que ce soit, parfois sans même se rappeler être allé dans ce fameux club, et on découvre que la femme l'a convaincu de se rendre au distributeur automatique de billets et de vider son compte en banque jusqu'au dernier centime pour tout lui donner. On retrouve des vidéos qui le montrent en train de se rendre au distributeur et de retirer l'argent, et des personnes qui l'ont vu la nuit précédente lui disent : « Non, non, tu n'étais pas à l'ouest ou quoi. Tu as juste dit que tu voulais aider cette nana en retirant de l'argent pour elle au distributeur. »

— Mais il n'existe pas de cas connu d'utilisation du souffle du diable aux États-Unis, si ? voulut savoir Gretchen.

— Non, pas à ma connaissance. Cependant, il faut savoir que le produit ne reste dans l'organisme que quatre heures environ. Donc si quelqu'un se réveille douze heures plus tard, désorienté, sans aucun souvenir de la nuit précédente et qu'il se rend à l'hôpital pour une prise de sang, les médecins ne trouvent rien. En outre, les analyses toxicologiques standards ne portent que sur les substances habituelles telles que la kétamine ou le GHB. On ne cherche pas le *burundanga* ni même la scopolamine dans le sang, à moins que ce soit expressément demandé, et, même dans ce cas, je ne suis pas sûr que les hôpitaux en soient capables. Pour le coup, ce n'est pas de mon ressort.

Ce fut au tour de Josie de poser une question.

— Si vous vouliez obtenir ce souffle du diable aux États-Unis, comment vous y prendriez-vous ?

Un soupir se fit entendre au bout du fil, puis Josh répondit :

— Le moyen le plus simple et le plus direct serait le dark web. Sinon, vous pourriez aussi essayer de fabriquer quelque chose de similaire en utilisant de la scopolamine. On en trouve aussi aux États-Unis dans la stramoine, ou « herbe du diable ». Ce truc est partout. Je dirais que si vous savez ce que vous faites, vous pouvez le produire à partir de cette plante. Ce n'est pas évident, et il faudrait faire attention au dosage, mais il me semble que si l'intention est de faire du mal aux gens, on ne se soucie guère d'en donner trop ou pas. Ça vous aide ?

— Oui, répondit Josie. Merci.

Chitwood remercia Josh à son tour et raccrocha.

— Alors, heureuse ? lança-t-il à Josie.

— Pas particulièrement, admit-elle. Ça va être difficile à prouver, comme vous l'avez dit. Nous ne faisons que supposer avoir affaire à une drogue qui pourrait être soit une sorte de concoction à base de scopolamine faite maison, soit le véritable souffle du diable – ou un dérivé – acheté sur le dark web. On n'a pas encore de preuves de la nature de la drogue. On sait que les deux sont très similaires, ce qui signifie qu'elles auraient des effets indésirables identiques ou similaires, mais on a besoin de preuves concrètes.

Mettner intervint :

— On devrait essayer d'obtenir un mandat pour faire rechercher des traces de scopolamine, de souffle du diable ou d'un dérivé dans le sang de Clay Walsh. S'il reste quelque chose des échantillons prélevés quand il est arrivé à l'hôpital, on pourrait les envoyer au laboratoire que le Denton Memorial a sollicité pour analyser l'échantillon de Dan.

— Je m'en occupe, annonça Gretchen.

Mettner enchaîna :

— Quand j'ai passé en revue les affaires sur le bureau de Dan aujourd'hui, j'ai retrouvé la moitié d'un beignet et un quart de tasse de café. Hummel les a emmenés comme preuves et envoyés au laboratoire d'État pour analyse. Je peux les appeler et leur demander d'y chercher des résidus de *burundanga* ou assimilé. On a aussi toujours les miettes de brownie du sac à dos de Nysa Somers. Elles ont été envoyées au laboratoire lundi. Maintenant qu'on sait ce qu'on cherche, on peut les alerter. Peut-être qu'ils trouveront quelque chose.

— Il s'agit de quel labo ? demanda Josie. Tu le sais ?

Mettner fit défiler les notes sur son téléphone.

— Celui de Greensburg.

— J'ai une amie là-bas, dit Josie. Quelqu'un qui me doit une faveur. Je vais l'appeler et lui expliquer ce qui se passe. Elle pourrait être en mesure d'accélérer le processus.

Chitwood était toujours assis derrière son bureau. Il rajusta une mèche de cheveux blancs sur son crâne dégarni.

— Si ce qui s'est passé avec Dan aujourd'hui est lié à Somers et à Walsh, on a un vrai problème. Il faut agir aussi vite que possible.

Quelque chose remua au fond du cerveau de Josie.

— L'hôpital, marmonna-t-elle.

— Comment, Quinn ?

— Shannon et l'agent Stumpf des stups ont tous deux déclaré que les fortes doses de scopolamine et le souffle du diable pouvaient entraîner une dilatation des pupilles, une accélération du rythme cardiaque, des psychoses, des hallucinations et des crises d'épilepsie.

— C'est vrai, confirma Gretchen en feuilletant les pages de son bloc-notes.

Josie poursuivit :

— Le jour de la mort de Nysa Somers, j'ai appelé la docteure Feist pour savoir si elle avait eu le temps de pratiquer l'autopsie, et elle m'a répondu que les urgences du Denton Memorial avaient été submergées de cas de crises d'épilepsie et d'insuffisances cardiaques.

Chitwood se leva.

— Je vais m'y rendre. Ça va être un cauchemar en termes de confidentialité, mais je vais en parler au directeur de l'hôpital, puis l'un d'entre vous pourra rédiger les demandes de mandats et voir si on parvient à mettre la main sur le nom des patients dont la docteure Feist vous a parlé. Je crois que Mett et Palmer sont là pour le reste de la soirée. Quinn, rentrez chez vous.

— Monsieur...

Il éleva la voix jusqu'à crier.

— Bon sang, Quinn. Est-ce que vous avez, oui ou non, sorti une femme adulte d'une piscine lundi et essayé de la réanimer ?

— Je... Oui.

— Est-ce que vous avez, oui ou non, sauvé une fillette de cinq ans d'un bâtiment en flammes hier, en sacrifiant votre propre voiture au passage ?

— Ou-oui, monsieur, balbutia Josie.

Sa voix tonnait à travers la pièce quand il ajouta :

— Est-ce que vous avez, oui ou non, échappé de peu à une chute mortelle en sortant Lamay de cette tour aujourd'hui ? Oui, Fraley m'a raconté ce qui s'est passé. Alors ?

— Monsieur, je...

— Rentrez chez vous, bon Dieu, Quinn ! Trouvez Fraley, où qu'il soit, et emmenez-le avec vous. Et sans vous arrêter en route pour sauver un gosse qui se noie, un chiot perdu ou je ne sais quel adulte en détresse, pigé ? Appelez le 911, comme toute personne raisonnable, et attendez les secours. Maintenant, allez manger et dormir un peu, bon sang !

Josie se leva et essuya ses mains moites sur son jean. Elle se dirigea vers la porte, mais Chitwood n'en avait pas terminé :

— Attendez.

— Oui ? dit-elle en se retournant vers lui.

— Ne mangez ou ne buvez rien que vous n'ayez pas préparé vous-même, compris ?

Josie sourit et quitta la pièce.

31

Josie envoya un texto à Noah, auquel il répondit qu'il était occupé par un interrogatoire et qu'il la retrouverait à la maison. Avant de sortir du parking municipal, elle appela Misty pour lui recommander d'éviter jusqu'à nouvel ordre d'ingérer toute nourriture qu'elle n'aurait pas cuisinée elle-même. En réponse, Misty poussa un long, long soupir.

— Laisse-moi deviner, tu ne peux pas me révéler la raison de cette demande bizarre, c'est ça ?

— Non, désolée, je ne peux pas, convint Josie.

Un long silence s'ensuivit, puis un autre soupir, et Misty capitula.

— Je suis trop fatiguée pour me disputer avec toi. Et Harris ?

— Je croyais que c'était toi qui lui préparais le déjeuner qu'il emporte à l'école.

— Oui, mais ils leur donnent parfois des collations sur place. Je suis en train de te demander si mon fils est en sécurité à l'école, Josie.

— Oui. C'est probablement juste moi qui me montre trop prudente. Je veux dire, je sais que c'est moi. N'empêche... fais attention, d'accord ?

— OK, répondit Misty, qui raccrocha avant que Josie ne puisse ajouter autre chose.

Sur ce, la policière fit démarrer sa voiture de location et prit la route de la maison. Ce fut seulement lorsqu'elle se garait dans son allée qu'elle se rappela l'invitation qu'elle avait lancée à Patrick pour le dîner. Zut, elle n'avait rien prévu.

— Merde, marmonna-t-elle en déverrouillant la porte d'entrée.

Trout précipita vers elle son petit corps grassouillet sitôt qu'elle pénétra dans le vestibule, impatient de recevoir des caresses et de se faire grattouiller le ventre. En s'agenouillant pour lui assurer qu'il était le meilleur chien du monde, elle remarqua que la télévision était allumée dans le salon et entendit le ronronnement de la machine à laver dans la buanderie.

— Pat ? appela-t-elle.

Il sortit la tête de la cuisine.

— Coucou, j'ai utilisé ma clé. J'espère que ça ne te dérange pas.

— Tu as bien fait, le rassura Josie. Tu as lancé une nouvelle lessive ?

— Oui, désolé, fit-il d'un air penaud. Je promets de ne rien laisser dans le tambour cette fois-ci.

Trout accompagna Josie du cliquetis de ses griffes sur le carrelage jusqu'à la cuisine. Patrick tenait une pile d'assiettes en carton et était en train d'en disposer trois à l'endroit où Josie, Noah et lui s'asseyaient habituellement. Une odeur de pizza, qui fit gargouiller bruyamment l'estomac de Josie, émanait de deux grandes boîtes de pizza sur le plan de travail.

— Je suis vraiment désolée, Pat, dit-elle à son frère.

— Je sais, la coupa-t-il. Le travail. Je m'en suis douté quand je suis arrivé ici et que je ne t'ai pas trouvée à la maison. J'allais retourner sur le campus, mais j'avais apporté ma lessive, alors...

Josie s'approcha et ouvrit l'une des boîtes. Un délice de

fromage fondu s'étalait sous ses yeux. Toutes les parts y étaient. Elle souleva le couvercle de l'autre boîte : la deuxième pizza était intacte elle aussi.

— J'ai utilisé tes 20 dollars d'urgence, expliqua Patrick. Pour la pizza. Et j'en ai profité pour emmener Trout faire une p-r-o-m-e-n-a-d-e.

— Pas de problème. Merci. Où tu as pris la pizza ?

— Chez *Girton*.

— C'est toi qui es allé la chercher ou tu l'as fait livrer ?

Il haussa un sourcil.

— Qu'est-ce qui se passe ?

— En livraison ou à emporter, Pat ?

— En livraison.

Josie regarda la pizza. Elle avait une faim de loup. Pourtant, avec un soupir, elle ramassa une boîte et se dirigea vers la poubelle, où elle fit tomber les parts.

— Mais... qu'est-ce que tu fabriques ?! s'exclama Patrick.

Elle prit l'autre boîte et répéta la manœuvre. Puis elle alluma le four.

— J'ai de la pizza dans le congélateur. Il faut vingt minutes pour la réchauffer, déclara-t-elle.

Planté devant la table, la pile d'assiettes en carton à la main, son frère posait sur elle un regard ahuri.

— C'était une très bonne pizza. Qu'est-ce qui t'arrive ? Faut que j'appelle Noah ? Ou le 911 ?

Josie lui prit la pile d'assiettes des mains et les rangea. Elle trouva deux pizzas dans le congélateur et les sortit de leur emballage pour les préparer à aller au four.

— Je sais que j'ai l'air d'agir comme une folle, dit-elle à son frère. Mais fais-moi confiance, j'ai mes raisons.

Patrick soupira.

— Et tu vas me les expliquer, ces raisons ?

Josie glissa la pizza surgelée dans le four et régla la minuterie.

— Je vais te dire tout ce que je peux, mais ça reste entre nous, d'accord ?

— Bien sûr.

Ils s'attablèrent et Josie lui raconta ce qu'elle pouvait sur la théorie en cours d'examen par la police de Denton, sans lui révéler de détails qui risqueraient de la mettre dans une situation inconfortable. Patrick savait déjà qu'il y avait quelque chose de louche dans la mort de Nysa Somers. Non seulement il était sur place, mais il avait entendu des rumeurs sur sa mort depuis, lui confia-t-il.

— Quelles sortes de rumeurs ? s'enquit Josie.

— Oh, des tas de trucs, mais, pour résumer, personne ne croit qu'elle se soit noyée. Donc les gens racontent que son corps était salement abîmé quand on l'a sorti de l'eau ou que son crâne était défoncé. J'ai même entendu une version selon laquelle on ne l'aurait pas du tout retrouvée dans la piscine, qu'elle aurait en réalité été sauvagement assassinée, mais que l'université ne voulait pas de mauvaise presse et préférait dire qu'elle s'était noyée. Je ne savais pas si je devais réfuter ou non. Je l'ai vue, mais il m'a semblé qu'il ne fallait pas en parler.

Josie lutta contre l'envie de lever les yeux au ciel. Les rumeurs et la mort ne faisaient jamais bon ménage.

— Je pense qu'il vaut mieux se taire pour l'instant, lui confirma-t-elle. Peu importe ce que tu tenteras d'expliquer, les rumeurs continueront à se répandre. Mais aucune ne parle de drogue, si ?

Trout s'approcha de sa chaise et lui donna un petit coup de museau dans la main. Elle le gratta entre les deux oreilles.

— Non, répondit Patrick. Et c'est assez bizarre, étant donné que tu as trouvé cet autocollant. Tu peux me le montrer ?

— Je ne vois pas pourquoi je te refuserais ça, répondit Josie. Je sais que la cheffe Hahlbeck l'a montré un peu partout sur le campus.

Elle afficha la photo sur son téléphone. Patrick l'observa un long moment, les lèvres pincées.

— Tu l'as déjà vu ? voulut savoir Josie.

— Je ne sais pas. Je ne pense pas, et pourtant, il a quelque chose de familier. Assez affreuse, cette image, non ?

— Si. Écoute, Pat, s'il t'est arrivé de prendre de la drogue, tu peux me le dire...

Il leva la main pour l'interrompre.

— S'il te plaît, non. Tu n'as pas à t'inquiéter pour moi. Crois-moi, si je me droguais et que je savais quelque chose sur ce truc...

Il désigna le téléphone de Josie au moment où l'écran devenait noir et où l'autocollant disparaissait.

— Je t'en parlerais, d'autant que des gens meurent... ou n'en sont pas loin. Le pompier, il est encore en vie ?

— Aux dernières nouvelles, oui.

— De quoi s'agit-il, alors ? D'une drogue du viol ou un truc du genre ? Si je savais quoi que ce soit à ce sujet, je le signalerais.

— Tant mieux, répondit Josie. Mais non, ce ne sont pas les drogues du viol. Quelque chose d'assez similaire, dans le sens où, après les avoir prises, les gens ne se souviennent de rien de ce qui a suivi. Mais ce qu'on cherche, c'est à savoir si quelqu'un ici à Denton a fait en sorte d'administrer à d'autres personnes une drogue qui – je t'épargne la version scientifique – les rend dociles et extrêmement influençables.

La minuterie du four sonna. Patrick se leva et attrapa une manique pour sortir la pizza et la laisser refroidir sur le comptoir. Il jeta le gant dans un tiroir et retourna s'asseoir.

— Qu'est-ce que tu veux dire ?

— Je te parle d'une drogue qui met une personne dans un état où tu peux lui dire de faire n'importe quoi, elle le fera. Et quand je dis « n'importe quoi », ça peut aller de quelque chose d'aussi simple que de marcher dans une certaine direction à blesser quelqu'un, y compris elle-même.

Il fronça les sourcils et repoussa une mèche de cheveux noirs sur son front.

— Donc il n'est pas nécessairement question de faire du mal quelqu'un ?

— Non, dit Josie. Pas nécessairement. La drogue qu'on recherche supprime le libre arbitre. En plus, il semble qu'on ne se souvienne de rien par la suite. Utilisé avec de mauvaises intentions, comme tu peux l'imaginer, ce produit s'avère extrêmement dangereux.

Il hocha la tête pendant qu'elle parlait.

— Il y a des vidéos qui ont circulé l'année dernière sur le campus. Juste après la rentrée.

— Circulé comment ? demanda Josie. Via les réseaux sociaux ?

Patrick secoua la tête.

— Par messages. Seulement entre les gens du campus. Personne ne savait d'où elles venaient ni qui les avait prises. Même les personnes qui y figuraient l'ignoraient, d'autant qu'elles ne se souvenaient même pas d'avoir agi comme elles le faisaient dans les vidéos. Il y avait une sorte de règle tacite selon laquelle personne ne devait les publier nulle part, n'empêche que les étudiants se les envoyaient les uns aux autres.

— Quel genre de vidéos, Patrick ?

— Sur les premières, il s'agissait de choses vraiment stupides. L'une d'elles, par exemple, montrait un type – il était en dernière année l'année dernière – qui traversait le campus, tard la nuit. Celui qui filmait le suivait, c'était la voix d'un gars. Il lui disait quoi faire, et le type le faisait. Par exemple, il lui ordonnait de faire la poule et le mec se mettait à caqueter et à agiter les coudes. Il lui disait de se coucher au milieu de la rue et le gars obéissait. Des trucs à la noix comme ça. Faire l'équilibre, ce qui n'était manifestement pas dans les cordes du gars. Puis on entendait la personne qui enregistrait dire quelque chose comme : « La police arrive, cours ! » et la vidéo s'arrêtait.

— L'étudiant qui était filmé, est-ce qu'il semblait désorienté ? Est-ce qu'il trébuchait ou avait des difficultés à s'exprimer ? Quelque chose de ce genre ?

— Il avait l'air tout à fait normal. En fait, quand la vidéo a commencé à circuler sur les téléphones du campus, tout le monde s'est dit que c'était un *fake*. Je crois que c'était censé être genre : « Regardez ce que j'ai fait faire à ce pauvre gars soûl », et tous ceux qui regardaient se disaient : « Ce gars n'est pas soûl ! »

— Et les autres vidéos ? Combien y en a-t-il eu ?

— Quatre.

Patrick se leva et prit son assiette et celle de Josie, puis il alla leur servir deux parts de pizza. À côté de Josie, Trout geignit tout bas, ce qui lui valut de se faire envoyer au panier. Une fois dedans, dans un coin de la cuisine, il poussa un long et profond soupir. Patrick posa la pizza devant elle, mais aucun des deux ne mangea.

— En tout cas, je ne me rappelle pas qu'il y en ait plus. Il y en avait une d'une fille qui se faufilait sur le toit d'un des bâtiments sportifs au milieu de la nuit et qui faisait des sortes de danses – je pense qu'elle était pom-pom girl pour l'équipe de football – et le gars qui filmait l'a poussée à se déshabiller et, en culotte et soutien-gorge, à faire une choré qu'il avait inventée, tout en chantant : « Le sport, c'est nul. » C'était assez drôle. Sauf quand elle a failli tomber du toit. Là, la caméra s'est éteinte. Je crois qu'elle a eu des problèmes avec l'équipe de pom-pom girls, mais elle a expliqué qu'elle avait dû faire ça quand elle était ivre, parce qu'elle ne se souvenait de rien. Ils lui ont collé un avertissement, ou quelque chose dans ce goût-là.

— On ne l'a pas virée de l'équipe pour autant ? demanda Josie.

— Je ne pense pas, mais attention, tout ce que je te dis, ce sont des rumeurs. Je ne sais même pas si tout ça est exact.

— OK. Et les deux autres vidéos ?

Patrick appuya ses coudes sur la table et se passa les mains sur le visage.

— J'essaie de me les remémorer. La troisième vidéo, je me souviens juste que le type trébuchait un peu. Je crois qu'il se déplaçait en léchant des trucs.

— En léchant des trucs ? répéta Josie. Comme quoi ?

— N'importe quoi. Le trottoir, les poteaux téléphoniques, les poignées de porte. Les trucs qui te paraissent les plus dégueus. Seulement, ce type-là avait vraiment l'air ivre. C'est probablement la vidéo que les étudiants du campus ont trouvé la plus drôle. Je veux dire, elle n'était pas drôle dans le sens où il n'est jamais drôle de pousser une personne ivre à faire des choses qu'elle ne ferait pas normalement, pourtant c'est celle qui a été la plus partagée. Je pense. Je crois que c'est celle qui a été la plus vue. Je dis ça, cela dit, sans m'appuyer sur des données précises.

Josie gloussa.

— Tu parles comme maman. Et la dernière ? Tu t'en souviens ?

Patrick grimaça.

— Oui, celle-là n'était pas drôle du tout. Plutôt triste, en fait. C'était une fille de première année. Je ne la connaissais pas, mais des gens de mon dortoir, si. Je crois que Brenna la connaissait peut-être. On ne sortait pas ensemble à l'époque mais, après notre rencontre, le sujet des vidéos a été abordé lors d'une soirée, et Brenna s'est énervée, en disant que la dernière vidéo n'était pas drôle parce qu'elle avait presque bousillé la vie de cette fille.

La pizza, qui sentait si bon tout à l'heure, n'était plus du tout appétissante. Josie arracha un morceau de croûte.

— Parle-moi de cette vidéo.

— La fille marchait dans la rue. Il faisait nuit. Le type qui filmait la suivait. Elle portait une robe et des talons hauts, comme si elle sortait d'une fête ou quelque chose comme ça. Mais c'était assez flippant, parce qu'on ne savait pas si elle avait conscience ou non que le gars la suivait.

— Tu saurais dire où ils étaient ? demanda Josie.

— Je ne me rappelle pas. Ça ne ressemblait pas au campus. J'ai supposé que c'était quelque part à Denton. Bref, la fille descend un peu la rue, elle arrive près d'un lampadaire, et il lui dit de s'arrêter de marcher et paf, elle s'arrête. Elle ne se retourne même pas, elle s'arrête juste. Ensuite, il lui fait faire tout un tas de trucs idiots, comme cinq squats, sauter sur un pied, et on croirait que la fille est un robot.

— Elle avait l'air soûle ?

— Non. Mais à un moment donné, on voyait ses yeux de très près et ses pupilles étaient énormes. Elle devait donc avoir pris quelque chose, pourtant elle ne trébuchait pas. Au fur et à mesure, le type lui dit de faire des choses de plus en plus débiles, comme regarder dans son propre cul... et le mec est mort de rire, à tel point qu'il n'arrive même plus à tenir la caméra droite.

— Tout ça en public ?

— Oui, dit Patrick. On entendait les gens qui passaient par là en arrière-plan qui rigolaient ou demandaient à la fille si tout allait bien, ce à quoi elle répondait toujours par l'affirmative. Le gars qui enregistrait leur expliquait qu'ils étaient soûls et qu'ils ne faisaient que s'amuser.

— Mais il a fini par aller trop loin, c'est ça ? devina Josie.

— Oui, soupira Patrick. Il lui a dit d'enlever ses vêtements. Tous ses vêtements. Et elle a continué à obéir. Sans aucune hésitation. Puis il lui a encore fait faire des conneries. C'était vraiment pénible à regarder, à ce stade. Pour terminer, il l'a fait monter sur le capot d'une voiture et uriner.

— Bon Dieu, lâcha Josie. Et ces vidéos sont arrivées sur ton téléphone ?

Il acquiesça.

— Qui te les a envoyées ?

— Un de mes copains. Il les avait reçues d'un de ses camarades de classe qui, lui, les avait reçues par le biais d'un groupe de discussion, puis mon pote les a diffusées sur un autre groupe où j'étais. Les gens les partageaient sans savoir vraiment d'où elles venaient.

— Tu les as encore sur ton téléphone ?

— Non, répondit Patrick. Je ne les ai pas gardées. Elles ne m'intéressaient pas, mais tout le monde en parlait. La dernière m'a vraiment rendu triste. C'était difficile à regarder, et je me sentais... mal, tu vois ? De la regarder. Ce n'était pas drôle. C'était dérangeant.

Josie lui adressa un sourire peiné.

— Je vois, dit-elle. Tu es quelqu'un de bien, Pat. Tu sais si l'une d'entre elles a été publiée sur internet ?

— Je ne crois pas, mais je ne suis pas allé chercher non plus.

— Connais-tu ou te souviens-tu des noms des étudiants dans les vidéos ?

— Non. Je suis désolé.

— Aucune idée de qui a pris les vidéos ?

Il secoua la tête.

— Il n'y en a eu que quatre ?

— À ma connaissance, oui. En tout cas, je pense que la quatrième, celle dont je t'ai parlé, était vraiment la dernière. La plupart de ceux qui l'ont vue ont été assez perturbés. Je l'ai signalée à la police du campus, d'ailleurs.

— Qu'est-ce qu'ils t'ont dit ? s'enquit Josie.

— Qu'ils allaient « se pencher là-dessus », mais qu'ils ne savaient même pas si la fille de la vidéo était une étudiante ou non et que, à moins qu'elle porte plainte, ils ne pouvaient pas faire grand-chose.

Ça ressemblait exactement à ce qu'aurait pu dire le prédécesseur de Hillary Hahlbeck. Cet homme était incompétent, paresseux et une source constante de frustration pour la police de Denton, qui finissait souvent par enquêter sur les délits que lui balayait d'un revers de la main. Lorsque l'équipe de Josie sollicitait l'aide de la police du campus, il leur mettait des bâtons dans les roues chaque fois qu'il le pouvait. L'arrivée de Hahlbeck avait constitué un changement bienvenu.

— Est-ce que quelqu'un dans ton entourage pourrait encore détenir une ou plusieurs de ces vidéos, que je puisse les voir ?

— J'en doute, mais je peux me renseigner.

— Tu as dit que Brenna avait l'air de connaître la fille de la dernière vidéo. Tu penses que tu pourrais lui demander son nom ?

— Je peux essayer, fit Patrick. Mais elle se comporte de façon bizarre à ce sujet. Comme si elle la protégeait. J'ai l'impression que la fille de la vidéo a vraiment eu des problèmes après et que Brenna ne veut pas en rajouter.

— C'est compréhensible. Je vais parler à la nouvelle cheffe de la police du campus, voir si elle peut se renseigner, pour que j'obtienne son nom sans passer par Brenna. Mais Pat, en ce moment, on travaille sur des affaires où beaucoup de gens pourraient courir un grave danger. Si c'était bien l'auteur de ces vidéos qui distribuait la drogue dont je t'ai parlé pour faire faire tout ce qu'il voulait à ces gens et qu'on arrive à le localiser, on pourrait résoudre l'affaire. Je ne te le demanderais pas si ce n'était pas extrêmement important. On ne croule pas sous les pistes, tu comprends ? La moindre information nous serait précieuse.

— OK, dit Patrick. J'ai compris. Je lui parlerai demain. Au fait, où est Noah ?

Josie consulta son téléphone. Il aurait dû être rentré depuis des heures.

— Je ne sais pas, admit-elle. Je vais lui envoyer un message.

Ce qu'elle fit. La réponse lui parvint moins d'une minute plus tard.

Toujours à la recherche de pistes. Ne m'attends pas.

Josie eut beau s'efforcer de ne pas l'attendre, son cerveau s'y refusait. Patrick repartit une fois sa machine terminée, et cela ne fit qu'empirer les choses. L'idée que quelqu'un administre délibérément une drogue qui rendait les victimes aussi dociles lui glaçait le sang. Elle s'imaginait Noah errant, drogué, à la merci de quelqu'un d'assez froid et cruel pour ordonner à une nageuse de se noyer et à un pompier de mettre le feu à sa maison.

En piste, petite sirène.

En piste, petite allumette.

Lamay était un cas à part, mais c'était quand même une affreuse coïncidence qu'il ait eu une crise aussi étrange et aussi semblable à ce qui était arrivé à Nysa Somers et à Clay Walsh. Et si le dealer ciblait maintenant des personnes au hasard et ne leur donnait plus aucune instruction ? Seule dans son lit, elle se repassait en boucle les événements des derniers jours. Elle se leva et alluma les deux lampes de chevet ainsi que le plafonnier. Trout gémit, essayant d'enfouir la tête sous l'une des couvertures. Josie vérifia si elle avait des notifications sur son téléphone, même si elle n'avait pas entendu le gazouillis annonciateur d'un message. Comme elle s'y attendait, il n'y avait rien.

À 23 h 30, elle tapa un SMS à l'intention de Noah.

Rentre à la maison, s'il te plaît. J'ai besoin de toi.

Elle fixa ces mots un long moment. Nus sur l'écran. Elle se mordit la lèvre inférieure, effaça « J'ai besoin de toi » et envoya son message. La réponse arriva quelques secondes plus tard : *Suis en route.*

Son soulagement fut si profond qu'elle laissa échapper un soupir. Elle descendit les marches en courant et se planta devant la porte d'entrée pendant que Trout restait sur le lit. Le moteur du véhicule de Noah dans l'allée fit bondir le cœur de Josie. Il déverrouilla la porte et la franchit. La nervosité de Josie s'atténua quand elle constata qu'il souriait normalement et que ses pupilles étaient de taille normale.

— Coucou, dit-il. Je suis vraiment désolé. Je me suis laissé prendre...

Josie lui passa les bras autour du cou.

— Je m'en fiche, dit-elle.

Et elle l'attira contre elle pour l'embrasser comme une affamée.

32

Le lendemain matin, Josie et Noah s'arrêtèrent d'abord à Denton Memorial pour rendre visite au sergent Dan Lamay. Il était alerte et assis dans son lit, télécommande de la télévision à la main. Quand Josie et Noah entrèrent, il la jeta de côté et leur fit signe d'approcher. Ils l'enlacèrent tous les deux et Josie fut stupéfaite de sentir immédiatement le poids qui pesait sur ses épaules s'évaporer en constatant qu'il allait bien. Noah et elle se postèrent de part et d'autre du lit.

— Comment vous sentez-vous ? lui demanda-t-elle.

— Je me sens très bien. Juste très « flippé », comme dirait ma fille. Je me suis réveillé ici ce matin, sans la moindre idée de ce qui se passait.

— Vous n'avez pas souvenir d'être arrivé ici hier ? s'enquit Noah.

Dan secoua la tête.

— Pas du tout et, avant que vous ne posiez la question, le chef est passé il y a environ une heure. Il m'a raconté toute l'histoire et, non, je ne me rappelle pas non plus le clocher ou quoi que ce soit d'autre.

— De quoi vous souvenez-vous, alors ? demanda Josie.

— D'avoir embrassé ma femme hier matin, d'avoir fermé la porte derrière moi en partant et puis, tout à coup, de m'être retrouvé dans ce lit. J'ai failli avoir une crise cardiaque en me réveillant ici. Heureusement, ils m'ont fait un bilan complet, c'est tout bon et je peux sortir dans la journée.

— Super, commenta Josie.

— Le chef vous a-t-il expliqué comment, selon nous, vous avez atterri ici ?

— Oui, il a dit que, d'après Josie, quelqu'un pourrait vendre une sorte de drogue en ville. Peut-être en mettant des trucs dans la nourriture. Comme un empoisonneur, si j'ai bien compris. Alors je ne mangerai ni ne boirai rien que ma femme ne m'ait préparé tant que vous n'aurez pas réglé ce problème. Parce que je n'aime pas perdre du temps comme ça.

— Vous ne vous rappelez pas vous être arrêté à la supérette ni avoir mangé quoi que ce soit hier matin ? enchaîna Noah.

— Non, mais j'ai probablement pris la même chose que tous les matins. Un yaourt et du granola à la maison, puis un café et une pâtisserie à la supérette sur le chemin du travail. J'espérais que ma femme ne découvrirait pas ma petite habitude de la supérette, ajouta-t-il en riant doucement.

Un coup frappé à la porte les interrompit. L'une des infirmières fit sortir Josie et Noah le temps qu'elle vérifie les constantes de Dan. Certains qu'il était entre de bonnes mains, ils quittèrent l'hôpital et se rendirent au poste. Gretchen et Mettner ne devaient arriver que plus tard, dans l'après-midi, mais le chef les attendait avec une liste de nouvelles informations. Planté devant leurs bureaux, il se mit à leur lire une liasse de feuillets qu'il tenait à la main. Amber, assise à son bureau et concentrée sur son ordinateur portable, leva les yeux quand il commença à parler.

— J'ai discuté avec le directeur de l'hôpital hier soir. Il était réticent au début mais, après avoir épluché les dossiers des urgences de lundi, il a reconnu qu'ils avaient eu un nombre inhabituel de cas similaires en un laps de temps assez bref. Avant de rentrer chez elle pour la nuit, Palmer a rédigé une demande de mandat pour obtenir les noms des patients venus aux urgences pour une crise d'épilepsie ou un infarctus le jour de la mort de Nysa Somers. Ce mandat a été délivré. Les avocats de l'hôpital sont en train de l'examiner. Je vais demander à Palmer un suivi plus tard dans la journée, quand elle sera là. Ni Mettner ni Gretchen n'ont trouvé de liens entre Nysa Somers, Clay Walsh et l'entraîneur Brett Pace ou entre l'un de ces trois-là et Dan Lamay, à part le lien évident entre Somers et Pace.

Il leva les yeux vers Noah.

— Fraley, vous avez passé la journée à procéder à des interrogatoires et vous êtes resté ici tard, si j'ai bien compris, à rédiger des rapports. Vous n'avez rien trouvé non plus ?

— Non, monsieur.

— Bon, fit Chitwood avec un soupir, en réorganisant les pages entre ses mains. La seule bonne nouvelle que j'ai à vous communiquer, c'est que Clay Walsh s'accroche. Il est dans un état stable à l'hôpital de Philadelphie. J'ai également parlé au chef des pompiers ce matin. L'incendie a été déclenché intentionnellement, et ils sont très motivés pour savoir qui a brûlé la maison de l'un de leurs pompiers les plus décorés.

Par-dessus ses lunettes, il considéra Josie et Noah. Ni l'un ni l'autre ne réagit. Le chef s'approcha d'un pas.

— Donc je lui ai dit que c'était Walsh lui-même, il a répliqué que je racontais des conneries et il m'a viré de son bureau avant que je puisse lui parler de la théorie de la soumission chimique. Watts !

Il avait tourné la tête vers Amber.

— Je sais que vous nous écoutez en douce, c'est tout ce que vous faites ici, de toute façon. Rien de ce que je viens de dire ne sort dans la presse, c'est compris ?

Elle hocha la tête.

— Qu'est-ce que vous avez, tous les deux ? reprit Chitwood.

Josie lui répéta sa conversation avec Patrick. Lorsqu'elle eut terminé, il lança :

— Eh bien, ne restez pas là à me regarder. Filez sur le campus et voyez ce que vous pouvez dénicher d'autre ! Allez, allez, allez !

Au poste de police du campus, Josie et Noah trouvèrent la cheffe Hahlbeck dans son bureau. Josie lui expliqua ce que Patrick lui avait raconté à propos des vidéos qui avaient circulé sur le campus l'année précédente.

Après l'avoir écoutée, Hillary fronça les sourcils en commençant à cliquer sur sa souris.

— Comme vous le savez, c'était avant ma prise de fonctions, leur rappela-t-elle. Mais si un rapport a été fait, il devrait être enregistré dans le système.

Il lui fallut plusieurs minutes avant de mettre la main sur quelque chose.

— J'ai là une plainte déposée par Patrick Payne au sujet d'une vidéo obscène d'une étudiante présumée.

Elle cliqua encore quelques fois et leur imprima le rapport. Il ne contenait pas grand-chose : une copie de la déposition manuscrite de Patrick dans laquelle il décrivait la vidéo et la façon dont il l'avait reçue, ainsi que les trois vidéos précédentes. Le deuxième document était un rapport dactylographié de l'ancien chef, indiquant que la plainte de Patrick était « infondée » et qu'aucune autre plainte n'avait été déposée à ce sujet, y compris de la part du sujet de la vidéo. Le rapport poursuivait en disant que le visionnage de la vidéo incriminée ne permettait pas de vérifier si la femme était bien étudiante, notant que les images n'avaient manifestement pas été tournées sur le campus.

— C'est tout ? dit Josie. Il n'y a pas d'autres rapports ou de plaintes concernant l'une des vidéos ?

Hillary secoua la tête.

— Je vais continuer à chercher mais, non, je ne vois rien d'autre. C'est tout.

— Avez-vous une copie de la vidéo ? demanda Noah.

Hillary fouilla encore, la mine de plus en plus perplexe.

— Il ne semble pas que mon prédécesseur en ait fait une copie. Ou, en tout cas, il ne l'a pas enregistrée dans notre système. Je suis vraiment désolée.

— Et la pom-pom girl ? s'enquit Josie. Pat a dit que la fille de la deuxième vidéo était pom-pom girl et qu'elle avait eu des problèmes avec l'équipe après que la vidéo avait circulé.

— Ah, ça, ce n'est pas de notre ressort. Là-dessus, il faut contacter l'entraîneuse des pom-pom girls. Je peux vous indiquer où la trouver, si vous voulez ?

— Oui, s'il vous plaît, répondit Josie au moment où son téléphone portable émit un bip.

C'était un message de Patrick.

Aucune des personnes à qui j'ai parlé n'a gardé de copies de ces vidéos. Désolé.

Déçue, Josie lui répondit : *Merci d'avoir essayé. Et le nom de la fille dans la dernière vidéo ? Brenna a su te le dire ?*

La réponse de son frère lui parvint dans les secondes qui suivirent.

Elle s'appelle Robyn Arber. Elle va à Bloom U maintenant. Selon Brenna, elle veut bien te parler, mais seulement à toi. Elle est serveuse chez Rose Marie, *et elle commence à midi.*

— Merde, dit Josie.

Elle tourna le téléphone vers Noah pour qu'il puisse lire le message. Si elle voulait être à Bloomsburg à midi, elle devait partir immédiatement.

— Je m'occupe de l'entraîneuse des pom-pom girls, annonça Noah. Va voir Arber.

— D'accord, super. Cheffe Hahlbeck, pourriez-vous chercher un nom dans votre ordinateur ? Robyn Arber ?

— Bien sûr, dit Hillary, qui tapait déjà sur son clavier.

Mais, au bout d'une bonne minute de recherche, elle n'avait toujours rien trouvé.

— Ce n'est pas grave, dit Josie. Je m'y attendais.

33

Josie arriva à Bloomsburg un peu avant midi. C'était une ville pittoresque, sorte de Denton en plus petit, avec de beaux bâtiments historiques en briques bordant sa rue principale bien entretenue, qui menait du champ de foire de Bloomsburg jusqu'au Carver Hall de l'université, édifice emblématique en briques rouges avec des piliers blancs soutenant un portique et, au-dessus, le dôme d'un clocher. À quelques rues de Carver Hall, Josie trouva le restaurant *Rose Marie*, niché au fond d'un parking derrière les bâtiments qui donnaient sur Main Street. Une porte unique était encadrée par une haie d'un côté et un tableau noir sur lequel les plats du jour étaient écrits à la craie de l'autre. Après avoir payé son stationnement, Josie entra et annonça à l'hôtesse qu'elle voulait une table pour une personne. Le restaurant était presque désert : un homme était assis au comptoir et seule une table, sur le côté droit de la grande salle, était occupée, par un couple d'une vingtaine d'années. L'hô-tesse la fit asseoir près d'eux.

— J'espérais parler à Robyn, lui confia Josie.

— Robyn est la seule serveuse en service en ce moment, répondit l'hôtesse. Elle va venir vous voir tout de suite.

Josie ouvrit son menu, sans le consulter. Quelques minutes plus tard, une jeune femme s'approcha de l'autre table, ses cheveux blonds attachés en un chignon serré. Elle était vêtue de noir, son jean et son t-shirt épousant sa silhouette tout en courbes. Un grand badge sur sa poitrine confirmait qu'elle s'appelait bien Robyn. Elle souriait avec chaleur en prenant la commande du couple, mais ce sourire disparut lorsqu'elle se dirigea vers la table de Josie.

— Je suis l'inspectrice Quinn.

— Je sais qui vous êtes, répondit Robyn. Je vous ai déjà vue à la télé.

Elle croisa les bras et attendit que Josie parle.

— Je voudrais vous parler de la vidéo qui a été prise de vous l'année dernière à Denton, alors que vous étiez étudiante à l'université.

— Je sais pourquoi vous êtes là. Je ne devrais même pas vous parler. Qu'est-ce que vous voulez savoir ?

— J'espérais que vous pourriez me raconter ce qui s'est passé, expliqua Josie.

— Ce qui s'est passé ? Je ne me souviens de rien. J'étais à une fête avec des amis et, tout à coup, je me retrouve nue dans mon lit pendant qu'une horrible vidéo de moi circule sur tous les téléphones du campus. C'était humiliant. Je sais que j'ai forcément été droguée. Parce que, bon, j'avais bu quelques verres chez mon amie, mais pas à ce point. Et même si j'avais été ivre, j'aurais vomi, trébuché ou perdu connaissance. Je n'aurais pas... fait toutes ces choses débiles en pleine ville.

— L'avez-vous signalé ?

— Pas au début. J'avais trop honte. Je ne savais pas quoi faire. D'une certaine manière, j'espérais qu'en ignorant le truc, ça finirait par passer. Je veux dire, si vous l'aviez vue...

Elle frissonna.

— Malheureusement, elle est remontée jusqu'à un de mes professeurs, apparemment, reprit-elle en s'empourprant à ce souvenir. Au début, il m'a fait la leçon, disons. Je me suis effondrée dans son bureau et je lui ai avoué que je ne me rappelais pas du tout avoir fait ça. C'est là qu'il m'a dit que je devais le signaler. Je faisais des études pour devenir professeur. Il était mon conseiller. Il m'a expliqué que si une vidéo dans ce genre se propageait, ça pourrait ruiner toutes mes chances d'obtenir un emploi. Ça m'a fait paniquer.

— Êtes-vous allée voir la police ?

Robyn pouffa.

— La police du campus ? Vous êtes sérieuse ? Non. Vous savez, j'ai eu des amies qui se sont fait droguer. Elles sont allées voir la police du campus et ces connards n'ont rien fait. Ils étaient tous là à leur dire des trucs genre : « Si vous ne vous souvenez de rien, qui voulez-vous qu'on arrête ? » Comme si c'était aux victimes d'enquêter. Non, il était hors de question que j'aille trouver la police du campus si je n'avais pas de preuve de l'identité du coupable. Et même comme ça, je ne me serais pas embêtée avec eux. Je me serais plutôt adressée directement à la vraie police.

— Vous avez déposé une plainte auprès de la police de Denton ?

— Non. Je ne suis jamais allée aussi loin. Une fois que j'ai compris qui avait fait le coup, je n'ai pas pu... Il m'a suppliée de ne pas impliquer la police. Je l'ai accusé d'avoir voulu me violer, mais il a juré qu'il ne m'avait jamais touchée. Il m'a dit qu'il ne m'avait même pas donné de drogue du viol, juste quelque chose qu'il avait appris à fabriquer sur le dark web ou quelque chose comme ça. Je lui ai demandé si c'était lui qui avait tourné les autres vidéos. Il a fini par avouer que oui, en disant qu'il ne faisait que s'amuser. Que c'était une expérience. Il pensait que ce serait drôle, il n'avait jamais eu l'intention de faire du mal à qui que ce soit.

— Quel est son nom ? demanda Josie.

— Vous avez vraiment besoin que je vous le dise ?

— Oui. Vraiment. C'est important, Robyn, sinon je ne serais pas là.

La jeune femme se pencha vers Josie et chuchota :

— Le truc, c'est que c'est le fils du doyen, vous voyez ?

— Le doyen de l'université ? clarifia Josie.

Pas étonnant qu'il n'y ait pas eu de rapport de la police du campus ni de suivi après la plainte de Patrick.

— Oui et, croyez-moi, le doyen tenait à ce que l'affaire soit étouffée. Vraiment. Je ne suis même pas censée en parler à qui que ce soit. Jamais.

Josie haussa un sourcil.

— Vous avez signé un accord de non-divulgation ?

— Non.

— Alors vous pouvez me communiquer son nom maintenant, ou bien je peux le chercher dès que je rentrerai à la maison.

— C'était anodin. Tout le monde s'est mis d'accord là-dessus, tenta Robyn.

Josie avait du mal à croire qu'une personne raisonnable puisse juger cette vidéo anodine. Elle trouvait également profondément inquiétant que l'on puisse estimer que droguer quelqu'un à son insu ou sans son consentement, quelles que soient les circonstances, était acceptable.

— Même vous ? demanda Josie. Vous êtes d'accord ?

Robyn ferma brusquement la bouche. Josie attendit un long moment, mais la jeune femme ne parla plus. Il était rare que Josie rencontre des témoins capables, comme elle, de supporter un silence inconfortable. En désespoir de cause, elle lança :

— Et si je vous disais que le jeune dont vous parlez ne s'est pas arrêté là ? Qu'il a peut-être arrêté de tourner des vidéos, mais pas cessé de faire ce qu'il vous a fait à vous et à d'autres, et que maintenant une fille en est morte ?

Nerveuse, Robyn tripotait son badge.

— Non. Ce n'est pas possible. Il ne ferait pas ça. Il l'a promis. Ça faisait partie du marché.

— Le marché ?

Le badge de Robyn se détacha de son t-shirt. Elle s'empressa de le rattraper à deux mains.

— Quand j'ai découvert que c'était lui et qu'on a parlé, je lui ai dit que je ne pouvais pas laisser passer ça, d'autant que la vidéo se diffusait déjà sur le campus et que mon conseiller était au courant. On a discuté et conclu un marché qui prévoyait que je n'aille pas voir la police. Mes parents étaient tout à fait d'accord. Mon père pensait que si on engageait des poursuites pénales, l'affaire deviendrait publique, ce qui signifierait qu'encore plus de gens verraient la vidéo, or le plus important, pour moi, c'était qu'elle disparaisse.

— Son nom, Robyn, insista Josie.

La jeune femme se retourna, mais ni l'hôtesse ni l'homme au bar ne lui prêtaient la moindre attention. Le couple à proximité était plongé dans une conversation privée. Elle enfonça un index dans la pointe de l'épingle de son badge, faisant apparaître une minuscule perle de sang.

— Doug, dit-elle. Doug Merlos. C'est son père qui a organisé notre marché. Il a fait venir mes parents, même si, à ce stade, ils voulaient me changer d'école, que je prenne un nouveau départ, ce qui me convenait parfaitement. Dieu merci, personne n'a plus jamais posté la vidéo nulle part – de ce que je sais –, mais c'était déjà trop tard. Beaucoup de gens l'avaient vue à l'université de Denton. Alors je suis venue ici cette année. En fait, j'adore cet endroit, donc je suis contente de ce changement.

— Quels étaient les termes de l'accord, Robyn ?

— Que Doug soit renvoyé. Il ne pouvait plus mettre les pieds sur le campus, devait rester loin de moi et, surtout, il devait détruire toutes les copies qu'il possédait de la vidéo.

— C'est tout ? s'exclama Josie. Robyn, ce qu'il vous a fait

constitue un délit. Il devrait être en prison. Il devrait aussi figurer sur la liste des délinquants sexuels.

Robyn soupira.

— Ouais, mais j'avais bu, ce soir-là, alors que je n'avais pas l'âge.

— Et alors ?

Josie avait toutes les peines du monde à ne pas sauter de son siège pour secouer la jeune femme.

— Quoi qu'il en soit, ce qu'il a fait est mal. Vous comprenez qu'il est illégal de donner de la drogue à quelqu'un sans que la personne le sache ou qu'elle y consente, n'est-ce pas ? C'est aussi dangereux. Et si vous aviez eu un problème de santé ? Il aurait pu vous tuer.

Robyn leva les mains.

— Oh là, madame. Je n'ai pas besoin de ça, d'accord ? Ce qui est fait est fait. J'ai accepté de vous parler, parce que Brenna est une amie et qu'elle m'a certifié que vous étiez quelqu'un de bien. Je n'aurais jamais dit oui si j'avais su que vous alliez me faire des leçons de morale.

Josie prit une profonde inspiration et tâcha de ralentir son cœur affolé. Le couple d'à côté leur lança un regard mauvais. Elle baissa la voix lorsqu'elle reprit la parole.

— Robyn, je suis vraiment désolée. Je ne vous juge pas. Je ne voulais pas donner cette impression. Par ailleurs, il n'y a pas prescription. Vous pourriez encore porter plainte.

Robyn alla pour s'éloigner. Rapidement, Josie l'attrapa par le poignet.

— S'il vous plaît, Robyn. Je suis navrée. Vraiment navrée. J'arrête. Juste... Est-ce que je peux juste vous poser quelques questions supplémentaires ?

Ça la tuait de devoir ravaler ce qu'elle avait à dire. Tout ce qu'elle en pensait et brûlait de formuler à haute voix se bousculait dans son esprit. Qui étaient les adultes dans la vie de Robyn pour avoir permis que les choses soient étouffées ainsi ? Ses parents, le doyen, son conseiller ? Qu'avaient-ils donc dans la tête ? Comment avaient-ils pu laisser Doug Merlos s'en tirer après un comportement d'une telle violence ? Josie frémit à l'idée qu'il ait pu passer de la réalisation de vidéos dérangeantes au meurtre. S'il avait été d'emblée correctement puni, Nysa Somers serait-elle toujours en vie ? Clay Walsh serait-il encore en bonne santé ?

Robyn la dévisagea un moment, puis arracha son poignet à l'emprise de Josie.

— Quoi ?

— Connaissiez-vous Doug avant qu'il ne tourne la vidéo ?

— J'avais un cours avec lui. On évoluait plus ou moins dans les mêmes cercles, donc oui, je le connaissais.

— Comment avez-vous compris que c'était lui qui avait filmé la vidéo ? demanda Josie.

— J'avais prévu de parler à tous ceux qui avaient participé à la fête et que je retrouverais. J'ai commencé par les personnes que je connaissais, y compris les vagues connaissances, comme Doug. Avant même que j'aie pu lui parler, une fille m'a dit qu'elle avait vu Doug me suivre dans la rue quand j'avais quitté la fête. Donc je l'ai confronté et il a tout de suite avoué.

— C'est un bon travail d'investigation, nota Josie, non sans grimacer intérieurement en songeant aux difficultés qu'avait dû surmonter Robyn pour se lancer seule dans la recherche de celui qui l'avait humiliée de la sorte. Savez-vous s'il connaissait aussi les personnes sur les autres vidéos ?

— Il a dit qu'il en avait eu vent, ne me demandez pas ce que ça signifie. Perso, je pense qu'il les choisissait au hasard. Comme je l'ai dit, il a juré qu'il n'avait pas de mauvaises intentions.

Josie sortit son téléphone, balaya l'écran et tapota jusqu'à retrouver la photo de l'autocollant. Elle la montra à Robyn.

— Est-ce que ceci vous est familier ?

Le teint de Robyn vira au gris. Josie s'efforça de ne pas

montrer son exaltation. De toute évidence, la jeune femme avait reconnu l'autocollant. Robyn se redressa, épingla soigneusement son badge sur son t-shirt et sortit son téléphone de la poche arrière de son jean. Josie attendit qu'elle parle, incapable de déterminer si la jeune femme s'apprêtait à partir sans un mot ou si elle avait simplement besoin de temps avant de répondre à sa question. Robyn finit par poser son téléphone sur la table devant Josie. À l'écran, une vidéo avait été mise sur pause. L'image fixe montrait une rue de Denton que Josie reconnut. À plusieurs mètres devant la caméra, une femme de dos, vêtue d'une minijupe rouge et d'un dos nu. Pas n'importe quelle femme. Robyn Arber.

— Cette vidéo dure trois minutes et trente-sept secondes, dit Robyn, en modulant soigneusement sa voix pour ne laisser transparaître aucune émotion. Ce que vous cherchez apparaît à une minute et seize secondes.

— Vous connaissez le moment exact ? s'étonna Josie.

Les yeux de Robyn s'assombrirent.

— Je connais par cœur chaque seconde de cette vidéo. Chaque atroce seconde.

Josie sentit un poids s'abattre sur ses épaules. On ne connaissait pas chaque seconde d'une vidéo de près de quatre minutes sans l'avoir visionnée extrêmement souvent. Peut-être même tous les jours.

— Je pourrais avoir besoin de cette vidéo comme preuve dans l'affaire en cours, Robyn. Il me faudrait votre permission pour en faire une copie.

— Comme vous voulez. Je dois vraiment travailler donc, si vous voulez passer commande, soyez prête quand je reviendrai.

Sur ce, elle retourna auprès de l'autre couple, sourire bien en place. Josie baissa les yeux vers son téléphone et, le cœur lourd, lança la vidéo. Celle-ci était exactement telle que l'avait décrite Patrick. Quand Doug Merlos commandait à Robyn de regarder dans son propre cul, elle se contorsionnait dans tous les sens, sans broncher, essayant vraiment d'obéir. Le rire de Doug était assourdissant, et son hilarité lui faisait même lâcher son téléphone. Pendant la chute, l'image ne montrait plus rien que du noir, avec la lumière éblouissante d'un réverbère. Puis tout s'immobilisait, et un doigt couvrait à moitié l'objectif. Doug avait dû attraper l'appareil avant qu'il ne heurte le sol. Le doigt disparaissait, le noir se faisait de nouveau. Puis, en s'éloignant de ce qui obstruait l'objectif, le téléphone révélait une sacoche en toile avec, dessus, un cercle blanc. Josie rembobina la vidéo et revisionna deux fois encore le passage avant de figer l'image où le point blanc apparaissait. Enfin, elle en eut la confirmation : c'était bien l'autocollant au crâne fendu.

Josie ne regarda pas le reste de la vidéo. Elle se sentait mal de le faire dans la pièce où Robyn Arber travaillait, faux sourire bien accroché, servant à manger et à boire aux clients. La policière préféra se l'envoyer sur son propre téléphone et, de là, au reste de l'équipe, avec le nom de Doug Merlos. Le temps qu'elle retourne à Denton, ils l'auraient localisé et Josie serait la première à frapper à sa porte.

Elle sortit deux billets de 20 dollars de la poche de sa veste et les posa sur la table. Puis elle mit le téléphone de Robyn dessus, écran contre la table. Elle eut beau balayer le restaurant du regard, elle ne vit la serveuse nulle part. En sortant, elle lança à l'hôtesse :

— Remerciez Robyn de ma part, s'il vous plaît.

Toujours pas de nouvelles des petits cadeaux que j'ai distribués ici et là. Ça n'a aucun sens. Pourquoi n'y a-t-il pas plus de morts ? Au minimum, il devrait y avoir assez de gens qui agissent de façon étrange pour que la police ou les médias s'y intéressent. Qu'est-ce que j'ai raté ? Ou peut-être que ce n'est pas du tout ma faute. Peut-être que le produit n'a simplement pas été distribué comme je l'espérais. C'est le problème quand on est invisible. Tout est plus facile et se passe mieux lorsque je suis en contact direct avec la victime, comme la première fois que j'ai utilisé la drogue. Je me revois, dans ma voiture, les mains frémissantes d'excitation. Elles tremblaient tellement que j'ai failli renverser la poudre. Une fois que je l'ai versée dans le gobelet de café, je l'ai dissoute complètement à l'aide d'une touillette. Pas de morceaux. Aucun résidu. Et surtout, pas d'odeur. J'ai alors remis le couvercle du gobelet en place et regardé autour de moi, pour vérifier qu'il ne restait aucune trace de drogue sur le tableau de bord ou les sièges. C'est une molécule puissante et extrêmement dangereuse, ce qui en rend justement l'utilisation si amusante. En tapant du pied sur le tapis de sol, j'ai attendu qu'il sorte du bâtiment. Pendant quelques minutes, j'ai craint que le café ne refroidisse avant qu'il arrive mais, soudain, il était là, franchissant les doubles portes à grandes enjambées, son porte-bloc sous le bras, comme d'habitude.

Sortant de ma voiture, j'ai couru à sa rencontre et échangé quelques banalités avec lui. Étant donné que les choses s'étaient mal passées lors de notre dernière entrevue, il était ravi d'accepter mon café tout chaud. J'ai eu envie de le lui jeter à la figure, alors qu'il y voyait clairement un rameau d'olivier – c'est lui qui aurait dû m'en tendre un ou me présenter des excuses. Il s'était moqué de ma façon de faire, encore et encore, n'en finissant pas de m'insulter et puis d'en rire. Qui rit à ses propres blagues ? Je lui avais dit de fermer son foutu clapet, et ça n'avait fait que redoubler ses rires.

Je ne l'ai jamais oublié. À dire vrai, il était la première personne sur ma liste quand j'avais pris la pleine mesure du potentiel de la drogue. Elle est toujours fiable. Il n'a même pas fallu longtemps pour qu'elle agisse. J'ai dû effectuer beaucoup de recherches pour déterminer le moment exact où une personne se retrouve complètement sous son empire. Dès que j'ai décelé ce stade chez lui, je lui ai chuchoté des instructions à l'oreille. M'assurant ensuite qu'il ait ses clés à la main, je l'ai accompagné jusqu'à sa voiture et j'ai attendu qu'il fasse démarrer le moteur.

— Souviens-toi, lui ai-je dit en m'appuyant sur sa portière, au niveau de la vitre baissée. Va aussi vite que tu peux. Ne t'arrête pas tant que ça n'a pas tapé.

35

Sur l'autoroute qui la ramenait à Denton, Josie dut se répéter, à voix haute et à plusieurs reprises, de ne pas dépasser la limite de vitesse, tellement elle bouillonnait de colère. Pourtant, elle n'avait même pas regardé le pire de la vidéo de Robyn Arber, mais ça la rendait malade. Prenant plusieurs inspirations dans un effort pour apaiser sa rage, elle tenta d'analyser les choses de manière plus clinique. Doug Merlos avait dit à Robyn avoir « appris à fabriquer » la drogue qu'il lui avait donnée sur le dark web. Il était donc logique qu'il ait également créé cet auto-collant sinistre. Il l'avait sur sa sacoche lorsqu'il avait filmé Robyn. Les vidéos avaient cessé après la conclusion d'un accord entre le doyen et la famille Arber. Un accord qui incluait le bannissement de Doug du campus. Josie supposait que cette interdiction incluait aussi Hollister Way, puisque la résidence universitaire était gérée par le service de logement du campus. Cela dit, la seule personne au courant du renvoi de Doug était son père. Puisque Robyn avait quitté l'université, il n'était pas étonnant que Doug puisse aller et venir à sa guise sur le campus, sans que personne tire la sonnette d'alarme. D'un autre côté, Doug avait peut-être vendu sa drogue à quelqu'un d'autre.

Peut-être à Brett Pace. Cependant, étant donné le contenu des vidéos que Doug avait réalisées, il semblait plus probable qu'il soit à l'origine de la noyade de Nysa Somers et de l'incendie chez Clay Walsh.

Josie actionna le bouton de commande vocale sur le volant et ordonna entre ses dents serrées :

— Appelle Noah.

— Je suis désolé, répondit la voix robotique du véhicule. Je ne reconnais pas cette commande. Veuillez réessayer.

— Merde.

Son téléphone portable n'était pas synchronisé avec le véhicule de location. Elle mit son clignotant et s'arrêta sur le bas-côté pour passer son coup de fil. Au bout de huit sonneries, elle tomba sur la messagerie vocale. Sans laisser de message, elle raccrocha et essaya d'appeler Gretchen, qui décrocha après deux sonneries.

— Patronne ? J'ai déjà l'adresse actuelle de Doug Merlos. Je suis en train de faire une petite recherche sur lui. Je n'ai pas trouvé de casier judiciaire.

— Génial, dit Josie. Tu as une photo ?

— Celle de son permis de conduire, oui. Lequel lui a été retiré pendant l'été en raison d'une deuxième condamnation pour conduite en état d'ivresse, mais j'ai la photo.

— Tu pourrais vérifier les vidéos de surveillance qu'on a de dimanche soir et lundi matin sur le campus, voir si tu le repères sur l'une d'elles ?

— Je peux, tout à fait, dit Gretchen. Quand on est arrivés ici aujourd'hui, le chef nous a mis au courant, Mett et moi, des pistes données par ton frère, et Noah a dit qu'il s'était renseigné sur la pom-pom girl d'une des vidéos, mais ni elle, ni ses amies, ni l'entraîneuse des pom-pom girls ne savaient qui avait filmé la vidéo. Noah nous a aussi parlé de Robyn Arber. Qu'est-ce qu'elle t'a appris d'autre ?

Josie lui raconta sa conversation avec la jeune femme.

— Quel sac à merde, commenta Gretchen. Deux sacs à merde. Lui et son père. Tu es où, là ?

Josie lut le panneau de la prochaine sortie, puis demanda :

— Tu veux bien me donner l'adresse de Merlos ?

Elle entendit Gretchen tourner les pages de son bloc-notes, puis lui dicter l'adresse.

— Je vais le chercher et je le ramène au poste, déclara Josie.

— Ou bien, suggéra Gretchen d'un ton égal, je le fais venir et je le laisse poireauter dans une salle d'interrogatoire pendant une heure, qu'il transpire un peu. Comme ça, quand tu arriveras, il sera bien flippé à force de se demander pourquoi il est là.

Josie aimait bien cette idée, même si, légalement, ils ne pouvaient pas détenir Doug Merlos. Ni le forcer à venir au poste ou même à leur parler. S'il acceptait de suivre Gretchen, il avait le droit de repartir à tout moment. Bien sûr, curieusement, ils avaient rarement connu de situation où les gens refusaient de venir au commissariat ou, une fois sur place, exigeaient de partir. Mais comment savoir comment Doug Merlos réagirait ?

La voix de Gretchen interrompit ses pensées.

— Patronne ? Tu es toujours là ?

— Oui, répondit Josie. Très bien, va le chercher. Je vous retrouve au poste. Vois aussi s'il a des alibis pour la mort de Nysa Somers et l'incendie chez Clay Walsh. Le cas échéant, il faudra les vérifier.

Pendant le reste du trajet, Josie retourna dans sa tête les moindres détails de l'affaire. Le nom de Doug Merlos n'avait jamais été évoqué jusqu'alors. Pas une seule fois. Ça ne signifiait pas forcément grand-chose, surtout s'il choisissait ses victimes au hasard comme Robyn l'avait suggéré. Alors qu'elle entrait dans Denton, un bip émis par son tableau de bord l'avertit qu'elle n'avait plus beaucoup d'essence. Elle s'arrêta à la station-service la plus proche pour faire le plein. Ce fut seulement une fois la pompe en main qu'elle se rendit compte qu'elle était devant la supérette où Dan Lamay était allé la veille. De même que sur la vidéo de surveillance qu'ils avaient récupérée, il y avait beaucoup de monde. L'emplacement central du commerce lui assurait toujours beaucoup de passage. Josie termina sa transaction et remonta dans sa voiture, prête à partir, quand quelque chose à l'entrée de la supérette attira son attention : une table, à quelques mètres à gauche des doubles portes. Une banderole était apposée sur le devant : « Soutenez Precious Paws, le centre d'adoption et de recueil des animaux. » Sur la table se trouvaient apparemment des pin's, des brochures, des magnets et des stylos portant le logo de Precious Paws, ainsi que plusieurs boîtes de pâtisseries. Une petite pancarte écrite à la main à côté d'une boîte contenant des muffins et des brownies indiquait : « 50 cents par gâteau, les 5 pour 2 dollars. » À côté, une femme d'une soixantaine d'années surveillait une petite boîte à serrure en métal. Josie ressentit un picotement à la base de l'échine. Elle se gara sur l'une des places de stationnement devant la supérette et descendit.

— Bonjour, dit la femme à la table lorsque Josie s'approcha. Cela vous intéresserait-il de soutenir notre refuge local pour les animaux ? Nous proposons des cookies, des brownies, des muffins...

Josie l'observa. Elle avait la taille un peu épaisse et ses cheveux bruns, tirant sur le gris, étaient attachés en un chignon. Elle portait un pantalon bleu marine et un t-shirt vert fluo orné du logo de Precious Paws sur lequel était épinglé un badge fait à la main marqué « Terri ».

— Terri, quel est votre nom de famille ?

Le sourire de Terri se crispa sur son visage ridé.

— Cassavettes. Est-ce que je vous connais ?

— Vous travaillez pour Precious Paws ? poursuivit Josie.

— Je suis bénévole. Vous souhaitez devenir bénévole ? Vous pouvez travailler au refuge avec les animaux ou participer à des actions de proximité et à des collectes comme celle-ci.

— Depuis combien de temps êtes-vous installée ici à vendre des pâtisseries ?

— Depuis le début de la semaine.

— Toute seule ?

— Eh bien, oui, je me suis portée volontaire pour cette semaine.

— Est-ce vous qui avez préparé ces pâtisseries ?

— Non. Je vais les chercher au refuge tous les matins et je les apporte ici. Voulez-vous donner des pâtisseries pour notre collecte de fonds ?

Josie considéra les boîtes.

— Non, répondit-elle.

Le visage de Terri se décomposa.

— J'aimerais réquisitionner toute la marchandise.

— Je ne comprends pas, dit Terri.

— Combien pour tout ça ?

Josie déposa les boîtes de pâtisseries sur son bureau au commissariat. Mettner s'approcha et tendit le bras vers un brownie. Elle lui donna une tape sur la main.

— Personne n'y touche, ordonna-t-elle. D'ailleurs, donne-moi un feutre et du ruban adhésif. Je vais les marquer et scotcher les boîtes.

Il la dévisagea comme si elle avait perdu la tête.

— Je suis sérieuse, Mett. Feutre. Scotch. Maintenant. Je tiens peut-être une autre piste. Gretchen est là ? Est-ce qu'elle a fait venir Doug Merlos ?

Mettner fouilla dans les tiroirs de son bureau jusqu'à y trouver un marqueur et du ruban adhésif.

— Il n'était pas chez lui. Elle est sur place en train de surveiller son appartement. Elle appellera dès qu'elle le verra. Qu'est-ce que c'est que ces pâtisseries ?

— Quelqu'un de Precious Paws, le refuge pour animaux,

faisait une collecte devant la supérette où Dan s'est rendu hier matin. Tu n'as pas vu la table quand tu y es allé pour récupérer les images de la vidéosurveillance ?

— Eh bien, si, admit Mettner. Je l'ai vue. Et alors ?

— Il ne s'y est pas arrêté ce matin-là, si ?

— À la table de Precious Paws ? Non. J'ai regardé la vidéo, patronne. Un détail pareil, je l'aurais mentionné à l'équipe.

— C'est ce que je pensais.

De la poche de sa veste, elle sortit une clé USB et ajouta :

— Mais quand j'ai rendu visite à Dan à l'hôpital ce matin, il m'a dit qu'il s'arrêtait tous les jours à la supérette. Il prend quelque chose de sucré avec son café, mais ne tient pas à ce que sa femme le sache. La bénévole de Precious Paws, Terri, m'a dit qu'elle avait été là toute la semaine.

Mettner croisa les bras et la regarda.

— Le gérant de la supérette t'a donné les images du reste de la semaine sans mandat ?

Josie sourit.

— Absolument.

Elle s'installa lourdement sur son fauteuil et inséra la clé dans son ordinateur. Quelques secondes plus tard, Mettner et elle visionnaient les images de la table de Precious Paws, juste devant les portes de la supérette, le mardi matin. Soit la veille du jour où Dan, désorienté, était monté en haut du clocher. Josie fit défiler rapidement la vidéo jusqu'à ce que l'on y voie Dan franchissant les portes, un café dans une main et un beignet dans l'autre. Un beignet dans lequel il avait déjà mordu, visiblement. Terri avait dû l'interpeller, comme elle l'avait fait avec Josie, car il se figeait et tournait la tête vers sa table. Il s'en approchait lentement et passait plus d'une minute à contempler la sélection de Terri. Puis il lui tendait 1 dollar et prenait deux brownies dans la boîte, avant de regagner tranquillement sa voiture.

— Mais il ne s'est comporté bizarrement que le lendemain, souligna Mettner.

— Il a peut-être rangé les brownies dans sa voiture jusqu'au lendemain. Il était déjà en train de manger le beignet. Il est possible qu'il ne se soit pas rappelé qu'il avait ces brownies avant hier matin. Je te parie que si tu appelles sa femme et lui demandes de regarder dans sa voiture, elle trouvera un autre brownie encore à l'intérieur. Il en a acheté deux.

— Je vais y aller et vérifier, proposa Mettner. Si j'en trouve effectivement un, il faudra le faire analyser. Mais patronne, tu ne trouves pas que c'est un peu tiré par les cheveux ?

Josie apposa le Scotch sur les boîtes et écrivit « Ne pas manger » en grosses lettres sur chacune.

— Je sais. Mais c'est la seule chose qu'on n'a pas prise en compte concernant Dan. Où en est-on avec le mandat pour l'hôpital ? Celui pour obtenir les noms de tous les patients admis le jour où Nysa Somers est morte ?

Mettner bascula la tête en arrière et lâcha un long soupir.

— Je vois où tu veux en venir. Les noms sont arrivés il y a une demi-heure. Fraley est dans la salle de repos. Je vais le chercher et on téléphonera à ces personnes, histoire de voir si l'une d'elles s'est arrêtée à la supérette ce matin-là ou à un autre moment de la semaine. Si on parvient à relier l'un des cas de crise d'épilepsie ou d'arrêt cardiaque avec la table de Precious Paws, on pourra prouver que quelqu'un – peut-être ton Doug Merlos – court les rues de Denton pour empoisonner les gens. Mais, patronne, pourquoi avoir donné des instructions spécifiques à Nysa Somers et à Clay Walsh – « en piste, petite sirène » et « en piste, petite allumette » – pour ensuite empoisonner un tas de gens au hasard en mettant la drogue dans les biscuits de Precious Paws ?

Le téléphone portable de Josie tinta. C'était un message de Gretchen : Doug Merlos venait de regagner son appartement.

— Pour nous déstabiliser, peut-être ? Pour briser son schéma habituel ? suggéra Josie, en rempochant son téléphone. C'était Gretchen. Merlos est chez lui. J'y vais. Je n'ai pas toutes les réponses, Mett, je suis juste des pistes.

— Compris, répondit-il.

Josie désigna les pâtisseries qu'elle avait confisquées.

— Je te confie la garde de ces friandises. Appelle Hummel et demande-lui de les emporter au labo avec ce que tu trouveras dans la voiture de Dan. J'ai parlé à mon contact à Greensburg. Elle m'a dit que les tests pour la scopolamine peuvent être effectués en vingt-quatre heures dans les cas urgents.

— Est-ce qu'on est dans un cas urgent ?

Josie haussa un sourcil.

— En l'espace de quelques jours seulement, on a potentiellement eu une demi-douzaine d'empoisonnements.

— Mais on n'en est pas sûrs, souligna Mettner. On n'a reçu aucun résultat du laboratoire. Tout ce qu'on a, c'est un autocollant trouvé dans le cadre des affaires Somers et Walsh.

— C'est vrai, concéda Josie. Mais d'ici vingt-quatre heures, on pourrait avoir la confirmation que les brownies que Nysa Somers a mangés contenaient du souffle du diable ou quelque chose de similaire, que Dan et Clay en avaient dans leur sang, et qu'il y en a également dans ces pâtisseries confisquées à Precious Paws. Si j'ai raison et que quelqu'un empoisonne les gens dans cette ville, je ne veux pas perdre une seule seconde.

La vue des jambes calcinées de Clay Walsh lui revint en mémoire.

— Ça pourrait faire la différence entre la vie et la mort, Mett. Si je me trompe, tout ce qu'on aura perdu, c'est du temps...

— Et un peu de l'argent de la police, ajouta-t-il avec un sourire et un regard en coin vers la porte fermée du bureau du chef Chitwood.

Josie acquiesça.

— Oui, convint-elle. Mais je ne suis plus cheffe. Mon travail consiste à résoudre cette affaire, point barre.

Cette fois, ce fut l'image des parents endeuillés de Nysa Somers déambulant dans le hall du *Marriott* qui s'imposa à son esprit.

— Ça en vaut la peine. Si j'ai raison et que toutes les analyses reviennent positives pour le souffle du diable, ou quelque chose d'apparenté, je veux être prête.

— D'accord, dit Mettner.

— Et aussi...

— Je sais, je sais. Je vais déterrer tout ce qu'il y a à savoir sur l'intégralité des personnes associées à Precious Paws, compléta Mettner. Je m'en occupe.

36

Doug Merlos vivait dans l'un des quartiers les plus miteux de Denton, où un certain nombre d'immeubles étaient condamnés, et où ceux qui étaient occupés – par des vitrines en bas et des appartements infestés de cafards en haut – semblaient sur le point de l'être. Le rez-de-chaussée de l'immeuble de Merlos abritait un prêteur sur gages. Une porte vitrée latérale ouvrait sur un escalier qui recracha Josie et Gretchen sur un palier au-dessus du prêteur sur gages.

— Un ascenseur ! s'exclama Gretchen. Ce doit être le seul bâtiment de cette partie de Denton qui en a un. Voyons s'il fonctionne.

Elle appuya sur le bouton et quelque chose s'activa derrière les portes. Une éternité plus tard, les portes bleues s'ouvrirent dans un couinement et un nuage d'odeurs désagréables les assaillit. Josie agita une main devant son nez.

— Tu es sûre que tu ne préfères pas monter par l'escalier ?

— Il habite au septième étage, lui rappela Gretchen. On prend cet ascenseur.

Contre toute attente, elles arrivèrent au septième étage sans incident. Josie, cependant, aurait juré que l'étrange mélange d'odeurs d'égouts, de cigarette, de cannabis et de pisse s'accrochait encore à son polo quand elles atteignirent la porte de Doug Merlos, à l'autre bout du couloir.

— C'est ici que vit le fils du doyen de l'université de Denton ?

Gretchen renifla.

— Apparemment, le campus n'est pas le seul endroit d'où il a été banni.

Josie frappa à la porte. Derrière, une voix cria :

— Une minute !

Elles entendirent du mouvement à l'intérieur, des bruits de pas s'approchant de la porte, puis plus rien. Gretchen sortit sa carte de police et la brandit devant le judas. De l'autre côté de la paroi, un « merde » étouffé leur parvint.

— Doug Merlos, dit Josie d'une voix sonore. Nous sommes de la police de Denton. Nous avons quelques questions à vous poser.

Nouveau « merde » marmonné.

— Pas question que je coure après ce type, chuchota Gretchen.

Josie repensa à la course-poursuite dans laquelle elles s'étaient engagées non loin de cet endroit, justement, cinq mois plus tôt, lors d'une affaire d'homicide.

— Il va peut-être falloir, pourtant, murmura-t-elle.

Derrière la porte, ça s'agitait, du verre s'entrechoquait.

— Tu sais ce qu'il nous faut ? dit Gretchen. Un chien. Un gros chien. Genre berger allemand. Il pourrait courir, lui, sans problème. Je deviens trop vieille pour ces conneries.

— On n'est jamais trop vieux pour se mettre à la course à pied, commenta Josie. Tu devrais essayer. C'est bon pour la santé. Ça libère des endorphines. On se sent mieux.

Quelque chose à l'intérieur produisit un bruit sourd qui fut suivi d'un « fait chier » étouffé.

— Ce gamin n'a pas intérêt à être un coureur, grogna Gretchen.

Haussant le ton, elle lança :

— Monsieur Merlos, ouvrez la porte, s'il vous plaît.

Puis elle répondit à Josie, plus bas :

— Tu sais ce qui fait du bien ? Aller voir un psy. Tu devrais essayer.

— J'arrive tout de suite ! cria Merlos.

— On dirait que ce n'est pas un coureur, au moins, nota Josie.

Alors que la porte s'ouvrait, elle eut le temps d'ajouter discrètement :

— Et je n'irai pas voir un psy.

Doug Merlos n'était pas du tout comme elle l'imaginait, même si elle n'avait pas eu le temps de demander à Gretchen de lui montrer la photo du permis de conduire suspendu. Il était petit – plus petit que Josie, soit quelque part entre un mètre soixante et un mètre soixante-cinq. Ses cheveux noirs hirsutes laissaient penser que quelqu'un de très en colère s'était chargé de sa coupe, et puis avait renoncé en cours de route. Des yeux sombres très rapprochés les fixaient au-dessus d'un long nez à la pointe crochue. Il flottait dans son survêtement. Sa peau avait la pâleur de qui voit rarement le soleil.

— Vous voulez quoi ? demanda-t-il.

— Nous avons besoin de vous parler, répondit Gretchen.

— De quoi ?

— De Robyn Arber, pour commencer, répliqua Josie.

— Oh merde...

Avant qu'elles puissent lui demander de les suivre au poste, il disparut dans l'appartement, laissant la porte ouverte derrière lui. Josie mit la main sur la crosse de son arme et détacha la patte qui maintenait son étui fermé.

— Monsieur Merlos, pouvons-nous entrer ? cria Gretchen.

— Oui, oui, lança sa voix depuis une autre pièce.

Josie passa la première, la main toujours sur son arme, et elles franchirent le seuil. Un couloir sombre menait à une pièce carrée qui avait pu être un salon à une époque, mais qui ressemblait maintenant à un centre de contrôle de la NASA. Josie compta quatre bureaux, chacun équipé d'au moins deux ordinateurs portables. Des câbles et des fils électriques serpentaient dans tous les sens, sur le sol, aux murs et même sous des portes closes à l'autre bout de la pièce. Deux fenêtres étaient recouvertes de sacs-poubelles, maintenus en place par du ruban adhésif. La pièce était éclairée par des LED violettes coincées dans les angles où les murs rencontraient le plafond. Josie cligna des yeux pour ajuster sa vision. Une odeur de produit chimique qu'elle ne parvint pas à identifier précisément flottait dans l'air. Merlos était assis sur un fauteuil de bureau perfectionné, à haut dossier, avec un casque suspendu à l'un des accoudoirs.

— Est-ce que mon père sait que vous êtes ici ? demanda-t-il.

— Non, dit Josie.

— Robyn a décidé de porter plainte ou quoi ?

Josie aurait bien aimé que ce soit le cas.

— Peut-être, dit-elle à Merlos. Ça dépend de ce que vous allez nous dire maintenant.

Merlos enfonça une main dans ses cheveux, au-dessus du front, relevant ses mèches noires. Josie s'attendait à ce qu'elles lui retombent sur le visage, mais non, elles restèrent en l'air. Elle n'arrivait pas à décider si l'effet était plutôt comique ou sinistre. Gretchen afficha une photo de l'autocollant au crâne fissuré sur son téléphone et la lui montra.

— C'est vous qui avez créé ça ?

Merlos regarda longuement l'image.

— Une entreprise ratée, commenta-t-il.

— Votre entreprise ? insista Josie.

— Ouais. Sans déconner, vous êtes là pour un sticker ?

— C'est votre marque, n'est-ce pas ? ajouta Gretchen.

— C'était, corrigea-t-il. Ça devait être ma marque. Comme je l'ai dit, ça a échoué.

— C'est donc vous qui avez dessiné ça ? demanda Josie.

— Oui, c'est mon œuvre.

Il se renfonça dans son fauteuil et glissa la main droite sous le siège. L'arme de Josie était à moitié sortie de son étui lorsqu'un repose-pied jaillit. Merlos installa ses pieds en claquettes bleues dessus.

— Du calme, pas la peine de dégainer.

— Gardez vos mains bien en vue, d'accord ? ordonna Gretchen. Votre entreprise ratée, qu'est-ce que c'était ?

— Oh, allez, fit Merlos. Si vous avez parlé à Robyn, vous savez ce que c'était.

— Une drogue, dit Josie. C'est bien ça ?

— Pas juste une drogue. *La* drogue. Quelque chose qu'on n'a pas ici. Quelque chose qu'on n'avait jamais eu ici. Les gens parlent tout le temps du dark web, mais personne ne sait vraiment comment l'utiliser.

— Mais vous, si, supposa Gretchen.

— Carrément. Vous n'imaginez pas tout ce qu'on peut trouver sur le dark web.

— De la drogue, par exemple.

— Vous allez m'arrêter si je vous dis que oui ?

— J'y réfléchis encore, lui confia Josie, la main toujours sur son Glock. Doug, je pense qu'il serait préférable que vous nous accompagniez au poste pour discuter.

Il baissa les yeux vers ses mains, qu'il avait jointes sur ses genoux, puis regarda ses nombreux écrans.

— Non, dit-il. J'aime autant éviter.

Elles ne pouvaient pas l'y obliger. Pas à ce stade. Elles avaient besoin de beaucoup plus d'informations et, si elles voulaient l'arrêter, d'un mandat.

— D'accord, concéda Gretchen. On peut parler ici. Mais j'aimerais vous lire vos droits, si vous êtes d'accord.

— Ouais, comme vous voulez.

Gretchen lui récita ses droits puis, une fois qu'il eut confirmé les avoir compris, elle lui demanda :

— Où étiez-vous dimanche soir ?

Doug s'esclaffa. Il agita les mains en l'air, montrant la pièce autour de lui.

— À votre avis ?

— Ici ? comprit Gretchen. Seul ?

— Je n'aime pas trop la compagnie et figurez-vous que, si surprenant que ce soit, les filles ne craquent pas tellement pour moi.

C'était inexplicable, en effet.

— Où étiez-vous entre 15 heures et 16 heures, mardi ? s'enquit-elle.

De nouveau, il écarta les mains et rit.

— Ici. Seul. Écoutez, je vais vous faire gagner du temps. À l'exception de ce matin où je suis descendu chercher des clopes au magasin du coin, je suis resté seul ici ces deux dernières semaines, OK ? Mais si vous voulez vérifier mon alibi, ou quoi que ce soit que vous essayez de me faire dire, le prêteur sur gages a des caméras extérieures qui filment l'entrée des immeubles, d'accord ? Il se fait cambrioler deux fois par mois, le pauvre bougre. Vous pouvez lui demander ses images.

— On n'y manquera pas, confirma Gretchen. Est-ce qu'il a des images de l'entrée de derrière également ?

Merlos pouffa.

— On ne peut pas entrer ni sortir par là. Y a la benne à ordures devant.

— C'est contraire aux règles de sécurité, souligna Gretchen.

Il rit de nouveau.

— Est-ce que ça ressemble au genre d'endroit où on se soucie des règles de sécurité, ici ?

Changeant de sujet, Josie enchaîna :

— Vous conduisez ?

— Mon permis a été suspendu.

— D'après mon expérience, ça empêche rarement les gens de conduire.

— Moi, si. J'ai pas de voiture.

— Vous pourriez en emprunter une, nota Gretchen.

— Je ne le fais pas. De quoi vous voulez parler d'autre ? Des avions que je ne pilote pas ? Des hélicoptères ? Et pourquoi pas des trains ?

— Des noms, dit Josie.

Merlos sourit. Ses yeux sombres scintillaient dans la lumière violette.

— OK. Allez-y.

— Nysa Somers.

— C'est la nageuse qui vient de mourir, non ? De l'université ? Oui, je regarde les infos. Je la connais pas. Je l'ai jamais fréquentée. Robyn a dû vous dire que j'ai été viré et que j'ai interdiction de remettre les pieds sur le campus, il est donc peu probable que je connaisse des étudiants.

— Clay Walsh, reprit Josie.

— Le pompier. Vu aussi aux infos.

Il gloussa, un son déconcertant, puis ajouta :

— Vous êtes vraiment des flics ou vous êtes des nanas de la chaîne d'info locale qui font des sondages chelous pour voir si les téléspectateurs sont attentifs ?

Josie se demanda s'il était défoncé.

— Brett Pace, insista-t-elle.

Il lança un index en l'air.

— En voilà un que je connais pas. Jamais entendu parler.

— D'accord, parlons donc de « la » drogue, reprit Gretchen. Vous l'avez obtenue sur le dark web ?

Josie ajouta :

— D'après Robyn Arber, vous lui avez indiqué avoir appris à la préparer sur le dark web.

— Oh, oui, la dose que je lui ai donnée, je l'avais fabriquée moi-même. Mais comme vous le savez, cette histoire s'est pas déroulée comme je l'espérais.

— Parce que vous vous êtes fait pincer ? devina Gretchen.

— Ben, oui. Ce que j'espérais, avec ces vidéos, c'était faire connaître ma marque, montrer aux gens qu'ils pouvaient s'amuser avec mon produit, ce qui les pousserait ensuite à me l'acheter, mais mon père m'a attrapé et très vite j'ai compris que ça n'allait pas marcher. Je veux dire, j'ai eu de la chance de m'en sortir avec une expulsion. N'empêche que le vieux m'a complètement coupé les vivres. J'ai même plus le droit de voir ma mère ou mon frère. Il a pas su apprécier l'intelligence du projet, voyez ? Lui, il a travaillé toute sa vie pour l'université et qu'est-ce qu'il a ? Une grande maison, un plan d'épargne retraite merdique et une montagne de dettes. Moi, j'aurais pu mener la grande vie. Commencer ici au niveau de l'université, diffuser la drogue, laisser les gens s'amuser avec, travailler sur les détails, les dosages, tout ça, et ensuite la lancer sur le dark web. Il existe un marché totalement inexploité aux États-Unis. Les gens savent pas ce qu'ils ratent.

— Vous avez dit que vous aviez préparé vous-même la dose administrée à Robyn, le relança Josie. Qu'en est-il des autres ? Il y a eu quatre vidéos au total.

— Ouais, c'est génial, hein ? Je les ai toutes faites avec mon truc à moi. Ma drogue. J'avais acheté de la vraie sur le dark web et, ensuite, je l'ai recréée.

— C'était quoi, « la vraie » ? demanda Gretchen. De quoi parlons-nous, Doug ?

Son fauteuil grinça lorsqu'il se pencha en avant pour tapoter la pointe de ses claquettes.

— Le souffle du diable.

Il se passa la langue sur les lèvres et sourit, comme s'il attendait une réaction ébahie de leur part. Josie comprit soudain pourquoi il leur racontait tout ça, alors que cela revenait à avouer des activités illégales et qu'elles lui avaient déjà lu ses droits : il était fier de lui. Il brûlait d'envie d'en parler. Il n'attendait probablement que l'occasion de se vanter de ce qu'il avait réussi à faire. Comme Josie et Gretchen ne réagissaient pas, il secoua la tête et se rassit au fond de son fauteuil.

— Vous connaissez pas, pourtant c'est pas rien. En Colombie, ils en donnent aux gens et...

— Nous sommes au courant de ses effets, le coupa Josie. Si vous pouviez en obtenir sur le dark web, pourquoi avoir essayé d'en fabriquer vous-même ?

— Parce que c'est hypercher et, vous savez, on a des trucs ici aux États-Unis, qui sont même pas illégaux, comme la scopolamine et la stramoine, et, en gros, on peut fabriquer un produit de synthèse si on connaît son affaire.

— Comment connaissiez-vous votre affaire ?

Il sourit de nouveau.

— Les recherches, mon amie. Les recherches. On peut trouver n'importe quoi sur le web, surtout sur le dark web.

Une fois de plus, Josie fut surprise par son honnêteté. Ne comprenait-il pas la loi ? Ou peut-être qu'il la comprenait parfaitement, pensa-t-elle avec un frisson soudain. Elle se remémora ce qu'elle savait de la loi sur les substances contrôlées en Pennsylvanie. Doug avait utilisé des ingrédients légaux pour créer sa drogue. Pour autant qu'elle sache, ni la scopolamine, ni l'herbe du diable, ni aucune de leurs combinaisons ne figuraient sur la liste des substances interdites. Les lois sur le trafic et la distribution de drogues en Pennsylvanie s'appliquaient à des substances très spécifiques et prenaient généralement en compte la dangerosité de ces substances ainsi que la quantité possédée par l'individu incriminé. Il y avait pour commencer une chance que les accusations contre Doug concernant la drogue ne tiennent pas et, même dans le cas contraire, un bon avocat pourrait les faire rejeter. Mieux vaudrait l'inculper pour mise en danger d'autrui après ce qu'il avait fait à Robyn Arber, mais le procureur aurait probablement besoin du témoignage de

Josie pour que les poursuites aboutissent et, même ainsi, il pourrait ne pas purger de peine puisque la mise en danger d'autrui n'était considérée que comme un délit.

Elles étaient sur une pente juridique glissante et, malgré l'empressement de Doug à avouer ce qu'il avait fait, Josie n'avait aucune certitude que ça leur apporte quelque chose. Quoi qu'il en soit, elle n'allait pas l'empêcher de leur parler, d'autant qu'il avait été informé de ses droits.

— Si vous pouviez la fabriquer vous-même, reprit-elle, pourquoi avoir acheté le vrai produit d'abord ?

— Parce que je devais savoir ce que ça faisait, avant.

— Vous en avez pris ? lança Gretchen.

Il acquiesça fièrement.

— Un peu que j'en ai pris.

— Doug, nous savons que le souffle du diable provoque l'amnésie. Comment pouvez-vous savoir ce que vous avez ressenti ?

— J'en savais rien. J'ai dû me filmer. M'enfermer dans une pièce et m'enregistrer. Puis, après cette expérience, j'ai commencé à la fabriquer moi-même et, là aussi, je l'ai testée. Il m'a fallu plusieurs essais pour déterminer le dosage et tout ça.

Avec scepticisme, Gretchen demanda :

— Vous faisiez tout ça seul ? Sans aucune aide ? Vous auriez pu mourir.

— Oui, je sais. Ça fait partie de l'excitation de la création, vous pensez pas ?

— J'en doute, répliqua Josie. Quand vous donniez la drogue aux gens, comment la leur faisiez-vous ingérer ?

— Dans leurs boissons. En poudre. J'ai mis un moment à la rendre totalement soluble, mais j'y suis arrivé.

— À vous entendre, vous avez arrêté votre distribution de drogue après avoir eu des ennuis à cause de la vidéo de Robyn Arber, poursuivit Josie. Est-ce qu'il vous restait encore du stock de votre souffle du diable fait maison ?

— Je l'ai jeté, déclara-t-il. Obligé. C'était l'une des conditions imposées par mon père. Il a parlé à un avocat qui lui a dit que, comme ma drogue était pas une substance contrôlée, je m'en sortirais probablement si la police venait fourrer son nez dans mes affaires, mais il pensait quand même qu'il valait mieux tout détruire. Il ne voulait pas qu'on puisse remonter jusqu'à moi, vous comprenez ? Enfin, jusqu'à lui, en fait.

— Vous l'avez jeté ? répéta Gretchen, incrédule. Comment ? Dans les toilettes ?

— Oui. Qu'est-ce que je pouvais en faire d'autre ?

— Et vos autocollants ? demanda Josie. Qu'en avez-vous fait ?

— Bazardés aussi. Un beau gâchis, d'ailleurs, parce que c'était l'une de mes meilleures pièces.

37

— Tu penses qu'il dit la vérité ? demanda Gretchen une fois qu'elles furent de retour au poste.

Josie s'assit à son bureau et balaya la grande salle du regard. Elles étaient seules. La porte du bureau du chef était fermée.

— À peu près, oui. Je suis sidérée de tout ce qu'il a avoué.

— Manifestement, il sait que tout ce qu'il risque, au pire, c'est l'inculpation pour mise en danger d'autrui par imprudence, ce qui n'entraînera qu'une peine minime, et qu'on pourra uniquement lui imputer l'affaire Arber, puisque c'est la seule vidéo dont on dispose, résuma Gretchen.

— C'est vrai, et sans le témoignage de la jeune femme, les charges ne tiendront pas. Même si on s'entêtait à l'arrêter pour avoir mis Robyn Arber en danger, il serait libéré au bout de quelques heures.

— Tu crois ? Papounet lui a retiré son soutien.

— Parce que papounet était inquiet pour sa propre réputation. Si son fils était arrêté pour ça, il ferait tout ce qui est en son pouvoir pour étouffer l'affaire le plus rapidement possible, il ferait jouer toutes ses relations pour que les charges soient abandonnées et son fils serait libéré sous caution en quelques heures.

Il contacterait probablement la famille de Robyn Arber pour s'assurer qu'elle se taise. Bref, Doug serait toujours en liberté, et au courant de l'agressivité avec laquelle on est prêts à s'en prendre à lui. Ça ne nous servira à rien de le convoquer maintenant, surtout avec le risque que son père engage illico un très bon avocat. Je préfère qu'il pense qu'on est seulement venues pour parler avec lui aujourd'hui et, pendant ce temps, on continue à travailler sur l'affaire. Il nous en a dit beaucoup, mais il a forcément omis des choses.

— Comme le fait que des copains l'ont forcément aidé à tester le produit ? suggéra Gretchen.

— Oui, exactement. Et aussi qu'il vend peut-être encore cette merde.

— Comment ? demanda Gretchen. Ce n'est pas le type le plus sociable qui soit et, s'il ne sort effectivement pas de chez lui, où distribue-t-il son produit ?

— Peut-être que les gens viennent à lui ?

— Mais si c'était le cas, est-ce qu'on n'aurait pas déjà vu ou entendu parler de l'autocollant dans la rue ? Comme l'a dit Noah, nos équipes se sont souvent rendues dans les zones où la drogue circule le plus. Or personne n'a jamais vu ce truc.

— Peut-être qu'il ne vend qu'à quelques amis proches, alors, réfléchit tout haut Josie.

Gretchen agita une clé USB en l'air.

— Dans ce cas, on va peut-être devoir retourner chez le prêteur sur gages pour obtenir d'autres images des allées et venues chez Doug. Pour l'instant, voyons ce qu'elles nous révèlent en termes d'alibi.

Les caméras de vidéosurveillance du prêteur sur gages étaient effectivement une aubaine. L'endroit avait l'air miteux et délabré, mais bénéficiait d'un système de sécurité coûteux commercialisé par Rowland Industries, qui stockait des images sur plusieurs mois. Josie et Gretchen n'avaient besoin de remonter que jusqu'au dimanche. Le propriétaire n'avait pas exigé de mandat parce qu'il préférait éviter de les voir revenir – la présence de la police avait tendance à mettre ses clients mal à l'aise. Une fois les images demandées copiées sur une clé USB, Josie et Gretchen s'étaient rendues à l'arrière du bâtiment pour constater que Doug Merlos avait dit la vérité : l'unique issue de ce côté était bloquée par une grosse benne à ordures répugnante qui dégageait une odeur encore pire que celle de la morgue de la ville. L'escalier de secours qui grimpait le long du bâtiment aurait pu permettre à Merlos de sortir sans être vu, mais l'échelle s'arrêtait si haut au-dessus du sol qu'il n'aurait jamais pu attraper le barreau inférieur s'il avait voulu faire le chemin inverse.

Josie déplaça son fauteuil sur roulettes pour être assise à côté de Gretchen, et elles visionnèrent ensemble les images, qui confirmaient exactement ce que Doug leur avait raconté. Depuis dimanche matin, il n'avait quitté son appartement qu'une seule fois, plus tôt dans la journée, juste avant que Gretchen ne vienne frapper à sa porte pour découvrir qu'il n'était pas chez lui.

— D'accord, conclut Josie, il dit la vérité sur son alibi, on ne peut pas le réfuter, mais il a tout de même créé cette drogue et ces autocollants. Je pense qu'on doit déterminer avec qui il traînait quand il était encore à l'université, l'année dernière.

— Appelle Robyn Arber et demande-lui si elle se souvient de certains ses copains.

— Bonne idée.

Josie retourna derrière son propre bureau et récupéra son téléphone portable sur la pile de papiers qui le jonchaient. Elle tomba sur la boîte vocale de Robyn Arber et décida de laisser un message, même si elle doutait d'être rappelée.

— Je vais contacter la cheffe Hahlbeck, qu'elle nous procure une liste des cours que suivait Merlos et le nom des étudiants qui y étaient inscrits, annonça Gretchen.

— Cherche à savoir s'il avait un colocataire sur le campus, ajouta Josie.

— Je suis sûre que oui. Vu son âge, il devait être en première année l'an dernier.

Elle se mit à pianoter sur son clavier. Leurs deux téléphones bipèrent, signalant l'arrivée d'un message. Josie saisit le sien et l'étudia.

— Un texto de Mett, annonça-t-elle. Hummel et lui ont trouvé un brownie et un sachet en plastique avec des restes de brownie dans le véhicule de Dan.

— Ce qui tendrait à confirmer ta théorie selon laquelle les brownies de Precious Paws étaient drogués, commenta Gretchen, sans cesser de taper.

— Oui. Il ne nous reste plus qu'à attendre les résultats, maintenant. Hummel est déjà en route pour le laboratoire avec les pâtisseries que j'ai récupérées sur la table de Precious Paws et ce qu'ils ont trouvé dans la voiture de Dan aujourd'hui.

Josie rédigea une réponse rapide afin de remercier Mettner. Il lui fallut quelques secondes pour se rendre compte que Gretchen, elle, avait arrêté de taper. Quand Josie leva les yeux de son téléphone, sa collègue la dévisageait.

— Hé, ton service est terminé depuis des heures. Rentre chez toi, non ?

Josie voulut protester, mais elle était épuisée. L'affaire – ou peut-être fallait-il parler d'affaires au pluriel – ne cessait de grossir avec chaque personne à qui ils parlaient et chaque piste qu'ils suivaient, pourtant ils n'avaient toujours aucune preuve tangible que le souffle du diable – ou la version recréée par Doug Merlos – ait réellement été utilisé sur l'une de leurs victimes. Elle prit mentalement note d'appeler le lendemain son contact au laboratoire de la police d'État pour savoir où ils en étaient concernant l'analyse de la nourriture.

— Josie, insista Gretchen, tu as les yeux dans le vague.

L'inspectrice se tira de ses pensées et rit.

— Désolée. Cette affaire me prend vraiment la tête.

— Il y a de quoi, convint Gretchen.

Josie finit de taper ses rapports pour la journée. Elle envoya un texto à Noah avant de partir pour savoir où il en était. Il répondit qu'il étudiait toujours certaines pistes avec Mettner concernant les patients de l'hôpital et le refuge animalier. Elle fut soulagée lorsqu'il précisa : *Je n'en ai plus pour longtemps.*

Josie se gara dans une allée vide, mais les lumières du rez-de-chaussée étaient allumées. Elle dressa mentalement la liste des personnes qui avaient les clés de chez elle. Si l'une d'elles était à l'intérieur, il serait cependant logique que sa voiture soit également là. Devant la porte d'entrée, elle détacha la patte de son holster et, une main sur la crosse de son pistolet, tourna la clé dans la serrure aussi silencieusement que possible. Elle entendit le cliquetis caractéristique des griffes de Trout sur le sol du vestibule, et les reniflements qu'il faisait lorsqu'il était tout excité.

Ne serait-il pas comme un fou si quelqu'un était à l'intérieur ? Noah ou elle avaient-ils laissé la lumière allumée toute la journée ?

Elle tourna la poignée et poussa la porte de manière que le loquet ne soit plus enclenché, mais qu'elle paraisse toujours close. Puis elle dégaina son Glock, canon en l'air. Du pied, elle poussa la porte et se servit de sa jambe pour tenir Trout à distance pendant qu'elle scrutait le vestibule, l'escalier et le salon.

Une voix masculine retentit depuis la cuisine.

— Hé, Trout. Où tu es, mon grand ?

Le chien cessa d'agiter la queue, dressa les oreilles et tourna la tête.

— Qui est là ? cria Josie.

L'agent du FBI Drake Nally apparut sur le seuil de la

cuisine, une fourchette dans une main et une assiette garnie d'une part de cheesecake dans l'autre.

— Quinn, dit-il. Ravi de te voir aussi.

Josie relâcha son souffle et rangea son arme.

— Tu m'as flanqué une peur bleue, Drake. J'aurais pu te tirer dessus. Qu'est-ce que tu fiches ici ?

Elle s'agenouilla pour caresser Trout. Une fois qu'il fut rassuré, elle s'approcha de Drake, qui la toisa. Il était plus grand que la plupart des hommes de sa connaissance, sec et longiligne, et très sérieux dans son travail. Il était également très sérieux dans sa relation avec la sœur jumelle de Josie, Trinity Payne, célèbre journaliste qui s'était installée à New York depuis un moment maintenant.

— Quoi ? fit-il. Trin et moi, on ne peut pas venir te rendre visite ? Elle avait envie de quitter la grande ville un moment. Tu lui manques.

— Vous auriez pu appeler, dit Josie. Pas parce que vous n'êtes pas les bienvenus, mais pour que je ne te tire pas dessus. En parlant de Trinity, où est-elle ? Il n'y a pas de voiture garée devant.

— Elle est allée voir Pat, je crois, répondit-il.

Josie scruta le cheesecake dans son assiette, constatant qu'il était toujours intact.

— Tu « crois » ?

Trinity avait été kidnappée quelques mois plus tôt, et Josie savait pertinemment que Drake ne lâchait jamais bien longtemps sa sœur des yeux.

— Non, j'en suis sûr. Elle est allée voir Pat. Sur le campus. C'est du moins ce qu'elle a dit.

Elle s'apprêtait à lui poser d'autres questions quand il commença à s'attaquer au cheesecake. Elle tendit la main et plaça deux doigts sur le manche de la fourchette avant qu'elle n'atteigne ses lèvres.

— Où as-tu acheté ça ? demanda-t-elle.

Il prit un air consterné.

— Quoi ?

— Le cheesecake, d'où vient-il ?

— On l'a pris chez *Sandman's*. C'est Trinity qui en voulait un, c'est le meilleur de tout Denton, selon elle. On en a pris un entier. Il était super cher, mais elle n'en démordait pas. Tu peux en manger une part.

— Non.

Elle lui retira la fourchette et l'assiette des mains et le poussa pour aller récupérer le reste du gâteau. Soulagée de voir qu'il ne manquait que cette part, elle ramassa la boîte et la jeta à la poubelle, avant d'y ajouter la part de Drake.

— Hé ! protesta-t-il. Qu'est-ce que tu fabriques ? Tu es dingue ou quoi ?

— Non, dit Josie. Fais-moi confiance.

— Tu es bizarre, commenta-t-il. Encore plus que la dernière fois qu'on s'est vus.

Josie ouvrit le réfrigérateur et y fourragea pour trouver une tarte à la crème de banane que Misty avait préparée et leur avait apportée pendant le week-end. Elle la posa sur la table.

— Tu peux manger ça.

— D'accord, inspectrice des denrées alimentaires. Tu veux me dire pourquoi je ne peux pas manger le fabuleux cheesecake que ma copine a payé une petite fortune ?

Josie sortit deux fourchettes du tiroir à couverts et s'assit à la table de la cuisine.

— Parce que je pense que quelqu'un se promène en ville et glisse une drogue très dangereuse dans la nourriture des gens.

Drake se redressa un peu. En deux pas, il vint s'installer à côté d'elle et accepta la fourchette qu'elle lui tendait.

— Un empoisonneur ?

Josie retira le film alimentaire qui entourait la tarte à la crème de banane et plongea sa fourchette au centre, en prit une grosse bouchée. Fermant les yeux, elle se délecta du goût riche et crémeux. Misty était vraiment la meilleure cuisinière qu'elle connaisse. Quand elle rouvrit les yeux, Drake la considérait d'un air amusé.

— Ah oui, ça a l'air d'être du sérieux.

Josie avala et prit une autre fourchetée.

— Je pense que oui.

Drake commença par le bord de la tarte en progressant vers le centre.

— Délicieux, nota-t-il. Vous avez des suspects ?

— Un étudiant. En fait, un ancien étudiant. Et peut-être un entraîneur de natation. Puisque tu es là, tu as travaillé sur beaucoup d'affaires différentes, non ? Est-ce qu'il t'est arrivé de collaborer avec l'Unité des sciences du comportement de Quantico ?

Après avoir avalé une bouchée de tarte, Drake répondit :

— Oui, on fait parfois appel à eux pour nous aider à établir des profils de criminels. Et j'ai déjà eu à traiter une affaire d'empoisonnement. Un gros truc, d'ailleurs.

— À vrai dire, je ne suis pas sûre qu'il s'agisse d'empoisonnement à proprement parler, nuança Josie.

— Raconte-moi.

— On pense que quelqu'un mélange une drogue appelée souffle du diable, ou quelque chose qui y ressemble, à des pâtisseries que les victimes consomment ensuite. Certaines semblent être ciblées et d'autres prises au hasard.

— Le souffle du diable, cette merde qu'ils utilisent en Colombie ?

— Tu connais ?

— J'ai entendu des histoires à dormir debout. Mais enfin, ton histoire ressemble toujours à une affaire d'empoisonnement pour moi.

— Parle-moi de celle que tu as eu à traiter, demanda Josie.

— OK. Je venais d'arriver au bureau de New York. Quelqu'un s'attaquait aux bars à salades des fast-foods de la ville et mettait du produit pour déboucher les canalisations dans la vinaigrette. L'agent spécial en charge de l'enquête avait sollicité l'Unité des sciences du comportement.

— C'est horrible, dit Josie.

Elle détacha un petit morceau de pâte feuilletée du bord de la tarte et le donna à Trout, qui attendait impatiemment à ses pieds tout ce qui pourrait bien lui être offert... ou tomber par miracle à sa portée.

— Ils avaient établi un profil spécifique pour l'un de nos suspects et un profil plus général s'appliquant aux empoisonneurs. Chaque affaire est différente, mais on repère certaines constantes dans une grosse majorité des cas.

— Comme quoi ?

Drake avala une autre bouchée de tarte avant de répondre :

— Déjà, une bonne partie des empoisonneurs sont des femmes.

— Aucune femme ne figure sur la liste des suspects, déclara Josie.

— Je ne dis pas que les empoisonneurs ne peuvent pas être des hommes – la plupart des empoisonneurs médicaux à grande échelle que nous voyons sont des hommes –, c'est juste qu'en matière d'empoisonnement il y a une répartition à peu près égale entre hommes et femmes. J'ai entendu certains psychologues criminels l'évoquer comme un « crime féminin », car il nécessite généralement une planification minutieuse, de la patience et de la ruse. En outre, ce n'est pas aussi ouvertement violent que, par exemple, poignarder ou tabasser quelqu'un. C'est la différence entre les délinquants masculins et féminins : un homme est plus susceptible de tuer quelqu'un à coups de batte, par exemple, alors qu'une femme agira de manière plus feutrée, si tu vois ce que je veux dire.

Josie repensa à Nysa Somers, morte noyée, et à Clay Walsh qui avait failli mourir brûlé.

— La façon dont est morte la victime dans cette affaire n'a pas grand-chose de feutré, nuança Josie. Et notre autre victime, qui s'accroche à la vie, a également subi une expérience qu'on pourrait difficilement qualifier de douce.

— Aucune mort n'est vraiment douce, convint Drake. Ce que je veux dire, c'est que, dans le cas d'un empoisonnement, le coupable n'est pas toujours là pour voir le résultat. C'est pourquoi, à ses yeux, la mort paraît moins brutale qu'un coup de poignard ou un étranglement au corps à corps. Il y a une distance. De plus, ce qui plaît à l'empoisonneur, c'est le sentiment de puissance et de contrôle qu'il éprouve en sachant qu'il est à l'origine de ces ravages, tout en restant en retrait, d'une certaine façon. Il s'agit plus de manipulation que de confrontation. Je parle des empoisonneurs en série, en l'occurrence.

Josie repoussa la tarte et posa sa fourchette sur la table.

— Je vois. Qu'est-ce que le profil disait d'autre ?

— Les empoisonneurs sont sournois et manquent d'empathie. Ils sont émotionnellement déficients. Presque puérils dans leur manière de penser, parfois. Ils ont le sentiment d'être dans leur bon droit.

L'entraîneur Brett Pace vint immédiatement à l'esprit de Josie.

— Continue, dit-elle.

— Il y a parfois des antécédents de traumatisme ou d'abus dans l'enfance, mais il est plus fréquent qu'ils aient été des enfants gâtés. Extrêmement, extrêmement gâtés.

— Vraiment ? s'étonna Josie. C'est bizarre.

— En effet, mais c'est ce qui a été découvert, et pourtant, les empoisonneurs ont souvent le sentiment de ne pas occuper la place qui leur est due, même s'ils le cachent bien parce que, encore une fois, ils n'ont pas un tempérament conflictuel et sont très malins. Ils ont tendance à être extrêmement immatures et, là où toi ou moi chercherions à nous venger de quelqu'un qui aurait tué un être cher, par exemple, eux se vengeront de quelqu'un qui leur a infligé une rebuffade assez insignifiante. Dans l'Idaho, une fille de quinze ans a mis une dosette de détergent dans le café de sa mère, parce que celle-ci l'avait privée d'accès aux réseaux sociaux pendant un mois.

— Mon Dieu !

— Oui, et on a eu un cas en Floride : le stagiaire d'une entreprise de conception de sites web mettait de la mort-aux-rats dans les repas de ses collègues stockés dans le frigo de la salle de repos, parce qu'il estimait qu'on n'accordait pas assez de crédit à ses idées.

— Ça fait froid dans le dos.

Drake acquiesça, piqua de la tarte sur sa fourchette et en mangea une bouchée. Après quoi, il ajouta :

— On a aussi eu une affaire en Alabama où une belle-mère empoisonnait lentement sa belle-fille à l'arsenic, au motif que cette dernière n'aimait pas ce qu'elle cuisinait. Bref, tu saisis l'idée ?

Josie éclata d'un rire sec.

— L'idée que si j'ai le malheur de griller la priorité à l'une de ces personnes un jour, elle va décider que je mérite de mourir empoisonnée ? Oui, je saisis.

— Ce qu'il faut retenir, c'est que la réaction n'est pas forcément proportionnée au tort prétendument causé. Ces personnes pensent qu'elles méritent tout, indépendamment de leur propre comportement. Elles sont habituées à obtenir tout ce qu'elles veulent, parce qu'elles ont été gâtées. Et elles deviennent des adultes qui s'attendent à ce que tout le monde les traite comme l'ont fait leurs parents. Par conséquent, lorsque ce n'est pas le cas, il y a vengeance. Il existe aussi des personnes qui travaillent dans le secteur de la santé et qui empoisonnent à grande échelle. Ces cas-là sont un peu différents, mais on y retrouve généralement les mêmes marqueurs psychologiques : évitement de la confrontation, intelligence certaine, sentiment que tout leur est dû, gâtés dans l'enfance, et un manque d'empathie qui les rend tout simplement impitoyables. Quelle que soit la catégorie à laquelle appartient l'empoisonneur, il a toujours une soif de pouvoir qu'il assouvit en agissant comme il le fait.

Ni Brett Pace ni Doug Merlos n'avaient semblé être des individus assoiffés de pouvoir, impitoyables ou même rusés aux yeux de Josie. Certes, Brett Pace était manipulateur et manquait d'empathie. Merlos n'était pas non plus très bien doté en la matière. Un être capable d'agir comme il l'avait fait avec Robyn Arber ne pouvait être empathique. Pourtant, de son propre aveu, aucune de ses quatre vidéos de l'année dernière n'avait été pensée comme une sorte de revanche. De son point de vue, il se lançait dans une grande aventure entrepreneuriale, une sorte de plan pour s'enrichir rapidement. Si, un an plus tard, il avait administré son souffle du diable fait maison à Nysa Somers ou à Clay Walsh et leur avait commandé de se blesser ou de se tuer, quel aurait été son mobile ? Josie ne parvenait pas à déterminer d'élément de vengeance dans son cas. Brett Pace avait manifestement une tendance à la cruauté, mais était-il assez insensible pour faire absorber une drogue à sa nageuse vedette – et accessoirement sa maîtresse – et la convaincre ensuite de se noyer ? D'autant que, ce faisant, il ruinait sa propre vie en révélant leur liaison. Et, de toute façon, quel était le lien avec Clay Walsh ou le refuge pour animaux ? Le refuge était-il même dans la boucle ? En l'absence des résultats d'analyse des pâtisseries que Josie avait confisquées à la table de Precious Paws ou des brownies trouvés dans la voiture de Dan Lamay, le lien entre les affaires Somers et Walsh et le refuge pour animaux restait pour le moins ténu.

Avant qu'elle et Drake puissent poursuivre leur conversation, Trout se leva d'un bond et courut vers la porte d'entrée. Quelques secondes plus tard, ils entendirent Noah et Trinity. Josie n'avait pas vu sa sœur depuis des semaines. Elle chassa l'affaire de son esprit et s'élança dans le vestibule pour embrasser Trinity.

38

Le lendemain matin, un bruit de casseroles qui s'entrechoquaient en bas réveilla Josie une demi-heure avant la sonnerie de son réveil. Assise dans son lit, elle bâilla et regarda autour d'elle. Trout n'était pas là, signe irréfutable que la personne qui se trouvait dans sa cuisine était en train de préparer à manger. D'ailleurs un délicieux fumet – des pancakes ou du pain perdu – montait jusqu'à la chambre. Le côté du lit de Noah était froid. Un coup d'œil à sa commode apprit à Josie qu'il avait déjà quitté la maison pour la journée, puisque son portefeuille, son téléphone et son pistolet avaient disparu.

Avec un soupir, elle descendit au rez-de-chaussée et trouva Trinity, sa sœur jumelle, en train de préparer des pancakes. Sur le sol, à côté de la gamelle de Trout, une assiette contenait de minuscules carrés de pâte avec un peu de sirop d'érable que Trout reniflait et gobait, avec des bruits dignes d'un percolateur. Il leva brièvement les yeux à l'arrivée de Josie, puis se remit au travail avec encore plus d'ardeur, comme s'il craignait qu'elle lui confisque l'assiette. Ce qu'elle fit.

— Trin, tu veux donner du diabète à mon chien ou quoi ?

— Oh, salut, répondit Trinity en se tournant vers elle.

Elle portait un pantalon de survêtement et un t-shirt de l'université de New York qui glissait sur ses épaules menues. Elle tenait une spatule dans une main, n'était pas maquillée, avait ramassé ses longs cheveux noirs en un vague chignon dans sa nuque. Et pourtant, elle était rayonnante et glamour, comme si elle était sur le plateau de son émission matinale après un reportage sur la cuisine des étudiants ou sur la soirée pyjama parfaite. Trinity ressemblait toujours à la version star de cinéma de Josie, et cette dernière se demandait si c'était à cause des produits capillaires et cosmétiques qu'elle utilisait, ou si les années passées comme coprésentatrice d'une émission d'information nationale avaient laissé une sorte d'empreinte, un voile brillant de célébrité sur elle. Josie tapota l'arrière de sa tête, sentant ses cheveux noirs, les mêmes, emmêlés par une nuit de sommeil agité. Gênée, elle porta ensuite les doigts à la fine cicatrice qui courait sur le côté droit de son visage, de son oreille jusqu'à sa mâchoire et au centre de son menton. Un souvenir de son enfance traumatisante, souvenir que sa jumelle n'avait pas partagé parce qu'elles avaient été séparées à la naissance.

Trinity regarda l'assiette à moitié vidée dans la main de Josie.

— Je croyais que tu donnais de la nourriture humaine à Trout.

— Très rarement, répondit Josie.

Elle jeta un coup d'œil à son chien, maintenant allongé dans son panier dans le coin de la pièce, un air de parfaite innocence sur son petit museau. Elle déposa son assiette dans l'évier et se dirigea vers la cafetière, heureuse de la trouver à moitié pleine.

Trinity fit sauter un pancake dans la poêle devant elle.

— Tu as dit qu'il était motivé par la nourriture. Et moi, je veux qu'il m'aime.

Josie s'esclaffa.

— Il y a des friandises pour chien dans le garde-manger. Où sont les hommes ?

— Drake est toujours au lit. Noah est déjà parti.

— Parti ? Où ça ?

Finissant de se verser un café, Josie s'attabla et commença à le boire à petites gorgées.

— Au travail, répondit Trinity. C'est la seule chose que vous faites tous les deux : travailler.

— Ce n'est pas vrai.

Trinity déposa le pancake sur une assiette qui en contenait déjà une pile conséquente et éteignit la cuisinière. Elle se tourna vers Josie, la main sur la hanche.

— Ah non, vraiment ?

— Oui, vraiment. On, euh...

Elle bredouilla, tâchant de se rappeler la dernière fois où Noah et elle avaient fait quelque chose ensemble, en dehors du footing, et qui n'impliquait pas le travail.

— Merde.

Trinity attrapa sa propre tasse de café à côté des pancakes et s'assit en face de Josie.

— Peut-être que vous avez besoin de prendre du temps l'un pour l'autre.

Josie lança un regard agacé à sa sœur.

— Tu sors avec Drake depuis quoi ? Huit ou neuf mois ? Et tout à coup, te voilà experte ? En plus, c'est Noah qui n'est pas là, il me semble. Il ne m'a même pas laissé de mot.

Trinity but quelques gorgées de son café.

— Il a dit que tu devais regarder ton téléphone.

Josie sortit l'appareil de son pantalon de pyjama et le déverrouilla. Une série de messages s'afficha. Tous de Noah.

Désolé d'être parti si tôt.

— Je ne me prétends pas experte, reprit Trinity, loin de là. Je te dis simplement ce que l'année écoulée m'a appris : il est important de prendre du temps pour les gens qu'on aime. C'est tout.

Je voulais m'avancer sur la journée.

— Vous devriez aller quelque part, tous les deux... Je ne sais pas, vous faire une soirée en amoureux ou quelque chose comme ça.

J'ai déjà sorti Trout et je l'ai nourri.

— Vous pourriez commencer ce week-end. Toi et moi, on irait se faire coiffer et manucurer, aujourd'hui, pour commencer. Tu t'achèterais une nouvelle tenue. Quelque chose de sexy.

Mett et moi, on récupère un mandat pour fouiller l'appartement de Doug Merlos. On te tient au jus.

— Je sais que tu as décrété qu'il ne fallait pas manger quoi que ce soit venant de l'extérieur en ce moment, mais tu sais ce qui serait vraiment romantique ?

Appelle Denise au labo et vois si elle a déjà quelque chose.

— Un pique-nique, continuait Trinity. Vous préparez la nourriture vous-mêmes... enfin, non pas vous, vous. On pourrait demander à Misty de cuisiner quelque chose de vraiment bon, et vous emporteriez ça. J'ai entendu dire qu'ils avaient réaménagé l'espace extérieur du parc de la ville. Juste à côté de Lover's Cave. Il y a même des tables maintenant. Ce serait génial, non ?

Josie leva les yeux vers sa sœur. Elle poussa son téléphone vers Trinity pour lui montrer les nombreux messages de Noah.

— Romantique ? dit-elle. Regarde ça. Je n'ai même pas eu droit à un « je t'aime » de base.

Trinity grimaça en faisant défiler les textos. Puis elle reposa le portable sur la table entre elles, presque comme s'il s'agissait d'un explosif.

— Parfois, dans une relation, on tombe dans une ornière, une routine dont il est difficile de s'extraire, et on oublie de prêter attention à l'autre. En plus, l'affaire sur laquelle vous travaillez est hyperstressante. C'est pour ça que je suggère...

Josie leva la main afin de l'interrompre au milieu de sa phrase.

— Je suis là, se plaignit-elle. J'ai été là toute la semaine. Je voulais qu'il rentre à la maison. Je voulais le voir. Mais comme tu peux le constater, il n'est pas là.

Trinity se leva et vida le reste de son café dans l'évier avant de rincer la tasse sous le robinet.

— Il faudrait que vous preniez un jour de congé, tous les deux. Ou même juste une soirée. Quelques heures. Pourquoi pas samedi ? En fin d'après-midi, en début de soirée ? J'appelle Misty. On vous prépare tout et on vous envoie en rendez-vous amoureux. Vous serez obligés de vous reconnecter.

Josie leva les yeux au ciel et prit son téléphone pour chercher le numéro de Denise Poole.

— OK. Mais je n'irai pas chez le coiffeur. Je dois être au travail dans deux heures et les salons ne sont pas encore ouverts à cette heure-ci.

Trinity se retourna vers elle, l'air dépité.

— Au moins, fais-toi les ongles. Allez. Il y a un salon de manucure dans le Sud de Denton où j'allais quand je travaillais pour WYEP. Je connais la propriétaire. Il me suffit de passer un coup de fil et elle nous casera toutes les deux avant que tu doives partir au travail. Drake et moi, on ne va pas rester dans le coin très longtemps. Je sais que vous êtes sur une grosse affaire. Passe une demi-heure avec moi, que je puisse te parler de ma nouvelle émission !

Josie appuya sur le bouton d'appel sous le nom de Denise Poole.

— Très bien, grommela-t-elle. Laisse-moi passer ce coup de fil et ensuite je me prépare.

Ravie, Trinity tapa dans ses mains et s'empressa de quitter la pièce, sans doute pour téléphoner au salon.

Comme Denise ne répondait pas, Josie lui laissa un message vocal. Profitant de l'absence de sa sœur, elle réessaya de joindre Robyn Arber pour voir si elle pouvait lui fournir une liste des amis de Doug Merlos mais, cette fois encore, elle tomba sur son répondeur.

S'assurant que son téléphone n'était pas en mode silencieux, au cas où l'une des deux femmes la rappellerait, Josie engloutit deux pancakes et alla se préparer pour sa manucure avec sa sœur.

Deux heures plus tard, elle arrivait au poste de police, les ongles fraîchement vernis de rose pâle, quand son portable sonna. Le visage de Denise Poole apparut sur l'écran.

Josie gara sa voiture de location sur le parking municipal et décrocha.

— Quinn, dit Denise. Il y a intérêt à ce que ce soit important, vu l'heure à laquelle vous avez appelé.

L'abord revêche de Denise n'était qu'une façade, Josie le savait. Cinq ans plus tôt, elles s'étaient entraidées sur une affaire importante qui avait eu de lourdes implications pour elles deux, c'était un lien indestructible.

— Je n'appellerais pas si ce n'était pas important, répondit Josie. C'est au sujet des échantillons de nourriture qu'on vous a envoyés.

— Ah. Attendez, ne quittez pas.

Josie entendit des frottements et des froissements, puis Denise revint au bout du fil.

— J'ai des miettes de brownie au fond d'un sac congélation. J'ai le contenu de l'estomac d'une jeune femme de vingt ans. Des brownies aussi, d'ailleurs. Ensuite, j'ai... voyons voir... encore des brownies et des miettes de brownies provenant d'un véhicule appartenant à Daniel Lamay, et des pâtisseries initialement vendues par une association à but non lucratif du nom de Precious Paws, dont des brownies. Je vois un thème récurrent, là. Bref, on n'a rien trouvé de spécial dans les cookies et les muffins, mais devinez ce que tous les brownies et les miettes de brownie ont en commun ?

Josie retint son souffle.

Denise n'attendit pas sa réponse pour continuer :

— Ils contenaient tous des niveaux divers mais significatifs de scopolamine et de *Datura stramonium*.

Josie ferma les yeux, soulagée. Des preuves. Ils avaient enfin des preuves.

— Qu'est-ce que c'est, le *Datura stramonium* ? demanda-t-elle, rouvrant les yeux.

— C'est le nom scientifique de la stramoine, l'éclaira Denise. En plus de la scopolamine, vous m'avez demandé de chercher des dérivés ou toute substance similaire, naturelle ou synthétique. Voilà ce que j'ai trouvé. Vous voulez que je vous envoie ce rapport par mail ?

— Oui, souffla Josie. S'il vous plaît. Denise, je vous dois une fière chandelle.

— Non, dit Denise. Non, vous ne me devez rien.

La conversation terminée, Josie raccrocha et se précipita dans le bâtiment, mais aucun membre de l'équipe n'était encore là. La porte de Chitwood était fermée. L'inspectrice était sur le point d'exploser quand Noah et Mettner, qui revenaient de chez Doug Merlos, et Gretchen, qui prenait son service plus tard ce jour-là, arrivèrent enfin. Josie alla frapper à la porte du chef et attendit que tout le monde soit assis à son bureau dans la grande salle. Amber n'était pas loin non plus et le chef se tenait debout devant eux, les bras croisés comme d'habitude.

— Quinn, aboya-t-il, vous ne tenez pas en place. Commencez.

Elle leur relaya les nouvelles informations, tout en faisant circuler des copies du rapport qu'elle avait reçu de Denise. Après quoi, elle informa Chitwood de ce qu'elle avait appris par Robyn Arber la veille. Gretchen récapitula leur entretien avec Doug Merlos et ajouta qu'elle attendait des nouvelles de la cheffe Hahlbeck au sujet du colocataire de Merlos et d'autres personnes qu'il aurait côtoyées sur le campus. Lorsqu'elle eut terminé, Josie se tourna vers Mettner et Noah.

— Et vous, les gars ? Vous étiez chez Merlos ce matin et, Mett, tu étais censé retrouver les patients de l'hôpital hier. Ça a donné quelque chose ?

Ce fut Noah qui prit la parole.

— Merlos avait dans son appartement un certain nombre de substances en poudre qu'on n'a pas pu identifier. Il a refusé de nous dire ce que c'était, mais sa chambre ressemble à un foutu laboratoire.

— De la meth ? suggéra Gretchen.

Noah secoua la tête.

— Non, je ne crois pas. On a insisté assez lourdement pour qu'il nous dise ce qu'il fabriquait et, quand on a évoqué la méthamphétamine, il a répondu que c'était indigne de lui.

Gretchen ricana.

— On en aura le cœur net quand on récupérera les résultats des analyses, conclut Chitwood, et à ce moment-là, avec un peu de chance, on pourra arrêter ce petit merdeux pour trafic de drogue. Qu'est-ce que vous avez trouvé d'autre ?

Mettner leva un doigt pour attirer leur attention. Les yeux sur son téléphone, il lut ses notes.

— Hier soir, j'ai retrouvé cinq patients de l'hôpital et ils ont accepté de me parler. J'ai pu les relier tous, sauf un, à la table de Precious Paws devant la supérette où Dan a été vu pour la dernière fois avant de venir au travail, l'autre jour. Tous se sont arrêtés à la table et tous ont acheté... devinez quoi ?

— Des brownies, répondit l'assistance en chœur.

Mettner attrapa une liasse de feuilles sur son bureau et en tendit une à chacun.

— En tenant compte de ça, j'ai suivi la suggestion de la patronne et je me suis intéressé de plus près à ce refuge. Ce que vous avez entre les mains est une liste d'employés et de bénévoles. Les personnes marquées d'un astérisque sont celles qui ont participé aux collectes de fonds et aux actions de sensibilisation de la communauté au cours des deux dernières semaines, c'est-à-dire qu'elles ont installé des tables dans toute la ville pour inciter les gens à faire des dons ou à acheter des pâtisseries. Les noms cerclés de rouge sont ceux des bénévoles qui ont préparé des gâteaux pour la collecte. J'ai contacté la directrice ce matin et elle m'a dit qu'en gros, tous ceux qui se sont portés volontaires pour faire une fournée de cookies, de brownies ou autres sont priés de déposer leurs produits au refuge avant 7 h 30 du matin. Ensuite, les bénévoles qui vont sur le terrain se présentent avant 8 h 30 et prennent ce dont ils ont besoin.

Josie regarda les sept noms entourés : Lori Guerette, Neil Sidebotham, Mary Lyddy, Samantha Vogelpohl, Jen Rector, Joanne McCallum et Darlene Skwara.

— Y a-t-il un moyen de savoir qui a préparé les brownies ? demanda Chitwood.

Mettner soupira.

— Beaucoup de gens ont fait des brownies, tout comme beaucoup de gens ont fait des cookies et des muffins. C'est une collecte de fonds à l'échelle de la ville. Ils ne conservent pas la trace de qui a fait quoi. Les gens apportent tout ce qu'ils peuvent au refuge, et plus il y en a, mieux c'est.

— On ne peut même pas retrouver qui a déposé les pâtisseries qui étaient vendues à la supérette le jour où Dan en a pris ? insista Chitwood.

Mettner secoua la tête.

— Ça n'a pas d'importance, intervint Josie. On a la preuve que certains brownies du lot que j'ai récupéré hier ainsi que ceux que Dan a achetés plus tôt dans la semaine contenaient de la scopolamine et de la stramoine. On pourrait recevoir les résultats des analyses de sang de Dan dès aujourd'hui.

— Quinn a raison, dit Chitwood. L'un d'entre vous devrait faire des recherches sur les pâtissiers de cette liste. Voyez ce que vous réussirez à dégoter.

Le téléphone sur le bureau de Gretchen se mit à sonner. Elle décrocha.

— Palmer.

— Recontactez la directrice du refuge, et vous pouvez peut-être même vous rendre directement sur place pour voir s'ils n'ont pas des caméras qui auraient pu filmer les gens déposant des pâtisseries.

Gretchen raccrocha et se racla la gorge. Toutes les têtes pivotèrent dans sa direction.

— Hahlbeck a trouvé le nom de l'ancien colocataire de Doug Merlos.

— Ah, dit Noah, et c'est qui ?

— Hudson Tinning.

39

J'ai beau m'efforcer de vivre ma journée comme si tout était normal, un mot reste bloqué dans un coin de ma tête. Échec. Ai-je échoué ? Pourquoi les pâtisseries que j'ai déposées au refuge n'ont-elles pas été distribuées ? Ou bien les gens les ont mangées mais, sans personne pour leur donner des instructions, ils sont restés là à ne rien faire comme des abrutis ? J'avais imaginé la rigolade que ce serait, quand la drogue apparaîtrait partout en ville, de voir les gens se mettre à agir bizarrement et à obéir aux injonctions du premier venu. Pourtant, il ne se passe rien. Soit la police a compris beaucoup plus de choses que prévu et a confisqué les brownies, soit le dosage a causé d'autres problèmes. C'est déjà arrivé une fois, une seule.

Elle n'était que le deuxième nom sur ma liste. J'ai dû la voir tous les jours pendant des mois, et tous les jours pendant des mois, elle a pinaillé sur la moindre de mes actions, depuis ma façon de garer ma voiture jusqu'à comment je plaçais mes affaires avant les cours. Elle était insupportable. Le fait de ne pas l'avoir tuée tout de suite est la preuve d'une capacité de retenue incroyable de ma part. La goutte d'eau qui a fait déborder le vase, ç'a été le jour où elle s'est plainte de la façon dont je parlais à un élève. Avec condescendance, soi-disant. Ce qui ne manquait pas de sel, venant d'elle. Il fallait que je fasse quelque chose pour la faire taire, cette garce. Elle ne buvait pas de café. Je devais trouver autre chose.

J'ai incorporé la poudre dans des cookies. Je devais m'assurer qu'elle prenne le bon, donc j'en ai fait de plusieurs sortes, et j'ai ajouté la drogue à ses préférés. Elle pensait vraiment que je les avais cuisinés pour elle. C'est dire son égocentrisme et l'importance qu'elle se donnait. Elle m'a adressé un sourire sincère avant de l'engloutir, et m'a même lancé un « merci, ils sont fabuleux » hautain après avoir essuyé les miettes autour de sa bouche. J'ai attendu que la drogue fasse son effet. J'avais préparé mes instructions. Mais elle n'a jamais atteint un quelconque état de docilité. La mort est quand même venue la prendre, heureusement, donc ce n'était pas un raté total. Ça ne s'est juste pas passé comme prévu. N'empêche, c'était délicieusement tragique. Signe d'un véritable flair de ma part, même si ce n'était pas intentionnel. Le côté gauche de son corps s'est arrêté de fonctionner. Sa bouche s'est affaissée. Elle essayait de parler, mais racontait n'importe quoi : elle était en train de faire un AVC. C'est un effet secondaire rare, extrêmement rare, mais ça arrive. Pendant une fraction de seconde, je me suis demandé si elle allait survivre ou non. Puis j'ai abandonné toute prudence et, près de son visage, j'ai chuchoté : « Tu as eu ce que tu méritais. » Et j'ai souri. Difficile de savoir si elle a compris mes mots ou le sourire car, à ce moment-là, elle s'est effondrée et les gens ont commencé à hurler autour de nous.

Peut-être que des scènes de ce genre se jouent maintenant un peu partout dans la ville, et que je ne suis simplement pas au courant.

40

Josie faisait les cent pas dans la grande salle : ils attendaient que Gretchen se rende sur le campus, trouve Hudson Tinning et le ramène pour l'interroger. Mettner était parti suivre les pistes liées à Precious Paws. Quant à Noah, assis à son bureau, il pianotait sur le clavier de son ordinateur. Elle savait qu'il préparait un mandat pour fouiller la résidence de Hudson mais, de temps en temps, il relevait les yeux de l'écran pour suivre ses allées et venues.

— Le salopard, marmonna-t-elle.

— Tu sais, lui dit Noah, aucun d'entre nous n'avait de raison de le suspecter.

Josie s'immobilisa et tendit le doigt vers la carte que Mettner et elle avaient laissée au mur, qui montrait les coordonnées issues de la triangulation du téléphone portable de Nysa Somers.

— Il vit aussi à Hollister Way. J'ai relu tout le dossier. Son colocataire actuel ne peut justifier de ses déplacements que jusqu'à 1 heure du matin, et Nysa a été déposée à l'entrée de Hollister Way à 2 heures du matin.

— C'est faible, Josie, et tu le sais.

Noah se remit à taper.

— Il était amoureux d'elle. Peut-être même qu'il faisait une fixette sur elle, pour ce qu'on en sait. Elle l'avait rembarré.

Sans quitter l'ordinateur des yeux, Noah commenta :

— Beaucoup de femmes rembarrent des hommes. Et le premier réflexe de ceux-ci n'est généralement pas de les empoisonner. Tu as suivi toutes les pistes que tu avais, et voilà.

— Vraiment ?

Le cliquetis s'interrompit sur le clavier.

— Est-ce que tu aurais pu empêcher l'incendie chez Clay Walsh ou l'incident avec Dan, c'est ça, ta vraie question ? La réponse est non. Ces enquêtes n'avancent pas à la vitesse de l'éclair. Tu le sais mieux que quiconque. On n'est pas médiums. On suit les pistes. Rien ne désignait Hudson Tinning jusqu'à présent.

— Mettner, Gretchen et toi, vous avez parcouru toute la ville à la recherche de liens entre Nysa Somers et Clay Walsh, puis entre ces deux-là et Brett Pace. Personne n'a essayé de les relier à Hudson Tinning.

— On sait déjà qu'il est lié à Nysa Somers. On peut revenir en arrière et essayer de le relier à Walsh... et au refuge pour animaux.

— Ou on peut voir s'il possède un véhicule et obtenir les données GPS pour vérifier s'il s'est rendu chez Clay Walsh mardi après-midi.

Noah lui sourit.

— Dès que j'aurai fini ce que je suis en train de faire, je rechercherai s'il y a une voiture immatriculée à son nom et je ferai une demande de mandat le cas échéant.

Une heure plus tard, Hudson Tinning était assis à la table d'une des salles d'interrogatoire, un gobelet de café intact devant lui. Affalé sur sa chaise, les épaules voûtées, il avait le visage dissimulé par ses cheveux blonds qui lui retombaient sur le visage. Cette fois, il portait un t-shirt « Université de Denton » et un jean très usé. Des tongs complétaient son look de surfeur. Josie se détourna de l'écran sur lequel elle l'observait dans la pièce adjacente et demanda à Gretchen :

— Il était récalcitrant ?

— Non, pas du tout. Noah et l'agente Chan sont en train de perquisitionner son domicile. Le gamin s'en fichait. Quant à la voiture, une Nissan Versa, Hummel a dû la saisir pour obtenir des coordonnées GPS. Il devrait pouvoir la rapatrier d'ici à ce qu'on en ait fini avec lui. Hudson n'était pas ravi de devoir nous laisser sa voiture quelques heures mais, sinon, il était tout à fait disposé à venir nous parler. Il m'a donné son téléphone sans broncher quand je le lui ai demandé.

Gretchen brandit un appareil Android noir brillant.

Josie fronça les sourcils.

— Ah bon ?

Gretchen le posa sur la table.

— Oui, seulement le GPS n'est pas activé. Il n'y a rien dessus. Rien d'utile, en tout cas. Rien d'incriminant et rien qui permette de soupçonner ce jeune homme d'être le genre de pourriture qui, pour s'amuser, droguerait des gens au hasard avec une substance potentiellement mortelle.

— Des appels vers et de Nysa ? Des textos ?

— Seulement des messages concernant les horaires d'entraînement et un rendez-vous pour le reportage de WYEP.

— Et Merlos ? demanda Josie.

— Rien. Merlos n'est même pas un contact dans son téléphone.

— Il a pu effacer tout ce qui pouvait le mettre en cause, de près ou de loin, souligna Josie. Il en a largement eu le temps.

Gretchen remonta ses lunettes de lecture sur son nez et, les yeux sur le téléphone, fit glisser et défiler les écrans.

— Je vais te dire : s'il avait voulu faire disparaître quelque chose, il aurait dû effacer tous les messages de sa mère. Ce gamin n'a aucune chance d'avoir une relation avec qui que ce soit d'autre que cette femme. Ça, c'est un de ses textos : « J'ai parlé à tes professeurs aujourd'hui pour leur expliquer que tu es trop attristé pour rendre tes devoirs. Ils ont tous accepté un délai supplémentaire d'une semaine. » Emoji cœur, emoji visage souriant.

— Waouh, fit Josie. Tu parles d'une façon d'encourager son indépendance.

— Oui, soupira Gretchen. À sa décharge, il lui a répondu d'arrêter de se mêler de sa vie et qu'il était parfaitement capable de parler lui-même à ses profs. Il y a aussi une tonne d'appels, c'est généralement elle qui cherche à le joindre. Il lui a téléphoné dimanche soir vers 22 heures. Ça a duré quarante-neuf minutes. Puis une heure lundi après-midi.

Elle reposa le téléphone sur la table.

— Tu es prête ? demanda-t-elle.

— Allons lui parler.

Hudson sourit à Josie quand elle entra avec Gretchen. Josie prit le siège le plus proche de lui. Gretchen s'assit plus loin, son bloc-notes devant elle.

— Salut, dit Hudson. Vous avez trouvé quelque chose, par rapport à Nysa ? À ce qui lui est arrivé, je veux dire ?

— C'est pour cette raison que nous vous avons demandé de venir ici aujourd'hui, Hudson. Je dois d'abord vous informer de certains droits, d'accord ?

— Oh, comme à la télé ? Vous allez m'arrêter ?

— Non. Pas pour l'instant mais, si nous devons parler, j'aimerais que vous connaissiez vos droits avant de commencer. Vous êtes d'accord ?

— Euh, ouais, OK.

Josie lui lut donc ses droits et il hocha la tête pendant qu'elle parlait. Lorsqu'elle eut terminé, elle laissa quelques secondes s'écouler, pour voir s'il allait demander à partir ou à voir un avocat, mais il se contenta de la regarder fixement, attendant qu'elle parle.

— Hudson, reprit donc Josie, nous vous avons demandé de venir ici parce que nous espérions que vous pourriez nous dire ce qui s'est passé avec Nysa.

— Attendez, quoi ? Je croyais que vous enquêtiez. Pourquoi vous me posez cette question à moi ?

— Je pense que vous savez pourquoi, Hudson. Nysa était avec quelqu'un entre 2 heures et presque 6 heures du matin lundi. Juste avant qu'elle entre dans la piscine et se noie.

Hudson écarquilla les yeux et se pencha un peu plus à chaque mot prononcé par Josie, comme s'il écoutait un récit passionnant.

— Alors, c'était qui ? demanda-t-il.

— Vous ne le savez pas ? intervint Gretchen. Hudson, nous n'avons pas de temps pour les mensonges. Nysa est morte et sa famille veut des réponses.

— Des mensonges ? Quoi ?

— Ça suffit, les conneries, Hudson, renchérit Josie. Votre numéro de pauvre garçon éploré ne fonctionne pas avec nous. Où avez-vous emmené Nysa Somers dimanche soir ? Chez vous ? Ailleurs ?

— Emmenée ? Je ne l'ai emmenée nulle part. Je ne l'ai même pas vue. Écoutez, je ne voulais rien dire avant, mais vous devez savoir que Nysa couchait avec le coach Pace.

— Nous sommes au courant, lui signifia Gretchen. Nous lui avons déjà parlé.

— Qu'est-ce qu'il a dit ? Il était avec elle cette nuit-là, pas vrai ? Qui d'autre ça aurait pu être ? Si vous cherchez avec qui elle était, je vous le dis : avec lui.

— Comment est-ce que vous l'avez appris, pour eux ? demanda Josie.

Il soupira et baissa les yeux vers la table.

— Je... Je les ai vus une fois. Après l'entraînement. Dans son bureau. Croyez-moi, Nysa n'était pas sa première conquête parmi les étudiantes. C'est juste que je ne pensais pas que ça regardait qui que ce soit. Je ne crois pas que Nysa aurait voulu que cette histoire s'ébruite.

— Ça a dû être difficile pour vous, commenta Josie. De savoir qu'ils étaient ensemble.

Il garda le regard baissé.

— Je n'étais pas ravi. Nysa méritait mieux que cet abruti.

— Et vous n'avez pas jugé utile de transmettre l'information à la police ? demanda Gretchen.

— L'inspectrice Palmer a raison, Hudson. Vous nous avez menti, à l'inspecteur Mettner et à moi, lorsque nous vous avons parlé lundi, enchaîna Josie. Comment pouvons-nous vous croire maintenant, quand vous dites que vous n'avez pas vu Nysa dimanche soir ou lundi matin ?

— Peu importe, éluda Gretchen, en s'adressant à Josie. On vérifiera les coordonnées GPS de sa voiture. Comme ça, on saura où il a emmené Nysa. Passons à autre chose.

— Attendez une minute, la coupa Hudson. Pourquoi vous insistez tant là-dessus ? Ça change quoi, que quelqu'un l'ait vue dimanche ou lundi ?

Josie se pencha plus près de lui.

— La personne qui était avec elle a contribué à sa mort, Hudson. Mais vous le savez déjà, n'est-ce pas ?

Il posa une grande main sur sa poitrine.

— Attendez, vous pensez que je lui ai fait quelque chose ? Je vous l'ai déjà dit, je l'ai vue samedi à une fête et, le lundi d'après, un des entraîneurs adjoints m'appelle pour m'annoncer qu'elle est morte et que je dois me rendre au poste de police du campus.

— Nous savons ce que vous lui avez fait, Hudson, répliqua Josie. Vous lui avez fait la même chose que votre ex-colocataire à Robyn Arber mais, vous, vous êtes allé beaucoup trop loin.

Il prit une brusque inspiration. Son corps se raidit. Josie eut l'impression de voir une proie se figeant dans la nature avec l'espoir que le prédateur s'éloigne au lieu de l'attaquer. Il réussit à lâcher une question étranglée :

— Qu'est-ce que vous avez dit ?

— Vous vous souvenez de Robyn Arber, Hudson ? insista Josie.

— Non, enfin, oui. Je veux dire, Doug m'en a parlé. C'est à cause d'elle qu'il a été renvoyé de la fac...

— À cause d'elle ? le coupa Josie en avançant sa chaise. Vous êtes sûr de ça, Hudson ?

Il remua les lèvres, mais aucun mot ne sortit.

— Vous êtes sûr que ce n'est pas plutôt à cause de la drogue que Doug et vous aviez mise au point ?

— Quoi ?!

Sa voix avait grimpé d'une octave.

C'était une supposition de la part de Josie. Il était tout à fait possible que Hudson n'ait pas participé au développement du souffle du diable version Doug, en revanche il était tout à fait impossible qu'il n'en ait rien su.

— Écoutez, plaida-t-il, je n'étais pas d'accord avec ce que Doug a fait à Robyn. C'était dégueulasse. Mais ce n'était pas mon idée, d'accord ? Je lui avais dit que personne ne trouverait ces vidéos marrantes.

Gretchen intervint :

— Alors vous saviez pour la drogue ?

— Eh bien, oui, on vivait ensemble. Il faisait toujours des trucs bizarres, on aurait dit une sorte de savant fou, mais je n'étais pas impliqué là-dedans. C'était son truc à lui. Et pour les vidéos, je les ai découvertes après coup.

Josie jeta un coup d'œil à Gretchen, qui lui adressa un signe de tête à peine perceptible.

S'approchant encore de Hudson, Josie reprit :

— On a parlé avec Doug hier, Hudson. Il nous a tout dit. Tout sauf votre nom. Il ne pensait sans doute pas que nous serions capables de remonter jusqu'à vous. Mais l'ancien chef de la police du campus est parti, donc c'est fini, les dissimulations et les dossiers perdus. La nouvelle cheffe de la police du campus, la cheffe Hahlbeck, s'est renseignée et nous a dit que vous étiez le colocataire de Doug en première année. Et devinez ce qu'elle a découvert d'autre ?

Il ne répondit rien.

— Vos ennuis de l'année dernière, vous ne les avez pas eus juste parce que vous aviez un joint dans votre sac de natation.

Un muscle se contracta dans sa mâchoire.

— Vous avez eu des ennuis, parce que Doug et vous déteniez une très grosse quantité de votre souffle du diable personnel dans votre appartement. Doug a été viré, banni du campus. Vous, vous avez échappé à ça, vous avez juste perdu votre bourse d'études.

Il se gratta l'aile du nez avec l'index.

— Oui, ma mère a fait une scène au doyen, elle était furax. Mon père est décédé pendant ma dernière année de lycée, et cette bourse nous aidait bien. Le doyen a répondu que les frais de scolarité, ça allait être le cadet de nos soucis, puisqu'il voulait me renvoyer de la fac. Perdre la bourse, c'était un compromis. J'ai pu rester à l'université, au moins.

— C'était quelle bourse, Hudson ?

Il laissa retomber sa main sur ses genoux. Ne la regarda pas. Ne lui répondit pas.

— Hudson ?

— La bourse Vandivere, marmonna-t-il.

Josie se tourna vers Gretchen.

— Inspectrice Palmer, quelle est la grosse bourse que Nysa Somers a reçue cet été ? Celle dont ils parlaient dans le reportage de WYEP ?

Gretchen fit mine de feuilleter son bloc-notes et d'ajuster ses lunettes de lecture. Josie remarqua que Hudson la regardait par en dessous.

— Hum, la bourse Vandivere, finit par répondre Gretchen.

— Autrement dit, Nysa a récupéré votre bourse, conclut Josie. Je parie que ça vous est resté un peu en travers de la gorge, non ?

— Nysa la méritait, lâcha Hudson.

— Vous n'étiez pas en colère de l'avoir perdue à son profit à elle ? insista Josie.

Hudson croisa enfin son regard.

— Non, pas du tout.

— Hudson, il nous est vraiment difficile de vous croire, sachant que vous nous avez déjà menti. En affirmant que vous ne saviez pas avec qui était Nysa, la nuit précédant sa mort. En prétendant que vous ne saviez pas si elle voyait quelqu'un ou non. Vous avez aussi menti sur ce qui vous avait privé de votre bourse. Et sur le petit autocollant de Doug, en disant que vous ne le reconnaissiez pas. À ce stade, Doug Merlos a plus de crédibilité que vous. Il ne nous a rien caché, lui. Même le coach Pace nous a dit la vérité, termina Gretchen avec une grimace.

Elles laissèrent le silence se prolonger jusqu'à ce que le *tic-tac* de l'horloge murale semble assourdissant. Josie avait compté quatre-vingt-dix-sept *tic* quand Hudson reprit enfin la parole.

— Qu'est-ce que vous voulez que je vous dise ?

— Juste la vérité.

— Je vous dis la vérité.

— Pas sur le souffle du diable, lui rappela Josie.

Il expira longuement.

— OK. Vous avez raison. Je n'ai pas été tout à fait honnête là-dessus, mais je n'ai pas aidé Doug à fabriquer la drogue. Tout ce que j'ai fait, c'est la tester, OK ?

— La tester comment ? demanda Josie.

— J'en ai pris pour qu'il puisse voir ce qui se passait, si ça fonctionnait pour de vrai.

— Doug vous a donné du souffle du diable et vous a filmé ? voulut savoir Gretchen.

Il la regarda.

— Ouais. On voulait vérifier si ça marchait. Parce que Doug affirmait que ça transformait les gens en zombies et qu'on pouvait leur faire faire tout ce qu'on voulait, sans qu'ils se souviennent de rien. Alors j'en ai pris et il m'a filmé, puis on a inversé les rôles. C'est là qu'il a eu l'idée de fabriquer son propre produit, pour monter une entreprise ou quelque chose comme ça, une connerie, et j'ai aussi goûté quelques doses du souffle du diable qu'il avait fabriqué... C'était pas le vrai, c'était genre le mélange d'un médicament en vente libre et d'une plante ou quelque chose comme ça... Et il m'a filmé pendant que j'étais sous l'empire de ce truc. Doug a dit que ça ne resterait pas dans mon organisme et que je n'aurais pas de problèmes avec les tests de dépistage pour l'équipe de natation. On a continué à faire des essais jusqu'à ce qu'il obtienne un produit qui ait exactement les mêmes effets que le vrai souffle du diable. Il était complètement obsédé.

— Où sont passées ces vidéos ? s'enquit Josie.

Il haussa les épaules.

— Je ne sais pas. On les avait prises avec son téléphone, il les a sûrement effacées. Parce que, bon, cette merde, ça vous fout en l'air. Bref, il a commencé à faire des vidéos avec d'autres gens, ça l'a mis dans un sacré bourbier, on s'est tous les deux fait pincer et voilà.

— Vous-même n'avez jamais administré la drogue à personne ? demanda Gretchen.

— Non.

— Même pas à Nysa ? demanda Josie.

De nouveau, il porta la main à son cœur.

— Quoi ? Non, je n'ai pas... Vous croyez que j'ai donné du souffle du diable à Nysa ? Je n'en ai même pas. On s'en est débarrassé. On n'avait pas le choix. On ne pouvait pas le garder. Doug a jeté le sien dans les toilettes après la vidéo avec Robyn. Même s'il m'en était resté, je n'en aurais donné à personne.

Surtout pas à Nysa. C'était quelqu'un de bien. Je ne lui aurais jamais fait ça. Je ne le ferais même pas à quelqu'un que je n'aime pas, alors encore moins à quelqu'un à qui je tenais, comme Nysa.

— Ne me racontez pas de conneries, Hudson, lança Josie pour le pousser dans ses retranchements. Doug savait comment fabriquer ce produit. Il l'avait déjà fait. Il vit toujours à Denton. Ça aurait été très facile pour vous d'en obtenir. D'ailleurs, peut-être qu'il n'avait pas tout jeté dans les toilettes. Peut-être que vous en avez pris un peu avant. Vous avez donné à Nysa la même dose que Doug à Robyn, puis vous avez mis une alerte sur son téléphone. Vous saviez très bien que, lorsqu'elle la lirait, elle risquait fort de mourir.

— Quoi ? Non, non, non. De quoi vous parlez ? Quelle alerte sur son téléphone ? Je n'ai rien fait. Je ne l'ai même pas vue. Je ne lui ai rien donné. Je ne lui ai pas fait de mal. Je n'aurais jamais fait ça, j'en aurais été incapable.

— Et pourtant, vous l'avez fait, non ? insista Josie. Vous avez mis du souffle du diable dans des brownies, vous en avez offert un à Nysa et vous l'avez envoyée se noyer dans la piscine. Le lendemain, vous vous êtes arrêté chez un pompier décoré, vous lui avez donné un brownie et vous lui avez dit de brûler sa maison. Vous avez utilisé les autocollants de Doug pour que l'enquête remonte jusqu'à lui, et vous avez menti en prétendant ne les avoir jamais vus pour qu'on ne vous soupçonne pas. Puis, après que l'inspecteur Mettner et moi vous avons interrogé lundi, vous avez donné le reste des brownies à une association pour qu'ils soient vendus à diverses personnes et que tout ça ait l'air aléatoire.

À chaque accusation, le visage de Hudson devenait plus blafard. Il resta bouche bée. Il lui fallut plusieurs secondes pour la refermer, puis la rouvrir et pouvoir lâcher :

— Je ne comprends rien à ce que vous me racontez.

— Où est le reste du souffle du diable ? enchaîna Gretchen, d'une voix froide par comparaison avec la colère de Josie.

— Je vous l'ai dit. Je n'en ai pas. Cette merde a déjà assez gâché ma vie. J'ai perdu ma bourse de natation.

— Et Clay Walsh ? demanda Gretchen. Vous lui en avez donné ?

Il plissa le front.

— Qui c'est ? Je ne connais personne de ce nom.

Un silence passa, avant que Josie reprenne :

— Et Precious Paws, le refuge pour animaux ? Ce nom vous est familier ?

Une lueur médusée passa sur ses traits. Quand il répondit, ce fut d'une voix tremblante.

— Non, je ne connais pas cet endroit.

41

— Encore une performance digne d'un Oscar, marmonna Gretchen. Tu en penses quoi ?

Par la fenêtre du bureau du chef, Josie et elles regardaient Hudson sortir sur le trottoir où Hummel avait laissé sa voiture.

Josie se massa les tempes ; une douleur sourde était en train de se transformer en migraine lancinante.

— Je ne sais pas. Je ne sais pas quoi penser.

En contrebas, Hudson sortit son téléphone, que Gretchen lui avait rendu avant de le laisser partir. Il pianota frénétiquement dessus, puis le pressa contre son oreille.

— Je parie que je sais qui il appelle, reprit Gretchen. Tu crois que sa mère va venir ici, toute « furax », et essayer de nettoyer le bordel dans lequel il s'est fourré ?

Hudson allait et venait sur le trottoir, en parlant si rageusement que des postillons jaillissaient de sa bouche. Et même si les policières ne pouvaient pas l'entendre, il ne faisait aucun doute qu'il criait.

— J'espère que non, répondit Josie. Et si c'était plutôt Doug Merlos au bout du fil ? Peut-être qu'il ne l'a pas dans ses contacts parce qu'il ne veut pas enregistrer le numéro de son dealer dans son téléphone ? Ou peut-être qu'après qu'on lui a montré l'autocollant lundi pendant son premier interrogatoire, il a supprimé toutes les preuves de son association avec Doug.

— Peut-être. Tu penses que ce gamin est capable de ça ?

Hudson continuait à faire les cent pas, le téléphone à l'oreille, en rongeant les ongles de sa main libre. Il écoutait quelqu'un. Mais qui ?

— En tout cas, il fait un aussi bon suspect que Brett Pace ou Doug Merlos, répondit Josie. Il n'a pas vraiment d'alibi à partir de 1 heure du matin, la nuit où Nysa a disparu. Si on pouvait le relier à l'incendie de chez Clay Walsh, ça débloquerait pas mal de choses.

— Hummel devrait avoir les données de son véhicule d'ici une heure.

— Ce qui est sûr, c'est que Hudson a menti en affirmant ne pas connaître le refuge pour animaux.

— Oui, c'est l'impression que j'ai eue aussi.

Hudson s'immobilisa. Sa bouche bougeait, plus calmement maintenant. Un poing restait serré contre son flanc.

— Je pense qu'on devrait le prendre en filature, dit Josie. À présent, il sait exactement ce qu'on cherche. S'il a des traces à couvrir, il va le faire maintenant.

— D'accord, acquiesça Gretchen. Allons-y.

Josie monta au volant de sa voiture de location. Elles suivirent Hudson Tinning à travers le centre-ville et en direction du campus. Toutefois, au lieu de tourner sur la route qui menait à Hollister Way, il continua tout droit. Pendant quelques minutes, Josie se demanda s'il allait rendre visite au coach Pace, mais il bifurqua soudain vers un lotissement situé à un peu plus d'un kilomètre de chez Pace. C'était un petit quartier pittoresque, construit par des promoteurs vingt-cinq ans plus tôt et qui attirait surtout des propriétaires issus de la classe moyenne : des enseignants, des commerçants, des infirmières, et même quelques policiers de Denton s'y étaient installés. Elles restèrent le plus possible en retrait tandis que Hudson zigzaguait dans les ruelles bordées d'arbres. Il était midi, il n'y avait donc pas beaucoup de monde dehors et la plupart des allées devant les maisons étaient vides, y compris celle où Hudson s'engagea. Elle conduisait à un bungalow blanc au bardage bleu foncé. La toute petite cour était bien entretenue, agrémentée d'un parterre de fleurs aux couleurs vives. C'était gai et chaleureux. Accueillant.

— C'est chez sa mère, devina Josie. Tu peux vérifier ?

— On n'a pas de terminal de données mobiles dans cette voiture, patronne.

— Consulte les registres de propriété du comté sur ton téléphone, lui dit Josie.

Elle dicta l'adresse à Gretchen, qui chaussa ses lunettes de lecture et se mit à taper sur son portable. Josie fit le tour du pâté de maisons, avant de se garer trois bâtisses plus loin, en faisant en sorte de garder une vue parfaite sur la maison. Hudson se tenait près de la porte d'entrée et tripotait ses clés.

— Cette maison a été achetée par Bradley et Mary Tinning il y a vingt-cinq ans, confirma bientôt Gretchen.

— Je le savais.

Hudson déverrouilla la porte à l'aide d'une des clés de son trousseau et disparut à l'intérieur de la maison, refermant derrière lui. Josie nota l'heure à l'horloge du tableau de bord pour pouvoir établir avec certitude combien de temps il restait à l'intérieur.

Pas très longtemps, en l'occurrence. Il ressortit un quart d'heure plus tard avec un tote bag rose et violet qu'il jeta sur le siège passager de sa Nissan. Puis il s'empressa de s'installer au volant.

— Il est bien pressé, nota Gretchen. Combien tu veux parier qu'il a le souffle du diable de Doug Merlos dans le cabas de maman ?

Josie regarda Hudson sortir de l'allée, si vite que ses pneus crissèrent. Au fond de son esprit, quelque chose clignota et disparut, comme un flash cherchant à éclairer un détail qu'elle avait négligé au cours de l'enquête.

— Patronne ? dit Gretchen.

Josie fit démarrer la voiture de location et se lança derrière Hudson, en tâchant de rester discrète sans le perdre de vue. Elles le suivirent jusqu'à la sortie du lotissement, en direction du centre-ville. Il contourna le parc municipal et prit vers le nord, ce qui l'amenait hors de Denton.

— Où est-ce qu'il va ? demanda Gretchen.

— Je ne sais pas, admit Josie.

Tout en gardant un œil sur le véhicule de Hudson, elle fouillait dans son esprit, en quête de ce qui lui échappait. Elle avait besoin que ce flash la guide de nouveau. Juste une fois, et elle pourrait peut-être saisir ce qu'elle avait raté.

— On appelle des renforts ? suggéra Gretchen.

— Non. Pas encore. Je ne veux pas lui faire peur. Voyons où il va.

Son ventre se serra lorsqu'il prit la route qui montait à Tiny Tykes. Il accélérait à mesure qu'il gravissait la montagne. Ils passèrent devant l'allée de chez Clay Walsh, désormais fermée par une Rubalise jaune. Ce fut seulement lorsque Hudson eut dépassé l'entrée du parking de l'école sans même ralentir que Josie put lâcher un soupir de soulagement.

— Où va cette route ? demanda Gretchen.

— Nulle part. Elle continue comme ça pendant des kilomètres et des kilomètres. Au bout d'un moment, on croisera des autoroutes, quelques petites villes, un parc national.

Josie se laissait de plus en plus distancer pour que Hudson ne se doute de rien. Aucun autre véhicule ne les suivait ni ne roulait dans le sens inverse. Les arbres se refermaient autour d'elles des deux côtés de la route. De temps en temps, une ouverture au bord de la chaussée indiquait un sentier ou une maison.

— Qu'est-ce que c'est ? demanda soudain Gretchen en désignant une lumière rouge qui clignotait au loin.

— Un passage à niveau, fit Josie.

En s'approchant, tout en restant loin derrière Hudson, elles virent l'endroit où la voie ferrée traversait la route. Des lignes avaient été peintes de chaque côté et un panneau clignotant montait la garde sur la droite tandis que la barrière pointait vers le ciel, prête à s'abaisser si un train se présentait. Josie s'attendait à ce que Hudson le franchisse à toute berzingue, au lieu de quoi il ralentit. Sans mettre son clignotant, il tourna à droite.

— Ça doit être une route de service, constata Gretchen, qui avait sorti son téléphone et chaussé ses lunettes. J'essaie de me connecter sur Google Maps.

— Tu n'auras pas de réseau ici, l'avertit Josie.

— Ça ne coûte rien d'essayer.

— Eh bien, bonne chance.

Josie continua au pas le long de la route jusqu'à ce qu'elles ne soient plus qu'à quelques mètres du passage à niveau. *Une chance qu'il n'y ait personne derrière*, songea-t-elle. Comme l'avait remarqué Gretchen, sur leur droite, une étroite route pavée longeait la voie ferrée. Comme elles se rapprochaient, Josie se pencha pour regarder au-delà des arbres, mais pas de Hudson en vue.

— C'est bon ! clama Gretchen. J'ai la vue satellite. C'est une petite route de service qui mène à... un pont, on dirait.

Josie n'avait pas passé beaucoup de temps au nord de Denton. Chaque fois qu'elle avait traversé ce coin, c'était pour se rendre ailleurs. Elle savait que la voie ferrée serpentait à travers les montagnes, mais elle ne connaissait pas cette zone en particulier.

— Fais-moi voir, dit-elle en arrêtant le véhicule juste avant le passage à niveau.

Gretchen tourna l'écran de son téléphone vers elle. Il n'y avait pas de maisons. Que des arbres, la route de service, la voie ferrée, et encore des arbres.

— La route de service s'arrête où le pont commence, dit Josie. C'est un cul-de-sac.

— OK, tu veux attendre qu'il fasse demi-tour ou tu veux voir ce qu'il fiche sur un pont ferroviaire ?

Josie s'engagea sur la route de service.

— D'après la vue aérienne, il enjambe une vallée sacrément profonde. Je pense qu'il va y balancer le souffle du diable qu'il a dans son sac.

Elles foncèrent jusqu'à ce qu'elles aperçoivent la Nissan de Hudson. Josie enfonça la pédale de frein et manœuvra de façon que Hudson ne puisse pas repartir sans lui demander de déplacer la voiture... ou sans la percuter. Une fois au point mort, les deux policières sortirent et coururent vers le pont.

— Maintenant, on devrait appeler des renforts, lâcha Josie.

Gretchen se laissa distancer de quelques pas pendant qu'elle appelait le central pour demander l'aide d'une patrouille, ou d'une unité de la police d'État, puisqu'elles se trouvaient probablement en dehors des limites de la ville de Denton. La route de service se terminait par un mur de pierres à hauteur de taille. À côté, une petite pente caillouteuse montait jusqu'à la voie ferrée. Josie ne voyait toujours pas Hudson. La gorge serrée, elle se pencha par-dessus le muret et regarda en bas. L'effet était vertigineux. Il y avait facilement cent mètres de dénivelé, et la vallée en contrebas était inaccessible à tout type de véhicule. Elle était traversée par un ruisseau en crue. Le Tamanend, se rappela Josie, un affluent de la rivière Swatara. Elle ne voyait nulle preuve que Hudson ait sauté ou soit tombé dans ce ruisseau, cependant.

— Je crois que je le vois ! s'exclama Gretchen.

Josie la regarda gravir péniblement la petite pente en essayant de garder l'équilibre sur les pierres. Josie monta à sa suite et elles atteignirent la voie ferrée.

— Là, dit Gretchen.

En se tournant vers la vallée, Josie aperçut Hudson au milieu du pont. Les couleurs éclatantes du tote bag qu'il portait à l'épaule chatoyaient dans la lumière du soleil.

— Mince, souffla-t-elle. Qu'est-ce qu'il fabrique ? S'il avait quelque chose à jeter, il aurait pu le balancer par-dessus le mur.

— Allons-y, dit Gretchen.

Josie s'engagea la première, en restant à l'intérieur des rails et en ne marchant que sur les traverses. En d'autres circonstances, ce pont en arc aurait été à couper le souffle. Le tablier reposait sur des colonnes d'acier soutenues par une large arche, une seule, reliant deux culées, chacune construite à flanc de montagne. Hudson Tinning se trouvait au milieu. En s'approchant, Josie et Gretchen virent que la largeur totale du pont excédait de quelques mètres celle de la voie ferrée, dont les pierres du ballast dégringolaient sur deux étroites passerelles en béton, protégées par des parapets en acier. Hudson se tenait à leur droite, la taille appuyée contre le haut du garde-fou, le sac toujours accroché à l'épaule. Il le tenait ouvert d'une main, tandis que, de l'autre, il fouillait à l'intérieur. Il commença à en extirper ce qui ressemblait à des brownies emballés dans du film alimentaire et à les jeter dans le vide en contrebas.

— Hudson ! cria Josie en se mettant à courir. Arrêtez !

Il se figea, ses yeux bleu pâle écarquillés, le teint gris de panique. Pendant une fraction de seconde, Josie crut qu'il allait coopérer. Puis il se détourna, passa les anses du fourre-tout sur son épaule, posa les deux mains sur la rambarde du parapet et l'escalada.

Josie s'élança vers lui. Derrière, elle entendait le souffle court de Gretchen et le bruit de ses pas sur les traverses de chemin de fer alors qu'elle tentait de la rattraper.

— Hudson, arrêtez-vous ! répéta Josie. S'il vous plaît !

Accroché à la rambarde, il se tourna avec précaution pour se trouver face à elle, les deux pieds sur le bord extérieur du pont.

— N'approchez pas, cria-t-il. Sinon je saute !

42

Josie s'immobilisa et leva les mains en signe de reddition. Elle n'était qu'à un ou deux mètres de lui, pas assez près toutefois pour essayer de le rattraper s'il lâchait la rambarde.

— Hudson, s'il vous plaît. Revenez de ce côté de la balustrade, d'accord ?

Il secoua la tête. Accroché au garde-fou, il se balança d'avant en arrière : le haut de son corps surplombait le vide, le tote bag se balançait violemment. Un petit sachet en plastique, un carré d'environ cinq ou six centimètres de côté, s'échappa de l'ouverture du sac et flotta vers la vallée en contrebas. D'où elle se tenait, Josie eut l'impression qu'il contenait une poudre blanche.

Gretchen arriva derrière elle, et elle l'entendit tapoter sur l'écran de son portable. Probablement pour avertir discrètement les renforts, sans alerter Hudson.

— Hudson, répéta Josie, sans reculer ni avancer, les mains toujours en l'air. Regardez-moi.

Il s'arrêta de bouger et croisa son regard.

— Je ne suis là que pour parler, d'accord ? C'est tout. Je ne veux pas que vous soyez blessé. Pourquoi ne pas revenir de ce côté du parapet ?

— Non.

— Je ne m'approcherai pas plus, je vous le promets. Je reste ici.

Il leva le menton pour montrer Gretchen.

— Et elle ?

Se retournant, Josie vit sa collègue lever les deux mains. Elle avait dû ranger son téléphone dans sa poche.

— Je ne bouge pas non plus, lui assura-t-elle. Manifestement, vous êtes bouleversé. Nous ne voulons pas vous contrarier davantage, comme l'a dit l'inspectrice Quinn, on est juste là pour vous parler. Nous pouvons le faire d'ici, mais c'est sûr qu'on serait plus à l'aise si vous étiez de ce côté-ci de la balustrade.

Il parut réfléchir un instant. Puis il regarda, par-dessus son épaule, le fond du gouffre. Se retournant vers elles, il ferma les paupières. Ses phalanges étaient blanches.

— Non, non, non. Je dois le faire.

— Faire quoi, Hudson ? demanda Josie. Sauter ? Parce que non, vous n'êtes pas obligé de sauter. On peut s'arranger.

Il rouvrit les yeux brusquement, les traits crispés par la colère.

— Ne me racontez pas vos conneries de flic. Je regarde la télé. Je sais comment ça se passe. Vous me dites que tout ira bien, je vous raconte tout ce que je sais, je retourne au poste avec vous, ou je ne sais pas où, et bim, je me retrouve en prison. Non. Pas question. Ça ne va pas résoudre le problème. Le seul moyen d'arrêter ce truc, c'est que je saute.

— Non, Hudson, la seule chose qui peut arrêter tout ça, c'est vous. Vous pouvez tout arrêter. Tout de suite. Mais vous avez raison. Vous irez en prison. Ça, on ne peut rien y faire. Nysa est morte. La vie de Clay Walsh tient à un fil et, même s'il survit, il sera handicapé pour le restant de ses jours à cause de ses blessures. Ça ne peut pas rester impuni, Hudson. En revanche, vous pouvez empêcher que quelqu'un d'autre soit blessé.

Une larme coula sur la joue de l'étudiant. Il regarda tour à tour Gretchen et Josie, puis le ciel, et secoua la tête.

— Vous vous imaginez que je n'ai pas essayé d'arrêter le truc ? Vous ne croyez pas que j'essaie depuis le début ? Je ne savais même pas...

Il s'interrompit et le cœur de Josie s'arrêta un instant lorsqu'il retira une main de la balustrade pour s'essuyer l'œil. Elle ne put se remettre à respirer qu'au moment où il se cramponna de nouveau à la rampe.

— J'aimais Nysa, poursuivit-il. Je sais qu'elle ne m'aimait pas. Je sais qu'elle ne m'aurait jamais aimé mais, moi, je l'aimais. Je ne lui aurais jamais fait de mal. Je ne ferais jamais de mal à personne. Je ne suis pas comme ça. Je ne suis pas comme eux. Par contre, c'est arrivé à cause de moi. Toutes ces choses... sont arrivées à cause de moi. Si je ne suis plus là, personne d'autre ne souffrira.

— Vous n'êtes pas comme qui, Hudson ? demanda Gretchen.

De nouveau, ce flash dans un coin de l'esprit de Josie. Le profil de l'empoisonneur que lui avait décrit Drake lui revint en mémoire. *Ils sont sournois et manquent d'empathie.*

Hudson ne manquait pas d'empathie. Josie avait d'abord cru que son inquiétude concernant la façon dont la famille Somers prenait la mort de Nysa, sa réprobation concernant les vidéos que Doug Merlos avait tournées étaient simulées, mais peut-être n'était-il pas un très bon acteur. Peut-être éprouvait-il vraiment de l'empathie.

— Je ne veux pas en parler, cria-t-il. Ça ne servira à rien. Les choses sont allées trop loin.

— D'accord, Hudson, d'accord, fit aussitôt Gretchen.

Prenons une minute, vous voulez bien ? Respirez profondément.

Ils sont émotionnellement déficients. Presque puérils dans leur manière de penser... extrêmement immatures.

Là encore, Hudson n'était rien de tout ça. Certes, il avait menti sur plusieurs points mais, lorsqu'il avait été mis face à ses mensonges, il avait réagi avec beaucoup de maturité. Quand elles l'avaient interrogé sur ce qu'il avait ressenti à la perte de sa bourse d'études au profit de Nysa, il avait répondu que celle-ci la méritait. Et s'il ne voulait pas que les gens sachent pourquoi il avait perdu la bourse, il en assumait clairement la responsabilité. Ce n'étaient pas là les réactions de quelqu'un d'émotionnellement déficient ou d'immature.

Josie le regarda droit dans les yeux et hocha la tête.

— Oui, dit-elle. Calmons-nous un instant. Comme nous vous l'avons dit, nous sommes venues pour parler, Hudson, mais nous pouvons faire une pause.

Elle prit plusieurs respirations exagérément profondes et, au bout de trois, elle vit qu'il l'imitait inconsciemment.

— C'est bien, dit-elle.

Il est plus fréquent qu'ils aient été des enfants gâtés. Extrêmement, extrêmement gâtés... Avec le sentiment que tout leur est dû.

Sans aucun doute, Hudson avait été gâté. Elle se rappelait ce que Christine Trostle avait dit à propos de sa mère, qui avait fait « tout un pataquès » en apprenant qu'il n'apparaîtrait pas dans le reportage de WYEP. Pace l'avait traité de « fils à maman », et puis il y avait les textos de sa mère disant qu'elle avait parlé à ses professeurs pour lui. Cependant, Josie ne voyait pas en quoi une mère aussi envahissante pouvait lui donner le sentiment que tout lui était dû. Hudson n'appréciait guère les machinations maternelles. Il avait même répondu à son texto sur l'aplanissement de ses difficultés avec ses professeurs en lui demandant de ne pas s'en mêler. Quand Josie avait évoqué le reportage de WYEP lors de leur premier entretien, il avait répondu qu'il n'avait même pas voulu y figurer. Ce n'était pas lui qui estimait avoir tous les droits.

— Hudson, le « eux » à qui vous ne ressemblez pas, ce sont vos parents ?

Il se remit à se balancer d'avant en arrière.

— Mon père est mort, lâcha-t-il.

— D'accord, enchaîna-t-elle, mais pas votre mère.

Il ne dit rien.

D'une main, elle montra le tote bag toujours à son épaule.

— Votre part du souffle du diable est dans ce sac, c'est ça ?

— Ma part ? cria-t-il. Je n'ai jamais eu de part ! Tout ça, c'était Doug. J'étais d'accord tant qu'on ne le testait que sur lui et sur moi, parce que, je sais pas, on était des crétins d'étudiants. Je n'en ai jamais voulu. Je n'avais pas prévu de l'utiliser.

— Quand nous vous avons parlé au poste aujourd'hui, vous avez dit que Doug avait jeté « le sien » dans les toilettes, intervint Gretchen. Si vous n'en aviez pas chacun une part, pourquoi avez-vous dit ça ?

Les genoux du jeune homme commençaient à trembler. Josie tâcha de se concentrer sur la conversation plutôt que sur l'image de Hudson basculant dans la vallée en contrebas. Comme il ne répondait toujours pas, elle reprit :

— Ce n'était pas votre part, c'est ça, Hudson ? C'était celle de votre mère.

De nouveau, il serra les paupières, ce qui n'empêcha pas des larmes de glisser sur ses joues.

Josie poursuivit :

— C'est votre mère qui s'est arrangée avec le doyen – le père de Doug – quand il y a eu l'histoire avec la vidéo de Robyn Arber. Vous deviez être renvoyé de la fac. Votre mère a négocié avec le doyen et vous a obtenu une punition beaucoup plus légère. Elle devait être très impliquée dans l'affaire. En fait, elle est très impliquée dans tous les aspects de votre vie, n'est-ce pas, Hudson ?

Il rouvrit les yeux, détacha de nouveau une main de la rambarde pour essuyer ses larmes.

— Elle le fait parce qu'elle m'aime, c'est tout. Il faut la comprendre : ma grand-mère et elle, elles... Quand ma mère était petite, son père lui a fait des choses, vous voyez ?

— Votre grand-père a abusé sexuellement de votre mère ? demanda Gretchen.

Il hocha la tête.

— Oui. Ma mère ne me l'a dit que tardivement, quand je suis devenu adulte. Il l'a fait pendant des années et ma grand-mère le savait. Au lieu de l'en empêcher, elle compensait en donnant à ma mère tout ce qu'elle voulait, vous voyez ? Tout, absolument tout ce qu'elle voulait.

— Elle la gâtait.

— Oui, c'est ça. Jusqu'à ce que mon grand-père meure – c'était avant ma naissance – et que ma grand-mère récupère l'argent de l'assurance-vie. Bref, ma mère considère qu'elle doit garder un œil sur moi quoi qu'il arrive pour s'assurer que personne ne me fasse du mal, comme son père lui a fait du mal. Du coup, elle a toujours été... là, quoi. Je voudrais qu'elle arrête, mais je me sens coupable. Je sais qu'elle m'aime et, maintenant que mon père est parti, je suis tout ce qu'elle a.

— Hudson, je suis contente que vous nous racontiez ces choses, tenta Gretchen, mais vous voulez bien venir de ce côté-ci de la balustrade ? S'il vous plaît ? Nous pouvons continuer à parler à distance. Nous ici, vous là-bas.

— Non, dit-il en faisant violemment osciller son buste d'avant en arrière.

— OK, dit Josie. D'accord, d'accord. Restez où vous êtes, mais arrêtez de vous balancer. Ça vous va comme ça ?

Le mouvement ralentit. Josie compta quelques secondes avant de tenter de relancer la conversation.

— Votre mère était là quand Doug et vous avez dû vider votre chambre pour quitter le campus, n'est-ce pas ?

Il acquiesça.

— Elle est venue et a pris le relais, c'est elle qui a fait le plus gros du nettoyage et des cartons. Doug jetait le souffle du diable dans les toilettes, et elle lui a dit d'arrêter, qu'elle allait se charger de le faire disparaître. Que c'était le travail d'un adulte responsable, pas d'un gamin. Il s'en fichait.

— Mais elle ne s'en est pas débarrassée, c'est ça ? dit Gretchen.

Il jeta un coup d'œil au tote bag.

— Je pensais que si. Et puis lundi, vous m'avez dit que Nysa était morte et vous m'avez montré cet autocollant, et j'ai eu super peur. Dimanche soir, j'avais vu Nysa monter dans une voiture avec ce connard de Pace. J'étais contrarié. J'ai appelé ma mère. Je voulais juste, je ne sais pas, vider mon sac. Que quelqu'un me dise que je n'étais pas un loser parce que Nysa l'avait choisi lui plutôt que moi. Ma mère m'a répondu de ne pas m'inquiéter, que Nysa n'était pas digne de moi et qu'elle aurait bientôt ce qu'elle méritait.

— Avez-vous vu votre mère plus tard ce soir-là ? Après lui avoir parlé au téléphone ? Après que votre colocataire est allé se coucher ?

— Non, je me suis mis au lit. Je n'aurais jamais pensé que Nysa et ma mère... ou que ma mère... mais, bon, les gens ont tendance à...

Il s'interrompit. De nouveau, il jeta un coup d'œil derrière lui, cette fois avec plus de courage, sembla-t-il à Josie. Soit il se préparait mentalement à sauter, soit il commençait à s'habituer au danger. Josie ne pouvait pas en dire autant. Les battements de son cœur étaient complètement erratiques.

— Les gens ont tendance à quoi ? l'incita-t-elle à préciser.

— Mon grand-père est mort d'une overdose accidentelle, lâcha-t-il.

— Une overdose de quoi ? demanda Gretchen.

— Ses médicaments pour le cœur, je crois.

— Vous pensez que votre mère a eu quelque chose à voir avec ça ? s'enquit Josie, s'efforçant de garder l'attention de Hudson.

— Ou ma grand-mère. Elle est morte maintenant, mais ce que je veux dire, c'est que les gens ont eu tendance à mourir autour de ma grand-mère, et autour de ma mère aussi.

— Quels gens, Hudson ?

Sa voix était toute fluette lorsqu'il répondit :

— Mon père. Il est mort dans son sommeil. Il avait un mauvais rhume, une inflammation des poumons, mais ça n'allait a priori pas le tuer. Puis j'ai découvert qu'il avait eu une liaison avec une collègue.

— Vous pensez que votre mère lui a fait quelque chose ? demanda Gretchen.

— Je ne sais pas. Elle a toujours été bizarre, un peu sournoise, vous voyez ? Du genre à mettre des trucs dans la nourriture des gens s'ils ne la traitaient pas bien ou s'ils disaient quelque chose qui ne lui plaisait pas.

— Quel genre de trucs ? insista Josie.

— Des laxatifs, des saletés, ou elle crachait dedans.

Juste derrière elle, Josie entendit Gretchen murmurer :

— Punaise.

Hudson continuait sur sa lancée :

— Juste avant la mort de mon père, je l'ai vue faire quelque chose avec ses antibiotiques. J'ai pensé qu'elle les remplaçait par un autre produit, mais je n'en étais pas sûr. Quand je lui ai posé la question, elle m'a dit que j'étais fou. Mais je ne crois pas être fou.

— Qui d'autre est mort dans l'entourage de votre mère, Hudson ? demanda Josie.

— Il y a eu un moniteur d'auto-école. Le permis de ma mère avait expiré, c'était mon père qui la conduisait partout, donc elle a décidé de reprendre des leçons de conduite. Comme ça faisait longtemps, elle ne se sentait pas à l'aise de conduire seule. Le gars s'est moqué de la façon dont elle tenait le volant en disant qu'elle avait l'air de se cramponner à son sac à main dans le métro ou quelque chose dans le même style. Et bim, il est mort. Il a foncé dans un arbre. Elle a dit qu'il était ivre, mais maintenant je ne sais plus trop. Si elle avait le truc de Doug à cette époque, et ce n'est pas exclu, elle a pu lui faire percuter un arbre.

Les mots de Hudson firent à Josie l'effet un coup de poing dans le plexus solaire.

— C'est moi qui ai pris cet appel, parvint-elle à articuler. Juste avant les inondations. Il avait une fille de six ans. On pensait qu'il s'agissait d'un cas de conduite en état d'ivresse jusqu'à ce que, deux mois plus tard, ses analyses toxicologiques se révèlent négatives. Sa femme a demandé une nouvelle autopsie, qui n'a rien donné. Le légiste en a conclu qu'il avait pu faire une sorte d'AVC qui ne se voyait pas à l'examen.

Elle allait demander à Hudson s'il se souvenait du nom de l'homme mais, de ce qu'elle savait, aucun autre moniteur d'auto-école de Denton ne s'était écrasé contre un arbre au cours des dernières années.

— Oui, et ma grand-mère, poursuivit Hudson. Elle est décédée juste après mon père. Choc anaphylactique. Elle était allergique aux chats. Elle n'en avait pas, mais ma mère est bénévole dans un refuge.

— Precious Paws, devina Gretchen.

— Oui. Elle faisait toujours bien attention à se débarrasser de tous les poils de chat si elle allait au refuge avant d'aller voir ma grand-mère, mais il aurait suffi qu'elle omette de le faire une fois, une seule... Elle lui en a toujours voulu pour ce que mon grand-père lui a fait.

— Votre mère a préparé des pâtisseries pour la collecte de Precious Paws cette semaine, n'est-ce pas ? demanda Josie.

— Oui.

Josie passa mentalement en revue les noms figurant sur la liste des donateurs de gâteaux que Mettner avait établie. Il n'y avait pas de Tinning dessus. Josie l'aurait immédiatement remarqué. La maison où s'était arrêté Hudson pour récupérer le tote bag était au nom de Bradley et Mary Tinning. Il n'y avait qu'une Mary Lyddy sur la liste.

— Votre mère utilise-t-elle encore son nom d'épouse ?

— Non. Elle se fait appeler par son nom de jeune fille. Lyddy. Mary Kate Lyddy.

— Hudson, vous nous avez appris beaucoup de choses très utiles, et je ne crois pas que vous ayez fait quoi que ce soit de mal. Vous n'avez pas besoin de sauter. Revenez de ce côté, s'il vous plaît.

Sans réagir à sa demande, il continua son récit.

— Et puis, il y a eu cette institutrice, à l'école où ma mère travaille. Ma mère la détestait, parce qu'elle critiquait toujours sa façon de se comporter avec les enfants. Un jour, alors qu'elle encadrait une colonie de vacances, elle a eu une attaque et elle est morte.

Les oreilles de Josie se mirent à bourdonner. Avec une clarté parfaite, elle revit le visage de la petite Bronwyn Walsh lorsqu'elle avait dit que son grand-père avait eu un « ABC », comme l'une de ses animatrices pendant l'été. « Un AVC », avait corrigé Michelle. Josie ne s'était même pas demandé si la scopolamine pouvait provoquer un AVC. En tout cas, la molécule agissait sur le système nerveux central. Peut-être que les conclusions de l'autopsie étaient erronées. Mais rien de tout ça n'avait d'importance en cet instant précis. Josie fit un pas vers Hudson. Il tendit les bras, comme pour mettre de la distance entre eux. Elle se figea de nouveau.

— Hudson, dit-elle d'une voix rauque. Est-ce que votre mère travaille à l'école maternelle Tiny Tykes ?

Il eut l'air momentanément perplexe.

— Oui.

Josie refit un pas vers lui.

— N'avancez pas plus.

— Hudson, reprit Josie, vous avez bien agi en nous parlant aujourd'hui. Je sais que vous avez du mal à me croire, mais je peux vous assurer que tout va s'arranger... pour vous. Pas pour votre mère, mais pour vous, oui. Vous pouvez revenir de ce côté du pont. Nous n'allons pas vous emmener au poste. Ni vous mettre en prison. Donnez-nous ce sac. Vous l'avez récupéré chez votre mère, n'est-ce pas ? Il contient du souffle du diable, c'est ça ?

— Je l'ai appelée après avoir quitté le poste de police. Elle n'a pas voulu l'admettre au début, mais elle a fini par avouer qu'elle l'avait encore et qu'elle en avait utilisé récemment. Je suis allé chez elle et je l'ai trouvé dans l'armoire de sa chambre.

Il ne faisait pas le moindre geste pour revenir du bon côté du parapet.

— Je veux qu'elle arrête, mais c'est ma mère. Je n'ai plus qu'elle.

— Je comprends, lui dit Josie. Quand j'avais votre âge, ma grand-mère était tout ce que j'avais au monde. Votre mère vous a mis dans une situation terrible, mais vous avez fait ce qu'il fallait. Alors pourquoi ne pas revenir de ce côté-ci, maintenant ? Vous pouvez rentrer chez vous, dans votre appartement sur le campus. Nous allons enquêter sur toutes ces allégations mais, surtout, nous allons lancer un mandat d'arrêt contre votre mère. Nous pouvons l'arrêter.

— Non, vous ne pourrez pas.

Josie lui fit signe de venir vers elle.

— Si, Hudson. Nous pouvons l'arrêter, mais je voudrais d'abord que vous soyez en sécurité. Revenez par ici. Je vais vous aider.

Elle s'approcha et tendit la main, s'arrêtant à quelques centimètres seulement de son poignet.

— Elle trouvera quand même un moyen de vous faire du mal. Vous ne comprenez pas ? Elle fait toujours ça. Vous ne serez pas en sécurité. Vous penserez l'être, mais non. Elle est sournoise, et elle est patiente. Je lui ai dit que Nysa m'avait rembarré l'année dernière, et elle a attendu jusqu'à maintenant pour lui faire du mal. Vous ne saurez jamais quand ça pourra vous arriver.

— Hudson, vraiment, elle ne pourra pas faire grand-chose en prison, lui fit remarquer Gretchen. Je sais qu'elle vous apparaît presque comme une divinité, parce que c'est votre mère, mais, en réalité, c'est juste une femme qui a fait de très mauvais choix et blessé beaucoup de gens, et elle va devoir assumer la responsabilité de ses actes. Aidez-nous, Hudson. Vous ne pensez pas que c'est ce que Nysa voudrait ? Que vous continuiez à bien agir en nous aidant ?

Josie s'approchait très lentement, la main tendue, prête à l'attraper. Lui gardait les yeux rivés sur Gretchen.

— Si j'avais bien agi la première fois que j'ai soupçonné ma mère, comme lorsque mon père est mort, peut-être que Nysa serait encore en vie. Je ne me le pardonnerai jamais. Je ne pourrai jamais...

La fin de sa phrase resta coincée dans sa gorge. Il remuait les lèvres, s'efforçant d'articuler d'autres mots. Enfin, il souffla :

— Je suis désolé.

Puis il lâcha la rambarde.

43

En s'élançant, Josie parvint à saisir le poignet de Hudson, mais son élan la projeta par-dessus le parapet elle aussi. De son autre main, elle chercha à s'agripper à la rambarde, tandis que le haut de son corps basculait et que ses jambes s'envolaient. La rampe métallique lui glissa entre les doigts. Tout ce qu'elle voyait – le feuillage aux alentours, Hudson, le tote bag – se brouilla devant ses yeux. Pendant une seconde fulgurante de lucidité totale, elle pensa : « C'est comme ça que je vais mourir. » Puis son corps s'immobilisa brusquement. Gretchen l'avait attrapée par le mollet. Josie vit le visage de sa collègue rougi par l'effort de la retenir, seulement par sa jambe, alors qu'elle se balançait la tête en bas. Sa main droite refermée sur le poignet de Hudson était la seule chose qui empêchait ce dernier de tomber au fond de la vallée. Elle n'aurait pas pu tenir longtemps comme ça, mais l'instinct de survie du jeune homme prit heureusement le relais et il tendit sa main libre pour s'accrocher à l'avant-bras de Josie. Ils étaient verrouillés ensemble, suspendus au-dessus du vide, et Josie avait l'impression qu'on lui arrachait les membres.

Entre ses dents serrées, Gretchen lança :

— Je ne vais pas tenir longtemps, patronne.

Josie devait conserver son énergie et économiser ses mouvements pour survivre. En tendant lentement son autre main vers Hudson, elle lui dit :

— Accroche-toi. Tu vas devoir escalader mon corps, et vite. C'est le seul moyen.

— Non, patronne, ça ne marchera pas ! s'affola Gretchen. Je ne vais pas tenir.

Hudson lâcha une main et saisit rapidement l'autre bras de Josie. Au-dessus d'eux, Gretchen glapit et Josie sentit la main qui lui tenait la jambe glisser un peu.

— Je pense qu'en me balançant, je peux sauter jusque sur l'arche. Il y a la place.

— Non, Hudson, dit Josie. C'est trop dangereux.

— Patronne... grinça Gretchen, avec dans la voix une note d'hystérie que Josie n'avait entendue chez elle qu'une ou deux fois auparavant. Je ne peux pas. Je ne peux pas tenir.

Josie sentit les mains de sa collègue glisser le long de son mollet jusqu'à sa cheville. Penchée par-dessus la balustrade, Gretchen essaya de sécuriser sa prise comme elle le pouvait et parvint à caler l'une des bottes de Josie contre la rambarde.

— C'est mieux, l'encouragea Josie.

— Je vais essayer d'atteindre l'arche, insista Hudson. C'est soit ça, soit on meurt tous les deux. Si je tombe, ce sera peut-être dans l'eau.

— Tu ne sais rien de la profondeur de l'eau ici, Hudson. Tu pourrais quand même mourir. Je ne sais pas si Gretchen pourra encaisser le mouvement si tu commences à te balancer. Tu es un athlète. Tu ne peux pas escalader mon corps ?

Josie fit son possible pour ramener son autre jambe au niveau de la rambarde et Gretchen put y coincer son deuxième pied.

— Justement, je suis un athlète, s'obstina Hudson, je pense

que je peux y arriver. Je vais prendre mon élan pour m'accrocher à l'une des colonnes. Je peux le faire.

— C'est trop dangereux, répéta Josie.

Mais ils savaient tous les deux qu'il n'y avait plus de temps à perdre. Hudson était le plus grand et le plus lourd, et c'était lui qui pendait dans le vide. Josie sentait ses bras s'engourdir et le haut du corps de Gretchen se tétaniser, alors qu'elle tentait de s'accrocher. C'était une question de secondes.

— Vas-y, dit-elle à Hudson.

Puis elle ferma les yeux, tâchant de faire abstraction de ses mouvements, des tiraillements impitoyables de ses membres, de la douleur qui fusait dans son corps, de la brise fraîche de l'automne qui caressait sa joue tandis qu'elle tanguait d'avant en arrière dans le vide, complètement à la merci de la gravité. Étrangement, la seule pensée qui lui vint fut l'idée ridicule de Trinity : le pique-nique. Dans les secondes qui précédèrent le moment où Hudson lâcha prise, des images d'elle et de Noah à une table de pique-nique dans le parc, blottis l'un contre l'autre, regardant les étoiles apparaître dans le ciel nocturne, envahirent son esprit. Puis le poids qui la tirait vers le bas disparut, elle entendit Gretchen crier, et elle pensa : *J'aurais dû passer plus de temps avec Noah.*

Tandis que son esprit acceptait la chute, la voix de Gretchen perça la bulle protectrice où son cerveau l'avait enfermée.

— Josie, utilise tes abdos !

Rouvrant brusquement les yeux, elle constata que Gretchen la tenait toujours par les pieds, mais qu'une de ses mains était maintenant tendue vers le haut du corps de Josie.

— Utilise tes abdos ! répéta Gretchen. Tu peux attraper ma main ?

Josie serra les muscles de son ventre et s'efforça de rapprocher son épaule droite de son genou, le bras tendu au maximum. Leurs mains se verrouillèrent, paume contre paume, comme si elles étaient sur le point de se livrer à un bras de fer, puis Gretchen tira. Josie parvint à se cramponner à la rambarde avec son autre main. Avec l'aide de Gretchen, elle enjamba enfin le parapet. Elles s'effondrèrent toutes les deux sur le sol, pantelantes. Des taches noires dansaient devant les yeux de Josie. Ses bras et ses jambes, en se relâchant, semblaient flotter. Alors qu'elle essayait de calmer sa respiration, elle ne parvenait à se concentrer que sur la sensation du pont sous elle, sa solidité. Chaque muscle de son corps hurla lorsqu'elle se redressa péniblement, les deux mains sur la rambarde. Penchant la tête, elle ne vit que la surface plane du ruisseau en contrebas.

— Hudson ! Hudson !

Pas de réponse.

Josie regarda Gretchen, encore au sol, le visage cramoisi et en sueur.

— Il est tombé ? Tu as vu s'il est tombé ?

Gretchen serrait un de ses bras contre sa poitrine, comme s'il était cassé.

— Je ne sais pas. Je l'ai perdu de vue une fois qu'il t'a lâchée.

— Mon Dieu, souffla Josie.

Elle se pencha davantage, mais ne vit aucun signe de lui.

— Hudson ! Hudson !

Elle s'immobilisa, à l'affût. Rien.

Boitillant, Josie repartit vers la route de service.

— Viens, dit-elle, on doit voir l'arche depuis le mur près de la culée.

— Je crois que je me suis blessée à l'épaule, dit Gretchen en grimaçant.

Josie revint et lui passa une main sous l'aisselle, de son bon côté, pour l'aider à se lever. Appuyées l'une contre l'autre, elles se hissèrent jusqu'aux traverses, puis marchèrent de nouveau entre les rails et franchirent le pont pour redescendre vers la voie d'accès.

— Je suis trop vieille pour ces conneries, marmonna Gretchen.

— Non, souffla Josie alors qu'elles descendaient le petit talus de ballast. Tu m'as sauvé la vie. C'est que tu es encore en pleine forme.

Gretchen rit. Lorsqu'elles atteignirent la voie de service, Josie la lâcha et courut jusqu'au muret. En se penchant au-dessus, elle fouilla des yeux le ruisseau en contrebas, ainsi que ses berges, mais ne vit rien qui ressemble à un corps. Cela dit, s'il était tombé dans le ruisseau, il avait peut-être déjà été emporté par le courant, trop loin pour qu'elle puisse l'apercevoir. Elle compta les colonnes de soutien entre l'arche et le tablier du pont, essayant de déterminer laquelle Hudson aurait pu atteindre.

— Hudson ! cria-t-elle de nouveau.

— Quelqu'un arrive, haleta Gretchen alors qu'un bruit de moteur parvenait aux oreilles de Josie. Les renforts. C'est pas trop tôt.

Josie balayait de nouveau le ruisseau du regard quand un éclair de couleur attira son attention. En aval, près d'un gros rocher, quelque chose voletait. Rose et violet. Josie tendit le doigt.

— C'est le sac ! Le tote bag !

Gretchen se précipita, tenant toujours son bras, et regarda.

— Oui, je le vois ! C'est lui ?

Le sac cessa de bouger et Josie vit Hudson se traîner sur la rive à l'aide de ses avant-bras. Au bout d'un mètre ou deux, il s'effondra et tourna la tête sur le côté, sur des pierres. D'où elle se trouvait, Josie ne discernait plus de mouvement.

— Il a survécu, dit-elle. Mais je ne sais pas s'il va s'en sortir. Il doit être gravement blessé. Il faut qu'on envoie quelqu'un là-bas immédiatement. On va peut-être avoir besoin de la police d'État, d'un hélicoptère, quelque chose.

Elle se retourna : deux officiers de la police d'État, Mettner et Noah couraient vers elles. Josie se détacha du mur et tituba vers Noah, qu'elle enlaça dès qu'elle l'atteignit. Il la serra contre lui.

— Qu'est-ce qui se passe, bordel ? marmonna-t-il dans ses cheveux.

Josie leva les yeux vers ses iris noisette assombris par l'inquiétude.

— Je te raconterai dans la voiture. D'abord, je dois appeler Misty et ensuite on devra aller à Tiny Tykes.

44

Je comprends que c'est fini quand mon fils m'appelle du commissariat, en colère et bouleversé, m'accusant de tout un tas de choses. Je lui réponds fièrement que toutes ces choses sont vraies – je ne vais quand même pas m'excuser. Mais il a toujours eu le cœur tendre, cet enfant. J'aurais dû savoir qu'il n'apprécierait pas le génie de ce que j'ai réussi à accomplir. Il n'a jamais connu le sentiment d'avoir un pouvoir absolu sur la vie de quelqu'un, comme moi. Il n'a jamais su ce que ça fait de se venger de ce que les gens vous ont fait. Les faire payer agit comme un shoot d'héroïne dans mon âme.

Hudson a trop de son père en lui. Je l'aime et j'ai fait tout ce qui était en mon pouvoir pour le protéger des malheurs de la vie et m'assurer qu'il en connaisse tous les bonheurs, mais il ne me comprendra jamais. Il ne me *verra* jamais. Pas vraiment. À l'instar de mon père, qui ne m'a jamais vraiment vue. Pour lui, je n'étais qu'un corps à utiliser. À l'instar de ma mère, qui m'a appris à être intelligente et sournoise et à tuer en toute impunité, mais qui ne m'a jamais vraiment vue non plus. Autrement, elle n'aurait pas laissé mon père abuser de moi. Elle ne l'aurait pas tué après coup, une fois que le mal était déjà fait.

À tout le moins, elle se serait excusée auprès de moi. Au tout début de mon mariage, j'ai eu l'espoir que mon mari serait différent, mais il m'a déçue lui aussi, en fricotant avec sa secrétaire dès que j'ai pris un peu de poids et que quelques rides sont apparues au coin de mes yeux.

Peut-être qu'on ne m'aura jamais vue correctement. Au moins, maintenant, grâce à mon gentil garçon, si bête et si veule, tout le monde connaîtra mon pouvoir. Ils sont déjà à mes trousses.

Mais je ne vais pas les attendre. Si la vie telle que je la connais doit prendre fin, alors ce sera selon mes propres termes. Même si je suis en cavale, c'est toujours moi qui ai le pouvoir de vie et de mort... et pas seulement sur moi.

45

Laissant le sauvetage de Hudson entre les mains expertes de Gretchen, Mettner et la police d'État, Josie grimpa sur le siège passager de la Toyota Corolla de Noah. Pendant qu'il démarrait, elle sortit son portable pour appeler Misty. Ses doigts tremblaient lorsqu'elle appuya sur l'icône verte du bouton d'appel. Au bout de trois sonneries, Misty répondit et Josie lâcha un cri étranglé.

— Tout va bien ? lui demanda son amie.

— Misty, je n'ai pas le temps de t'expliquer, il faut juste que tu ailles à Tiny Tykes immédiatement. Tu pars maintenant, et tu récupères Harris. D'accord ?

— Josie, je n'aime pas ça, lança Misty, dont la voix était devenue suraiguë. Dis-moi si tout va bien. Est-ce que Harris est en danger ?

— Je ne crois pas.

Josie n'avait pas rencontré Mary Lyddy, les deux fois où elle était allée à Tiny Tykes. Il n'y avait aucune raison de penser que cette femme puisse s'en prendre à Harris. Seulement l'inspectrice s'apprêtait à l'arrêter à l'école, et il vaudrait mieux que Harris ne soit pas là. De plus, elle avait appris, tout au long de sa vie et de sa carrière, à toujours suivre ce que lui soufflait son instinct, si fou que cela puisse lui paraître sur le moment.

— Va le chercher, Misty, s'il te plaît. Je t'expliquerai plus tard.

— D'accord, consentit son amie d'une petite voix. Je quitte le travail sur-le-champ.

Josie raccrocha. Noah tourna à gauche sur la route principale et reprit la direction de Denton.

— Elle n'est pas là-bas, dit-il.

— Qu'est-ce que tu veux dire ? s'enquit Josie.

— Mary Lyddy. Mett et moi, on a recherché toutes les personnes figurant sur la liste des dons de pâtisseries, y compris cette Mary Lyddy. On a compris qu'elle était la mère de Hudson, car sa maison est toujours répertoriée sous les noms de Bradley et Mary Kate Tinning. Après quelques recherches dans la base de données TLOxp, Mett a confirmé que son nom de jeune fille était Lyddy. J'ai essayé de t'appeler, mais tu n'as pas répondu. Je t'ai envoyé un message. On s'est dit que tu étais partie sur une piste, alors on s'est pointés chez Lyddy, mais il n'y avait personne. Un de ses voisins nous a dit qu'elle travaillait à Tiny Tykes. On y est donc montés mais, aux dires de la réceptionniste, elle n'était pas là. Elle était partie en avance au motif qu'elle ne se sentait pas bien.

— Merde, dit Josie. Où elle a bien pu aller ?

— Aucune idée. On s'apprêtait à chercher des gens qui la connaissaient quand le central a reçu votre appel, à Gretchen et toi. Qu'est-ce qui s'est passé là-bas, bon Dieu ?

Josie lui fit son récit et, à mesure qu'elle progressait, elle vit les mains de Noah se crisper sur le volant.

— Josie… dit-il enfin.

Elle s'était retrouvée dans nombre de situations délicates. Elle avait failli mourir plus de fois qu'elle ne pouvait les compter et, pourtant, pour la première fois aujourd'hui, elle avait vraiment cru mourir. C'était la première fois qu'elle avait renoncé, qu'elle l'avait accepté et attendu de tomber. De ça, elle se sentait coupable.

— Tu as dit qu'une des raisons pour lesquelles tu m'aimais, c'était que je courais toujours vers le danger, lâcha-t-elle.

Son téléphone tinta. Un message de Misty.

Je l'ai. On rentre à la maison. Appelle-moi dès que possible. Je suis complètement paniquée.

Noah resta silencieux plusieurs secondes. Dehors, de grands arbres défilaient de part et d'autre de la route.

— Oui, j'ai dit ça, marmonna-t-il enfin. Et c'est vrai mais, pour l'amour de Dieu, Josie, je ne veux pas que tu meures.

— Là, éluda-t-elle, un doigt tendu vers l'avant, sur la gauche. Tiny Tykes n'est pas loin. Tu vois le panneau ?

— On y va quand même ?

Elle était contente qu'il n'insiste pas pour s'étendre sur le sujet de sa quasi-chute dans le vide.

— Qui mieux que ses collègues pourront nous dire où trouver Mary Lyddy ?

Il opina. Pile au moment où il ralentissait et mettait son clignotant, le véhicule de Misty sortit du parking, tourna à gauche et s'éloigna.

Noah s'étant garé sur une place réservée aux visiteurs, ils sortirent de voiture et se dirigèrent vers le bâtiment principal. Il restait encore une heure avant la fin des cours, aussi le hall était-il vide et silencieux. Depuis les couloirs menant aux salles de classe leur parvenaient, étouffés, les rires, les applaudissements, les chants et les cris de joie des enfants. Assise à la réception, Mme D. tapait sur son ordinateur. Le sourire qu'elle leur adressa faiblit légèrement en les voyant se rapprocher, malgré ses efforts visibles pour le maintenir en place.

— Puis-je vous aider, madame Quinn ? Misty vient de partir avec Harris. Elle avait l'air un peu désemparée, pour être honnête. J'espère qu'il n'y a pas de problème. Ce monsieur est-il le père de Harris ? Nous ne l'avons pas sur la liste.

Elle se leva, croisa les mains sur sa poitrine et, bien qu'ils soient seuls dans le hall, elle baissa la voix pour ajouter :

— Je ne sais pas quel genre d'arrangements ou de problèmes de garde vous avez mais, s'il y a un différend, l'école n'est pas l'endroit pour le régler.

Josie jeta un coup d'œil à Noah, notant son air confus, puis reporta son attention sur Mme D. en tâchant de lui sourire.

— Non, non, madame D. Nous ne sommes pas ici pour Harris. En fait, comme vous vous en souvenez peut-être, je suis inspectrice. Voici mon collègue, le lieutenant Noah Fraley. Le lieutenant Fraley et l'un de nos autres collègues sont venus ici plus tôt pour parler à l'une de vos institutrices, et ils se sont vu répondre qu'elle était partie en avance, parce qu'elle était malade. Cependant, elle n'est pas rentrée chez elle. Nous nous demandions si vous ou quelqu'un d'autre de votre équipe pourriez savoir où elle se trouve.

Mme D. fronça les sourcils.

— Aucun de nos enseignants n'a quitté son poste prématurément aujourd'hui. Vous êtes sûr ? demanda-t-elle à Noah. Vous êtes venu ici ? Aujourd'hui ? À qui avez-vous parlé ?

— À votre réceptionniste, dit-il. Mlle K.

— Oh, eh bien, c'est elle qui est rentrée plus tôt, déclara Mme D. À peu près au moment où la mère de Harris est venue le récupérer. Quelle est l'enseignante que vous cherchez ?

Le ventre de Josie se serra horriblement.

— Mary Lyddy, répondit Noah.

Mme D. s'esclaffa.

— Oh non, Mary n'est pas enseignante. C'est à elle que vous avez parlé. Son nom complet est Mary Kate Lyddy, et nous l'appelons Mlle K car, quand elle a commencé à travailler ici, nous avions deux Mary dans l'équipe, alors elle nous a proposé d'utiliser son deuxième prénom, Kate. Au fil du temps, Kate a évolué en Mlle K. En revanche, je ne comprends pas pourquoi elle vous aurait répondu qu'elle n'était pas là. C'est à vous qu'elle a dit ça ? À la police ? Savait-elle que vous étiez du commissariat ?

Josie regarda Noah. Un muscle s'était contracté dans sa mâchoire.

— Oui, nous le lui avons dit.

Mme D. essuya un fin voile de sueur sur son front.

— Oh, mon Dieu. Voilà qui est très inhabituel. Je ne vois pas pourquoi elle a bien pu mentir à la police. C'est très étrange. Puis-je vous demander pourquoi vous la cherchiez ? A-t-elle fait quelque chose ? Vous savez quoi... Peut-être devrions-nous aller dans mon bureau.

Noah répondit quelque chose, mais Josie n'écoutait plus. Elle repensait à l'incident du premier jour d'école, où elle avait parlé sèchement à Mlle K. lorsque celle-ci avait suggéré que Misty et elle s'éclipsent pendant que Harris ne faisait pas attention.

Les mots de Drake lui revinrent en mémoire. *La réaction n'est pas forcément proportionnée au tort prétendument causé.*

— Merde, lâcha-t-elle.

Hudson avait appelé sa mère, clairement bouleversé, juste après son interrogatoire par Gretchen et Josie. Avait-il mentionné le nom de Josie ? Ou le lui avait-elle demandé ? Avait-elle compris que la policière qui accusait son fils d'avoir empoisonné des gens était l'autre tutrice de Harris ? Mlle K. avait reconnu Josie le premier jour d'école. Elle savait désormais que la police était sur ses traces, parce que Noah et Mettner étaient justement venus la chercher. Elle leur avait menti les yeux dans les yeux.

— Noah, il faut qu'on parte tout de suite.

Noah et Mme D. la dévisagèrent, médusés. Apparemment, elle interrompait une conversation entre eux.

— Noah ! répéta-t-elle, d'une voix plus aiguë. Maintenant. Maintenant ! On doit partir tout de suite !

Sans attendre de réponse, elle lui prit la main et l'entraîna vers la voiture. Il s'arrêta près de la portière du côté conducteur.

— Josie, calme-toi. Qu'est-ce qui se passe, nom de Dieu ?

— Conduis-moi chez Misty. Maintenant. S'il te plaît. Roule aussi vite que possible.

Il ne discuta pas. Récupérant son gyrophare dans le coffre, il le jeta sur le toit de sa voiture, où l'aimant s'accrocha instantanément, et l'alluma. La lumière bleue se mit tournoyer.

— Allons-y, dit-il.

De la main qui ne s'agrippait pas à la poignée intérieure de la portière, Josie chercha le numéro de Misty. Noah fonçait vers le centre-ville, filant entre les voitures. L'appel tomba sur la boîte vocale. Elle réessaya. Boîte vocale. Noah arrêta l'auto dans un crissement de pneus devant la grande maison victorienne de Misty. Josie en sauta et s'élança dans l'allée, Noah sur ses talons. Un coup d'œil à l'intérieur par les vitres de la porte du garage ne révéla rien d'autre qu'un espace vide.

— Sa voiture n'est pas là, cria-t-elle à Noah en se précipitant vers le porche.

La porte d'entrée était fermée à clé.

— Ils ne sont pas là, constata-t-elle. Bon sang, Noah. Ils ne sont pas là. Je ne pense même pas qu'ils soient rentrés. Tu as entendu ce qu'a dit Mme D. Lyddy est partie au moment où Misty a récupéré Harris. Et si elle avait demandé à Misty de l'emmener ? À Misty qui n'avait aucune raison de se méfier d'elle ? Si Lyddy était dans la voiture avec eux ? Oh, mon Dieu. Harris. Je lui ai promis que rien de mal ne lui arriverait.

Josie était pleinement consciente qu'elle glissait rapidement vers l'hystérie et, pourtant, elle n'arrivait pas à se calmer. Tout se mit à tourner, et ne s'arrêta que lorsque les mains de Noah l'attrapèrent par les bras.

— Josie. Tu dois te calmer. Respire.

— Je ne peux pas, couina-t-elle. Je ne peux pas. Harris. Qu'est-ce qu'elle lui a fait ? Noah, il faut qu'on le retrouve.

Elle ne savait pas s'il le faisait exprès ou non, mais il exerça trois délicates pressions sur ses bras. Comme Harris. Josie leva les yeux vers ceux de Noah.

— Il a le traceur GPS que tu lui as donné, tu te rappelles ? Le Jiobit ?

— Oh, mon Dieu, souffla-t-elle. Oui, oui. Mon téléphone est dans la voiture. Allons-y.

Alors qu'ils regagnaient la voiture, Noah demanda :

— Qu'est-ce que c'est ?

— Quoi ? fit Josie, qui cherchait son portable sur le siège, puis au sol.

— Ce son, précisa Noah. C'est quoi, ce son ?

Josie mit enfin la main sur son téléphone, tombé entre son siège et la console centrale. Le son s'amplifia quand elle l'en sortit. Comme une petite alarme de voiture qui retentirait depuis l'appareil.

— Oh, mon Dieu ! hoqueta-t-elle.

Ses mains tremblaient tellement que l'appareil lui échappa des mains. Noah le ramassa et le lui rendit.

— Calme-toi, Josie. Tu dois rester calme.

— Allez, marmonna-t-elle en balayant l'écran.

Elle composa son code et l'écran s'emplit d'une notification de Jiobit. Harris avait appuyé sur le bouton d'alarme.

Noah fit démarrer le moteur.

— Où est-ce qu'ils sont ?

Josie appuya sur l'icône « Localiser ». Immédiatement, une carte apparut avec une petite silhouette bleue représentant Harris, qui se déplaçait de façon régulière sur les lignes de la carte.

Noah quitta la maison de Misty en trombe, la lumière bleue clignotant toujours sur le toit.

— Je conduis. Tu me guides.

— Tout droit, indiqua Josie.

Elle étudia la carte puis, à l'aide de deux doigts, dézooma afin de déterminer où ils se trouvaient par rapport à Harris.

— À gauche, dit-elle à Noah. Et ensuite à droite.

Elle suivait des yeux la silhouette bleue à l'écran.

— Tu arrives à deviner vers où ils se dirigent ? demanda Noah.

— À droite. À droite et encore à droite.

Noah prit un virage serré. De nouveau, elle dézooma.

— On dirait qu'ils montent vers Bellewood.

— Par la route de campagne ? s'enquit Noah.

— Oui.

La main du lieutenant disparut dans la poche de sa veste, d'où il ressortit son propre téléphone portable. Il tenta de taper quelque chose à l'écran tout en gardant un œil sur la route, mais la voiture faisait des embardées.

— Qu'est-ce que tu fabriques ? cria Josie.

Il lui tendit son téléphone.

— Le numéro de Lyddy est dedans. J'ai essayé de l'appeler tout à l'heure, en voyant qu'elle n'était pas chez elle. Appelle-la.

Il lui dicta les quatre derniers chiffres du numéro et Josie le trouva effectivement dans son journal d'appels. Elle appuya sur l'icône et mit le haut-parleur pour qu'ils puissent tous les deux entendre, sans cesser de surveiller la position de Harris sur son propre écran.

Après trois sonneries, une voix féminine répondit :

— Allô ?

Son ton léger et plein d'entrain ne ressemblait pas à celui d'une personne ayant tenté d'en assassiner une demi-douzaine d'autres et qui mettait en danger un enfant de quatre ans.

— Mademoiselle K., Josie Quinn à l'appareil.

— Inspectrice Quinn, répondit-elle d'une voix suave, je suis contente que vous m'appeliez. Je voulais justement vous parler de mon fils.

Devant eux, la Chrysler 300 noire de Misty apparut, toujours dans la zone résidentielle au bas de la route de campagne. Il y avait deux voitures entre leur véhicule et celui de Misty. Josie ne parvenait pas à distinguer si quelqu'un se trouvait sur le siège passager.

— Votre fils a essayé de sauter d'un pont aujourd'hui, annonça-t-elle sans détour. Il est tombé. La dernière fois que je l'ai vu, il était encore en vie mais gravement blessé. À cause de vous.

Silence.

— Vous m'avez entendue ? insista Josie. Il a tout avoué. C'est fini, Mary.

— C'est fini, vraiment ? Mon fils n'était pas bouleversé à cause de moi, figurez-vous. Il était bouleversé à cause de vous. Il m'a appelée, presque en pleurs, en disant que deux inspectrices l'avaient harcelé et accusé de choses horribles. Je lui ai demandé leurs noms et, quand il a cité le vôtre, je l'ai aussitôt reconnu. Vous ne pensiez tout de même pas que je vous laisserais faire subir ça à mon fils en toute impunité ?

Josie fit signe à Noah d'essayer de se rapprocher. Il tendit le cou pour voir s'il y avait moyen de doubler les autres véhicules sans danger. Malgré le gyrophare allumé, leurs conducteurs ne faisaient rien pour se ranger sur le côté.

— Je pense que vous avez infligé assez de châtiments, reprit Josie. Le jeu auquel vous jouez est terminé.

Elle partit du principe que Mary était dans la voiture avec Misty et Harris et ajouta :

— Dites à Misty de se garer.

Pas de réponse. La voiture qui les précédait ralentit pour tourner à droite. Le véhicule semblait se déplacer si lentement que, pendant une fraction de seconde, Josie se demanda si le conducteur ne s'était pas soudain évanoui au volant. Les pneus du véhicule de Noah crissèrent lorsqu'il le dépassa.

La voix de Mary se fit entendre au bout du fil, moins guillerette.

— Certainement pas.

La confirmation de la présence de Mary dans la voiture de Misty retourna l'estomac de Josie. D'autant que Mary poursuivait :

— Ce n'est pas à vous de décider à quel moment le jeu va se terminer. C'est à moi. C'est moi qui décide. Misty, vous voyez cette rangée de boîtes aux lettres, là-bas ?

— Je les vois, mademoiselle K., répondit la voix de Misty, qui semblait beaucoup plus lointaine.

— Foncez droit dessus.

— Non ! cria Josie.

Trop tard. La Chrysler de Misty se déporta violemment sur la gauche, traversant la voie de circulation en sens inverse, et s'écrasa contre une rangée de boîtes aux lettres.

Le cœur de Josie s'arrêta brièvement de battre, puis repartit de plus belle quand elle entendit la petite voix de Harris.

— Maman, non !

La voiture derrière Misty s'immobilisa.

— Continuez à rouler, Misty, ordonna Mary.

Misty obtempéra. Écrasant piquets en bois et boîtes aux lettres en métal cabossé sous les pneus de sa voiture, elle recula sur la route et repartit. En dépit des mises en garde de Josie – ne pas consommer de nourriture à moins qu'elle ne l'ait préparée elle-même –, Misty avait manifestement accepté un brownie de Mary. Soit ça, soit cette dernière lui avait fait ingérer la drogue d'une autre manière, peut-être en la versant dans la bouteille d'eau que Misty gardait toujours dans son vide-poches.

Noah appuya sur le Klaxon lorsque le conducteur qui s'était arrêté sortit de sa voiture. Malgré un brusque coup de volant, il faillit le percuter en contournant le véhicule arrêté au milieu de la route. Puis il accéléra pour rattraper la Chrysler de Misty.

— Je pense que vous devriez arrêter de nous suivre, dit Mary. Si vous arrêtez maintenant, je ne ferai pas de mal au petit. Je sais ce que c'est qu'avoir un fils.

— Si vous le saviez vraiment, vous ne me demanderiez pas de m'arrêter, lui fit remarquer Josie. Dites à Misty de se ranger immédiatement sur le bas-côté.

Cette fois, la voix de Mary se fit tranchante.

— Vous ne m'écoutez pas, inspectrice. Je n'aime pas que les gens ne me prêtent pas attention. C'est impoli. Vous êtes impolie. Vous avez besoin qu'on vous donne une leçon. Tout comme cette nageuse qui a rejeté mon fils, l'a privé de sa bourse et a couché avec l'entraîneur. Les gens doivent assumer leurs mauvais choix de vie.

— Leurs mauvais choix selon vous, nuança Josie, accusatrice. Vous faites du mal aux gens parce que leurs choix ne vous plaisent pas, pas parce qu'ils sont mauvais. Nysa Somers n'avait rien fait de mal.

Mary pouffa.

— Rien fait de mal ? C'était une menteuse. Tout le monde la croyait pure et parfaite, alors que ce n'était qu'une petite garce qui couchait pour décrocher une bourse d'études et faire parler d'elle. Ce n'était pas quelqu'un de bien. Et elle était stupide, en plus de ça. Je l'ai attendue près de Hollister Way, où l'entraîneur l'avait déposée au milieu de la nuit. Elle était tellement bouleversée par ce qu'il lui avait dit que je n'ai eu aucun mal à la faire monter dans ma voiture. Je me suis arrangée pour qu'elle ait ce qu'elle méritait.

Josie avait la nausée.

— Et Clay Walsh ? Qu'est-ce qu'il vous avait fait ?

— Il ne figurait pas sur la liste des personnes autorisées à récupérer les enfants. Et comme la grand-mère de Harris, il a fait une scène. Il a contourné le bureau de la réception et il m'a poussée ! Il a osé poser les mains sur moi. J'aurais dû appeler la police, mais Mme D. ne voulait pas de scandale. Il n'avait qu'à réfléchir à son comportement avant de piquer sa petite crise.

— Misty ne vous a rien fait, elle, asséna Josie. Dites-lui de se garer. Mettez un terme à tout ça maintenant.

— Non, elle ne m'a rien fait. Mais vous, si.

— Harris n'a que quatre ans, tenta Josie. Il est innocent. Vous avez un fils. Dites à Misty de se garer et laissez au moins descendre Harris.

— Est-ce que j'ai encore un fils ? dit-elle. Mon fils est-il en vie ? Ou bien me l'avez-vous enlevé en le bouleversant tellement qu'il a pensé que sauter d'un pont était la seule solution qui lui restait ?

— Je ne l'ai pas...

— Misty, la coupa Mary, vous vous souvenez de ce dont nous avons parlé tout à l'heure quand vous mangiez vos brownies ?

— Bien sûr, mademoiselle K., répondit Misty.

— C'est bien. Alors en piste, petit oiseau.

La ligne fut coupée.

— En piste, petit oiseau, répéta Noah. Bon Dieu, Josie. Elle va au belvédère de Red Hawk.

46

Le cœur de Josie s'emballa.

— Roule plus vite, dit-elle.

— Appelle des renforts, rétorqua Noah.

Elle joignit le central pendant qu'il conduisait. Il n'avait plus besoin d'indications pour se rendre au belvédère de Red Hawk. Il leur suffisait de suivre Misty hors de la zone résidentielle, jusqu'à ce que les rues cèdent la place à la petite route de montagne sinueuse qui menait de Denton à Bellewood, le chef-lieu du comté d'Alcott. À peu près à mi-chemin entre les deux villes se trouvait un belvédère, qui n'était guère plus qu'un très large accotement de gravier sur le côté de la route, au point culminant de la montagne, un petit rebord qui permettait de contempler l'immense vallée en contrebas. Seule une barrière métallique à hauteur de cuisse séparait les visiteurs de la pente abrupte. Un véhicule pouvait passer au travers s'il roulait trop vite, s'il prenait le virage sans ralentir suffisamment.

Noah rattrapa enfin la voiture de Misty et se mit immédiatement à klaxonner pour attirer son attention. Elle accéléra. Noah tenta de la doubler par la gauche, mais Mary dut comprendre sa manœuvre car, une seconde plus tard, la voiture de Misty fit une embardée contre la leur. Le métal frotta contre le métal. Noah enfonça la pédale de frein et donna un coup de volant pour se détacher. Misty poursuivit sa route. Il allait être impossible de la dépasser, de se mettre devant elle, de la ralentir ou de l'arrêter, d'autant que ni Noah ni Josie ne voulaient faire courir le moindre danger à Harris. Même si, pensa l'inspectrice avec un pincement au cœur, Mary le menait tout droit à la mort.

— Tu penses qu'elle va aller jusqu'au bout de son plan ? demanda Noah, à croire qu'il lisait dans ses pensées. Elle va se tuer avec eux deux ?

— Je ne sais pas, admit Josie, la gorge nouée.

— Regarde ! s'exclama-t-il soudain.

Il montrait l'arrière de la Chrysler de Misty, dont l'un des feux de freinage s'était détaché. Une petite main sortait par le trou et leur faisait des signes.

— Qu'est-ce qu'il fiche ?

— Exactement ce que je lui ai appris, dit Josie.

Cet enfant était si intelligent... Les larmes lui montèrent aux yeux.

— Je lui ai dit que si une personne mal intentionnée tentait de l'emmener de force en voiture, il devrait essayer de faire signe à quelqu'un en démontant le feu arrière et en agitant la main pour attirer l'attention.

— Bon sang, cette salope l'a enfermé dans le coffre ? s'emporta Noah.

Il accéléra pour se rapprocher de la voiture de Misty.

— Je ne crois pas, fit Josie. Je l'ai entendu crier quand ils sont rentrés dans les boîtes aux lettres. Je lui ai aussi appris à sortir de son siège enfant et à rabattre les sièges arrière pour accéder au coffre. En cas d'urgence, tu vois.

— C'est bel et bien un cas d'urgence, acquiesça Noah. Je n'arrive pas à la doubler. Je ne vais pas pouvoir l'arrêter.

La route grimpait, de plus en plus sinueuse. Noah continuait à gagner du terrain sur Misty et de klaxonner non-stop.

Harris rentra sa main à l'intérieur de la voiture. Le belvédère était en vue.

— Noah ! hurla Josie.

Au moment où la Chrysler de Misty arrivait sur les graviers du promontoire, son unique feu de freinage restant s'alluma. N'empêche, elle roulait trop vite. La voiture fonça dans la barrière de sécurité en aluminium. Josie se prépara à la voir basculer par-dessus bord, au lieu de quoi elle s'immobilisa et se mit à tanguer, en équilibre précaire.

Noah s'arrêta net, mit sa Corolla au point mort et sortit. Josie le suivit. Le capot de la voiture de Misty penchait dangereusement vers le gouffre. Ils entendirent Harris crier de l'intérieur. Josie courut jusqu'à la voiture pour poser les mains sur le coffre afin de faire contrepoids.

— Harris ! cria-t-elle. On est là !

Elle regarda par-dessus son épaule, mais ne vit pas Noah. Quelques secondes plus tard, il réapparut de derrière sa Corolla avec une paire de sangles à cliquet orange vif.

— Qu'est-ce que tu fais ? cria-t-elle. Aide-moi à le sortir de là.

— La voiture ne va pas tenir en équilibre comme ça bien longtemps, répondit Noah. Il faut essayer de l'attacher d'une manière ou d'une autre.

Tout en parlant, il s'affairait à démêler les sangles et à les relier pour former un seul long câble. Cela fait, il regarda autour de lui.

— On peut utiliser ma voiture, dit-il. À condition que je la rapproche.

Le visage inondé de sueur, Josie continuait à appuyer sur l'arrière de la voiture de Misty. Elle se rendit compte que, sans les clés ou un déblocage du coffre depuis l'avant par Misty ou Mary, ils ne pourraient pas libérer Harris. Tout en tapant sur la carrosserie, Josie hurla :

— Harris ! Va sur la banquette arrière !

Il dut l'entendre car, une seconde plus tard, la voiture tangua sous ses mains. Par la vitre arrière, Josie ne décelait en revanche aucun mouvement à l'avant. Les roues se soulevaient du sol à chaque oscillation du véhicule, malgré les efforts de Josie qui pesait de tout son poids dessus dans l'espoir de l'empêcher de plonger dans le canyon. Pendant ce temps, Noah avança sa voiture presque contre le dos de Josie puis, se glissant sous la Corolla, il accrocha une extrémité de la sangle à cliquet à l'une des barres d'accouplement avant. Après quoi, il se faufila sous l'arrière de la Chrysler de Misty et fit de même. Josie sentit que la sangle aidait à maintenir la voiture sur la falaise.

Se redressant d'un bond, Noah lança :

— On récupère d'abord Harris.

Aussitôt, Josie se dirigea vers la portière arrière et l'ouvrit. La voiture vacilla, mais tint bon. À l'intérieur, Harris était recroquevillé en position fœtale dans un coin de la banquette arrière. Josie lui tendit la main.

— Viens, Harris. Prends ma main. Je vais te sortir de là.

— Et maman ? demanda-t-il. Elle est méchante. Et Mlle K., elle est encore plus méchante.

Josie jeta un coup d'œil vers le siège passager. La tête de Mlle K. reposait contre le tableau de bord. Du sang coulait de la racine de ses cheveux sur sa tempe. À côté, Misty était immobile, les mains toujours sur le volant. *Elle attend des instructions*, pensa Josie avec un frisson.

— Harris, Mlle K. est une mauvaise personne. Elle a donné à maman un médicament qui l'a rendue malade et lui a fait faire de mauvaises choses, c'est tout. Je te le promets.

La lèvre inférieure de l'enfant tremblota.

— Tu peux guérir maman ?

— Oui, prends ma main. On doit d'abord te sortir de là.

Timidement, il se déplaça sur la banquette. Quand il arriva au centre, la voiture glissa brusquement vers l'avant, le projetant contre le dossier du siège de Misty. Josie ne voyait de son amie que l'arrière de sa tête blonde.

Josie se retourna vers Noah, qu'elle découvrit rouge de panique.

— Ça ne va pas tenir, dit-il. Il faut que j'essaie de faire marche arrière, voir si ça fonctionne.

Mais alors qu'il se dirigeait vers le siège conducteur, les deux voitures dérapèrent vers le précipice. Craignant qu'elles ne basculent toutes les deux, Josie se pencha à l'intérieur de la première et, tendue à l'extrême, elle tira sur la ceinture du pantalon de Harris pour l'attirer à elle et l'extirper de la voiture. Il se blottit dans ses bras. Josie n'eut qu'une seconde pour l'enlacer avant de le déposer sur la terre ferme.

— Va vers la route, lui dit-elle. Mais pas dessus, compris ? Attends-moi là-bas. Si tu vois une voiture de police, agite les bras et essaie de la faire s'arrêter.

Il acquiesça et s'éloigna en courant. Par-dessus le toit de la Chrysler, Josie vit Noah de l'autre côté.

— Ça ne fonctionne pas, dit-il. La voiture de Misty va entraîner la mienne dans sa chute. Elle est beaucoup plus lourde.

— Tu peux l'atteindre ? demanda Josie. Ou au moins sa portière ?

Inutile de préciser de qui elle parlait. Ils savaient tous les deux qu'ils essaieraient d'abord de faire sortir Misty avant de tenter la même chose pour Lyddy.

La tête de Noah disparut pendant ce qui parut une éternité, mais qui ne dura probablement que trois secondes.

— Je pense que je peux, dit-il, mais il faudrait que tu fasses contrepoids.

— Comment ?

Il regarda derrière eux, où les pneus de son véhicule laissaient des marques de plus en plus profondes dans le gravier à mesure qu'il était tiré vers l'avant.

— Merde. Je ne sais pas.

— Je vais monter dans ta voiture et enclencher la marche arrière pour tirer, proposa Josie.

— Non. C'est trop instable. Il n'y aura pas assez d'adhérence. Je suis trop près du bord. Si tu fais ça, tu vas tomber avec elles. Tu peux venir de ce côté ?

Josie se dirigea vers le coffre de la voiture de Misty. Elle enjamba la courroie à cliquet qui reliait les deux véhicules et rejoignit Noah qui posait déjà une main sur la poignée de la portière de leur amie.

— Elle est consciente, dit-il. Misty ! Misty ! Il faut que tu sortes de la voiture.

Josie se rapprocha un peu plus de Noah et s'accrocha à son bras.

— Je vais entrouvrir la portière, juste assez pour que tu puisses la tirer, annonça-t-il. Si je l'ouvre en entier ou si elle s'ouvre plus que ça, les deux voitures plongent. D'accord ?

— Oui.

— Prête ?

Josie hocha la tête.

Comme s'il pratiquait une opération chirurgicale délicate, Noah tira lentement sur la poignée de la portière. Il l'entrouvrit jusqu'à ce que la voiture recommence à vaciller légèrement.

— On ne l'ouvrira pas plus que ça, indiqua-t-il alors.

Josie leva les yeux et vit la sueur sur son front. Passant doucement devant lui, elle toucha l'épaule de son amie.

— Misty, ordonna-t-elle. Sors de la voiture.

— Sors de la voiture, répéta Misty.

Josie tendit la main et son amie se tourna vers elle pour l'attraper. La voiture se remit à tanguer. Josie poussa un cri. Les avant-bras de Noah étaient tellement tendus à force de tenir la portière pile comme il fallait que ses veines saillaient.

— Tout doux, dit Josie à Misty. Sors lentement de la voiture.

Avec une lenteur infinie, l'interpellée fit pivoter son corps jusqu'à ce que ses deux pieds soient dehors. L'un des deux oscillait dans le vide tandis que l'autre planait au-dessus du gravier du belvédère. Elle tendit les mains et Josie les saisit.

— Je vais compter jusqu'à trois, lui indiqua-t-elle. Puis je vais te tirer aussi fort que possible. À ce moment-là, je veux que tu te jettes sur moi. Vite.

Misty opina. Ses pupilles étaient dilatées, et elle semblait obéir à tous les ordres donnés.

— Dépêche-toi, grogna Noah. Je ne vais pas tenir beaucoup plus longtemps.

Josie compta jusqu'à trois et tira aussi fort qu'elle put, tombant en arrière tandis que Misty sautait de la voiture pour atterrir sur Josie. Celle-ci releva les yeux pour voir Noah toujours à côté de la portière, une main posée dessus. Puis un bruit se fit entendre à l'intérieur de la Chrysler. Un cri primitif d'animal enragé. Josie vit Mary Lyddy relever la tête et bondir vers Noah par la portière ouverte.

— Noah, bouge ! hurla Josie, mais il était trop tard.

Noah disparut.

Le bruit du métal raclant la pierre glaça le sang de Josie. Poussant Misty, elle se remit debout. La voiture de son amie avait complètement basculé, seule la sangle à cliquet rattachée au véhicule de Noah l'empêchait de dévaler la falaise. Josie regarda derrière elle : la Corolla continuait à déraper vers le gouffre. Elle allait basculer.

Elle aida Misty à se relever.

— Cours, dit-elle à son amie. Va jusqu'au bord de la route, mais pas sur la route. Rejoins Harris et attends la police là-bas.

Misty prit la même direction que son fils l'instant d'avant. Josie se rapprocha prudemment du bord de la falaise.

— Noah ? appela-t-elle.

Elle se pencha, et il était là, agrippé à la portière ouverte de la voiture de Misty. Les muscles de son visage étaient contractés en un masque de souffrance.

Mary grognait et essayait de l'atteindre depuis le siège conducteur.

— Arrêtez de bouger ou on va mourir tous les deux ! lui dit Noah.

Josie fouilla des yeux la zone autour d'elle, en quête d'un moyen de descendre jusqu'à lui. Il n'y avait rien.

— Noah ! cria-t-elle. Tiens bon. Je vais chercher une branche d'arbre et te la tendre pour te tirer de là.

— Attends, lança-t-il dans un cri étranglé. Josie, s'il te plaît.

Les hurlements sauvages de Mary se calmèrent. Elle était repassée de l'autre côté du véhicule. Josie la voyait essayer d'ouvrir la porte du côté passager.

L'inspectrice reporta son attention sur Noah.

— On n'a pas le temps, lui lança-t-elle.

— S'il te plaît, Josie. Attends. Je veux te dire quelque chose.

— Non ! Il n'y a pas de temps à perdre. Je dois te remonter.

Les mouvements frénétiques de Mary faisaient tanguer la voiture. La Corolla perdit encore quelques centimètres de terrain et glissa rapidement. Ses roues avant étaient presque passées par-dessus le bord de la falaise. Le mouvement se répercuta sur le véhicule de Misty, et la portière à laquelle Noah s'accrochait oscilla par à-coups. Tous deux poussèrent un cri. Josie sentit des larmes chaudes sur ses joues.

— J'allais te demander de m'épouser, cria Noah.

Josie crut qu'elle avait mal entendu. Il était suspendu à une voiture sur le point de basculer du haut d'une falaise, à des centaines de mètres du sol, avec une tueuse en série à côté de lui. Est-ce qu'il avait perdu la tête ?

— J'avais acheté une bague. Trinity m'a aidé à la choisir ! J'allais te demander ta main. Je veux que tu sois ma femme.

Elle voyait les muscles de ses bras se gonfler, lutter contre la fatigue.

— Fais-moi ta demande quand je t'aurai ramené ici ! lui dit-elle.

Elle se retourna pour chercher des yeux une branche assez solide et assez longue pour l'atteindre. La voix de Noah s'éleva de nouveau. Deux mots.

— Veux-tu...

Soudain, sa voiture dérapa et, avec un gémissement, dégringola de la falaise.

47

Josie ignorait combien de temps s'écoula avant que sa sœur n'arrive au belvédère, mais il faisait nuit. Quelqu'un lui avait mis une couverture sur les épaules et l'avait installée à l'arrière d'une ambulance. Très certainement Sawyer. Depuis que Noah était tombé de la falaise, de nombreux regards de pitié et d'inquiétude mêlées s'étaient attardés sur elle. On lui avait posé beaucoup de questions. Elle n'avait répondu à aucune. Tout ce qu'elle pouvait dire, c'était : « Noah est tombé de la falaise », en boucle, comme si le répéter allait aider son cerveau à assimiler l'horreur de la situation. Sa réalité. Non, pensa-t-elle faiblement, elle ne l'accepterait jamais.

Des bras l'entourèrent et elle reconnut le parfum de Trinity. Sa sœur se mit à parler. Une suite de mots dont Josie ne saisit que des bribes. Misty et Harris avaient été transportés à l'hôpital dans une autre ambulance. Tous deux allaient bien, et il semblait que Misty n'aurait pas de séquelles de son ingestion de souffle du diable. Hudson Tinning avait été récupéré avec de graves blessures au dos. Il aurait probablement besoin d'une intervention chirurgicale et de beaucoup de rééducation s'il voulait remarcher. Il avait appris la nouvelle de la mort de sa mère avec tristesse, mais avait aussi manifesté un certain soulagement, sentiments auxquels Josie n'était pas étrangère.

Elle avait beau se laisser submerger par les informations concrètes, le fait que Mary Lyddy ne nuirait plus jamais à personne ne lui était d'aucun réconfort. Le prix qu'elle payait était bien trop élevé.

— ... Mettner voulait venir te parler mais il pleure, Josie. Gretchen est là. Tu veux discuter avec elle ? Non ? D'accord. Quelqu'un va aller chercher ta grand-mère à Rockview. Maman, papa et Pat sont en route...

— Je peux lui parler en tête à tête ? intervint une nouvelle voix.

Josie fouilla dans son cerveau jusqu'à retrouver à qui elle appartenait : Drake.

— En tête à tête ? répéta Trinity. Elle vient de perdre l'amour de sa vie. Elle a besoin de moi, là.

— Et elle te retrouvera aussitôt après. Je demande juste cinq minutes.

Trinity se hérissa, mais lâcha Josie et sortit de l'ambulance. L'inspectrice cligna plusieurs fois des paupières pour se concentrer de nouveau sur le monde, tandis que Drake se pliait en deux pour entrer dans le petit espace et s'asseyait en face d'elle. Tout était trop lumineux.

— Je ne peux pas partir, dit-elle. Je ne peux pas le laisser en bas. Je ne peux pas rentrer chez nous, mais ils vont avoir besoin de cette ambulance.

— Je sais, fit Drake.

— Ils n'arriveront pas à le trouver ce soir. Il fait trop sombre. La falaise est trop abrupte. Mais je ne peux pas le laisser là.

— Je sais, répéta Drake. Et j'ai eu une idée. Pat a parlé à un copain à lui sur le campus. Il a un petit drone haute définition avec vision nocturne. On peut le lâcher dans le canyon, jeter un œil à l'épave, localiser Noah, son...

— Corps, fit Josie d'une voix étranglée.

Drake se racla la gorge.

— Oui. Le localiser. Ensuite, Mett, Sawyer et moi, on grimpera depuis le fond de la vallée et on le ramènera. Ce soir. On pourra toujours récupérer Lyddy et les véhicules à un autre moment. Chitwood a déjà donné son autorisation.

Josie ferma les yeux. De nouvelles larmes coulaient sur ses joues.

— Merci.

Josie resserra la couverture sur ses épaules et se dirigea vers le bord de la falaise, où tout le monde faisait cercle autour de l'ami de Patrick. Il tenait dans ses mains un appareil qui semblait combiner tablette et manette de jeu. L'écran de la tablette diffusait une lueur verte et le jeune homme appuyait sur les différents boutons placés autour. Josie ne prit même pas la peine de regarder l'écran. Elle n'avait pas besoin de voir. Bientôt, elle se retrouverait au funérarium pour enterrer un autre homme qu'elle aimait. Les images de Hudson Tinning et de sa chute lui déchiraient les tripes. Elle avait sincèrement cru que Hudson s'était tué et pourtant, il vivait : pourquoi lui et pas Noah ? Ce n'était pas juste. Sitôt que cette pensée lui traversa l'esprit, elle la fit taire. Bien avant de rentrer dans la police, elle avait su – viscéralement – que la vie était injuste. Les méchants ne mouraient pas. Ils vivaient et prospéraient et, s'ils ne prospéraient pas, ils parvenaient à s'en sortir alors que les honnêtes gens tombaient. C'était ainsi que les choses fonctionnaient. Ce n'était pas son travail qui lui avait appris cette vérité. Il n'avait fait que la lui confirmer. La vie personnelle de Josie dans son ensemble avait été injuste. S'en plaindre – à voix haute ou intérieurement – n'avait jamais fait la moindre différence.

Elle espérait sincèrement que personne ne lui proposerait encore de parler à un psychologue après cette épreuve. Le premier qui oserait le suggérer se prendrait un coup de poing dans la gueule.

À côté d'elle, quelqu'un lâcha :

— Il n'est pas en bas.

— C'est ridicule, répliqua une autre voix. Il y est forcément.

— Je vous dis qu'il n'est pas dans l'épave. Je vois une femme. C'est tout.

Quelqu'un chuchota :

— Est-ce qu'il serait possible qu'il soit en dessous ?

Josie allait vomir. Pour une raison qui lui échappait, elle pensa à Trout, leur adorable chien. Combien de temps allait-il attendre à la porte le retour de Noah ? Combien de jours ? Des semaines ? Des mois, peut-être ? Il serait toujours à l'affût de son maître, et son odeur était dans tous les coins de leur maison. Il était impossible d'expliquer à Trout que « papa » ne reviendrait jamais. Pour une fois, Josie ne ressentait pas la moindre culpabilité face à leur décision de ne pas avoir d'enfants.

— Il marche pas, ton drone, s'énerva Patrick.

— Ce drone fonctionne parfaitement.

— Remonte-le, commanda Drake. Et assure-toi qu'il n'a pas de souci.

Soupir agacé.

— OK.

Au moment où le sifflement du drone arrivait à portée d'oreilles, le type reprit :

— Minute. Attendez un peu. Qu'est-ce que c'est ? Regardez ça.

Josie tourna la tête vers Patrick, ses parents, Drake, Trinity, Gretchen, Mettner, Chitwood et même sa grand-mère, Lisette, appuyée sur son déambulateur, tous agglutinés devant l'écran. Le jeune gars s'exclama :

— Hé, laissez-moi un peu d'espace !

— Qu'est-ce que c'est ? demanda Mettner.

— C'est un affleurement rocheux, dit Drake. Rapproche-toi. Tu arrives à voir s'il est toujours en vie ?

Tous les processus à l'œuvre dans le corps de Josie semblèrent s'arrêter en même temps. Sa respiration. L'écoulement du sang dans ses veines. Les vrilles dans son ventre. Le martèlement dans sa tête. Elle n'osait pas espérer.

— Non, pas comme ça.

— Tu peux essayer de poser le drone sur lui ? Pour voir s'il bouge ? suggéra Patrick.

— Je pense que oui.

Josie se força à faire entrer de l'air dans ses poumons. Puis elle s'éloigna. Elle ne supporterait pas de perdre Noah deux fois en si peu de temps.

Elle avait fait trois pas quand un cri de joie monta du groupe.

— Nom de Dieu ! s'exclama son père. Josie ! Josie ! Il est vivant !

Elle tomba à genoux. Des mains douces lui touchèrent le dos. Puis sa mère l'enlaça.

— Il est vivant, murmura Shannon dans les cheveux de Josie. Il est vivant.

Puis Drake lança :

— Pat, tu as des copains qui pratiquent l'escalade, aussi ?

48

Il faisait jour lorsqu'une équipe composée de secouristes, de pompiers et d'étudiants grimpeurs amateurs parvint enfin à récupérer Noah sur l'affleurement rocheux où il s'était accroché lors de la chute des deux véhicules. Il avait réagi comme Hudson Tinning et eu de la chance. Vu la façon dont les véhicules avaient dégringolé, ils ne l'avaient pas écrasé, et il avait pu s'accrocher à un petit rebord juste en dessous de lui, avant que son corps ne prenne trop de vitesse. Il était gravement écorché, contusionné, commotionné et souffrait de quelques fractures mineures, mais il était en vie. Josie attendait désormais à l'hôpital que les médecins lui donnent l'autorisation de le voir.

Sitôt qu'elle reçut le feu vert, elle se dirigea directement vers son lit et grimpa dessus pour se blottir contre lui. Avec une brusque inspiration, il passa un bras autour d'elle et tenta de la rapprocher. Elle voulut lui demander si elle lui faisait mal, mais elle s'en fichait. Il était là. Il était vivant. Elle se nicha contre son torse et pleura dans sa blouse d'hôpital jusqu'à s'endormir.

Une voix de femme la réveilla quelques heures plus tard.

— Mon petit, vous ne pouvez pas rester dans ce lit avec ce monsieur. Il...

Elle fut interrompue par la voix tonitruante de Chitwood.

— Vous laissez cette dame là où elle est, vous m'entendez ?

— Si je vous entends ? Mais tout l'hôpital vous entend. Pour qui vous prenez-vous ?

— Je suis le chef de la police et ce sont mes inspecteurs.

— Et moi, je suis infirmière et cet homme est mon patient. Maintenant, si vous voulez bien m'excuser...

— Non, je ne vous excuse pas. Laissez-les tranquilles. Revenez dans... deux heures, vous pourrez faire tous les examens que vous voulez. C'est compris ?

Josie entendit des marmonnements indistincts, puis des pas qui s'éloignaient. Elle ouvrit les yeux sur un Chitwood aux traits flous, penché au-dessus de Noah. S'ensuivirent des chuchotements. Noah qui murmura un « merci ». Puis Chitwood dit :

— Y a pas de meilleur moment que maintenant, fiston.

Et il disparut.

Josie passa ses doigts sur ses yeux gonflés, cligna de nouveau des paupières jusqu'à retrouver une vision nette. Elle regarda le visage de Noah, incapable de réprimer le sourire qui étirait ses lèvres. Enfouissant de nouveau le nez dans son cou, elle prit une profonde inspiration.

— Qu'est-ce qu'il t'a dit ?

Noah se déplaça avec précaution, retirant son bras de derrière son dos.

— Je dois terminer un truc, dit-il. J'avais mis en place un plan diabolique. Avec la complicité de tout le monde. Ta sœur, Drake, tes parents, Pat, le chef, Gretchen, Mett. Ils m'ont tous couvert pendant que je mettais ça en place. J'avais prévu de t'emmener au parc, sous les étoiles...

— C'était donc ça, chuchota Josie.

— Ça sert à rien, les plans, conclut Noah. J'aurais dû me contenter de te poser la question.

Il la repoussa doucement. Elle releva la tête et se retrouva

devant une petite boîte contenant une énorme bague de fiançailles.

— Bref, tu te rappelles peut-être que j'ai essayé de te
demander si tu voulais être ma femme, avant de manquer
mourir. Josie Quinn, veux-tu m'épouser ?

Elle sourit jusqu'aux oreilles. Levant une main, elle lui
toucha la joue, puis se redressa et l'embrassa doucement. Enfin,
elle plongea ses yeux dans les siens. Un mot lui vint à l'esprit.

Mon homme.

— Oui, Noah Fraley. Je veux t'épouser.

49

Josie se réveilla avec le soleil qui entrait par de grandes fenêtres cintrées dont les lourdes tentures n'avaient pas été tirées. Elle ouvrit les yeux et observa la pièce décorée avec soin, qui semblait vieille d'une centaine d'années, si l'on omettait la présence d'une télévision et des grilles de chauffage à air pulsé. Les murs couleur or pâle et les moulures en noyer sombre s'accordaient avec l'immense lit dans lequel elle était étendue. Il lui fallut quelques secondes pour se rappeler où elle se trouvait, où *ils* se trouvaient. À côté d'elle, Noah dormait profondément, le visage détendu, la respiration régulière. Elle se tourna sur le côté et suivit d'un doigt le contour de sa mâchoire. Le diamant de sa bague de fiançailles étincelait au soleil. Ses innombrables facettes projetaient un kaléidoscope de petits points lumineux au-dessus de leurs têtes.

Un mois s'était écoulé depuis la chute de Noah. Depuis qu'ils s'étaient fiancés. Parce que les plans élaborés de Noah pour lui faire sa demande en mariage avaient été contrecarrés, et parce que l'affaire Mary Lyddy les avait traumatisés tous les deux, leurs proches leur avaient offert un week-end au cœur des montagnes de l'Ouest de Denton. L'endroit s'appelait *Harper's*

Peak. Il s'agissait d'un ancien domaine qui avait été transformé en immense complexe hôtelier. La vue, depuis n'importe quel endroit de la propriété, était à couper le souffle, surtout à cette époque, où les couleurs de l'automne étaient le plus chatoyantes.

Cependant, Josie et Noah avaient passé le plus clair de leur temps dans leur chambre. Au lit. Et les blessures que Noah soignait encore ne les avaient pas empêchés de profiter l'un de l'autre. Pour une fois, Josie se fichait complètement de ce qui se passait au poste de police ou ailleurs que dans cette chambre. Tout ce qui importait, c'était de pouvoir toucher Noah, de l'écouter respirer. Avec un soupir de satisfaction, elle laissa retomber sa tête sur l'épaule de son fiancé et posa une main sur son torse. Sous sa paume, son cœur battait à un rythme régulier. Elle ferma les yeux, regrettant que ce moment ne puisse durer éternellement. Elle détestait voir la fin du week-end se profiler. Il y aurait d'autres affaires. D'autres morts. D'autres personnes comme Mary Lyddy qu'il faudrait arrêter d'une manière ou d'une autre. La destruction que Mary Lyddy avait semée dans sa vie envahit l'esprit de Josie, et elle s'efforça de repousser ces pensées. Elle ne voulait plus jamais penser à cette femme et, puisqu'elle était morte, elle n'aurait pas à le faire. Il n'y aurait pas de procès, pas besoin de témoigner contre elle. Cela dit, le dossier aurait été solide, surtout si l'on tenait compte du fait que les deux échantillons de sang de Dan Lamay et de Clay Walsh s'étaient révélés positifs au souffle du diable façon Doug Merlos. La seule bonne nouvelle, c'était que Clay Walsh avait survécu. Il devrait certes rester hospitalisé pendant des mois, mais il finirait par rentrer chez lui auprès de sa fille et de ses petites-filles, et il conserverait son statut de héros de la ville.

— Hé, fit Noah, la tirant de ses pensées. Arrête ça.

Josie releva la tête et son regard croisa ses yeux noisette.

— Arrêter quoi ?

Il l'enlaça et déposa un baiser sur ses lèvres.

— De penser à des choses qui ne sont pas *ça*.

— Ça ? répéta-t-elle.

Les mains sous les couvertures, il caressait la peau nue de son dos.

— Nous, précisa-t-il. Cet instant. On sera de retour dans le monde réel bien assez tôt.

Josie rit doucement.

— Je sais. Je n'ai pas envie de repartir. Je veux rester ici pour toujours.

Il l'embrassa de nouveau. Josie sentit une chaleur électrisante monter entre leurs corps chauds.

— On pourra revenir, tu sais, lui murmura-t-il à l'oreille. On pourrait se marier ici.

— On devrait, acquiesça Josie.

Puis les caresses de Noah dissipèrent toute pensée cohérente.

UNE LETTRE DE LISA

Merci beaucoup d'avoir choisi de lire *Ton Dernier Soupir*. Comme toujours, c'est un plaisir et un privilège de vous présenter ce nouvel épisode des épreuves et tribulations de Josie et de son équipe. Si vous lisez ces mots, c'est que vous n'avez pas jeté votre liseuse ou votre livre à l'autre bout de la pièce au moment où Noah est tombé de la falaise, et que vous avez continué votre lecture pour arriver à la partie plaisante. Je vous en suis reconnaissante ! Si vous avez aimé le livre et souhaitez être tenu au courant de mes dernières parutions, inscrivez-vous via le lien suivant. Votre adresse mail ne sera jamais partagée, et vous pourrez vous désinscrire à tout moment.

france.bookouture.com/subscribe/

Avec chaque livre, je dois, pour les besoins de l'intrigue et du rythme, prendre des libertés créatives sur beaucoup de points. Il n'y a tout simplement pas d'autre moyen de faire avancer le récit. Les enquêtes réelles sont souvent laborieuses et peuvent prendre des semaines, des mois, voire des années. Comme vous cherchez avant tout à vous divertir, je m'efforce d'éliminer les parties fastidieuses et de me concentrer sur le suspense ! J'effectue beaucoup de recherches pour chaque livre et m'entretiens avec de nombreux experts. Toutes les erreurs, fautes ou modifications potentielles sont entièrement de mon fait.

J'adore recevoir des nouvelles de mes lecteurs. Vous pouvez

me contacter par le biais de mes réseaux sociaux, y compris mon site Web et ma page Goodreads. De plus, si vous en avez envie, j'apprécierais beaucoup que vous laissiez une critique et recommandiez *Ton Dernier Soupir* à d'autres lecteurs. Les critiques et le bouche à oreille amènent beaucoup de nouveaux lecteurs à découvrir mes livres. Comme toujours, merci infiniment de votre soutien et de votre enthousiasme pour cette série. Cela me touche énormément. J'ai hâte d'avoir de vos nouvelles et j'espère vous revoir la prochaine fois !

Merci,
Lisa Regan

www.lisaregan.com

 facebook.com/LisaReganCrimeAuthor

REMERCIEMENTS

Chers lecteurs, adorables, dévoués et incroyables lecteurs, vous êtes tout simplement les meilleurs ! Je suis sidérée par votre passion grandissante pour chaque livre de cette série. C'est un véritable privilège d'écrire ces histoires à votre intention. Je vous suis tellement reconnaissante de votre enthousiasme et de votre fidélité que j'ai du mal à l'exprimer avec des mots. « Merci » me semble un mot insuffisant, pourtant je continuerai de vous le dire. Merci !

Merci, comme toujours, à mon mari, Fred, qui passe des heures et parfois des jours sans que je lui prête attention lorsque je suis « dans le livre » et qui parvient à rester mon plus grand soutien. Je pense que tu es désormais prêt à écrire ton propre livre, mon amour, et j'ai déjà le titre : *Comment soigner et nourrir un auteur*. Merci à ma fille, Morgan, pour sa patience, sa bonne humeur et pour m'avoir laissé du temps afin que je puisse écrire. Merci à mes premières lectrices : Dana Mason, Katie Mettner, Nancy S. Thompson, Maureen Downey et Torese Hummel. Merci à Cindy Doty. Merci à mes lecteurs d'Entrada. Merci à Matty Dalrymple et à Jane Kelly de m'aider à rester concentrée et d'être prêtes, au quotidien, à venir à ma rescousse pour résoudre le moindre problème d'écriture. Vous êtes des saintes, mesdames ! Merci à mes grands-mères : Helen Conlen et Marilyn House ; à mes parents : William Regan, Donna House, Joyce Regan, Rusty House et Julie House ; à mes frères et belles-sœurs : Sean et Cassie House, Kevin et Christine

Brock, Andy Brock ; ainsi qu'à mes adorables sœurs : Ava McKittrick et Melissia McKittrick. Merci également à mes complices de toujours pour leur soutien indéfectible et pour avoir toujours fait la promotion de mes livres : Debbie Tralies, Jean et Dennis Regan, Melisa Wolfson, Tracy Dauphin, Laura Aiello, Ann Bresnan, Karen Powell, Amy et Starkey Quinn, Claire Pacell, Jeanne Cassidy, les Regan, les Conlen, les House, les McDowell, les Kay, les Funk, les Bowman et les Bottinger ! J'aimerais également remercier tous les fabuleux blogueurs et chroniqueurs qui ont lu les neuf premiers tomes des *Enquêtes de Josie Quinn* ou qui ont pris la série quelque part en route. J'apprécie vraiment votre enthousiasme et votre passion renouvelés pour mon univers !

Merci beaucoup au sergent Jason Jay d'être toujours là, dans la seconde, pour répondre à mes questions loufoques sur l'application de la loi, sans jamais se lasser de moi ! Je vous suis incroyablement reconnaissante. Merci à Lee Lofland de m'avoir mise en contact avec tous les experts dont je voulais avoir l'opinion dans le cadre de mes recherches pour ce livre. Merci à Kevin Brock et à Michelle Mordan d'avoir patiemment et minutieusement répondu à chacune de mes questions sur les ambulanciers, le personnel des urgences et les procédures de secours. Merci à Elizabeth Trostle d'avoir répondu à mes nombreuses interrogations sur la natation universitaire à toute heure du jour et de la nuit, et de m'avoir appris le mot *natatorium* ! Merci aussi à Geoff Symon pour m'avoir aidée à élaborer le scénario de la noyade !

Merci à Jenny Geras, à Kathryn Taussig, à Noelle Holten, à Kim Nash et à toute l'équipe de Bookouture pour avoir rendu cette entreprise si fluide, si excitante et si amusante. Enfin, et surtout, merci à l'incomparable Jessie Botterill de m'avoir tenu la main tout au long de l'écriture de ce livre, d'avoir modifié le planning à de nombreuses reprises et de m'avoir calmée chaque fois que je paniquais ! Je ne pourrais jamais écrire un livre sans toi, et je ne le voudrais surtout pas ! Tu es l'éditrice la plus brillante et la plus patiente du monde, et l'un des êtres humains les plus fabuleux que j'aie le privilège de connaître !

9 781836 189732